Yours to Kee
Withdrawn/ABCL

Múnich

Yours to Keep
Withdrawn/ABCL

3907505784 6260

ROBERT HARRIS

Múnich

Traducción de
Mauricio Bach

Grijalbo

Papel certificado por el Forest Stewardship Council®

Título original: *Munich*
Primera edición: septiembre de 2018

© 2017, Canal K
© 2018, Penguin Random House Grupo Editorial, S. A. U.
Travessera de Gràcia, 47-49. 08021 Barcelona
© 2018, Mauricio Bach Juncadella, por la traducción
© 2017, Gemma Fowlie, por la ilustración del plano *The Lambeth Walk*
(del musical *Me And My Girl*); letra de Douglas Furber & Arthur Rose; música de Noel Gay
© 1937, Chester Music Limited que opera como Cinephonic Music Company, derechos mundiales
excepto en Reino Unido, Irlanda, Australia, Canadá, Sudáfrica y en los territorios donde los derechos
han revertido en los que el *copyright* es propiedad conjunta de Chester Music Limited, que opera como
Cinephonic Music Company, y Chester Music Limited, que opera como Richard Armitage Music,
excepto en Estados Unidos, donde el *copyright* es propiedad de Chester Music Limited, que opera como
Armitage Music. Todos los derechos reservados. *Copyright* internacional asegurado. Con permiso de
Chester Music Limited, que opera como Cinephonic Music Co, y Chester Music Limited, que opera
como Richard Armitage Music.

Penguin Random House Grupo Editorial apoya la protección del *copyright*.
El *copyright* estimula la creatividad, defiende la diversidad en el ámbito de las ideas y el conocimiento,
promueve la libre expresión y favorece una cultura viva. Gracias por comprar una edición autorizada
de este libro y por respetar las leyes del *copyright* al no reproducir, escanear ni distribuir ninguna
parte de esta obra por ningún medio sin permiso. Al hacerlo está respaldando a los autores
y permitiendo que PRHGE continúe publicando libros para todos los lectores.
Diríjase a CEDRO (Centro Español de Derechos Reprográficos, http://www.cedro.org)
si necesita fotocopiar o escanear algún fragmento de esta obra.

Printed in Spain — Impreso en España

ISBN: 978-84-253-5672-8
Depósito legal: B-10.839-2018

Compuesto en La Nueva Edimac, S. L.

Impreso en Liberdúplex
Sant Llorenç d'Hortons (Barcelona)

GR 5 6 7 2 8

Penguin
Random House
Grupo Editorial

A Matilda

Deberíamos ser siempre conscientes de que lo que ahora yace en el pasado en algún momento reaparecerá en el futuro.

F. W. MAITLAND,
historiador (1850-1906)

Deberíamos haber ido a la guerra en 1938 [...] Septiembre de 1938 habría sido el momento más favorable.

ADOLF HITLER,
febrero de 1945

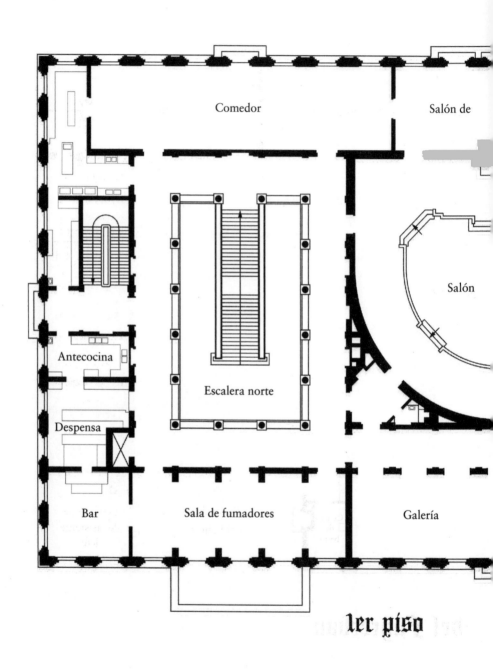

Comedor

Salón de

Salón

Escalera norte

Antecocina

Despensa

Bar

Sala de fumadores

Galería

1er piso

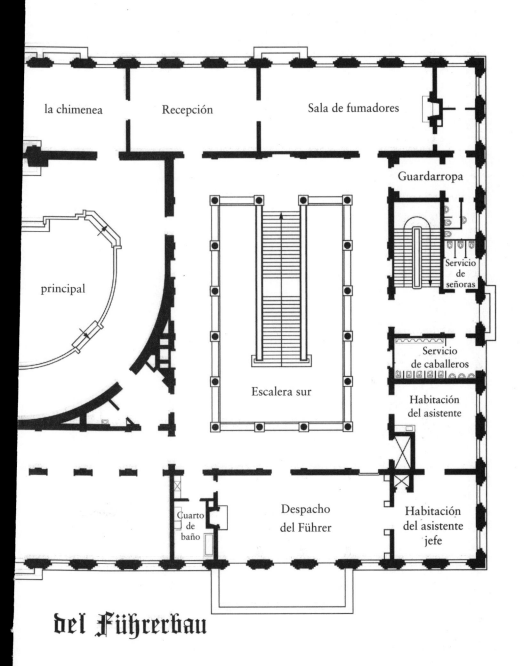

la chimenea   Recepción   Sala de fumadores

Guardarropa

principal

Servicio
de
señoras

Servicio
de caballeros

Escalera sur

Habitación
del asistente

Cuarto
de
baño

Despacho
del Führer

Habitación
del asistente
jefe

del Führerbau

PRIMER DÍA

1

Poco antes de la una de la tarde del martes 27 de septiembre de 1938, el señor Hugh Legat, del Servicio Diplomático de Su Majestad, fue conducido a su mesa, junto a uno de los grandes ventanales del restaurante del Ritz de Londres; pidió un benjamín de Dom Perignon de 1921 que no podía permitirse, abrió su ejemplar de *The Times* por la página diecisiete y empezó a leer por tercera vez el discurso que Adolf Hitler había pronunciado la noche anterior en el Sportpalast de Berlín.

EL DISCURSO DE HERR HITLER

———

ULTIMÁTUM A PRAGA

———

¿PAZ O GUERRA?

Legat echaba de vez en cuando un vistazo a la sala para controlar la entrada. Tal vez fuesen imaginaciones suyas, pero le daba la impresión de que los comensales, e incluso los camareros que iban de un lado a otro sobre la moqueta roja y entre las sillas tapizadas de rosa oscuro, estaban inusualmente apáticos. No se oía ni una risa. En Green Park, enmudecidos gracias al grueso cristal del ventanal, cuarenta o cincuenta trabajadores, algunos a pecho descubierto para combatir la elevada humedad, cavaban trincheras.

«En este momento, no debe quedar ninguna duda al mundo entero que no es un hombre, o un líder, quien habla, sino todo el pueblo alemán. Sé que en esta hora, todo el pueblo, la fuerza de millones, está de acuerdo con mis palabras (*Heil*).»

Lo había escuchado cuando lo retransmitió la BBC. La voz metálica, despiadada, amenazante, autocompasiva, jactanciosa —impresionante a su horrible manera— se veía interrumpida por los golpes de la mano de Hitler sobre el atril y el rugido de quince mil voces jaleando sus palabras. El ruido era inhumano, sobrenatural. Parecía emerger de un oscuro río subterráneo y brotar a través del altavoz.

«Estoy agradecido al señor Chamberlain por todos sus esfuerzos y le he asegurado que el pueblo alemán no quiere otra cosa que la paz. También le he asegurado, y lo recalco ahora, que en cuanto este problema se resuelva, Alemania ya no tendrá más problemas territoriales en Europa.»

Legat sacó su pluma y subrayó este fragmento, y después hizo lo mismo con otra referencia anterior al Acuerdo Naval Anglo-alemán:

«Semejante tratado solo está moralmente justificado si ambos países prometen de forma solemne no volver a declararse la guerra. Alemania tiene esta voluntad. Esperemos que quienes detentan la misma convicción en Inglaterra sean capaces de imponer su criterio».

Dejó el periódico y consultó su reloj de bolsillo. Era característico en él no llevar la hora en la muñeca, como la mayoría de los hombres de su edad, sino prendida de una cadena. Tenía solo veintiocho años, pero con su cara pálida, la actitud seria y el traje oscuro aparentaba más. Había hecho la reserva hacía dos semanas, antes de que estallase la crisis. Ahora se sentía culpable. Le concedería otros cinco minutos y, si no aparecía, se marcharía.

Eran y cuarto cuando vislumbró entre las flores su reflejo en los espejos de marcos dorados que cubrían las paredes. Se había quedado parada en la puerta del restaurante, casi de puntillas, con el mentón levantado. La observó un rato más como si fuera una desconocida y se preguntó qué pensaría de ella si no fuese su esposa. La gente solía decir que tenía un tipo imponente. «No es exactamente guapa.» «No, pero es atractiva.» «Pamela es lo que llaman un purasangre.» «Sí, tiene un impresionante pedrigrí, y viene de un mundo completamente diferente al del pobre Hugh…» (Esto último lo había oído en la fiesta de celebración de su compromiso.) Levantó la mano. Se puso de pie. Por fin ella lo vio, sonrió, lo saludó con la mano y se dirigió hacia él, caminando con rapidez entre las mesas con su falda ceñida y su blusa de seda entallada, dejando una estela de cabezas vueltas.

Al llegar hasta él lo besó con decisión en la boca. Estaba casi sin aliento.

—Perdón, perdón, perdón…

—No pasa nada. Acabo de llegar.

Durante los últimos doce meses Hugh había aprendido a no preguntarle dónde había estado. Además del bolso, llevaba una pequeña caja de cartón. La dejó en la mesa delante de él y se quitó los guantes.

—Pensaba que habíamos quedado en no hacernos regalos.

Levantó la tapa. Un cráneo negro de goma, un hocico metálico y las vidriosas cuencas sin ojos de una máscara de gas le devolvieron la mirada. Se echó hacia atrás.

—He llevado a los niños a que se las prueben. Por lo visto tengo que ponérselas a ellos primero. Supone toda una prueba de devoción maternal, ¿no crees? —Encendió un cigarrillo—. ¿Puedo tomar una copa? Estoy sedienta.

Hugh llamó al camarero con un gesto.

—¿Solo un benjamín?

—Esta tarde tengo que trabajar.

—¡Cómo no! Ni siquiera estaba segura de que aparecieses.

—Si te soy sincero, no debería haberlo hecho. He intentado telefonearte, pero no estabas en casa.

—Bueno, ahora ya sabes adónde he ido. Como ves, es algo de lo más inocente. —Sonrió y se inclinó hacia él para brindar—. Feliz aniversario, cariño.

En el parque, los trabajadores blandían sus picos.

Su mujer pidió deprisa, sin mirar siquiera el menú: ningún entrante, filetes de lenguado de Dover y una ensalada. Legat entregó al maître su menú y dijo que tomaría lo mismo. No estaba en condiciones de pensar en comida, no podía quitarse de la cabeza la imagen de sus hijos con máscaras de gas. John tenía tres años y Diana dos. Todas esas advertencias de no correr demasiado rápido, de abrigarse bien, de no llevarse a la boca los juguetes o los lápices porque uno nunca sabía dónde habían estado antes… Puso la caja debajo de la mesa y la empujó con el pie para hacerla desaparecer de su vista.

—¿Se asustaron mucho?

—Por supuesto que no. Pensaron que todo era un juego.

—¿Sabes que a veces tengo esa misma sensación? Aunque vea el telegrama, cuesta no pensar que se trata de una broma de mal gusto. Hace una semana parecía que todo se había arreglado. Y de repente Hitler cambia de parecer.

—¿Qué pasará a partir de ahora?

—¡Quién sabe! Lo más probable es que nada. —Pensó que debía mostrarse optimista—. Continúan negociando en Berlín, o al menos eso hacían cuando he salido del despacho.

—Y si dejan de negociar, ¿cuándo estallará?

Él le enseñó el titular de *The Times* y se encogió de hombros.

—Supongo que mañana.

—¿En serio? ¿Tan rápido?

—Asegura que cruzará la frontera checa el sábado. Según nuestros expertos militares, necesitará tres días para reagrupar sus tanques y artillería. Eso significa que tendrá que movilizarse mañana. —Volvió a dejar el periódico en la mesa y bebió un sorbo de champán; tenía un sabor ácido—. ¿Por qué no cambiamos de tema?

Sacó del bolsillo de la americana una cajita con un anillo.

—¡Oh, Hugh!

—Es demasiado grande —le advirtió él.

—¡Oh, pero es una preciosidad! —Se deslizó el anillo en el dedo, levantó la mano y la movió bajo la lámpara de araña para que la piedra azul resplandeciese—. Eres maravilloso. Creía que no teníamos dinero.

—No lo tenemos. Lo ha pagado mi madre.

Temía que no se lo tomase a bien, pero para su sorpresa, ella extendió el brazo sobre la mesa y posó la mano sobre la suya.

—Eres un encanto.

Tenía la piel fría. Su delgado dedo índice acarició la muñeca de su marido.

—Ojalá pudiéramos reservar una habitación —comentó él de pronto— y pasarnos toda la tarde en la cama. Olvidarnos de Hitler. Y de los niños.

—Bueno, ¿y por qué no intentas arreglarlo? Ya estamos

aquí. ¿Qué nos impide hacerlo? —Le sostuvo la mirada con sus grandes ojos de un azul grisáceo y él descubrió, con una súbita clarividencia que le provocó un nudo en la garganta, que lo decía porque estaba segura de que era imposible.

Hugh oyó que alguien tosía educadamente a sus espaldas.

—¿Señor Legat?

Pamela apartó la mano. Él se volvió y encontró al maître con las manos unidas como en una plegaria y expresión grave.

—¿Sí?

—Señor, le llaman del diez de Downing Street.

Se lo dijo en voz baja, pero lo bastante alto para que lo oyeran en las mesas vecinas.

—¡Maldita sea! —Legat se levantó y lanzó la servilleta sobre la mesa—. ¿Me disculpas? Tengo que atender esta llamada.

—Lo entiendo. Ve a salvar el mundo. —Pamela lo despidió con la mano—. Podemos comer juntos cualquier otro día.

Empezó a guardar sus cosas en el bolso.

—Dame solo un minuto —le rogó Hugh—. Tenemos que hablar.

—Adelante.

Hugh se detuvo un momento, consciente de que los comensales más cercanos tenían los ojos clavados en él.

—Espérame. —Adoptó lo que esperaba que fuese una expresión neutra y siguió al maître fuera del restaurante hasta la recepción del hotel.

—Señor, he pensado que querría cierta intimidad.

El maître abrió la puerta de un pequeño despacho. Sobre el escritorio había un teléfono con el auricular descolgado.

—Gracias. —Cogió el auricular y esperó hasta que la puerta se cerró para iniciar la conversación—. Legat al habla.

—Hugh, perdona que te moleste. —Reconoció la voz de Cecil Syers, uno de sus colegas del gabinete—. Me temo que vas a tener que regresar de inmediato. Todo está a punto de precipitarse. Cleverly pregunta por ti.

—¿Ha sucedido algo?

Hubo unos momentos de duda al otro lado del teléfono. Los secretarios personales tenían órdenes de asegurarse de que no había ninguna operadora escuchando.

Parece que la negociación ha concluido. Nuestro hombre regresa a casa.

—Entendido, ahora mismo voy para allá.

Dejó el auricular en la horquilla. Se quedó paralizado durante unos instantes. ¿Así se escribía la historia? Alemania atacaría Checoslovaquia. Francia declararía la guerra a Alemania. Inglaterra apoyaría a Francia. Sus hijos tendrían que ponerse máscaras de gas. Los comensales del Ritz abandonarían las mesas con manteles de hilo para ponerse a cubierto en las trincheras de Green Park. Era demasiado demoledor para asimilarlo.

Abrió la puerta, cruzó a paso ligero el vestíbulo y regresó al restaurante. Pero los camareros del Ritz eran tan eficientes que ya habían recogido su mesa.

No había ni un taxi en Picadilly. Deambuló por el borde de la acera, agitando inútilmente el periódico enrollado ante cada taxi que pasaba. Acabó por rendirse, dobló la esquina y enfiló St. James Street hacia abajo. Echaba de vez en cuando un vistazo al otro lado de la calle con la esperanza de ver a su mujer. ¿Adónde se había ido con tanta prisa? Si iba camino de casa, hacia Westminster, debería haber tomado esa dirección. Mejor no pensar en ello; mejor no pensar nunca en ello.

Comenzó a sudar por culpa del inusual calor. Bajo el anticuado traje de tres piezas notaba que la camisa se le pegaba a la espalda. Además, el cielo estaba encapotado y amenazaba lluvia, aunque no acababa de descargar, y a lo largo de todo Pall Mall, tras los amplios ventanales de los grandes clubes londinenses —el Royal Automobile, el Reform, el Athenaeum—, las lámparas de araña resplandecían en el húmedo atardecer.

No aminoró el paso hasta que llegó a lo alto de la escalera que conducía del Carlton House Terrace al parque de St. James. En ese punto le bloquearon el camino una veintena de personas que contemplaban en silencio lo que parecía un pequeño avión que asomaba poco a poco por detrás del Parlamento. Ascendió por encima de la aguja del Big Ben, una imagen de una extraña belleza, irreal y majestuosa. Divisó a lo lejos otra media docena de aviones surcando el cielo al sur del Támesis, como pequeños torpedos, algunos de ellos ya a miles de metros de altitud.

—Supongo que podemos decir que ya ha empezado la juerga —murmuró el hombre que tenía a su lado.

Legat lo miró. Recordaba que su padre había utilizado la misma expresión cuando vino de permiso durante la Primera Guerra Mundial. Tenía que volver a Francia porque «había empezado la juerga». A sus seis años, a Hugh le sonó como si se marchase a una fiesta. Fue la última vez que lo vio.

Se abrió paso entre los espectadores, descendió por los tres amplios tramos de escalones y cruzó el Mall hasta Horse Guards Road. Y allí, en el centro de la amplia explanada cubierta de arena para los desfiles, en la media hora que había pasado desde que salió, algo había cambiado. Habían colocado un par de cañones antiaéreos. Además, un grupo de soldados estaban descargando sacos terreros de un camión de plataforma abierta y habían formado una cadena humana para pasárselos a tal velocidad que parecían temer que la Luftwaffe hiciera acto de presencia en cualquier momento. Un muro de sacos a medio construir rodeaba un enorme reflector y un artillero hacía girar con ímpetu una manivela. Uno de los cañones rotó y se elevó hasta quedar casi perpendicular.

Legat sacó un gran pañuelo blanco de algodón y se lo pasó por la cara. No bastaría para disimular el rostro acalorado y sudoroso. Si había un pecado imperdonable en un miembro del gabinete del primer ministro era aparecer alterado.

Subió los escalones que llevaban a la estrecha, sombría y negra de hollín entrada de Downing Street. En la acera frente al Número 10, un grupo de reporteros movieron la cabeza para seguir su llegada. Uno de los fotógrafos levantó la cámara, pero volvió a bajarla cuando comprobó que no era nadie relevante. Legat saludó con un gesto de la cabeza al policía, quien golpeó una sola y contundente vez con la aldaba. La puerta se abrió de inmediato, como por propia voluntad, y Legat entró.

Hacía ya cuatro meses que lo habían trasladado del Ministerio de Asuntos Exteriores al Número 10, pero cada vez que entraba lo asaltaba la misma sensación de penetrar en un anticuado club de caballeros, con su vestíbulo de baldosas negras y blancas, las paredes de un rojo pompeyano, la enorme lámpara de techo metálica, el reloj del abuelo con su pausado tic-tac y el paragüero de hierro fundido con su solitario paraguas negro. Un teléfono sonó en algún punto de las profundidades del edificio. El portero le dio las buenas tardes, volvió a sentarse en su asiento de cuero y continuó leyendo el *Evening Standard*.

Se detuvo en el amplio corredor que conducía a la parte posterior del edificio y se miró en un espejo. Se ajustó la corbata y se alisó el pelo con ambas manos; enderezó los hombros y se volvió. Enfrente tenía la sala del consejo de ministros, con la puerta con paneles cerrada. A su izquierda, el despacho que utilizaba sir Horace Wilson, también cerrado. A la derecha, el pasillo que llevaba a los despachos de los secretarios personales del primer ministro. La casa georgiana exudaba un aire de imperturbable tranquilidad.

Encontró a la señorita Watson, con la que compartía el despacho más pequeño, inclinada sobre su escritorio, en la misma posición en la que la había dejado, rodeada por varias pilas de carpetas. Solo era visible la parte superior de su cana cabellera. Empezó su carrera como mecanógrafa cuando Lloyd George era primer ministro. De él se contaba que perseguía a las jovencitas que trabajaban en Downing Street alrededor de la mesa de reuniones del consejo de ministros. Resultaba difícil imaginárselo persiguiendo a la señorita Watson. Su trabajo consistía en preparar las respuestas para las preguntas parlamentarias. Miró a Legat por encima de la barricada de papeles.

—Cleverly te estaba buscando.

—¿Está con el primer ministro?

—No. Está en su despacho. El primer ministro está en la sala del consejo con los tres peces gordos.

Legat emitió un sonido a medio camino entre un suspiro y un gruñido. Se detuvo en mitad del pasillo y asomó la cabeza en el despacho de Syers.

—Dime, Cecil, ¿en qué problema me he metido?

Syers se volvió. Era un hombre menudo, siete años mayor que él, con una eterna sonrisa que a menudo resultaba irritante. Llevaba la misma corbata universitaria que Legat.

—Muchacho, me temo que has elegido el peor día para una comida romántica. —Bajó la voz y añadió con tono cómplice—: Espero que ella no se lo haya tomado muy a mal.

En un momento de flaqueza se le ocurrió contar a Syers sus problemas domésticos. Desde entonces lo lamentaba.

—Para nada. Ahora estamos bien. ¿Qué ha pasado en Berlín?

—Por lo visto, la cosa ha degenerado en una de las diatribas de herr Hitler. —Syers simuló golpear el brazo de la silla—. *Ich werde die Tschechen zerschlagen!*

—Oh, por el amor de Dios. «¡Voy a aplastar a los checos!»

—¡Ah, Legat, por fin lo encuentro! —saludó desde el pasillo una voz de tono militar.

—Buena suerte —le deseó Syers con afectada complicidad.

Legat dio un paso atrás y se volvió para mirar de frente la cara alargada y bigotuda de Osmund Somers Cleverly, universalmente conocido, por alguna misteriosa razón, como Oscar. El primer secretario personal del primer ministro lo llamó moviendo un dedo. Legat lo siguió a su despacho.

—Debo decir que me ha decepcionado usted, estoy algo más que un poco perplejo. —Cleverly era bastante mayor que el resto de ellos y había sido militar antes de la guerra—. Irse a almorzar al Ritz en medio de una crisis internacional. Quizá ese sea el modo de actuar habitual en Asuntos Exteriores, pero aquí no hacemos las cosas así.

—Lo siento, señor. No volverá a suceder.

—¿No tiene ninguna explicación que darme?

—Es el aniversario de mi boda. No pude contactar con mi mujer para cancelar la cita.

Cleverly se lo quedó mirando unos segundos más. No se molestó en ocultar sus recelos hacia esos brillantes jóvenes de los departamentos del Tesoro y de Asuntos Exteriores que no habían pasado por el ejército.

—Hay momentos en los que la familia debe pasar a un segundo plano, y este es uno de esos momentos. —El primer secretario se sentó tras su escritorio y encendió una lámpara. Esa parte de la casa daba al norte a través del jardín de Downing Street. Los frondosos árboles que impedían que los vieran desde la explanada de la Guardia Montada sumían a la vez la planta baja en un permanente crepúsculo—. ¿Syers le ha puesto al día?

—Sí, señor. Ya sé que se han roto las conversaciones.

—Hitler ha anunciado su intención de iniciar la invasión mañana a las dos de la tarde. Me temo que va a desatarse el infierno. Sir Horace debería estar de vuelta a las cinco para informar al primer ministro, quien dirigirá un mensaje radiofónico al país a las ocho. Quiero que usted contacte con la BBC. Que monten su equipo en la sala del consejo de ministros.

—Sí, señor.

—En algún momento habrá que convocar una reunión del gabinete ministerial al completo, probablemente después de la alocución radiofónica, de modo que los ingenieros de sonido de la BBC tendrán que darse prisa en recoger sus bártulos. El primer ministro también mantendrá un encuentro con los altos comisionados de los territorios de ultramar. Los miembros del Estado Mayor están al caer; llévelos con el primer ministro en cuanto lleguen. Y voy a necesitar que tome nota de lo que se diga en la reunión para que el primer ministro pueda informar al consejo de ministros.

—Sí, señor.

—Como ya sabrá, se ha convocado al Parlamento. El primer ministro hará un discurso sobre la crisis en la Cámara de los Comunes mañana por la tarde. Prepárele todas las actas y los telegramas relevantes de las dos últimas semanas en orden cronológico.

Sí, señor.

—Me temo que hoy tendrá que pasar la noche aquí. —Bajo los bigotes de Cleverly se insinuó una sonrisa. A Legat le recordó a un musculoso profesor de educación física de un colegio privado de segunda categoría—. Es una pena que todo esto haya coincidido con su aniversario, pero no podemos hacer nada al respecto. Estoy seguro de que su mujer lo comprenderá. Puede usted dormir en la habitación de los funcionarios de guardia, en la tercera planta.

—¿Eso es todo?

—Eso es todo... de momento.

Cleverly se puso las gafas y empezó a estudiar un documento. Legat regresó a su despacho y se dejó caer en el sillón detrás de su escritorio. Abrió un cajón, sacó un tintero y hundió en él la pluma. No estaba acostumbrado a que lo reprendiesen. «Maldito Cleverly», pensó. Le tembló un poco el pulso y la plumilla tintineó al golpear contra el borde del tintero de cristal. La señorita Watson suspiró, pero no alzó la mirada. Legat rebuscó en la bandeja metálica que tenía a la izquierda del escritorio y sacó una carpeta con telegramas que había llegado hacía poco del Ministerio de Asuntos Exteriores. Antes de que pudiera desatar la cinta rosa que la cerraba, apareció en la puerta el sargento Wren, el mensajero de Downing Street. Como de costumbre, le faltaba el aliento; había perdido una pierna en la guerra.

—Señor, ha llegado el jefe de las Fuerzas Armadas.

Legat siguió sus andares renqueantes por el corredor hacia el vestíbulo. A lo lejos, bajo la gran lámpara de metal, esperaba el vizconde Gort. Envuelto en un aura de glamour —aristócrata, héroe de guerra, condecorado con la Cruz de la Victoria—, Gort parecía ajeno a la presencia de los funcionarios, secretarias y mecanógrafas que de repente habían decidido que tenían alguna imperiosa razón para cruzar el vestíbulo y echarle un vistazo. La puerta principal se abrió y, entre los flashes de las cámaras de los fotógrafos, apareció el mariscal Newall, de la Real Fuerza Aérea, seguido unos segundos después por la imponente figura del almirante de la Marina Backhouse.

27

—Caballeros, si tienen la amabilidad de acompañarme...

—¿Va a venir Duff? —preguntó Gort mientras Legat los guiaba hacia las entrañas del edificio.

—No —respondió Backhouse—, el primer ministro sospecha que le filtra información a Winston.

—¿Les importa esperar aquí un momento?

La sala del consejo de ministros estaba insonorizada con una doble puerta. Abrió la exterior y golpeó con suavidad con los nudillos en la interior.

El primer ministro estaba sentado de espaldas a la puerta. Frente a él, en la parte central de la larga mesa, se encontraban Halifax, el ministro de Asuntos Exteriores; Simon, el responsable de Hacienda, y el ministro del Interior, Hoare. Los tres alzaron la mirada para ver quién había entrado. La sala estaba en completo silencio salvo por el tictac del reloj de pared.

—Disculpe, primer ministro —saludó Legat—. Ya han llegado los miembros del Estado Mayor del ejército.

Chamberlain no se volvió. Tenía las manos plantadas sobre la mesa, con los dedos extendidos, una a cada lado de su cuerpo, como si estuviese a punto de empujar la silla hacia atrás. Repiqueteó con parsimonia con las yemas de los dedos en la reluciente superficie. Cuando por fin habló, lo hizo con su habitual tono meticuloso que recordaba vagamente al de una solterona:

—Muy bien. Nos reuniremos de nuevo cuando regrese Horace. Escucharemos qué más tiene que contarnos.

Los ministros recogieron sus papeles —con torpeza en el caso de Halifax, cuyo atrofiado brazo izquierdo le colgaba inerte a un costado— y se levantaron sin decir palabra. Todos habían superado la cincuentena e incluso ya eran sesentones; los Tres Grandes en la plenitud de su poder, engrandecidos por su cargo más allá de su estatura real. Legat se hizo a un lado para dejarlos pasar, «como un trío de porteadores en busca de su féretro», como más tarde se los describió a Syers. Los oyó saludar a los miembros del Estado Mayor que esperaban fuera, en voz baja y lúgubre.

—Primer ministro, ¿quiere que los haga pasar? —preguntó Legat.

Tampoco ahora Chamberlain se volvió para mirarlo. Seguía con la mirada clavada en la pared que tenía delante. Su oscura silueta transmitía su firmeza y testarudez, su beligerancia. Por fin, distraído, dijo:

—Sí, por supuesto. Hágalos pasar.

Legat se colocó en el otro extremo de la mesa del consejo de ministros, cerca de las columnas dóricas que sostenían el techo. Las estanterías mostraban los lomos marrones de los códigos jurídicos encuadernados en piel y de las ediciones azul plateado de las actas oficiales de los debates parlamentarios. Los jefes del Estado Mayor dejaron las gorras en la mesa auxiliar junto a la puerta y se sentaron en las sillas que habían ocupado los ministros. Gort, como oficial de más edad, se situó en el centro. Abrieron las carteras y sacaron sus papeles. Los tres encendieron un cigarrillo.

Legat miró el reloj de sobremesa que había encima de la chimenea, detrás de la cabeza del primer ministro. Mojó la plumilla en el tintero. Y escribió en el folio: «PM & JEM. 14.05 h.».

Chamberlain se aclaró la garganta.

—Bueno, caballeros, me temo que la situación se ha deteriorado. Nuestra propuesta, con la que el gobierno checo se había mostrado de acuerdo, era un traspaso ordenado de los Sudetes a Alemania, sujeto a un plebiscito. Por desgracia, herr Hitler anunció anoche que no estaba dispuesto a esperar ni una semana más y que el sábado invadiría la zona. Sir Horace Wilson ha mantenido un encuentro con él esta misma mañana y le ha advertido en privado, pero con absoluta firmeza, que si Francia cumple con lo estipulado en su tratado con Checoslovaquia, y tenemos motivos de sobra para creer que lo hará, nosotros nos veremos obligados a apoyar a Francia. —El primer ministro se puso las gafas y cogió un telegrama—. Después de la previsible primera reacción despotricando a gritos, herr Hitler, según nuestro embajador en Berlín, respondió en estos términos: «Si Francia e Inglaterra deciden atacarnos, adelante. Me es por completo indiferente. Estoy preparado para cualquier eventualidad. Me limitaré a tomar nota de la posición adoptada. Hoy es martes; el próximo lunes estaremos todos en guerra».

Chamberlain dejó el telegrama en la mesa y bebió un sorbo de agua. La pluma de Legat anotó con rapidez en el grueso papel:

PM - Últimas noticias de Berlín - ruptura de las conversaciones - violenta reacción de Hitler: «La próxima semana estaremos en guerra».

—Por supuesto, seguiré haciendo todos los esfuerzos para encontrar una solución pacífica, si la hay, aunque en estos momentos resulte difícil pensar qué más se puede hacer. Pero mientras tanto, me temo que debemos prepararnos para lo peor.

Gort miró a sus dos colegas.

—Primer ministro, hemos preparado un memorándum. Sintetiza nuestra visión conjunta de la situación militar. ¿Le parece bien que lea en voz alta nuestra conclusión?

Chamberlain asintió.

—«En nuestra opinión, toda la presión que puedan ejercer Reino Unido y Francia por mar o tierra no logrará evitar que Alemania invada Bohemia y derrote con contundencia a Checoslovaquia. La restauración de la integridad territorial de Checoslovaquia solo se conseguirá derrotando a Alemania y como resultado de una prolongada lucha que en principio deberá asumir el carácter de una guerra sin límites.»

Nadie hizo ningún comentario. Legat tomó plena conciencia del ruido que hacía su pluma al rozar el papel. De pronto sonaba absurdamente alto.

—Es la pesadilla que siempre he temido —dijo Chamberlain por fin—. Es como si no hubiéramos aprendido nada de la última guerra y reviviéramos agosto de 1914. Uno a uno, todos los países del mundo se verán arrastrados al conflicto, ¿y para qué? Ya hemos explicado a los checos que cuando ganemos la guerra su país no podrá seguir existiendo en su forma actual. Los tres millones y medio de alemanes de los Sudetes deben tener el derecho a la autodeterminación. Por lo tanto, la separación de los Sudetes de Alemania no forma parte de los objetivos de los aliados en una guerra. De modo que ¿para qué vamos a combatir?

—Por el imperio de la ley —sugirió Gort.

—Por el imperio de la ley. Por supuesto. Y yo desde luego creo que la ley internacional debe cumplirse. ¡Pero por el amor de Dios, ojalá encontrásemos otro modo de defenderla! —El primer ministro se tocó la frente con la mano. El anticuado cuello de pajarita de su camisa dirigía la atención hacia su nervudo cuello. Tenía la cara cenicienta debido al agotamiento, pero hizo un esfuerzo por recuperar su actitud de líder—. ¿Qué pasos prácticos debemos dar a partir de ahora?

—Deberíamos enviar de inmediato dos divisiones a Francia, tal como ya hemos acordado —propuso Gort—, para demostrar nuestro compromiso. Pueden estar desplegadas sobre el terreno en tres semanas y preparadas para combatir dieciocho días después. Pero el general Gamelin ha dejado bien claro que los franceses tienen intención de realizar solo ataques simbólicos hasta el próximo verano. Y si le soy sincero, incluso dudo que hagan siquiera eso. Permanecerán detrás de la Línea Maginot.

—Van a esperar hasta que lleguemos nosotros con todo nuestro poderío —añadió Newall.

—¿Está preparada la Fuerza Aérea?

Newall, sentado muy recto, con su rostro huesudo, casi cadavérico, y su pequeño bigote gris, respondió:

—Primer ministro, debo decir que esto llega en el peor momento para nosotros. Sobre el papel disponemos de veintiséis escuadrones para defender el país, pero solo seis de ellos cuentan con aviones modernos. Uno está armado con Spitfires. Los seis restantes, con Hurricanes.

—¿Pero están listos para el combate?

—Algunos sí.

—¿Algunos?

—Me temo, primer ministro, que tenemos un problema técnico con las metralletas de los Hurricanes. Se congelan por encima de los quince mil pies de altitud.

—¿Cómo dice? —Chamberlain se inclinó hacia delante como si no le hubiera oído bien.

—Estamos trabajando para solucionarlo, pero nos llevará tiempo.

—No, general, lo que me está diciendo en realidad es que nos hemos gastado mil quinientos millones de libras para rearmarnos, que hemos invertido la mayor parte de ese presupuesto en la Fuerza Aérea, y que cuando los necesitamos, nuestros aviones de combate no funcionan.

—Nuestra planificación siempre se ha basado en que no estallaría un conflicto con Alemania hasta 1939 como muy pronto.

El primer ministro volvió a dirigir su atención al jefe del Estado Mayor del Ejército Imperial.

—Lord Gort, ¿está el ejército en condiciones de derribar desde tierra el grueso de los aviones enemigos?

—Primer ministro, me temo que nos encontramos en una situación parecida a la descrita por el general de la Fuerza Aérea. Solo disponemos de un tercio de los cañones que consideramos necesarios para defender Londres, y la mayor parte de ellos son reliquias obsoletas de la última guerra. Y también andamos escasos de reflectores. No contamos con sistemas de comunicación fiables... También nosotros confiábamos en que dispondríamos de un año más para prepararnos.

En mitad de la respuesta del general, Chamberlain pareció dejar de escucharlo. Volvió a ponerse las gafas y comenzó a revisar sus papeles. La atmósfera en la sala era muy incómoda.

Legat continuó escribiendo con calma, transformando los inquietantes hechos en prosa burocrática —«PM ha expresado su preocupación por nuestra capacidad de defensa aérea»—, pero su disciplina mental se vio alterada. Una vez más, no pudo evitar que lo asaltase la imagen de sus hijos con las máscaras de gas.

Chamberlain por fin encontró lo que buscaba.

—En Inteligencia estiman que habrá ciento cincuenta mil bajas en Londres al final de la primera semana de bombardeos. Seiscientos mil al final de los dos primeros meses.

—Es poco probable que eso vaya a suceder de forma inmediata. Damos por hecho que en una primera fase los alemanes centrarán sus bombardeos contra los checos.

—¿Y qué pasará cuando hayan derrotado a los checos?

—Eso no lo sabemos. Sin duda debemos utilizar el tiempo del que disponemos para tomar precauciones y empezar a evacuar Londres mañana mismo.

—¿Qué me dice de la preparación de la Marina?

El primer lord del Almirantazgo era imponente, le sacaba una cabeza al resto de los presentes en la sala. Tenía el canoso cráneo calvo casi por completo y la cara surcada de profundas arrugas, como si se hubiera expuesto en exceso a los elementos.

—Andamos escasos de buques escolta y de dragaminas. Nuestros acorazados necesitan repostar combustible y reponer municiones, y algunas tripulaciones están de permiso. Deberíamos anunciar la movilización cuanto antes.

—¿Cuándo necesitaría hacerlo para estar operativo el primero de octubre?

—Hoy mismo.

Chamberlain se apoyó contra el respaldo de la silla. Repiqueteó en la mesa con las yemas de los dedos.

—Eso significaría que nos movilizaríamos antes que los alemanes.

—Sería una movilización parcial, primer ministro. Y me permito añadir otra consideración: tendría el efecto de mostrar a Hitler que no vamos de farol, que si estalla la guerra estamos preparados para combatir. Eso podría hacer que se lo pensase dos veces.

—Podría tener ese efecto. O podría empujarlo a la guerra. Recuerden que he mirado a los ojos a ese hombre en dos ocasiones y mi impresión es que si hay algo que no soporta es quedar mal.

—Pero si hemos de combatir, sin duda es importante que no le quede ninguna duda de que vamos en serio. Sería catastrófico que interpretase sus valientes visitas y sus sinceros esfuerzos en pro de la paz como un signo de debilidad. ¿No fue ese el error que cometieron los alemanes en 1914? Creyeron que nosotros no íbamos en serio.

Chamberlain cruzó los brazos y clavó la mirada en la mesa. Legat no tenía claro si ese gesto significaba que había rechazado la propuesta o que estaba dándole vueltas. Pensó que se trataba de una astucia de Backhouse para adularlo. El primer ministro tenía pocos puntos débiles fácilmente detectables; sin embargo, de un modo sorprendente para alguien tan tímido, su gran pecado era la vanidad. Pasaron varios segundos. Por fin alzó la cabeza, miró a Backhouse y asintió.

—Muy bien. Llamemos a la movilización.

El responsable de la Marina apagó el cigarrillo y guardó los papeles en la cartera.

—Será mejor que regrese al Almirantazgo.

Los otros dos se levantaron con él, agradecidos de poder salir de allí.

—Quiero que estén preparados para informar al consejo de ministros hoy mismo —los interrumpió Chamberlain—. Mientras tanto, deberíamos evitar hasta el último momento hacer o decir cualquier cosa que pueda generar pánico entre la población o que fuerce a Hitler a tomar una decisión irreversible.

Cuando los jefes del Estado Mayor se marcharon, Chamberlain dejó escapar un largo suspiro y apoyó la cabeza en una mano. Al mirar de reojo pareció percatarse por primera vez de la presencia de Legat.

—¿Ha tomado nota de todo lo que se ha dicho en la reunión?

—Sí, primer ministro.

—Pues destruya el documento.

2

En la Wilhelmstrasse, en el corazón del barrio gubernamental de Berlín, en el enorme edificio de tres plantas que albergaba el Ministerio de Exteriores alemán, Paul von Hartmann contemplaba el telegrama que había llegado durante la noche desde Londres.

CONFIDENCIAL   LONDRES, 26 SEPTIEMBRE 1938

EN NOMBRE DE NUESTRA ANTIGUA AMISTAD Y NUESTRO CO-MÚN DESEO DE PAZ ENTRE NUESTROS PUEBLOS RUEGO A VUESTRA EXCELENCIA QUE UTILICE SU INFLUENCIA PARA POSPONER EL DECISIVO MOVIMIENTO DEL PRIMERO DE OC-TUBRE A UNA FECHA POSTERIOR Y ASÍ DAR TIEMPO A QUE SE REBAJEN LAS ACTUALES TENSIONES Y PROPORCIONAR UNA OPORTUNIDAD PARA TANTEAR UN POSIBLE ACUERDO

ROTHERMERE
14 STRATTON HOUSE PICCADILLY LONDRES

Hartmann encendió un cigarrillo y pensó en qué tipo de respuesta debía dar. Desde que hacía siete meses Ribbentrop había sido nombrado ministro de Asuntos Exteriores, lo habían llamado un montón de veces para traducir al alemán mensajes de los ingleses y después redactar un borrador de respuesta en nombre del ministro. Al principio había adoptado el tono formal y neutro habitual en el lenguaje diplomático. Pero muchas de esas primeras propuestas habían sido rechazadas por poco nacionalsocialistas. Algunas incluso se las había devuelto el SS-Sturmbannführer Sauer, del equipo de Ribbentrop, con un grueso tachón negro.

Entonces se vio obligado a reconocer que, si pretendía prosperar en su carrera, tendría que aplicar ciertos ajustes a su estilo. Y por eso se había ido ejercitando de forma gradual en imitar el estilo grandilocuente del ministro y su radical visión del mundo. Con todo eso en la cabeza comenzó a escribir la respuesta al propietario del *Daily Mail*, con la pluma arañando y rasgando el papel mientras él asumía una actitud de indignación impostada. El último párrafo en particular le pareció una obra maestra:

La idea de que debido al problema de los Sudetes, algo del todo secundario para Inglaterra, pueda romperse la paz entre nuestros dos pueblos me parece una locura y un crimen contra la humanidad. Alemania ha mantenido una política honesta de entendimiento con Inglaterra. Desea preservar la paz y continuar su amistad con Inglaterra. Pero dado que las influencias bolcheviques extranjeras han adquirido preponderancia en la política inglesa, Alemania debe estar preparada para cualquier eventualidad. La responsabilidad ante el mundo de tamaño crimen no recaerá sobre Alemania, tal como usted, mi querido lord Rothermere, sabe mejor que nadie.

Sopló sobre el papel para que la tinta se secase. Con Ribbentrop toda prudencia era poca.

Hartmann encendió otro cigarrillo. Releyó lo escrito desde el principio e hizo pequeñas correcciones aquí y allá, estudiando el papel entre el humo. Tenía los ojos de un intenso color violáceo y los párpados un poco caídos. La frente era amplia; pese a que solo tenía veintinueve años, el cabello ya había ido retrocediendo casi hasta la coronilla. Tenía la boca ancha y voluptuosa y la nariz prominente; poseía un rostro muy singular y expresivo: cautivador, inusual y casi feo. Pero tenía la capacidad de seducir a hombres y mujeres.

Estaba a punto de dejar el borrador en la bandeja para que se lo enviasen a las mecanógrafas cuando oyó un ruido. O tal vez sería más correcto decir que «percibió» un ruido. Pareció atravesar las suelas de sus zapatos y ascender por las patas de la silla. Las hojas que sostenía en la mano temblaron. El retumbo se intensificó, se transformó en un estruendo y durante un irracional instante se preguntó si la ciudad estaba siendo sacudida por un terremoto. Pero entonces llegó a sus oídos el sonido característico de unos potentes motores revolucionados y el chirrido de las orugas metálicas. Los dos hombres con los que compartía el despacho, Von Nostitz y Von Rantzau, se miraron y fruncieron el ceño. Luego se levantaron y se acercaron a la ventana. Hartmann se sumó a ellos.

Una columna de vehículos pesados de color verde oliva atravesaba la Wilhelmstrasse en dirección sur provenientes del Unter den Linden: camiones semiorugas de artillería y Panzer trasladados en vehículos de transporte, enormes cañones remolcados por camiones y por tiros de caballos. Hartmann estiró el cuello. El desfile se prolongaba hasta donde alcanzaba su vista. A juzgar por su tamaño, se trataba de una división motorizada al completo.

—Dios mío, ¿ya ha empezado? —dijo Von Nostitz, que era mayor que Hartmann y su superior jerárquico.

Hartmann volvió a su escritorio, descolgó el teléfono y

marcó una extensión. Tuvo que taparse la oreja izquierda con la mano para disminuir la intensidad del ruido.

—Kordt —respondió una voz metálica al otro lado de la línea.

—Soy Paul. ¿Qué está pasando?

—Reúnete conmigo abajo. —Y colgó.

Hartmann cogió el sombrero del perchero.

—¿Vas a alistarte? —le preguntó Von Nostizt en tono de burla.

—No. Obviamente voy a salir para saludar a nuestra valiente Wehrmacht.

Recorrió a paso ligero el lúgubre pasillo de techo alto, bajó por la escalera central y cruzó la puerta de dos hojas. Un corto tramo de escalones, alfombrados de azul en la parte central y flanqueados por un par de esfinges de piedra, conducía hasta el enorme vestíbulo. Para sorpresa de Hartmann, la entrada estaba desierta, pese a que incluso el aire parecía vibrar con el estruendo procedente del exterior. Kordt se unió a él un minuto después, con su portafolio bajo el brazo. Se había quitado las gafas y estaba echando el aliento en las lentes para limpiarlas con la gruesa punta de la corbata. Salieron juntos a la calle.

Sobre la acera apenas se había reunido un pequeño grupo del personal del Ministerio de Exteriores para contemplar la escena. Al otro lado de la calle, por supuesto, el panorama era muy diferente: en el Ministerio de Propaganda prácticamente se colgaban de las ventanas para asistir al espectáculo. El cielo estaba nublado y amenazaba lluvia. Hartmann notó una fina gota en la mejilla. Kordt lo agarró del brazo y juntos caminaron en la misma dirección que la columna. Sobre sus cabezas colgaban inmóviles banderolas con esvásticas en rojo, blanco y negro que daban un aire festivo a la gris fachada del ministerio. Les llamó la atención la poca gente que se veía por la calle.

Nadie saludaba ni animaba a la columna, sino que la mayoría de los viandantes avanzaban cabizbajos o mantenían la mirada fija hacia delante. Hartmann se preguntó qué había salido mal. El partido solía organizar estas cosas mucho mejor.

Kordt todavía no había abierto la boca. El renano avanzaba con pasos rápidos y nerviosos. Cuando ya habían recorrido unas dos terceras partes de la fachada del edificio se metió en una entrada en desuso y Hartmann lo siguió. La gruesa puerta de madera estaba siempre cerrada, por lo que el portal ofrecía privacidad frente a las miradas indiscretas. Aunque no había mucho que ver: tan solo al jefe de gabinete del ministro de Exteriores —un tipo de aspecto inofensivo, con gafas y aire de funcionario— y a un joven y alto Legationsekretär que mantenían una improvisada reunión.

Kordt se apoyó el portafolios contra el pecho, abrió el cierre, sacó un documento y se lo entregó a Hartmann. Seis páginas, mecanografiadas con un cuerpo muy grande, tal como le gustaba al Führer para no cansarse la vista cuando tenía que revisar papeleo burocrático. Era un resumen de su reunión de la mañana con sir Horace Wilson, redactado por el intérprete jefe del Ministerio de Exteriores, el doctor Schmidt. Aunque envuelto en el insulso lenguaje oficial, Hartmann pudo visualizar lo que describía como si fuese la escena de una novela.

El complaciente Wilson había felicitado al Führer por la entusiasta acogida de su discurso en el Sportpalast la tarde anterior (como si hubiera podido ser recibido de otro modo), le había agradecido las amables referencias al primer ministro Chamberlain y en determinado momento había pedido al resto de las personas presentes —Ribbentrop, junto con el embajador Henderson y el primer secretario de la embajada británica, Kirkpatrick— que saliesen un momento de la sala para poder asegurar a Hitler en privado, de hombre a hombre, que Londres seguiría presionando a los checos. (Schmidt incluso había anotado sus palabras exactas en inglés: «*I will still try to make those Czechos sensible*».)

Pero nada de todo esto podía hacer olvidar el hecho fundamental del encuentro: que Wilson había tenido la temeridad de leer en voz alta una declaración escrita que dejaba claro que, en caso de declararse la guerra, los británicos apoyarían a los franceses, ¡y a continuación había pedido al Führer que repitiese lo que acababa de decirle para que no hubiese ningún posible malentendido! No era de extrañar que Hitler hubiera perdido la paciencia y dijera a Wilson que le daba igual lo que hiciesen los franceses o los ingleses, que había invertido millones preparándose para la guerra y que, si era guerra lo que querían, guerra tendrían.

Hartmann pensó que era como contemplar a un transeúnte desarmado intentar convencer a un loco de que le entregase el arma que empuñaba.

—De modo que al final tendremos guerra.

Devolvió el documento a Kordt, quien lo guardó en el portafolios.

—Eso parece. Media hora después de finalizar la reunión —añadió Kordt moviendo la cabeza en dirección a la columna de vehículos militares— el Führer ordenó esto. No es casualidad que pasen justo por delante de la embajada británica.

El ruido de los motores cortaba la cálida brisa. Hartmann notaba en la lengua el polvo y el regusto dulzón de la gasolina. Tenía que gritar por encima del estruendo para hacerse entender.

—¿Quiénes son? ¿De dónde vienen?

—Son los hombres de Witzleben, de la guarnición de Berlín, y se dirigen hacia la frontera checa.

Con la mano en la espalda, Hartmann cerró el puño. ¡Por fin! Sintió el vértigo de la anticipación.

—Entonces, estarás de acuerdo en que ya no hay alternativa, ¿verdad? ¿Debemos actuar?

Kordt asintió con un gesto lento.

—Me parece que estoy mareándome.

De pronto le dio un golpecito de advertencia a Hartmann en el brazo. Un policía avanzaba hacia ellos con la porra en la mano.

—¡Buenas tardes, caballeros! El Führer está en el balcón.

Señaló con la porra hacia el fondo de la calle. Su actitud era respetuosa y alentadora. No estaba diciéndoles qué debían hacer, tan solo los avisaba de una oportunidad histórica.

—Gracias, oficial —respondió Kordt.

Los dos diplomáticos volvieron a la acera.

La cancillería del Reich se alzaba junto al edificio del Ministerio de Asuntos Exteriores. Al otro lado de la calle, en Wilhelmplatz, una pequeña multitud se había agolpado en la amplia extensión de la plaza. Se trataba sin duda de una animación organizada por el partido; algunos de los reunidos lucían brazaletes con la esvástica y, de vez en cuando, alguien gritaba «*Heil!*» y alzaban los brazos con el saludo nazi. Los soldados de la columna de vehículos blindados volvían la cabeza hacia la derecha y saludaban. La mayoría de ellos eran jóvenes, mucho más que Hartmann. Estaba lo bastante cerca para distinguir sus expresiones: asombro, entusiasmo, orgullo. Detrás de la alta verja negra de hierro de la cancillería del Reich había un patio, y encima de la entrada principal, un balcón; allí, la inconfundible figura solitaria, con chaqueta y gorra marrón, la mano izquierda agarrada a la hebilla del cinturón negro, la derecha elevándose una y otra vez con un gesto mecánico de absoluta firmeza, con la palma de la mano plana y los dedos extendidos. Lo tenían a no más de cincuenta metros.

Kordt saludó y murmuró «*Heil Hitler*». Hartmann lo imitó.

Después de pasar frente a la cancillería, la columna aceleró en su ruta hacia el sur en dirección a la Blücherplatz.

—¿Cuánta gente dirías que ha salido para ver el desfile? —preguntó Hartmann.

Kordt observó a los escasos grupos de espectadores.

—No hay más de doscientas personas —respondió.

—Eso no va a gustarle.

—No, para nada. Por una vez creo que el régimen ha cometido un error. El Führer estaba tan exultante con la visita de Chamberlain que permitió a Goebbels decir a la prensa que todo había ido de maravilla. Los alemanes estaban convencidos de que seguirían en paz. Y ahora les dicen que, después de todo, vamos a ir a la guerra. Eso no le gusta a nadie.

—¿Cuándo vamos a actuar? Sin duda ha llegado el momento.

—Oster quiere que nos reunamos esta noche. En un sitio nuevo: en el número nueve de la Goethe Strasse, en Lichterfelde.

—¿En Lichterfelde? ¿Por qué quiere que nos veamos tan lejos?

—¡Quién sabe! Te esperamos a las diez, sé lo más puntual que puedas. Esta tarde vamos a tener mucho trabajo.

Kordt le dio una palmada en el hombro y se alejó. Hartmann se quedó allí un rato más, con los ojos fijos en la silueta del balcón. La seguridad era sorprendentemente laxa: un par de policías en la entrada del patio y dos SS en la puerta. Habría más en el interior, pero aun así… Sin duda, en cuanto se declarase la guerra la cosa cambiaría. A partir de ese momento sería imposible acercarse a él.

Un par de minutos después, la figura del balcón decidió que ya era suficiente. Bajó el brazo, miró a un lado y a otro de la Wilhelmstrasse como si fuese el gerente de un teatro evaluando la decepcionante cantidad de público de la velada, se dio la vuelta y atravesó las cortinas hacia el interior de la cancillería. La puerta del balcón se cerró.

Hartmann se quitó el sombrero y se pasó la mano por la cabeza antes de volver a ponérselo; se echó el ala hacia abajo y caminó pensativo de regreso al despacho.

3

A las seis en punto de la tarde, las campanadas del Big Ben se colaron en el Número 10 por las ventanas abiertas.

En ese preciso momento, la señorita Watson se levantó, cogió el sombrero y la chaqueta, se despidió de Legat con un escueto «Buenas tardes» y salió del despacho con uno de los maletines rojos del primer ministro lleno hasta los topes de carpetas con sus meticulosas anotaciones. La convocatoria de un debate de emergencia en el Parlamento para abordar la crisis checa había puesto punto final a sus vacaciones veraniegas. Legat sabía que ahora, como siempre, la señorita Watson pedalearía por Whitehall hasta el palacio de Westminster, dejaría su vetusta bici en New Place Yard y subiría por una escalera privada hasta el despacho del primer ministro, que estaba al fondo del pasillo, detrás de la silla del presidente de la Cámara de los Comunes. Allí se encontraría con lord Dunglass, el secretario particular de Chamberlain en el Parlamento, por el que sentía una evidente y no correspondida atracción, para discutir las respuestas que el primer ministro daría a las preguntas por escrito.

Era la oportunidad que Legat estaba esperando.

Cerró la puerta, se sentó ante su escritorio, descolgó el teléfono y marcó el número de la centralita. Trató de adoptar un tono relajado.

—Buenas tardes, soy Legat. Por favor, póngame con este número: Victoria siete, cuatro, siete, dos.

Desde el momento en que la reunión con los jefes del Estado Mayor había terminado hasta este mismo instante, no había tenido un respiro. Ahora por fin pudo dejar sus notas sobre el escritorio. Entrenado desde niño para enfrentarse a los exámenes como si fueran un combate de gladiadores —el colegio, la beca, las pruebas finales de Oxford, la de acceso al Ministerio de Asuntos Exteriores— había escrito solo por una cara de las hojas para evitar que se emborronase la tinta. «PM expresó preocupación sobre idoneidad de defensa aérea…» Dio la vuelta a las hojas a toda prisa para que solo quedase a la vista la cara en blanco. Cumpliría las órdenes, las destruiría. Pero todavía no. Algo le impedía hacerlo. No sabía muy bien qué, tal vez un extraño sentido de la propiedad. Durante toda la tarde, mientras acompañaba a los sucesivos visitantes a sus citas con el primer ministro y recopilaba los documentos que este necesitaba para su discurso ante el Parlamento, sabía que estaba conociendo la auténtica verdad. Esa era la información en la que se basaría la política del gobierno; podía decirse que, en comparación, nada importaba demasiado. La diplomacia, la moralidad, la ley, la responsabilidad… ¿Qué peso tenía todo eso frente a la fuerza militar? Un escuadrón de la RAF, si recordaba bien, estaba formado por veinte aviones. De modo que solo disponían de veinte cazas modernos con el armamento en correcto funcionamiento para defender el país desde el cielo.

—Estoy pasando su llamada, señor.

Se oyó un clic cuando se estableció la conexión, seguido de los timbrazos del teléfono sonando. Su mujer descolgó con mucha más rapidez de la que él se esperaba y saludó con tono vivaz.

—Victoria siete, cuatro, siete, dos.

—Pamela, soy yo.

—Oh, hola, Hugh.

Parecía sorprendida y quizá también decepcionada.

—Escucha —continuo él—, no dispongo de mucho tiempo para hablar, de modo que presta atención a lo que voy a decirte. Quiero que prepares una maleta con ropa para una semana, que vayas al garaje y pidas que un coche os lleve a ti y a los niños de inmediato a casa de tus padres.

—Pero si ya son las seis.

—Todavía estará abierto.

—¿A qué vienen tantas prisas? ¿Qué ha pasado?

—Nada. De momento, nada. Pero quiero estar seguro de que estáis a salvo en algún sitio.

—Pareces muy nervioso. Detesto a la gente que se pone histérica.

Legat apretó con fuerza el auricular.

—Pues me temo, cariño, que la gente va a ponerse histérica. —Miró la puerta; oyó que alguien pasaba; los pasos parecieron detenerse. Bajó la voz y habló más deprisa—. Esta noche, dentro de unas horas, puede que ya sea muy complicado salir de Londres. Tienes que marcharte ahora que las carreteras todavía están despejadas. —Ella empezó a poner pegas—. Pamela, no discutas. Por una maldita vez en tu vida, ¿puedes hacer lo que te pido?

Se produjo un silencio.

—¿Y tú? —le preguntó en voz baja.

—Yo voy a tener que quedarme aquí toda la noche. Intentaré telefonearte más tarde. Ahora he de dejarte. ¿Harás lo que te pido? ¿Me lo prometes?

—Sí, de acuerdo, si insistes... —Legat oyó a uno de los niños al otro lado de la línea. Pamela los hizo callar—. Silencio. Estoy hablando con vuestro padre. —Luego volvió a dirigirse a él—: ¿Quieres que te lleve una bolsa con una muda y algunas cosas?

—No, no te preocupes. Intentaré escaparme en algún momento. Tú concéntrate en salir de Londres.

—Te quiero, ¿lo sabes?

—Lo sé.

Pamela esperó a que añadiera algo más. Legat sabía que debería haberlo hecho, pero no encontró las palabras. Se oyó un repiqueteo cuando ella colgó y después tan solo el zumbido de la línea vacía.

Alguien llamó a la puerta.

—Un momento.

Dobló las notas de la reunión con los jefes del Estado Mayor por la mitad, volvió a doblarlas en cuatro y se las guardó en el bolsillo interior de la americana.

Encontró a Wren en la puerta, el chico de los recados. Legat se preguntó si habría estado escuchando, pero el chaval se limitó a anunciar que habían llegado los de la BBC.

Por primera vez desde que estalló la crisis, había una multitud en Downing Street. La gente se había agrupado en silencio cerca de los fotógrafos, en la acera opuesta a la del Número 10. Lo que más parecía llamarles la atención era una enorme camioneta de color verde oscuro aparcada a la izquierda de la puerta principal con el logo de la BBC y las palabras UNIDAD MÓVIL pintadas a ambos lados en letras doradas. Un par de técnicos extendían unos cables desde la parte trasera y los pasaban por la acera para introducirlos después en el edificio a través de una de las ventanas de guillotina.

Legat se plantó en la entrada y comenzó a discutir con un joven ingeniero de sonido llamado Wood.

—Lo siento, pero me temo que no es posible.

—¿Por qué no?

Wood llevaba un suéter con el cuello en pico debajo de un traje de pana marrón.

—Porque el primer ministro tiene reuniones en la sala del consejo de ministros hasta las siete y media.

—¿No puede mantenerlas en algún otro sitio?

—No sea absurdo.

—Bueno, en ese caso, ¿podemos hacer la retransmisión desde otra sala?

—No, quiere dirigirse al pueblo británico desde el corazón del gobierno, y eso es la sala del consejo de ministros.

—Mire, estaremos en antena a las ocho y ya son las seis. ¿Qué pasa si el equipo falla porque no lo hemos probado adecuadamente?

—Dispondrán como mínimo de media hora, y si puedo conseguirles más tiempo, lo haré.

Legat dio por concluida la conversación. Por detrás del hombro de Wood, un Austin 10 giraba por Whitehall y entraba en Downing Street. El conductor había encendido los faros para ver mejor en la plomiza tarde y avanzaba poco a poco para evitar golpear a alguno de los espectadores que habían bajado de la acera y ocupaban la calzada. Los camarógrafos de los noticiarios reconocieron al pasajero antes que Legat. El resplandor de sus focos lo cegó unos instantes. Levantó la mano para protegerse los ojos. Se disculpó con Wood y avanzó hacia la calzada. Abrió la puerta trasera en cuanto el coche se detuvo.

Encorvado en el asiento, sir Horace Wilson llevaba un paraguas entre las rodillas y una cartera agarrada contra el pecho. Dirigió a Legat una débil sonrisa y salió del vehículo. Se volvió un instante cuando llegó al umbral del Número 10. Su expresión era lúgubre y evasiva. Estallaron los flashes. Wilson se escabulló hacia el interior, como un animal nocturno intolerante a la luz, sin prestar atención a su compañero de viaje, que se apeaba del coche por el otro lado. Este se acercó a Legat con la mano tendida.

—Coronel Mason-MacFarlane, agregado militar en Berlín. El policía se cuadró.

En el vestíbulo, Wilson ya estaba desprendiéndose de la gabardina y el sombrero. El asesor especial del primer ministro era un hombre delgado, casi esquelético, con larga nariz y orejas colgantes. A Legat siempre le había parecido al menos educado, e incluso en algunas ocasiones puntuales ligeramente encantador, como uno de esos colegas de más edad que uno teme que un buen día empiece a soltar confidencias que uno preferiría no oír. Se había forjado su reputación en el Ministerio de Trabajo negociando con los líderes sindicales. Era raro pensar que acababa de plantear un ultimátum a Hitler. Pero el primer ministro lo consideraba una persona indispensable. Dejó con sumo cuidado el paraguas plegado en el paragüero junto al de su jefe y se volvió hacia Legat.

—¿Dónde está el primer ministro?

—En su despacho, sir Horace, preparando el discurso de esta noche. Todos los demás están en la sala del consejo de ministros.

Wilson se dirigió con paso decidido a la parte trasera del edificio después de indicar por señas a Mason-MacFarlane que lo siguiese.

—Quiero que informe lo antes posible al ministro —dijo, y añadió volviendo la cabeza para dirigirse a Legat—: ¿Es tan amable de anunciar al primer ministro que he vuelto?

Abrió las puertas de la sala del consejo de ministros y entró.

Legat vislumbró trajes oscuros y galones dorados, rostros macilentos y enrevesadas nubes de humo azulado de los cigarrillos suspendidas en la penumbra hasta que la puerta volvió a cerrarse.

Recorrió el pasillo, pasó por delante del despacho de Cleverly, del de Syers y del suyo y llegó a la escalera principal. Al subir pasó junto a los grabados y las fotografías en blanco y negro de todos los primeros ministros desde Walpole. En el rellano de la primera planta, la casa se metamorfoseaba y pasaba de club de caballeros a mansión señorial campestre misteriosamente plantada en pleno centro de Londres, con sofás, óleos y altos ventanales de guillotina georgianos. Las salas de recepción estaban desiertas y en silencio; bajo la gruesa moqueta, los listones de madera del suelo crujían. Se sintió como un intruso. Golpeó con suavidad en la puerta del despacho del primer ministro.

—Adelante —dijo una voz familiar.

La habitación era amplia y luminosa. El primer ministro estaba sentado de espaldas a la ventana, inclinado sobre el escritorio, escribiendo con la mano derecha y con un puro encendido en la izquierda. Tenía delante un despliegue de plumas, lápices y tinteros colocados en una pequeña bandeja de madera, junto con una pipa y un bote de tabaco; aparte de eso, del cenicero y del secante forrado de cuero, el enorme escritorio estaba vacío. Legat no había visto nunca a un hombre que pareciera tan solitario.

—Primer ministro, sir Horace Wilson ya ha regresado. Le espera abajo.

Como de costumbre, Chamberlain no levantó la vista.

—Gracias. ¿Le importaría quedarse un momento?

Se detuvo unos segundos para dar una calada al puro y continuó escribiendo. Sobre su grisácea cabeza flotaba una irregular corona de humo. Legat avanzó y entró en el despacho. En los cuatro meses que llevaba trabajando allí no había mantenido todavía ni una sola conversación propiamente dicha con el primer ministro. En varias ocasiones, los informes que había presentado la noche anterior regresaban a la mañana siguiente con expresiones de gratitud anotadas en rojo en los márgenes —«Un análisis de primer orden.» «Planteado con claridad y bien expresado, gracias, NC.»—, y esos elogios más propios de un profesor lo habían emocionado más que cualquier comentario amable de un político. Pero Chamberlain jamás se había dirigido a él por su nombre, ni siquiera por su apellido, como solía hacer con Syers, y mucho menos por su nombre de pila, que era un honor reservado en exclusiva para Cleverly.

Pasaron varios minutos. Legat sacó con disimulo el reloj y lo consultó. Por fin el primer ministro terminó de escribir. Depositó la pluma en la bandeja, dejó el puro en equilibrio sobre el borde del cenicero y agrupó las hojas. Las igualó y se las tendió.

—¿Me hará el favor de mecanografiarlo?

—Por supuesto.

Legat se acercó y cogió las hojas; había más o menos una docena.

—Supongo que ha salido usted de Oxford, ¿verdad?

—Sí, primer ministro.

—No me ha pasado por alto su particular acento. ¿Podría leérselo? Si cree que hay alguna idea que debería desarrollarse, siéntase libre de hacer sugerencias. En estos momentos tengo tantas cosas en la cabeza que temo que haya alguna parte que no acabe de funcionar del todo bien.

Echó la silla hacia atrás, cogió el puro y se puso en pie. Pareció tambalearse un poco al hacer el súbito movimiento. Apoyó las manos en el escritorio para recuperar la estabilidad y a continuación se dirigió hacia la puerta.

La señora Chamberlain esperaba en el descansillo. Llevaba un traje aterciopelado digno de una cena de gala. Era diez años más joven que el primer ministro. Afable, despistada, de pechos voluminosos y un poco entrada en carnes, a Legat le recordaba a su suegra, otra chica de campo angloirlandesa de la que se decía que en su juventud había sido toda una belleza. Legat se detuvo para guardar las distancias. Ella le dijo algo a su marido en voz baja y, para gran sorpresa de Legat, vio que el primer ministro le tomaba la mano y le daba un fugaz beso en los labios.

—Annie, ahora no tengo tiempo. Ya hablaremos más tarde.

Cuando Legat pasó junto a ella le pareció que la mujer había estado llorando.

Siguió a Chamberlain escalera abajo y se fijó en sus hombros estrechos y caídos, en el cabello cano que se le rizaba un poco pese a lo corto que lo llevaba y en la mano sorprendentemente robusta que se deslizaba por la barandilla con el puro encendido y a medio consumir que sostenía entre el índice y el corazón. Tenía un porte victoriano. Su retrato en la escalera debería estar a mitad de camino, no en lo alto.

—Por favor, tráigame el discurso lo más rápido que pueda. —le pidió cuando llegaron al pasillo de los despachos.

Pasó por delante del de Legat, palpándose los bolsillos hasta que dio con la caja de cerillas. Se detuvo en la entrada de la sala del consejo de ministros y volvió a encender el puro, abrió la puerta de doble hoja y desapareció en el interior.

Legat se sentó ante su escritorio. La escritura del primer ministro resultó inesperadamente florida, incluso teatral. Permitía entrever a alguien más apasionado bajo ese caparazón de severa rectitud. En cuanto al discurso en sí, no le vio grandes virtudes. Para su gusto, había cierto abuso de la primera persona del singular: «He atravesado Europa en avión varias veces [...] He hecho todo lo que un hombre puede hacer [...] No abandono la esperanza de una solución pacífica [...] Soy un hombre de paz hasta lo más profundo de mi alma...». Pensó que, bajo su ostentosa modestia, Chamberlain era tan egocéntrico como Hitler. Siempre ligaba el interés nacional consigo mismo.

Legat hizo algunos cambios puntuales, incorporó varias correcciones gramaticales, añadió una línea para anunciar la movilización de la Armada, que el primer ministro parecía haber olvidado, y llevó el texto abajo.

Al descender hasta la parte de la casa que daba al jardín trasero, la atmósfera volvió a cambiar. Ahora era como bajar a los camarotes de la tripulación en un crucero de lujo. Los cuadros, las librerías y el silencio daban paso a techos bajos, espacios poco ventilados, calor y el incesante barullo de una docena de mecanógrafas tecleando a un ritmo de ochenta palabras por minuto. Incluso con las puertas del jardín abiertas, el ambiente era opresivo. Desde que empezó la crisis llegaban a diario miles de cartas de ciudadanos al Número 10. En el estrecho pasillo se apilaban sacas con correo sin abrir. Ya casi eran las siete. Legat explicó a la supervisora la urgencia de su misión y esta lo condujo hasta una joven sentada ante el escritorio de la esquina.

—Joan es la más rápida. Joan, querida, deja lo que estés haciendo y pasa a máquina el discurso del primer ministro para el señor Legat.

La joven pulsó la palanca junto al rodillo y extrajo el documento a medio terminar.

—¿Cuántas copias?

Su tono era despierto, resolutivo. Habría hecho buenas migas con Pamela.

Legat se inclinó sobre el borde del escritorio.

—Tres. ¿Podrá descifrar su letra?

—Sí, pero iremos más rápido si usted me lo dicta.

Colocó los folios y el papel carbón y esperó a que él empezase.

—«Mañana se reunirá el Parlamento y yo explicaré los acontecimientos que han llevado hasta la tensa y crítica situación en la que nos encontramos...» —Legat sacó la pluma—. Disculpe. Tendría que ser «los acontecimientos que nos han llevado». —Marcó el cambio en el manuscrito y continuó—: «Resulta horrible, pasmoso e increíble que nos veamos obligados a cavar trincheras y a probar las máscaras de gas debido a una disputa territorial en un país lejano, entre gente de la que no sabemos nada...».

Frunció el ceño. Joan dejó de mecanografiar y lo miró. Sudaba un poco bajo la capa de maquillaje. Legat le vio un leve rastro de humedad encima del labio superior y reparó en que tenía la blusa pegada a la espalda. Se percató de pronto de que la chica era atractiva.

—¿Algo está mal? —preguntó ella irritada.

—Es esta frase, no me convence.

—¿Por qué?

—Quizá suene un poco desdeñosa.

—Pero tiene razón, ¿no? Eso es lo que piensa la mayoría de la gente. ¿A nosotros qué nos importa si un montón de alemanes quieren unirse a otro montón de alemanes? —Golpeteó nerviosa con los dedos en las teclas—. Vamos, señor Legat, usted no es el primer ministro, ¿no le parece?

Él se rio a su pesar.

—Eso es cierto... ¡Gracias a Dios! De acuerdo, sigamos.

Pasar el discurso a máquina llevó a Joan unos quince minutos. Cuando llegaron al punto final, sacó el último folio de la máquina de escribir, ordenó las tres copias y las sujetó con clips. Legat inspeccionó la primera copia. Era impecable.

—¿Cuántas palabras diría que tiene el discurso?

—Unas mil.

—Entonces le llevará unos ocho minutos leerlo. —Legat se levantó—. Gracias.

—De nada. Lo escucharé —dijo cuando él ya se alejaba.

Para cuando llegó a la puerta de la sala, Joan ya estaba tecleando otro documento.

Legat corrió escalera arriba y por el pasillo de los despachos. Estaba cerca de la sala del consejo de ministros cuando apareció Cleverly. Parecía como si hubiera estado acechando, escondido en el lavabo cercano.

—¿Qué ha pasado con tus actas de la reunión del primer ministro con los jefes del Estado Mayor?

Legat notó que se sonrojaba un poco.

—El primer ministro decidió que no quería que quedase constancia escrita de la reunión.

—Y entonces ¿qué llevas ahí?

—Su discurso radiofónico de esta noche. Me ha pedido que se lo trajese en cuanto lo tuviera transcrito.

—De acuerdo, muy bien. —Cleverly extendió la mano—. Ya me encargo yo. —De mala gana, Legat le entregó las hojas—. ¿Por qué no vas a comprobar si los de la BBC ya lo tienen todo a punto?

Cleverly entró en la sala del consejo de ministros. La puerta se cerró. Legat se quedó mirando los paneles pintados de blanco. El poder consistía en estar en esa sala cuando se tomaban las decisiones. Pocos entendían mejor esa regla que el primer secretario particular. Legat se sintió un poco humillado.

De pronto la puerta volvió a abrirse. La parte inferior de la cara de Cleverly se retorcía en el rictus de una sonrisa forzada.

—Por lo visto quiere que entres tú.

Una docena de hombres, incluido el primer ministro, permanecían sentados alrededor de la mesa. Legat los repasó con la mirada: los comandantes en jefe, los Tres Grandes, el ministro de las Colonias del Imperio Británico y el ministro para la Coordinación de la Defensa, además de Horace Wilson y el subsecretario permanente de Asuntos Exteriores, sir Alexander Cadogan. Todos escuchaban con atención al agregado militar, el coronel Mason-MacFarlane.

—La impresión más clara que me he llevado de mi visita a Praga de ayer es que la moral de los militares checos es baja.

Su informe era un poco entrecortado, pero fluido. Parecía estar disfrutando de su momento de gloria.

El primer ministro se percató de la presencia de Legat en la puerta y le indicó con un gesto de la cabeza que entrase y se sentara a su lado, en la silla de su derecha, normalmente reservada al secretario del gabinete. Empezó de inmediato a releer el discurso, recorriendo el folio con la pluma y subrayando alguna palabra. Daba la impresión de que solo escuchaba a medias al coronel.

—… Hasta el año pasado, el Estado Mayor checo contaba con un posible ataque alemán desde dos puntos, desde el norte a través de Silesia, o desde el oeste a través de Baviera. Pero la incorporación de Austria al Reich ha extendido su frontera con Alemania por el sur en más de trescientos kilómetros y eso amenaza sus defensas. Puede que los checos combatan, pero ¿lo harán los eslovacos? La propia Praga carece por completo de defensas contra un eventual bombardeo de la Luftwaffe.

Wilson, que estaba sentado al otro lado del primer ministro, lo interrumpió.

—Ayer por la noche vi al general Göring y estaba convencido de que el ejército alemán derrotaría a los checos no en semanas, sino en días. Sus palabras exactas fueron: «Y bombardearemos Praga hasta reducirla a escombros».

En el lado opuesto de la mesa, Cadogan resopló.

—Es obvio que a Göring le interesa presentar a los checos como unos pusilánimes. Pero el hecho es que los checos tienen un ejército numeroso y sólidas fortificaciones defensivas. Pueden resistir sin problemas durante meses.

—Sin embargo, como acabas de oír, el coronel Mason-MacFarlane opina lo contrario.

—Con todo mi respeto, Horace, ¿qué sabe él de esto?

Cadogan era un individuo menudo de carácter taciturno, pero Legat le vio en ese momento defender la posición de Asuntos Exteriores como un gallo de pelea.

—Con idéntico respeto, Alec, él ha estado sobre el terreno, a diferencia del resto de nosotros.

El primer ministro dejó la pluma sobre la mesa.

—Gracias por venir a vernos desde Berlín, coronel. Nos ha sido de mucha utilidad. En nombre de todos los aquí presentes le deseo un buen viaje de regreso a Alemania.

—Gracias, primer ministro.

Cuando se cerró la puerta, Chamberlain dijo:

—Le pedí a sir Horace que trajese con él a Londres al coronel para que nos informara en persona, porque este me parece un punto crucial. —Paseó la mirada alrededor de la mesa—. Supongamos que los checos se desmoronan antes de que acabe octubre, ¿cómo convencemos al pueblo británico de que merece la pena seguir combatiendo en esa guerra durante el invierno? Les estaríamos pidiendo unos sacrificios tremendos, ¿y para conseguir qué exactamente? De entrada, ya hemos aceptado que los alemanes de los Sudetes no deberían haber sido transferidos a un estado dominado por los checos.

—Este es desde luego el planteamiento de las colonias —corroboró Halifax—. Hoy mismo nos han dejado muy claro que sus poblaciones no apoyarán una guerra por un tema tan local. América no participará. Los irlandeses se declararán neutrales. Uno empieza a preguntarse dónde vamos a encontrar algún aliado.

—Siempre nos quedan los rusos, por supuesto —intervino Cadogan—. No debemos olvidar que ellos también han firmado un tratado con los checos.

Un murmullo de disconformidad se extendió por la mesa.

—Alec —dijo el primer ministro—, la última vez que consulté el mapa no había una frontera común entre la Unión Soviética y Checoslovaquia. La única posibilidad de intervenir que tendrían sería invadiendo Polonia o Rumanía. Y en ese caso ambos países se sumarían al bando alemán en la guerra. Y la verdad, incluso dejando de lado las realidades geográficas, ¡tener nada menos que a Stalin como aliado en una cruzada para defender las leyes internacionales! La idea es grotesca.

—La pesadilla estratégica es que esto acabe convirtiéndose en una guerra mundial —intervino Gort— y tengamos que combatir contra Alemania en Europa, contra Italia en el Mediterráneo y contra Japón en el Lejano Oriente. Si llegamos a esa situación, desde mi punto de vista la propia existencia del Imperio británico estaría en serio peligro.

—Vamos directos hacia un desastre de grandes proporciones —añadió Wilson— y me parece que solo hay una salida posible. He preparado el borrador de un telegrama para decir a los checos que en nuestra opinión deberían aceptar los términos de herr Hitler antes de que expire el plazo mañana a las dos: retirarse de los Sudetes y permitirle ocupar el territorio. Es el único modo fiable de evitar vernos inmersos en una guerra que podría adquirir muy pronto unas enormes proporciones.

—¿Y qué pasa si se niegan? —preguntó Halifax.

—No creo que lo hagan. Y si lo hacen, en ese caso Reino Unido al menos no tendrá la obligación moral de involucrarse. Habremos hecho todo lo posible por evitar la guerra.

Se produjo un silencio.

—Esta propuesta tiene como mínimo el mérito de la simplicidad —sentenció el primer ministro.

Halifax y Cadogan cruzaron una mirada. Ambos empezaron a negar con la cabeza. Halifax con parsimonia, Cadogan con más vigor.

—No, primer ministro, eso nos convertiría a efectos prácticos en cómplices de los alemanes. Nuestra posición en el mundo se derrumbaría, y con ella el imperio.

—¿Y qué me dice de Francia? —añadió Halifax—. Los pondríamos en una posición insostenible.

—Pues tendrían que habérselo pensado antes —intervino Wilson—, le garantizaron su apoyo a Checoslovaquia sin consultarnos.

—¡Oh, por el amor de Dios! —Cadogan alzó la voz—. Horace, esto no es una disputa empresarial. No podemos permitir que Francia declare la guerra a Alemania sola.

Wilson permaneció impávido.

—Pero ¿no acaba de decirnos lord Gort que Francia no tiene ninguna intención de ir a la guerra? Protestarán, pero se mantendrán detrás de la Línea Maginot hasta el verano.

Los jefes del Estado Mayor empezaron a hablar todos a la vez. Legat vio al primer ministro mirar el reloj que había sobre la chimenea y concentrarse de nuevo en su discurso. Al no ejercer su autoridad para distribuir los turnos de palabra, la reunión no tardó en convertirse en un barullo de varias conversaciones paralelas. Era admirable la capacidad de concentración de Chamberlain. Tenía setenta años, pero seguía a pleno rendimiento, como el antiquísimo reloj de la sala: tictac, tictac...

La luz que entraba por los ventanales había empezado a atenuarse. Dieron las siete y media. Legat decidió que tenía que decir algo.

—Primer ministro —susurró—, me temo que los técnicos de la BBC van a necesitar la sala para instalar sus aparatos.

Chamberlain asintió. Paseó la mirada por la mesa y dijo en voz baja:

—¿Caballeros? —De inmediato se hizo el silencio—. De momento vamos a tener que dejar este asunto. Está claro que la situación es de la máxima gravedad. Disponemos de menos de veinticuatro horas antes de que expire el ultimátum alemán. Ministro de Exteriores, ¿tú y yo podríamos hablar un poco más sobre el asunto del telegrama que propones enviar al gobierno checo? Horace, nos reuniremos en tu despacho. Alec, será mejor que tú también vengas. Gracias a todos.

El despacho de Wilson estaba al lado de la sala del consejo de ministros y podía accederse a él directamente desde allí. A menudo, cuando el primer ministro estaba trabajando a solas en la larga mesa con forma de féretro, dejaban la puerta abierta para que Wilson pudiese entrar y salir en cualquier momento. La prensa lo consideraba el Svengali de Chamberlain, pero por lo que Legat había podido observar, ese retrato minusvaloraba el dominio político del primer ministro; Wilson era más bien un servidor de enorme utilidad. Se deslizaba por Downing Street vigilando el buen funcionamiento de la maquinaria gubernamental como el detective de unos grandes almacenes. En innumerables ocasiones, Legat había notado una presencia mientras trabajaba en su despacho, y al volverse había descubierto a Wilson observándolo en silencio desde la puerta. Al principio su rostro se mantenía inexpresivo, hasta que aparecía su inquietante sonrisa.

Los técnicos de la BBC extendieron los cables por la moqueta y colocaron el micrófono en la esquina de la mesa del consejo de ministros más cercana a las columnas. Lo sostenía una estructura metálica grande y cilíndrica que se estrechaba en la base, como la punta de un proyectil de artillería. Junto al micrófono había un altavoz y varias piezas más del equipo cuya utilidad desconocía. Syers y Cleverly entraron para observar.

—Los de la BBC han preguntado si también pueden retransmitir en directo el discurso que dará mañana el primer ministro en el Parlamento —comentó Syers.

—Esa decisión no nos corresponde a nosotros —respondió Cleverly.

—Lo sé. Podría establecer un precedente. Les he dicho que se pongan en contacto con el jefe del grupo parlamentario.

Cinco minutos antes de las ocho, el primer ministro salió del despacho de Wilson seguido por Halifax y Cadogan. Wilson fue el último en aparecer. Parecía molesto. Legat sospechó que debía de haber seguido discutiendo con Cadogan. Esa era la otra gran utilidad de Wilson: actuar como sustituto de su jefe. El primer ministro podía utilizarlo para tantear ideas mientras él se quedaba a un lado y observaba las reacciones sin tener que exponer su punto de vista y poner en riesgo su autoridad.

Chamberlain se sentó detrás del micrófono y desplegó los folios de su discurso. Le temblaban las manos. Una de las hojas se le cayó al suelo y tuvo que inclinarse con gesto rígido para recogerla.

—Estoy muy torpe —murmuró.

Pidió un vaso de agua. Legat le llenó uno con la jarra del centro de la mesa. Con los nervios, lo colmó demasiado. Varias gotas salpicaron la pulida superficie.

El técnico de la BBC les pidió que se sentasen en la otra punta de la sala. Tras los ventanales, en el jardín y en la explanada de la Guardia Montada, había caído la noche.

El Big Ben dio las campanadas de las ocho.

Se oyó la voz del presentador por el altavoz:

«Aquí Londres. En unos momentos escucharán al primer ministro, el muy honorable Neville Chamberlain, hablando desde el Número diez de Downing Street. Su discurso se retransmite para todo el imperio, para el continente americano y en un elevado número de países extranjeros. Con ustedes, el señor Chamberlain».

Se encendió una luz verde junto al micrófono. El primer ministro se ajustó los puños y cogió el discurso mecanografiado.

—«Quiero dirigirles unas palabras, hombres y mujeres de Reino Unido y del imperio, y tal vez también a otras personas...»

Pronunciaba cada sílaba con cuidado. Su tono era eufónico, melancólico, tan inspirador como una marcha fúnebre.

—«Qué horrible, absurdo e increíble resulta que tengamos que cavar trincheras y probarnos las máscaras de gas en nuestro país por culpa de un lejano conflicto territorial entre gente de la que no sabemos nada. Y parece todavía más inverosímil que un conflicto que ya está en vías de solución pueda dar pie a una guerra. Puedo entender muy bien los motivos por los que el gobierno checo se ha sentido incapaz de aceptar los términos del memorándum alemán...»

Legat miró a Cadogan, situado al otro lado de la mesa. Asentía para mostrar su conformidad.

—«Pero después de mis conversaciones con herr Hitler creo

que, si concedemos algo más de tiempo, debería ser posible llegar a un acuerdo para transferir el territorio que el gobierno checo ha aceptado entregar a Alemania bajo unas condiciones que garanticen un trato justo a la población afectada. Después de mis visitas a Alemania he podido comprobar de primera mano que herr Hitler considera que debe luchar por los otros alemanes. Me confió en privado y anoche lo repitió en público que en cuanto se solucione el problema de los Sudetes alemanes, Alemania dejará de plantear reclamaciones territoriales en Europa...»

Cadogan guiñó un ojo a Halifax, pero el ministro de Exteriores no se dio por aludido. Su rostro alargado, pálido, devoto y astuto permaneció impertérrito. En el ministerio lo llamaban el Zorro Sagrado.

—«No voy a abandonar la esperanza en una solución pacífica ni voy a cejar en mis esfuerzos por mantener la paz mientras siga habiendo alguna esperanza. No dudaría en realizar una tercera visita a Alemania si creyese que puede ser positiva...»

Ahora era Wilson quien asentía.

—«Entretanto, hay ciertas cosas que podemos y debemos hacer en casa. Seguimos necesitando voluntarios para prepararnos ante posibles ataques aéreos, para las brigadas de bomberos, los servicios policiales y las unidades de defensa territoriales. Que nadie se alarme si oye que se está llamando a filas a los jóvenes para manejar las baterías antiaéreas o cubrir las tripulaciones de los barcos de guerra. Son solo medidas de precaución que un gobierno debe tomar en tiempos como los actuales...»

Legat esperaba oír la frase que anunciaba la movilización de la Armada. Pero no llegó. El primer ministro la había eliminado. En su lugar había insertado un nuevo párrafo:

—«Sin embargo, por mucho que simpaticemos con un pequeño país enfrentado a un enorme y poderoso enemigo, no podemos bajo ninguna circunstancia comprometernos a involucrar a todo el Imperio británico en una guerra para defenderlo. Si debemos luchar, tendrá que ser por asuntos mucho más importantes que ese...

»Si estuviese convencido de que un país ha decidido dominar el mundo mediante el uso del miedo que provoca su fuerza, en ese caso no dudaría en enfrentarme a ello. Bajo semejante dominación, la vida de quienes creen en la libertad estaría amenazada. Pero la guerra es algo terrible y debemos tener muy claro, antes de lanzarnos a ella, que hay en juego asuntos de enorme importancia y que es necesario sopesar todas las consecuencias antes de ponerlo todo en riesgo para defenderlos.

»De momento, os pido que esperéis con toda la calma posible los acontecimientos de los próximos días. Dado que la guerra todavía no ha estallado, aún hay esperanza de evitarla y sabéis que trabajaré por la paz hasta el último momento. Buenas noches».

La luz verde se apagó.

Chamberlain dejó escapar un prolongado suspiro y se apoyó en el respaldo de la silla.

Wilson fue el primero en ponerse en pie. Se acercó al primer ministro, aplaudiéndole sin hacer mucho ruido.

—Ha estado espléndido, si me permite decírselo. Ni un tropiezo, ni un momento de duda.

Legat vio sonreír al primer ministro por primera vez. Asomaron unos dientes entre amarillentos y grisáceos. Su reacción ante los elogios parecía casi infantil.

—¿De verdad ha estado bien?

—El tono ha sido perfecto, primer ministro —ratificó Halifax.

—Gracias, Edward. Gracias a todos. —Incluyó a Legat junto con los técnicos de la BBC en su bendición general—. Cuando hablo ante un micrófono el truco es siempre imaginarme que me dirijo a una única persona sentada en su sillón y que hablo con ella en la intimidad, como un amigo. Claro que esta noche me ha costado más que otras veces, porque sabía que estaba hablando con una segunda persona sentada entre las sombras de la habitación. —Bebió un sorbo de agua—. Herr Hitler.

4

El funcionario al frente del Ministerio de Asuntos Exteriores alemán, el secretario de Estado Ernst von Weizsäcker, había dicho que quería tener en sus manos una traducción del discurso del primer ministro media hora después de su retransmisión, y había dejado esa responsabilidad en manos de Paul von Hartmann.

En la sala de seguimiento radiofónico ubicada en la buhardilla del edificio de la Wilhelmstrasse, bajo el amplio despliegue de antenas que emergían del tejado, Hartmann había reunido un eficaz equipo formado por tres mujeres. Primero, una estenógrafa anotaba en inglés las palabras de Chamberlain, lo cual no resultaba sencillo, porque cuando la señal de la BBC llegaba a Berlín ya había perdido mucha fuerza y la etérea voz del primer ministro se desvanecía y emergía alternativamente entre el rumor de la energía estática, y no siempre era fácil de descifrar. A medida que iban completándose las sucesivas páginas de esa anotación manuscrita, una segunda secretaria las pasaba a máquina en inglés con un amplio interlineado. Hartmann escribía la traducción entre las líneas en inglés y entregaba las páginas una a una a una tercera secretaria, que pasaba a máquina la versión alemana: «*Wie schrecklich, fantastisch, unglaublich ist es...*».

Su pluma se movió con rapidez sobre el papel de poca calidad; la tinta marrón dejó una leve mancha en el rugoso folio.

Diez minutos después de que Chamberlain concluyese el discurso, ya había completado el trabajo.

La mecanógrafa sacó el último folio de la máquina de escribir; Hartmann lo cogió, metió el discurso en una carpeta, le plantó un beso en la cabeza a la secretaria y salió a toda prisa de la habitación con una sonrisa de alivio que desapareció en cuanto se halló en el pasillo. Mientras se dirigía al despacho de Weizsäcker, hojeó el discurso con creciente desasosiego. El tono era demasiado cauteloso y conciliador, muy aguado, un mero ectoplasma radiofónico. ¿Dónde estaba el tono amenazante, el ultimátum? ¿Por qué Chamberlain no había repetido en público esa noche lo que su emisario le había dicho a Hitler por la mañana: que si Francia salía en defensa de Checoslovaquia, Inglaterra apoyaría a Francia?

Bajó por la escalera hasta la planta baja, llamó con los nudillos a la puerta del antedespacho de Weizsäcker y entró sin esperar respuesta. La sala era amplia y de techo alto, y los ventanales daban al parque que había detrás del ministerio. La luz la proporcionaba una enorme y ornamentada lámpara de araña. Detrás de los ventanales ya había oscurecido, y entre el reflejo de las bombillas todavía podían entreverse las siluetas de los árboles recortadas contra el cielo del atardecer. Las secretarias de menor rango ya se habían ido a casa, después de tapar las máquinas de escribir como si fueran jaulas para que los pájaros pudieran dormir. Allí solo quedaba la secretaria personal de Weizsäcker, sentada ante el escritorio junto al ventanal central. Entre sus labios de color rojo pasión colgaba un cigarrillo y sostenía una carta en cada mano, que miraba alternativamente, comparándolas con el ceño fruncido.

—Buenas noches, mi querida frau Winter.

—Buenas noches, herr Von Hartmann. —Inclinó la cabeza con suma formalidad, como si él le hubiera dicho una gran galantería.

—¿Está en el despacho?

—Está con el ministro en la cancillería.

—Ah. —Hartmann se quedó de piedra—. Entonces ¿qué hago con el discurso de Chamberlain?

—Ha dicho que se lo entregase de inmediato. Espere —le llamó cuando él ya se volvía para marcharse—. ¿Qué lleva en la cara?

Obediente, Hartmann se mantuvo inmóvil bajo la luz de la lámpara del techo mientras ella le inspeccionaba la mejilla. El cabello y los dedos de frau Winter olían a perfume y a cigarrillo. Vio algunas canas entre sus negros rizos. Se preguntó qué edad tendría. ¿Cuarenta y cinco años? En todo caso, los suficientes para haber tenido un marido que murió en la guerra.

—¡Tinta! —murmuró con desaprobación—. Tinta marrón. En serio, herr Von Hartmann, no puede usted entrar en la cancillería con estas pintas. ¿Y si se topa con el Führer? —Se sacó un pañuelo blanco de la manga, humedeció la punta con la lengua y se lo pasó con suavidad por la mejilla. Después dio un paso atrás para inspeccionar el resultado—. Así está mejor. Telefonearé para avisar de que va usted de camino.

En el exterior, la noche todavía era cálida. Las farolas de la época anterior a la guerra de la Wilhelmstrasse, muy distanciadas entre sí, creaban círculos aislados de luz en medio de la oscuridad reinante. Apenas había un alma en la calle. En mitad de la calzada, un barrendero retiraba con una pala los excrementos de caballo que habían quedado tras el desfile. El único sonido era el que producía el roce del metal con el asfalto. Hartmann agarró la carpeta y caminó con rapidez a lo largo de la fachada del ministerio hasta que esta dio paso a la verja de la cancillería del Reich. Una de las grandes puertas de hierro estaba abierta. Salió un Mercedes y el policía se cuadró con un saludo militar. Hartmann no alcanzó a ver quién ocupaba el asiento trasero. Mientras el coche enfilaba en dirección a la Anhalter Bahnhof, dio su nombre y departamento al policía y este le indicó el camino sin decir ni una palabra.

Había luz en todas las ventanas que daban al jardín: allí sí se percibía la sensación de actividad, de crisis. Bajo el toldo de la entrada, un centinela de las SS armado con una metralleta le pidió la documentación y tras revisarla asintió y le permitió acceder al vestíbulo, donde otros dos SS hacían guardia con la mano muy cerca de sus pistolas. Volvió a mostrar su pase y anunció que venía a ver al secretario de Estado Von Weizsäcker. Le ordenaron que esperase. Uno de los centinelas se acercó a un teléfono que había sobre una mesa pegada a la pared más alejada. Hartmann tomó nota mentalmente: dos policías en la verja de entrada, cuatro SS-Schütze allí, y al menos otros tres que podía ver en la sala de guardia.

Pasó un minuto. De pronto las enormes puertas dobles se abrieron y entró con paso decidido un ayuda de cámara de las SS. Entrechocó los talones y alzó el brazo con el saludo hitleriano, con la precisión de un soldadito de juguete al que se le da cuerda. Hartmann respondió con el preceptivo saludo.

—*Heil Hitler.*

—Sígame, por favor.

Cruzaron la puerta doble y caminaron por una inacabable alfombra persa. La habitación olía a los tiempos del káiser: viejas telas descoloridas por el sol, polvo y cera. Uno podía imaginarse a Bismarck caminando de un lado a otro. Bajo la atenta mirada de otro guardia de las SS —¿qué número hacía ese?, ¿era el octavo?— y siguiendo al ayudante, Hartmann subió por una escalera de mármol adornada con tapices gobelinos hasta el rellano de la segunda planta, atravesó un par de puertas y llegó hasta lo que, con el pulso acelerado, dedujo que eran las habitaciones privadas del Führer.

—¿Puede entregarme la carpeta? —le pidió el ayudante—. Espere aquí, por favor.

Cogió los documentos, golpeó con suavidad la puerta más cercana y entró con sigilo. Por un momento, antes de que la cerrara, Hartmann oyó voces, pero enseguida la conversación entre murmullos dejó de oírse. Echó un vistazo a su alrededor. Le sorprendió que la habitación fuera tan moderna, incluso decorada con gusto: cuadros interesantes, pequeñas mesas con lámparas y jarrones con flores recién cortadas, una alfombra sobre el pulido suelo de madera y sillas sencillas. No tenía claro si podía o no sentarse. Decidió no hacerlo.

Pasó un buen rato. En determinado momento, una hermosa mujer con una blusa blanca almidonada y un montón de papeles se incorporó a la reunión y salió enseguida con las manos vacías. Por fin, cuando ya había transcurrido un cuarto de hora, la puerta volvió a abrirse y apareció un elegante cincuentón de cabello cano con una insignia del Partido Nazi en la solapa. Era el barón Ernst von Weizsäcker, aunque en esos tiempos de igualitarismo se había desprendido del título casi en el mismo momento en que se prendió la insignia. Entregó un sobre a Hartmann.

—Gracias por esperar. Esta es la respuesta del Führer a Chamberlain. Por favor, llévela de inmediato a la embajada británica y entréguesela en persona a sir Nevile Henderson o al señor Kirkpatrick. —Se inclinó hacia delante y añadió en voz baja—: Pídales que presten especial atención a la última frase. Dígales que es nuestra respuesta al discurso radiofónico de esta noche. —Y bajando todavía más la voz, agregó—: Dígales que no ha resultado fácil.

—¡Weizsäcker!

Hartmann reconoció la voz autoritaria de Ribbentrop llamando desde la habitación. En el elegante rostro del secretario de Estado se dibujó una levísima mueca antes de darse la vuelta.

La embajada británica estaba a menos de cinco minutos a pie en dirección norte, al final de la Wilhelmstrasse, muy cerca del Ministerio de Exteriores. Mientras esperaba a que el policía de guardia en la verja de la cancillería le abriese, Hartmann examinó el sobre. Escrito de puño y letra por el propio Weizsäcker, iba dirigido a «Su Excelencia sir Nevile Henderson, embajador de Reino Unido»; no estaba lacrado.

—Buenas noches, señor —lo saludó el policía.

—Buenas noches.

Hartmann recorrió con aire despreocupado un tramo de la ancha acera de la calle, junto a las ventanas a oscuras del Ministerio de Exteriores, tan indiferente que nadie que lo estuviera observando habría sospechado de su comportamiento. Dio media vuelta y se metió en la entrada principal. El portero de noche lo reconoció. Subió por la escalera alfombrada entre esfinges de piedra, dudó un instante, torció hacia la izquierda y avanzó por el pasillo desierto.

Sus pasos retumbaban en el suelo de mármol, las paredes de color verde lima y el techo abovedado. Las puertas de ambos lados del pasillo estaban cerradas. Había un lavabo hacia la mitad del recorrido. Entró y encendió la luz. Su reflejo en el espejo sobre los lavamanos le impactó: iba encorvado, con aire furtivo, en una actitud muy sospechosa. No estaba hecho para ese tipo de trabajos. Se metió en uno de los cubículos, cerró la puerta y se sentó en el borde del inodoro.

Querido señor Chamberlain:

He informado una vez más durante nuestras conversaciones a sir Horace Wilson de mi decisión definitiva...

Tenía unos siete párrafos, algunos de ellos largos. La esencia del texto era beligerante: que los checos estaban ganando tiempo, que sus objeciones a la ocupación inmediata de los Sudetes por parte de Alemania eran artificiosas y que Praga intentaba conseguir «una conflagración bélica general». La última frase, de la que Weizsäcker se sentía tan orgulloso, no le pareció que ofreciese muchas esperanzas de paz:

He de dejar a su consideración si, en vista de estos hechos, cree que debe continuar con sus esfuerzos, que una vez más le agradezco, para hacer entrar en razón al gobierno de Praga hasta el último minuto.

La carta tipografiada estaba firmada por Adolf Hitler.

Llegó al despacho de Weizsäcker justo cuando frau Winter estaba cerrando para irse a casa. Llevaba un elegante sombrero de ala ancha. Lo miró sorprendida.

—¡Herr Hartmann! El secretario de Estado sigue en la cancillería.

—Lo sé. Odio tener que pedirle esto, pero no lo haría si no fuese importante.

—¿Qué?

—¿Puede hacer una copia de este documento lo antes posible?

Le mostró la carta y la firma. Frau Winter abrió mucho los ojos. Echó un vistazo a ambos lados del pasillo, se volvió, abrió la puerta con la llave y encendió la luz.

Le llevó quince minutos copiar la carta. Hartmann se quedó vigilando el pasillo. Frau Winter no dijo nada hasta el final.

—Parece determinado a provocar una guerra —constató sin levantar la vista de la máquina de escribir.

—Sí, y los ingleses tienen la misma determinación en evitarla, cueste lo que cueste.

—Tome. —Sacó la última hoja del rodillo de la máquina—. Váyase.

El pasillo seguía vacío. Volvió con paso rápido por donde había venido y estaba ya en el último tramo de la escalera que conducía al vestíbulo cuando se percató de la presencia de una figura con el uniforme negro de las SS que avanzaba por el suelo de mármol en dirección a él. El Sturmbannführer Sauer del equipo de Ribbentrop avanzaba cabizbajo y por un momento Hartmann se planteó dar media vuelta, pero Sauer alzó la mirada y lo reconoció. Frunció el ceño sorprendido.

—¿Hartmann?

Tenía más o menos su misma edad y un rostro inexpresivo del que parecía haber desaparecido cualquier atisbo de color: cabello rubio casi blanco, tez pálida y ojos azul claro.

Sin saber qué decir, Hartmann optó por alzar el brazo.

—*Heil Hitler!*

—*Heil Hitler!* —respondió Sauer de forma automática, pero se quedó mirándolo—. ¿No deberías estar en la embajada británica?

—Voy hacia allí. —Hartmann bajó los últimos peldaños y se dirigió con premura hacia la entrada.

—Por el amor de Dios, Hartmann —le gritó Sauer—, ¡date prisa! Está en juego el futuro del Reich…

Hartmann salió del edificio y se alejó con rapidez por la calle. Temía que Sauer saliese corriendo tras él, persiguiéndolo, que sacase la pistola, le ordenase vaciarse los bolsillos y descubriera su bloc de notas. Pero se dijo a sí mismo que debía calmarse. Era el tercer secretario del departamento inglés, responsable entre otros temas de las traducciones. Para él, llevar encima una copia de la carta oficial dirigida al primer ministro británico —una carta que, de todos modos, debía llegar a Londres en menos de una hora— no podía ser considerado traición. Podía justificarlo sin problemas. Podía justificar sin problemas casi todo.

Subió por los cinco gastados escalones de la entrada de la embajada británica. El interior del gran pórtico estaba iluminado por una única lóbrega lámpara. Las puertas de hierro estaban cerradas. Tocó el timbre y oyó una campanilla en algún punto del edificio. El sonido se extinguió. ¡Qué silencio! Al otro lado de la calle, incluso el Adlon, el más elegante de los grandes hoteles berlineses, estaba tranquilo. Era como si toda la ciudad se hubiera recluido. Por fin oyó el ruido de los cerrojos al abrirse y una llave que giraba. Un joven asomó la cabeza por la puerta.

—Traigo un mensaje urgente de la cancillería del Reich —dijo Hartmann en inglés— que debo entregar al embajador o al primer secretario en persona.

—Por supuesto. Estábamos esperándole.

Hartmann lo siguió al interior y por un segundo tramo de escalones hasta un imponente vestíbulo de dos plantas de altura con un techo de cristal abovedado. Lo había hecho construir el siglo anterior un magnate del ferrocarril que poco después cayó en la bancarrota. Un aire de ostentoso mal gusto lo impregnaba todo. No una, sino dos fastuosas escaleras con barandillas de porcelana se elevaban y retorcían desde paredes opuestas para encontrarse en el centro. Por la de la izquierda bajaba con ágiles pasos dignos de Fred Astaire un individuo alto, delgado, con aires de dandi, esmoquin y un clavel rojo en la solapa. Fumaba un cigarrillo con boquilla de jade.

—Buenas noches. Es usted Hartmann, ¿verdad?

—Buenas noches, excelencia. Sí, soy yo. Traigo la respuesta del Führer al primer ministro.

—Estupendo.

El embajador británico cogió el sobre, sacó rápidamente las tres hojas tipografiadas y comenzó a leerlas allí mismo. Sus ojos recorrían las líneas con premura. Su rostro alargado con un bigote caído, que ya en reposo tenía un aire melancólico, pareció alargarse todavía más. Emitió un leve gruñido. Al terminar de leer suspiró, volvió a colocarse la boquilla del cigarrillo entre los dientes y contempló la lámpara del techo. El tabaco que fumaba era muy aromático, turco.

—Sir Nevile, el secretario de Estado me ha indicado que le pida que preste especial atención a la última frase —anunció Hartmann—. Y ha añadido que le dijese que no ha resultado fácil.

Henderson volvió a mirar la última página.

—No es gran cosa, pero supongo que es mejor que nada. —Entregó la carta a su joven ayudante—. Tradúzcala y telegrafíela a Londres de inmediato, por favor. No es necesario codificarla.

Insistió en acompañar a Hartmann hasta la puerta. Sus modales eran tan elegantes como su ropa. Se rumoreaba que mantenía una relación sentimental con el príncipe Paul de Yugoslavia. En una ocasión se presentó en la cancillería con un jersey carmesí debajo del traje gris claro; al parecer, Hitler se pasó días hablando de ello. ¿En qué estaban pensando los ingleses, se preguntó Hartmann, cuando se les ocurrió enviar a un individuo así a negociar con los nazis?

Nevile estrechó la mano a Hartmann en la puerta.

—Diga al barón Von Weizsäcker que le agradezco el esfuerzo. —Se quedó contemplando la Wilhelmstrasse—. Me resulta extraño pensar que es posible que a finales de esta semana ya nos hayamos marchado de aquí. No puedo decir que vaya a lamentarlo del todo.

Dio una última calada al cigarrillo, lo agarró con cuidado entre el pulgar y el índice, lo extrajo de la boquilla y lo lanzó para que se desintegrase contra el suelo entre una cascada de chispas anaranjadas.

5

Los Legat vivían en una pequeña casa adosada en North Street, Westminster, que había encontrado para ellos el superior de Legat de entonces en el departamento central del Ministerio de Asuntos Exteriores, Ralph Wigram, que vivía con su mujer y su hijo al final de la misma calle. Su gran ventaja era la proximidad al despacho. Wigram esperaba de sus subalternos que trabajasen duro, y Legat podía estar sentado ante su escritorio diez minutos después de salir de su hogar. Los inconvenientes eran demasiado numerosos para hacer una lista y surgían sobre todo del hecho de que la casa tenía más de doscientos años. Aparte de la instalación eléctrica, no parecía que se hubieran modernizado muchas más cosas desde su construcción.

El Támesis quedaba a unos cien metros; el nivel freático era elevado. La humedad emergía del suelo y se topaba con la lluvia que goteaba del tejado. Tenían que colocar los muebles estratégicamente para ocultar las manchas verdosas de moho. La cocina era de antes de la guerra. Pero a Pamela le encantaba. Lady Colefax vivía en la misma calle y en verano celebraba cenas a la luz de las velas en la terraza a las que invitaba a los Legat. Era absurdo: él solo ganaba trescientas libras al año. Pese a que se habían visto obligados a realquilar el sótano para poder afrontar el pago del alquiler, mantenían un precario acceso al pequeño jardín mediante unos tambaleantes escalones que bajaban desde la ventana del salón; Legat había improvisado un ascensor precario con una cuerda y una cesta de la colada que les permitía bajar a los niños para que pudiesen jugar.

Fue a este antaño romántico pero ahora casi impracticable escenario doméstico —Legat había llegado a pensar que simbolizaba el estado general de su matrimonio— al que se dirigió a toda prisa una hora después de que el primer ministro terminase su discurso radiofónico para recoger una bolsa con las cuatro cosas básicas que necesitaría para pasar la noche fuera de casa.

Durante el recorrido, como siempre, pasó por delante de la casa de Wigram al principio de la calle. La mayoría de las fachadas estaban ennegrecidas por el hollín, y solo alguna que otra maceta repleta de geranios en alguna ventana les daba un toque de color. Sin embargo, la casa del número 4 parecía cerrada y abandonada. Detrás de los cristales de las pequeñas ventanas georgianas, los postigos blancos llevaban meses clausurados. De pronto, con una añoranza casi palpable, deseó que Wigram estuviese todavía allí dentro. Porque él antes que nadie había predicho esa crisis; para ser sinceros, se había obsesionado tanto con su predicción que incluso Legat, que lo admiraba, llegó a pensar que se había vuelto medio loco con el tema de Hitler.

Podía recordarlo sin problemas, sus penetrantes ojos azules, el bigote rubio, la boca tensa de labios finos. Pero más que evocar su imagen, podía oírlo, cojeando por el pasillo en dirección al despacho del tercer secretario —primero un paso firme y después el sonido de su pierna izquierda al arrastrarla, y los golpes del bastón que advertían de su presencia—, siempre listo para hablar de su monotema: Hitler, Hitler, Hitler.

Cuando los alemanes volvieron a ocupar la zona del Rin en 1936, Wigram pidió ver al primer ministro, Stanley Baldwin, y le advirtió de que, en su opinión, esa era la última oportunidad que los aliados tendrían de detener a los nazis. El primer ministro respondió que si había una posibilidad entre cien de que plantear un ultimátum desencadenase una guerra, no se arriesgaría a hacerlo; el país no soportaría otro conflicto bélico tan poco tiempo después del anterior. Wigram regresó a su casa en North Street desesperado y se derrumbó delante de su mujer: «Caerán bombas sobre esta pequeña casa». Nueve meses después lo encontraron muerto en el baño a los cuarenta y seis años; nadie parecía tener claro si fue un suicidio o el resultado de las complicaciones de la polio que lo había paralizado parcialmente durante la década pasada.

«Oh, Ralph —pensó Legat—, pobre y lisiado Ralph, tú lo viste venir.»

Entró en casa y encendió la luz. Como de costumbre, saludó y esperó una respuesta. Pero comprobó que ya se habían marchado todos y, a juzgar por el aspecto de la casa, de un modo precipitado. La chaqueta de seda que Pamela se había puesto para comer colgaba del remate de la barandilla al inicio de la escalera. El triciclo de John estaba volcado en el suelo, interrumpiendo el paso. Legat lo enderezó. Los escalones crujían bajo sus pies. La madera estaba ya medio podrida. Los vecinos se quejaban de la humedad que atravesaba la pared medianera. Pero pese a todo, Pamela había logrado dar a la casa un toque chic, con profusión de alfombras persas, cortinas de damasco carmesí, plumas de pavo real y avestruz, adornos y encajes antiguos. Sin duda tenía buen ojo para la decoración. Una noche llenó la casa de velas aromáticas y la convirtió en un lugar de ensueño. Pero a la mañana siguiente el olor a humedad ya había regresado.

Legat entró en el dormitorio. Aunque la bombilla de la lámpara estaba fundida, la luz del rellano era suficiente para poder manejarse. La ropa que Pamela había descartado estaba amontonada sobre la cama y desperdigada por el suelo. Tuvo que saltar por encima de la ropa interior de su mujer para llegar al lavabo. Guardó la navaja y la brocha de afeitar, jabón, un cepillo de dientes y bicarbonato en su neceser, y volvió al dormitorio para coger una camisa.

Un coche bajaba a poca velocidad por North Street. Por el ruido ahogado del motor intuyó que iba en primera. La luz de los faros iluminó el techo y proyectó la silueta del marco de la ventana en la pared opuesta; las líneas oscuras se movieron como la sombra en un reloj de sol. Legat se quedó inmóvil con la camisa en la mano y escuchó. El automóvil parecía haberse detenido delante de la casa, aunque seguía con el motor en marcha. Se acercó a la ventana.

Era un coche pequeño, de dos puertas, y la del pasajero estaba abierta. Oyó un estrépito en el piso inferior. Un instante después una silueta con sombrero y abrigo oscuro se apartó de la casa con rapidez, volvió a meterse en el vehículo y cerró la puerta.

Legat atravesó la habitación en dos zancadas, bajó por la escalera saltando tres o cuatro escalones con cada paso, y a punto estuvo de aterrizar en el suelo al tropezar con el triciclo. Cuando por fin pudo abrir la puerta de la calle, el coche ya giraba por la esquina con Great Peter Street. Se quedó mirándolo uno o dos segundos, mientras recuperaba el aliento, y se inclinó para recoger el sobre que le habían dejado sobre el felpudo. El papel era grueso, con aspecto oficial, ¿quizá una citación judicial? Su nombre estaba mal escrito: «Leggatt». Regresó a la sala de estar y se sentó en el sofá. Deslizó el dedo por debajo de la solapa y lo abrió con cuidado. No sacó el documento que contenía de inmediato. En lugar de eso, separó el sobre con dos dedos e inspeccionó el interior. Era su modo de prepararse para recibir malas noticias financieras. Alcanzó a leer el encabezamiento mecanografiado:

Berlin Mai. 30.1938
OKW No 42/38. g. Kdos. Chefsache (Streng geheim, Militär) L I

Diez minutos después caminaba de regreso a la oficina. Mirase donde mirase, detectaba signos de ansiedad: una hilera de color rubí de luces traseras de los automóviles que se acumulaban en Marsham Street en dirección a la gasolinera ante la que los conductores hacían cola para repostar; un himno religioso cantado al aire libre en los adoquinados alrededores de la abadía de Westminster como parte de una vigilia por la paz a la luz de las velas; los destellos plateados de las cámaras de los noticiarios sobre las paredes oscuras de Downing Street que silueteaban a la silenciosa multitud reunida alrededor.

Llegaba con retraso. Tuvo que abrirse paso entre la gente para llegar al Número 10, con la bolsa para pasar la noche alzada sobre la cabeza.

—Disculpe… Disculpe…

En cuanto entró comprobó que el esfuerzo había sido inútil. La planta baja estaba desierta. Los ministros ya habían entrado en la sala del consejo para la reunión de las nueve y media.

Cleverly no estaba en su despacho. Legat permaneció inmóvil unos instantes en el pasillo, preguntándose qué hacer. Encontró a Syers sentado ante su escritorio, fumando un cigarrillo y mirando por la ventana. Syers descubrió el reflejo de Legat en el cristal.

—Hola, Hugh.

—¿Dónde está Cleverly?

—En la sala del consejo de ministros, preparado por si deciden enviar el telegrama de Horace a los checos.

—¿Cadogan también ha entrado?

—No lo he visto. —Syers se volvió—. Pareces un poco alterado. ¿Te encuentras bien?

—Perfectamente. —Legat alzó la bolsa para mostrársela—. He vuelto a casa para recoger algunas cosas.

Salió antes de que Syers tuviese tiempo de preguntarle nada más. En su despacho abrió la bolsa y sacó el sobre. Haberlo llevado hasta ese edificio parecía en sí mismo un acto de traición, y corría el riesgo de que lo pillasen con él. Tenía que entregarlo a su superior, quitárselo de encima lo antes posible.

A las diez menos cuarto atravesó Downing Street, abriéndose paso con más prisas que antes entre los curiosos congregados allí. Cruzó la verja de hierro al otro lado de la calle y entró en el vasto rectángulo de los edificios ministeriales. En todos se veían luces encendidas: el Ministerio de las Colonias a la izquierda, el del Interior al fondo a la izquierda, el Ministerio para la India al fondo a la derecha y, justo a su lado, subiendo una escalinata, el de Asuntos Exteriores. El portero de noche lo saludó con un movimiento de cabeza.

El pasillo era enorme y abovedado, de estilo imperial victoriano, con una extravagancia calculada para dejar pasmados a los visitantes que tenían la desgracia de no haber nacido británicos. El despacho del subsecretario permanente estaba en una esquina de la planta baja y daba a Downing Street por un lado y a Horse Guard Road por el otro, y dado que la proximidad era un indicador del poder, para el Ministerio de Asuntos Exteriores era motivo de orgullo que su subsecretario pudiese sentarse frente al primer ministro en la sala del consejo de ministros noventa segundos después de ser convocado.

La señorita Marchant, la secretaria de guardia, estaba sola

en el antedespacho. Solía trabajar en el piso superior, para el miope vicesecretario de Cadogan, Orme Sargent, universalmente conocido como el Topo.

Legat estaba casi sin aliento.

—Necesito ver a sir Alexander. Es muy urgente.

—Me temo que está demasiado ocupado para recibir a nadie.

—Por favor, dígale que es un asunto de extrema importancia para el país.

Esa frase tópica, al igual que el reloj de bolsillo y el traje oscuro clásico, parecía formar parte de su personalidad. Esperó con las piernas un poco separadas. A pesar del cansancio y de su inexperta juventud, no pensaba amilanarse. La señorita Marchant parpadeó perpleja, dudó, se levantó y golpeó con los nudillos en la puerta del subsecretario. Asomó la cabeza en el despacho.

—El señor Legat quiere hablar con usted —la oyó decir. Luego, una pausa—. Dice que es muy importante. —Otra pausa—. Sí, creo que debería recibirlo.

Se oyó un difuso gruñido procedente del despacho.

La señorita Marchant se hizo a un lado para dejarlo entrar. Cuando pasó junto a ella, Legat la miró con tanto aprecio que ella se sonrojó.

La enormidad del despacho —el techo debía de estar como mínimo a seis metros del suelo— enfatizaba la pequeñez de sir Alexander. No estaba sentado ante su escritorio, sino a la mesa de reuniones. La superficie estaba cubierta casi por completo por papeles de varios colores: blanco para las actas y los telegramas, azul claro para los borradores, malva para los despachos, aguamarina para los documentos del consejo de ministros, intercalados en ocasiones con las cartulinas marrones de los archivos sujetos con una cinta rosa. El subsecretario permanente llevaba unas gafas con montura redonda de carey, por encima de las cuales observó a Legat con aire irritado.

—¿Sí?

—Disculpe que le moleste, sir Alexander, pero he creído que debería ver esto cuanto antes.

—Oh, Dios, ¿y ahora qué?

Cadogan estiró el brazo, cogió los cinco folios mecanografiados, leyó la primera línea:

Auf Anordnung des Obersten Befehlshabers der Wehrmacht

Frunció el ceño y pasó las hojas hasta llegar al final:

gez. ADOLF HITLER
Für die Richtigkeit der Abschrift:
ZEITZLER, Oberstleutenant des Generalstabs

Legat tuvo la satisfacción de ver que, de pronto, se erguía en la silla de un salto.

El documento era una directiva de Hitler:

Guerra en dos frentes con el esfuerzo principal aglutinado en el sudeste, Concentración Estratégica «Verde».

—¿De dónde demonios ha sacado esto?

—Me lo han dejado en el buzón de casa hará una media hora.

—¿Quién?

—No he llegado a verlos. Un hombre en un coche. De hecho, dos.

—¿Y no iba acompañado de ningún mensaje?

—No.

Cadogan hizo un hueco en la mesa, dejó el documento e inclinó su cabeza desproporcionadamente grande sobre él. Lo leyó con absoluta concentración, con los puños contra las sienes. Tenía un buen nivel de alemán; estaba al frente de la embajada de Viena en el verano de 1914, cuando asesinaron al archiduque Franz Ferdinand.

> Es fundamental crear en los dos o tres primeros días una situación que demuestre a los estados enemigos que pretenden intervenir la imposibilidad de sostener la defensa militar checa [...]
> Las unidades militares capaces de llevar a cabo acciones rápidas deben abrir brecha en las fortificaciones de la frontera con rapidez y energía, y deben penetrar en Checoslovaquia con decisión, confiando en que el grueso de las unidades motorizadas se movilizarán a la máxima velocidad [...]
> Se empleará toda la fuerza de la Luftwaffe para lanzar un ataque sorpresa contra Checoslovaquia. Los aviones cruzarán la frontera al mismo tiempo que las primeras unidades del ejército [...]

Cada vez que terminaba de leer una página, Cadogan le daba la vuelta y la colocaba pulcramente a su derecha. Cuando llegó al final del documento, cuadró las hojas.

—Extraordinario —murmuró—. Supongo que la primera pregunta que debemos hacernos es si el documento es auténtico.

—A mí desde luego me lo parece.

—Estoy de acuerdo. —El subsecretario permanente volvió a inspeccionar la primera página—. De modo que esto fue redactado el treinta de mayo. —Recorrió con el dedo las líneas, traduciendo del alemán—: «He tomado la inamovible decisión de aplastar Chescoslovaquia mediante una acción militar en el futuro inmediato...». Desde luego, suena a Hitler. De hecho, es casi palabra por palabra lo que le ha dicho a Horace Wilson esta mañana. —Se apoyó en el respaldo de la silla—. De modo que, si asumimos que el documento es auténtico, que creo que es lo que debemos hacer, a continuación se plantean tres preguntas:

quién nos ha entregado el documento, por qué nos lo han entregado y, en concreto, por qué se lo han entregado a usted.

Una vez más, Legat experimentó una sensación de culpabilidad, como si, por el mero hecho de que el documento hubiera pasado por sus manos, su lealtad se hubiera visto comprometida. Prefería no plantearse de dónde había salido.

—Me temo que no puedo responder a ninguna de ellas.

—En cuanto a quién nos lo ha enviado, sabemos con certeza que existe cierta oposición interna a Hitler. Un número considerable de oponentes al régimen se han puesto en contacto con nosotros durante el verano, asegurando que estarían dispuestos a derrocar a los nazis si nosotros nos comprometemos a mantenernos firmes en el tema de Checoslovaquia. No puedo decir que formen un grupo muy coherente; hay algunos diplomáticos desafectos y varios aristócratas que quieren restaurar la monarquía. Pero esta es la primera vez que recibimos algo concreto de ellos, aunque no nos aporta ninguna información que no supiésemos. Que Hitler pretende destruir Checoslovaquia y que quiere hacerlo rápidamente, no es ninguna novedad. —Se quitó las gafas y chupó la patilla. Estudió a Legat con indiferencia—. ¿Cuándo estuvo en Alemania por última vez?

—Hace seis años.

—¿Ha mantenido el contacto con alguien de allí?

—No. —Eso al menos tenía el mérito de ser cierto.

—Si no recuerdo mal, estuvo usted en Viena después de su paso por el departamento central, ¿es así?

—Sí, señor, de 1935 a 1937.

—¿Algún amigo allí?

—Nadie en especial. Teníamos un hijo pequeño y mi mujer estaba embarazada del segundo. No nos relacionábamos demasiado.

—¿Y qué me dice de la embajada alemana en Londres? ¿Conoce a alguien allí?

—No, la verdad es que no.

—Entonces no lo entiendo. ¿Cómo pueden los alemanes saber siquiera que trabaja usted en el Número diez?

Legat se encogió de hombros.

—Quizá sea por mi mujer. A veces aparece en las columnas de cotilleos, y en ocasiones se cuela mi nombre.

Se sonrojó al recordar que la semana anterior, sin ir más lejos, el *Daily Express* había publicado un artículo sobre una de las fiestas de lady Colefax y lo describía como «una de las jóvenes estrellas más brillantes del Ministerio de Asuntos Exteriores, ahora al servicio del primer ministro».

—¿Las columnas de cotilleos? —El subsecretario permanente repitió el termino con desdén, como si fuese algo repugnante que hubiera que coger con pinzas—. ¿Y eso qué demonios es? —preguntó Cadogan. Legat no tenía claro si bromeaba o no. Llamaron a la puerta antes de que pudiera responderle—. ¡Adelante!

La señorita Marchant traía una carpeta.

—Acaba de llegar un telegrama de Berlín.

—¡Ya era hora! —Cadogan prácticamente se lo arrancó de la mano—. Llevo toda la tarde esperándolo. —De nuevo dejó el documento sobre la mesa, inclinó su enorme cabeza sobre él y lo leyó con tal concentración que parecía a punto de caer sobre el papel. Empezó a murmurar—: Cabrón... cabrón... ¡cabrón! —Desde que estalló la crisis, jamás salía del despacho antes de medianoche. Legat se preguntó cómo aguantaba el ritmo. Pasado un rato, el subsecretario levantó la mirada—. Esto es lo último de Hitler. El primer ministro tiene que verlo de inmediato. ¿Va a volver usted al Número diez?

—Sí, señor.

Cadogan volvió a meter el telegrama en la carpeta y se la entregó.

—En cuanto al otro asunto, yo me encargo de hacerlo circular, a ver qué saca en claro nuestro equipo. Seguro que mañana querrán hablar con usted. Dé una vuelta al tema. Intente averiguar quién está detrás.

—Sí, señor.

Cadogan cogió otra carpeta.

Según el registro horario del consejo de ministros, el telegrama 545 de Berlín («Carta del canciller del Reich al primer ministro») fue entregado a Chamberlain un poco después de las diez de la noche. La mesa del consejo estaba a rebosar: veinte ministros en total, sin contar a Horace Wilson, que asistía en su condición de asesor especial para informar de su encuentro con Hitler, y del secretario del consejo, Edward Bridges, un tipo con gafas de erudito cuyo padre había sido un poeta laureado. La mayoría de ellos estaban fumando. Habían abierto una de las ventanas de guillotina que daban al jardín para intentar disipar la humareda de puros, pipas y cigarrillos. De vez en cuando, una cálida brisa nocturna barría los papeles desplegados por la mesa y los desparramaba sobre la moqueta.

Lord Halifax estaba en el uso de la palabra cuando Legat entró. Se acercó con discreción al primer ministro y le dejó el telegrama delante. Chamberlain, que estaba escuchado al ministro de Exteriores, lo miró, hizo un gesto de asentimiento y con una leve inclinación de la cabeza le indicó que fuese a sentarse con los otros funcionarios en una hilera de sillas pegadas a la pared más alejada de la sala. Dos de ellas estaban ocupadas por taquígrafas de la oficina del consejo de ministros, ambas garabateando muy concentradas, y la tercera por

Cleverly. Tenía el mentón pegado al pecho, brazos y piernas cruzados, y daba leves sacudidas con el pie derecho. Lanzó una mirada sombría cuando Legat se deslizó en la silla contigua, se inclinó hacia él y le susurró:

—¿Qué era eso?

—La respuesta de Hitler.

—¿Qué dice?

—Lo siento, pero no lo he mirado.

—Pues ha sido una negligencia por tu parte. Esperemos que sean buenas noticias. Me temo que el pobre primer ministro las está pasando canutas.

Legat tenía una visión lateral de Chamberlain muy clara. Se había puesto las gafas y estaba leyendo la carta de Hitler. No veía al ministro de Exteriores, que estaba sentado frente al primer ministro, pero su voz era inconfundible, con sus erres arrastradas y su tono de desenvuelta autoridad moral, como si hablase desde un púlpito invisible.

—«... Y por lo tanto, muy a mi pesar, me temo que honestamente no puedo apoyar al primer ministro en este tema en concreto. Me produciría una gran incomodidad enviar el telegrama que sir Horace ha preparado. Decir a los checos que entreguen su territorio sin más dilación bajo la amenaza de una invasión en mi opinión equivale a decirles que capitulen.»

Hizo una pausa para beber un sorbo de agua. La atmósfera alrededor de la mesa era expectante. ¡El Zorro Sagrado había abandonado la seguridad de su guarida! De hecho, un par de ministros se inclinaron hacia delante para asegurarse de que lo habían oído bien.

—Entiendo, por supuesto —continuó Halifax—, que si no enviamos el telegrama de sir Horace las consecuencias pueden ser terribles para millones de personas, incluidos nuestros conciudadanos. Puede provocar que la guerra sea inevitable. Pero no podemos decir sin más a los checos que acepten algo que consideramos que es injusto. No creo que la Cámara de los Comunes dé el visto bueno. Y, por último, y esto para mí es el punto clave del asunto, no podemos ofrecer a los checos ninguna garantía sólida de que el ejército alemán se detendrá en la frontera de los Sudetes y no continuará avanzando para ocupar la totalidad del país.

Todas las miradas se volvieron hacia Chamberlain. De perfil, las cejas y el bigote, poblados y canos, parecieron erizarse; la nariz aguileña se alzó desafiante a lo lejos. No le gustaba que lo contradijesen. Legat se preguntó si perdería los estribos. Nunca había presenciado una reacción de ese tipo en el primer ministro. Ocurría raras veces, pero se decía que era espectacular. En lugar de eso, Chamberlain respondió con frialdad:

—El ministro de Exteriores acaba de ofrecer unos argumentos de peso y tal vez incluso convincentes contra mi propuesta, pese a que considero que es la última oportunidad de que disponemos. —Miró a su alrededor las caras de los ministros—. Pero si esta es la opinión general de los aquí presentes… —Hizo una expectante pausa, como el subastador que espera la llegada de una última puja. Nadie abrió la boca—. Si esta es la opinión general… —repitió, ahora con el tono severo de quien ha salido victorioso— estoy dispuesto a no dar el paso. —Miró a Horace Wilson—. No enviaremos el telegrama.

Se oyeron las sillas moverse y reordenamiento de papeles, el sonido producido por hombres de paz preparándose a regañadientes para la guerra. La voz del primer ministro se impuso a los murmullos. Todavía no había terminado.

—Antes de seguir adelante, tengo que informar al consejo de ministros de que acabo de recibir una respuesta de herr Hitler. Creo que será útil que la lea.

Varios de los ministros más aduladores —Maugham, el

lord canciller, y Morrison el Tembloroso de Agricultura— exclamaron «Sí» y «Por supuesto».

El primer ministro cogió el telegrama. Leyó:

—«Querido señor Chamberlain, he informado una vez más en el curso de nuestras conversaciones a sir Horace Wilson, quien me entregó su carta del veintiséis de septiembre, sobre mi decisión final...».

Resultaba desconcertante oír las peticiones de Hitler de boca de Chamberlain. Hacía que parecieran muy razonables. Después de todo, ¿por qué tenía que oponerse el gobierno checo a la ocupación inmediata de un territorio que ya había aceptado que debía transferirse a Alemania?

—«Esto no es más que una medida de seguridad que pretende garantizar la rápida y tranquila aplicación del acuerdo final» —continuó leyendo Chamberlain.

Cuando se quejaron de la pérdida de sus fortificaciones fronterizas, ¿el mundo entendió que solo estaban ganando tiempo?

—«Si para aplicar el acuerdo final tuviéramos que esperar a que Checoslovaquia completase sus nuevas fortificaciones en el territorio que seguirá perteneciéndole, eso sin duda llevaría meses e incluso años», dice Hitler en esta carta —añadió el primer ministro.

Y siguió con los argumentos. Era como si hubieran ofrecido a Hitler una silla entre los miembros del gabinete para defender su postura. Al acabar de leer, el primer ministro se quitó las gafas.

—Bueno —dijo—, está claro que lo han redactado con sumo cuidado, y necesitaremos más tiempo para analizarlo, pero no me parece que cierre todas las puertas a la esperanza.

Duff Cooper, el primer lord del Almirantazgo, tomó la palabra de inmediato:

—Todo lo contrario, primer ministro, ¡no cede en nada!

Era un hombre de vida disoluta que siempre desprendía, incluso a media mañana, un vago olorcillo noctámbulo a whisky, a habanos y al perfume de esposas ajenas. Estaba colorado. Legat no tenía claro si por la ira o porque había estado bebiendo.

—Puede que eso sea cierto —añadió Halifax—, pero es evidente que tampoco ha dado el portazo definitivo. Acaba invitando al primer ministro a continuar con sus esfuerzos por la paz.

—Sí, pero de un modo muy tibio. «Dejo en sus manos la decisión de si merece la pena continuar con el empeño», dice. Está claro que él no lo cree ni remotamente. Solo intenta endosarles la culpa por la agresión a los checos.

—Bueno, ni siquiera ese es un detalle insignificante. Da a entender que incluso Hitler tiene la sensación de que no puede ignorar la opinión mundial. Esto, primer ministro, podría darle un punto de partida con el que trabajar.

«Y ahora veamos cómo maniobra a dos bandas el Zorro Sagrado —pensó Legat—, un minuto para la guerra y el siguiente para la paz.»

—Gracias, ministro de Exteriores —dijo Chamberlain en tono gélido; era obvio que no le había perdonado la intervención—. Todos conocen mis convicciones. Pretendo seguir trabajando en pro de la paz hasta el último momento posible. —Echó un vistazo al reloj por encima de su hombro—. Se nos ha acabado el tiempo. Debo preparar mi discurso de mañana ante el Parlamento. Es evidente que habré de ir más lejos que en la alocución radiofónica de esta tarde. Tendré que informar a la cámara de nuestras advertencias a Hitler de esta mañana. Sugiero que acordemos entre todos las palabras que debería utilizar. —Miró a Legat y le hizo señas para que se acercase—. ¿Podría hacer el favor de localizarme una copia del discurso de

Hitler de ayer por la noche? —le pidió en voz baja—. Tráigamelo cuando acabemos esta reunión.

La única copia del discurso de Hitler que Legat pudo conseguir fue la publicada por *The Times* esa mañana. Se sentó ante su escritorio con su propio ejemplar y alisó las páginas con la palma de las manos. Parecía que hubiera pasado una eternidad desde que lo leyó en el Ritz mientras esperaba a Pamela. De pronto recordó que le había prometido llamarla al campo. Clavó la mirada en el teléfono. Probablemente ahora fuese tarde. Los niños ya estarían en la cama y sin duda Pamela se habría bebido algunos cócteles de más y habría tenido una bronca con sus padres. Le abrumaba pensar en lo desastroso que había resultado el día: la comida interrumpida, los trabajadores en Green Park, los globos de barrera sobre el Támesis, las máscaras de gas para sus hijos, el coche que se alejaba por North Street... Y mañana sería peor. Mañana los alemanes se movilizarían y a él lo interrogaría el servicio de inteligencia. No le sería tan fácil engañarlos como a Cadogan. Porque ellos tendrían su ficha.

Oyó voces. Parecía que la reunión del consejo de ministros ya había terminado. Se levantó y fue hasta la puerta. Los ministros salían al pasillo. Lo normal al acabar la reunión era que se oyeran algunas risas, palmadas en la espalda e incluso alguna trifulca ocasional. Esa noche no sucedió nada de eso. Aparte de un par de conversaciones en voz baja, la mayoría de los políticos aparecieron cabizbajos y salieron del Número 10 cada uno por su lado. Vio que el alto y solitario Halifax se ponía el bombín y recogía el paraguas del paragüero. A través de la puerta abierta de la sala del consejo de ministros se colaba la ya familiar luz titilante y se oían preguntas hechas a voz en grito.

Legat esperó hasta que creyó que el primer ministro ya estaría solo y entró en la sala. Estaba desierta. Las colillas y el apabullante olor estancado a tabaco le recordaron a la sala de espera de una estación. A su derecha, la puerta del despacho de Cleverly estaba entreabierta. Podía oír al secretario del consejo de ministros y al primer secretario hablando entre ellos. A su izquierda, la del despacho de Horace Wilson estaba cerrada. Llamó con los nudillos, y la voz de Wilson lo invitó a pasar.

Lo encontró ante una mesa auxiliar, echando soda de un sifón en dos vasos con lo que parecía brandy. El primer ministro estaba derrumbado en un sillón, con las piernas estiradas y los brazos colgando. Tenía los ojos cerrados. Los abrió cuando Legat se le acercó.

—Lo siento, primer ministro, pero solo he podido encontrar el discurso en *The Times*.

Con un gruñido de agotamiento, Chamberlain se incorporó desde las profundidades del sillón. Movió las piernas con rapidez. Cogió el periódico, lo abrió por las páginas del discurso y lo extendió sobre el escritorio de Wilson, se sacó las gafas del bolsillo de la pechera y comenzó a leer de arriba abajo las columnas. Leía con la boca entreabierta. Wilson se acercó desde la mesa auxiliar y ofreció, cortés, un vaso a Legat, que este rechazó negando con la cabeza.

—No, gracias, sir Horace.

Wilson lo dejó en la mesa cerca del primer ministro. Miró a Legat y alzó levemente las cejas. Había algo casi perturbador en ese gesto de complicidad, una indicación de que ambos debían complacer al viejo.

—Aquí está —dijo el primer ministro. Y leyó—: «Jamás habíamos encontrado una sola potencia europea liderada por un hombre que conozca tan bien la aflicción de nuestro pueblo como mi gran amigo Benito Mussolini. No debemos olvidar nunca lo que ha hecho en estos tiempos ni la actitud de los italianos. Si alguna vez Italia sufriese una aflicción similar a la nuestra, me dirigiría a los alemanes y les pediría que hicieran por los italianos lo que los italianos han hecho por nosotros».

Empujó el periódico para deslizarlo hacia Wilson a fin de que este pudiera leerlo. Cogió el vaso y bebió un sorbo.

—¿Ves a qué me refiero?

—Sí.

—Hitler no va a escucharme, pero tal vez escuche a Mussolini. —Se sentó ante el escritorio, cogió una hoja de papel de carta y mojó la pluma en el tintero. Hizo una pausa para beber otro sorbo, miró hacia delante pensativo y empezó a escribir. Al cabo de un rato, sin levantar la cabeza, dijo a Legat—: Quiero que lleve esto de inmediato a la sala de cifrado del Ministerio de Asuntos Exteriores y que les diga que lo telegrafíen al instante a lord Perth, en la embajada de Roma.

—Sí, primer ministro.

—Si va a escribir al embajador —intervino Wilson—, ¿no cree que debería comunicárselo al ministerio primero?

—Al diablo con los de Asuntos Exteriores. —El primer ministro secó la tinta húmeda. Se volvió y sonrió a Legat—. Por favor, olvide que ha oído este último comentario. —Le tendió la carta—. Y en cuanto haya cumplido este encargo, nos pondremos con mi discurso ante el Parlamento.

Un minuto después, Legat recorría apresurado Downing Street en dirección al Ministerio de Asuntos Exteriores. La calle estaba despejada. La multitud se había marchado. Las densas nubes que se cernían sobre Londres impedían ver las estrellas y la luna. Faltaba una hora para la medianoche.

6

Las luces seguían encendidas en la Postdamer Platz, se avecinase o no la guerra. La cúpula de la Haus Vaterland, con su sala de cine UFA, el más importante estudio cinematográfico alemán, y el enorme café, estaba iluminada con tracerías formadas por cuatro mil bombillas. Frente a ella, un cartel iluminado mostraba a una estrella de cine de resplandeciente cabello azabache y un rostro de como mínimo diez metros de alto, que fumaba un cigarrillo de la marca Makedon: «*Perfekt!*».

Hartmann esperó a que pasase un tranvía y cruzó la calle en dirección a la Bahnhof Wannsee. Cinco minutos después, viajaba en uno de los trenes eléctricos suburbanos que traqueteaba en dirección sudoeste adentrándose en la noche. No conseguía librarse de la sensación de que lo seguían, pese a que su vagón —había elegido el último— iba vacío a excepción de un par de borrachos y un miembro de las SA que leía el *Völkischer Beobachter*. Los borrachos se apearon en Schöneberg, saludándolo con una ostentosa reverencia al salir del vagón, de modo que ya solo quedaba el guardia de asalto.

Las luces de la ciudad iban menguando. A su alrededor empezaban a extenderse amplias áreas de oscuridad como misteriosos lagos negros; supuso que serían parques. De vez en cuando el tren daba un bandazo y aparecía el resplandor azul de las chispas eléctricas. Se detuvieron en estaciones pequeñas —Friedenau y Feuerbachstrasse— y las puertas automáticas se abrieron ante las desiertas plataformas. Por fin, cuando entraron en Steglitz, el miembro de las SA dobló el periódico y se puso en pie. Pasó rozando a Hartmann al dirigirse hacia la puerta. Le llegó un olor a sudor, cerveza y cuero. El tipo se metió los pulgares en el cinturón y se volvió para dirigirse a Hartmann. Su cuerpo rollizo y vestido de marrón se meció al ritmo del tren; le hizo pensar en una gruesa crisálida a punto de romper el capullo.

—Esos tipos eran repugnantes.

—Bueno, no lo sé. Parecían inofensivos.

—No, deberían estar entre rejas.

Se abrieron las puertas y el guardia de asalto bajó a trompicones a la plataforma. Cuando el tren empezó a alejarse, Hartmann volvió la cabeza y lo vio inclinado, con las manos en las rodillas, vomitando.

En esa zona los árboles crecían muy cerca de las vías. Los troncos de los abedules pasaban ante la ventanilla, resplandecientes en la oscuridad. Uno podía imaginarse a sí mismo en medio del bosque. Hartmann apoyó la mejilla en el frío cristal y pensó en su hogar y en su infancia, en las acampadas en verano, en las canciones y los fuegos de campamento, en el Wandervogel y el Nibelungenbund, en la élite de nobles y la salvación de la patria. Sintió un repentino júbilo. En Botanischer Garten bajaron algunos pasajeros más de los otros vagones y por fin tuvo la certeza de estar solo en el tren. En la siguiente parada, Lichterfelde Oeste, fue la única persona que bajó al andén, pero esperó hasta el último instante, cuando las puertas ya habían empezado a cerrarse, y de pronto un hombre que viajaba en el primer vagón logró deslizarse entre ellas. Miró por encima del hombro cuando el tren se puso en marcha y Hartmann vislumbró un rostro brutal de mandíbula cuadrada. Los Liebstandarte-SS Adolf Hitler, la guardia pretoriana del Führer, tenían su cuartel en Lichterfelde; tal vez fuese un oficial fuera de servicio. El individuo se inclinó para atarse el cordón de un zapato y Hartmann pasó rápidamente a su lado, atravesó el andén, subió por la escalera, recorrió la estación desierta con las taquillas ya cerradas y salió a la calle.

Había memorizado el recorrido antes de abandonar el despacho —derecha, derecha y giro a la izquierda en la cuarta calle—, pero tomó la decisión instintiva de esperar. Cruzó la plaza adoquinada frente a la estación y se refugió en el portal de una carnicería al otro lado. La estación tenía un diseño arquitectónico extraño, pues se había construido el siglo anterior tomando como referente una villa italiana. Se sintió como un espía en un país extranjero. Medio minuto después emergió el otro pasajero, dudó y miró a ambos lados, como si tratase de localizar a Hartmann, giró a la derecha y desapareció. Hartmann dejó pasar cinco minutos antes de seguir su camino.

El barrio era una agradable zona residencial, arbolada y burguesa; desde luego, no era el lugar adecuado para urdir una traición. La mayor parte de los vecinos ya estaban durmiendo, con los postigos cerrados. Un par de perros ladraron a su paso. Se preguntó por qué Oster se había empeñado en que se citasen allí. Recorrió Königsberger Strasse y torció por Goethe Strasse. El número 9 era una casa de austera y amplia fachada, el tipo de vivienda que elegiría el director de un banco o de una escuela. No había luz en ninguna de las ventanas frontales, y de pronto se le ocurrió que quizá estaba metiéndose de cabeza en una trampa. Después de todo, Kordt era nazi. Había trabajado durante años con Ribbentrop. Pero también Hartmann era miembro del partido; si se quería alcanzar una posición importante, no quedaba más remedio que serlo. Borró de su mente las suspicacias, abrió la pequeña verja de madera, recorrió el caminito que llevaba a la puerta y pulsó el timbre.

Una elegante voz le pidió que se identificara.

—Hartmann. Ministerio de Asuntos Exteriores.

La puerta se abrió. En el umbral apareció un hombre calvo de unos sesenta años, con unos grandes ojos azules de mirada melancólica bastante hundidos en el cráneo. Una cicatriz fruto de un duelo le atravesaba horizontalmente la mejilla por debajo de la comisura izquierda de los labios. Era un rostro distinguido e inteligente. Por el traje gris y la corbata azul, podría haber sido un profesor.

—Beck —se presentó mientras le estrechaba la mano. Lo cogió del brazo con firmeza, lo hizo entrar en la casa, cerró la puerta y corrió el pestillo.

«Dios mío —pensó Hartmann—. Es Ludwig Beck, el general Beck, el jefe del Estado Mayor.»

—Por aquí, por favor. —Beck lo condujo por un pasillo hasta una habitación al fondo de la casa en la que había media docena de hombres sentados—. Supongo que ya conoce a la mayoría de estos caballeros.

—Por supuesto. —Hartmann hizo un gesto de asentimiento a modo de saludo general.

¡Cómo habían envejecido en unos pocos meses por culpa de la tensión! Ahí estaba el clerical Kordt, cuyo hermano mayor, Theo, otro miembro de la oposición, era el *chargé d'affaires* de la embajada en Londres y odiaba tanto a Ribbentrop que había tomado de decisión de arriesgar el cuello para intentar pararle los pies; y el coronel Oster, el vicedirector de la inteligencia militar, un elegante oficial de caballería que ejercía de líder, al menos hasta donde un grupo tan heterogéneo era capaz de tolerar; y Hans Bernd Gisevius y el conde Von Schulenburg, del

Ministerio del Interior, y Hans von Dohnányi, del Ministerio de Justicia. Del sexto hombre ignoraba el nombre, pero lo reconoció. Era el pasajero del S-Bahn al que hacía un rato había visto atándose el cordón de un zapato en la estación.

Oster se percató de su sorpresa.

—Es el capitán Friedrich Heinz. No creo que lo conozcas. Está bajo mi mando en el Abwehr. Es nuestro hombre de acción —añadió con una sonrisa.

Hartmann no lo puso en duda. El miembro del Abwehr tenía rostro de boxeador que había participado en demasiadas peleas.

—Ya nos conocemos —dijo Hartmann—, en cierto modo.

Se sentó en el sofá. En la habitación hacía un calor opresivo y estaban muy apretados. Unas pesadas cortinas de terciopelo rojo cubrían la ventana. Los estantes de la biblioteca estaban repletos de libros —tanto alemanes como franceses— y volúmenes de filosofía. Sobre la mesa había una jarra con agua y varios vasos pequeños.

—Primero quiero dar las gracias al general Beck por aceptar reunirse con nosotros esta noche —empezó Oster—. Creo que el general quiere decir unas palabras.

Beck se había sentado en una rígida silla de madera que lo elevaba un poco por encima de los demás.

—Solo el coronel Oster y herr Gisevius están al corriente de lo que voy a decirles. —Su tono era seco, entrecortado, preciso—. Hace algo menos de seis semanas dimití como jefe del Estado Mayor en protesta por el plan de iniciar una guerra con Checoslovaquia. Ustedes todavía no habrán oído hablar de mi decisión porque prometí al Führer que no la haría pública. Lamento haber aceptado su petición, pero ahora no tengo otra opción, porque le di mi palabra. Sin embargo, mantengo el contacto con mis antiguos colegas en el alto mando y puedo asegurarles que hay una fuerte oposición a lo que está sucediendo, tan fuerte que creo que, si Hitler da la orden de movilización mañana, hay serias posibilidades de que el ejército desobedezca y se subleve contra el régimen.

Se produjo un silencio. Hartmann notó que se le aceleraba el pulso.

—Es evidente que esto lo cambia todo —intervino Oster—. Tenemos que estar preparados para actuar con decisión mañana. Es posible que no volvamos a disponer de otra oportunidad como esta.

—¿Y cómo va a producirse ese «golpe»? —inquirió Kordt con escepticismo.

—Con un acto preciso: el arresto de Hitler.

—¿El ejército dará ese paso?

—No. Tendremos que hacerlo nosotros.

—Pero solo el ejército dispone de la fuerza para llevarlo a cabo.

—El problema de la Wehrmacht —explicó Beck— es que hemos jurado lealtad al Führer. Sin embargo, si hubiera algún tipo de altercado en la cancillería, el ejército podría movilizarse para garantizar el orden. Eso no sería incompatible con el juramento. Se trata solo de que nosotros no podemos hacer el primer movimiento contra Hitler. Tiene que venir de otro lado.

—Llevo cuatro semanas reflexionando sobre esto —añadió Oster—. No se necesitarían muchos efectivos para arrestar a Hitler, siempre y cuando contásemos con la ventaja de la sorpresa, además del compromiso tácito del ejército de protegernos ante cualquier tentativa de rescate por parte de las SS. El capitán Heinz y yo calculamos que necesitaríamos una fuerza inicial de unos cincuenta hombres.

—¿Y dónde vamos a encontrar a esos cincuenta hombres? —preguntó Kordt.

—Ya los tenemos —respondió Heinz—. Combatientes experimentados, preparados para ponerse en marcha mañana mismo.

—¡Por el amor de Dios! —Kordt lo miró como si estuviese chiflado—. ¿Quiénes son? ¿Dónde están? ¿Cómo se los ha armado?

—El Abwehr les entregará las armas —aclaró Oster—. También estamos proporcionándoles pisos seguros cerca de la Wilhelmstrasse, en los que esperarán hasta recibir la orden de ponerse en marcha.

—Estarán en posición mañana al amanecer —añadió Heinz—. Cada uno de esos hombres es un camarada de plena confianza, los conozco personalmente a todos. Recuerden que combatí con Kapp en 1920 y después con el Stahlhelm.

—Es cierto. Si hay alguien capaz de sacar esto adelante, ese es Heinz.

Hartmann conocía a Schulenburg solo de pasada, un aristócrata socialista que se había unido al partido antes de que llegase al poder y que después se había desilusionado. En la actualidad estaba anclado en un trabajo policial de escasa relevancia en el Ministerio del Interior.

—General —dijo Schulenburg a Beck—, ¿de verdad está usted convencido de que el ejército se sublevará contra el Führer después de lo que ha hecho por ellos y por Alemania?

—Estoy de acuerdo en que muchas de las cosas que ha conseguido en la esfera internacional son extraordinarias: la devolución de los territorios del Rin, la anexión de Austria. Pero la cuestión es que han sido victorias sin derramamiento de sangre. Y la devolución de los Sudetes también podría serlo. Pero por desgracia él ya no está interesado en conseguir sus objetivos de manera pacífica. La verdad sobre Hitler, y es una conclusión a la que llegué durante el verano, es que desea una guerra contra Checoslovaquia. Vive con el delirio de considerarse una especie de genio de la estrategia militar, pese a que en el ejército jamás pasó de cabo. Es imposible comprender a ese hombre si no se comprende esto. Y hay algo en lo que todo ejército está de acuerdo: entablar una guerra contra Francia e Inglaterra este año sería un desastre para Alemania.

Hartmann aprovechó la oportunidad para intervenir:

—De hecho, puedo mostrarles la prueba más reciente de que Hitler quiere la guerra. —Se metió la mano en el bolsillo interior y sacó el texto de la carta de Hitler a Chamberlain—. Esta es la respuesta del Führer a los británicos que se ha enviado a Londres esta misma noche. —Tendió el telegrama a Oster, volvió a sentarse, encendió un cigarrillo y vio que el documento pasaba de mano en mano.

—¿Cómo lo ha conseguido? —preguntó Kordt.

—Me encargaron llevarlo desde la cancillería del Reich hasta la embajada británica. Hice una copia.

—¡Un trabajo rápido!

—Bueno, caballeros, esto lo deja bien claro —aseguró Oster cuando acabó de leer el telegrama—. No hay ni un atisbo de voluntad de pacto.

—El mensaje equivale a una declaración de guerra —sentenció Beck.

—Tenemos que hacérselo llegar al comandante en jefe mañana a primera hora. Si esto no lo convence de que Hitler no va de farol, nada conseguirá abrirle los ojos. Hartmann, ¿podemos quedárnoslo, o necesita devolverlo al Ministerio de Exteriores?

—No, pueden enseñárselo al ejército —accedió Hartmann.

Dohnányi, un tipo delgaducho y con gafas que a sus treinta y pico años seguía pareciendo un estudiante de Derecho, levantó la mano.

—Tengo una pregunta para el capitán Heinz. Si mañana logramos arrestar a Hitler, ¿qué haremos después con él?

—Lo mataremos —respondió el aludido.

—No, no, no, no estoy de acuerdo con eso.

—¿Por qué no? ¿Cree usted que él dudaría ni un instante en hacer lo mismo con nosotros?

—Por supuesto que no, pero no quiero ponerme a su mismo nivel de brutalidad. Además, si lo matamos lo convertiremos en el mayor mártir de la historia de Alemania. El país vivirá bajo su sombra durante generaciones.

—No anunciaremos a los cuatro vientos que lo hemos matado. Podemos limitarnos a decir que falleció durante la refriega.

—Eso no logrará engañar a nadie. La verdad acabará sabiéndose, siempre acaba siendo así. —Buscó el apoyo de los presentes—. Gisevius, écheme una mano.

—No sé qué decir. —Gisevius era un abogado con cara de niño que había desarrollado su carrera en la Gestapo, hasta que se dio cuenta del tipo de gente con la que estaba trabajando—. Supongo que la mejor opción sería someterlo a un juicio. La pila de pruebas que tenemos contra él debe de alcanzar el metro de altura.

—Estoy del todo de acuerdo —aseveró Beck—. No pienso tomar parte en ningún ajusticiamiento extrajudicial. Habrá que llevar al detenido a un lugar seguro y someterlo a un examen psiquiátrico completo. Y después, o bien se lo encierra en un manicomio o se le hace pagar por sus crímenes.

—¡Un examen psiquiátrico! —murmuró Heinz.

—¿Kordt? —intervino Oster—. ¿Qué opina usted?

—El problema de un juicio es que le proporcionará una plataforma. Puede resultar muy brillante en la sala de un tribunal. Recuerden lo que sucedió después del fallido intento de golpe de Estado del Beer Hall Putsch.

—Eso es cierto. Hartmann, ¿qué opina usted?

—Si quieren saber mi opinión, yo mataría a todo ese grupo de degenerados, Himmler, Goebbels, Göring…, a toda la banda criminal. —La virulencia de su tono lo sorprendió a él mismo. Había cerrado los puños. Se calló, consciente de que Oster estaba mirándolo fijamente.

—¡Mi querido Hartmann! Usted, que siempre se muestra tan indiferente e irónico… ¿Quién iba decir que guardaba tanto odio en las entrañas?

Heinz lo miraba por primera vez con interés.

—¿Ha dicho usted que ha estado esta noche en la cancillería?

—Así es.

—¿Podría asegurarse de estar allí mañana por la mañana?

—Tal vez sí. —Hartmann miró a Kordt—. Erich, ¿tú qué opinas?

—Supongo que podremos encontrar algún pretexto. ¿Para qué?

—Necesitamos contar con alguien dentro para asegurarnos de que las puertas permanecen abiertas.

—De acuerdo —asintió Hartmann—. Lo intentaré.

—Muy bien.

—Caballeros —intervino Dohnányi—, ¿y qué hacemos con Hitler? ¿Cuál es la decisión final?

Los conspiradores se miraron unos a otros.

—Esto es como discutir sobre qué forma de gobierno tendremos después del Tercer Reich —dijo Oster por fin—. ¿Será una monarquía, una república democrática o algún tipo de combinación entre ambas? El hecho es que, como dice un proverbio, antes de cocinar el conejo tienes que cazarlo. Nuestra prioridad máxima tiene que ser impedir que mañana por la tarde ese chiflado dé la orden de movilización. Todo lo demás es secundario. Si se rinde y se pone bajo nuestra custodia, perfecto, nos lo llevamos vivo. Si hay cualquier posibilidad de que escape, creo que no tenemos otra opción que matarlo. ¿Estamos de acuerdo en eso?

Hartmann fue el primero en asentir.

—Yo estoy de acuerdo.

Uno tras otro, los demás corroboraron la propuesta, incluido Dohnányi, y —por último y con evidente reticencia— Beck.

—Muy bien. —Oster suspiró aliviado—. Al menos esto ha quedado aclarado. Actuaremos mañana.

Salieron de la casa de manera escalonada para evitar llamar la atención. Hartmann fue el primero en marcharse. Un rápido apretón de manos con cada uno de los presentes, un intercambio de miradas y un murmurado «Buena suerte» de Oster; eso fue todo.

El contraste entre la violencia que estaban planificando y la adormecida calle residencial resultaba tan incongruente que bastó que Hartmann se alejase cincuenta pasos para que todo el encuentro empezase a parecerle una mera alucinación. Tuvo que repetir para sí mismo la pasmosa realidad: mañana a esas horas Hitler podría estar muerto. Resultaba al mismo tiempo inverosímil y, sin embargo, perfectamente plausible. El lanzamiento de una granada, la presión sobre un gatillo, un cuchillo seccionando el cuello del tirano. ¿No era así como a menudo se escribía la historia? Por un momento se imaginó a sí mismo como un joven y noble senador que regresaba de la casa de Bruto la víspera de los idus de marzo, caminando por el Palatino hacia el Foro Romano bajo el mismo cielo europeo nublado.

Vio una señal que indicaba la dirección hacia el río. Llevado por un impulso, siguió esa ruta. Estaba demasiado excitado para plantearse volver a su apartamento. Se detuvo en medio del puente para encender un cigarrillo. No había tráfico. A sus pies, el Spree desprendía una luminosidad grisácea y desaparecía a lo lejos en dirección al centro de Berlín entre oscuras masas de árboles. Hartmann tomó el camino que discurría en paralelo al río. No veía el agua, pero podía oír el ruido de la corriente y de las salpicaduras cuanto topaba con rocas o raíces.

Habría recorrido un par de kilómetros, con la cabeza llena de imágenes de violencia y martirio, cuando por fin aparecieron ante él unas farolas. El sendero terminaba en un pequeño parque con una zona de juegos para niños que incluía un tobogán, unos columpios, un balancín y un cajón de arena. La prosaica visión lo deprimió. Le hizo poner de nuevo los pies en la tierra. ¿Quién era él? ¿Quiénes eran de hecho Oster, Heinz, Dohnányi, Schulenburg, Kordt y Beck? ¡Un puñado de personas contra millones! Tenían que estar locos para creer que podían salirse con la suya.

Junto a la parte más alejada del parque pasaba una calle en la que el último autobús de Steglitz estaba a punto de salir hacia la ciudad. Subió por la escalera de caracol hasta el piso superior del vehículo. Había una pareja joven instalada en los asientos delanteros: él le rodeaba los hombros con el brazo y ella reposaba la cabeza contra su mejilla. Hartmann se sentó al fondo y los observó. Le llegó el perfume de la chica a través del aire frío y estancado del interior del autobús. El motor lanzó un quejido y el vehículo se balanceó. De nuevo sintió que lo invadía la nostalgia. Diez minutos después, cuando llegaron a Schöneberg, fue al piso inferior y esperó en la plataforma hasta que vio una calle que reconoció. El autobús redujo la marcha, Hartmann saltó a la acera y sus piernas absorbieron el impacto en media docena de zancadas hasta que pudo detenerse.

El apartamento de ella estaba encima de un concesionario de automóviles. Detrás del escaparate, bajo la intensa luz de neón, colgaban del techo banderolas con esvásticas entre relucientes Opel y Mercedes.

La puerta del edificio no estaba cerrada con llave. Subió tres plantas, pasando junto a las recias puertas de los otros apartamentos. Los rellanos olían a flores secas. De algún sitio tenía que salir el dinero para que pudiera permitirse vivir allí.

Llamó al timbre. Ella abrió casi de inmediato y lo hizo pasar. Hartmann se preguntó si estaría esperándolo.

—Frau Winter.

—Herr Hartmann.

Cerró la puerta en cuanto él entró.

Llevaba un quimono con el cinturón desabrochado y las uñas de los pies pintadas del mismo tono escarlata de la seda. El cabello negro, suelto ahora que no estaba en la oficina, le caía por la espalda hasta la altura del coxis. La piel de los pies, del vientre y del canalillo entre sus pechos era blanca como el alabastro. Mientras la seguía hasta el dormitorio, Hartmann oyó la radio en la sala de estar, sintonizada ilegalmente a una emisora extranjera que retransmitía música de jazz. Ella se quitó el quimono y lo dejó caer sobre la alfombra, se tumbó en la cama y lo contempló mientras él se desvestía. Una vez desnudo, Hartmann se acercó a un interruptor para apagar la luz.

—No, déjala encendida.

De inmediato lo atrajo hacia ella. Nunca se iba por las ramas. Era una de las cosas que a él más le gustaban. Después, como siempre, fue a la cocina para servir unas copas y, como de costumbre, lo dejó a solas con el retrato de su fallecido marido en la mesilla de noche. Jamás lo escondía ni lo ponía boca abajo. Veintitantos años largos, capitán de infantería, apuesto con su uniforme en el estudio del fotógrafo, con las manos enguantadas sobre la empuñadura del sable. Hartmann supuso que debía de tener más o menos la misma edad que él. ¿Era eso lo que explicaba la situación? ¿A ella le gustaba imaginar que era el fantasma del capitán Winter quien se la follaba?

Volvió al dormitorio desnuda, con dos cigarrillos entre los labios, un vaso de whisky en cada mano y un sobre grande bajo el brazo. Entregó a Hartmann su copa y su cigarrillo y después dejó caer el sobre en su pecho. Él lo miró sin moverse.

—¿Qué es esto?

—Compruébalo tú mismo.

La cama crujió cuando se incorporó para cogerlo. Ella se abrazó las rodillas y lo miró mientras lo abría. Hartmann sacó las hojas y empezó a leerlas.

—Dios mío... —dijo de pronto.

—¿Quieres que los ingleses declaren la guerra? Enséñales esto.

SEGUNDO DÍA

1

A Legat le llevó unos instantes recordar dónde estaba.

El estrecho colchón era muy duro; la habitación no era mucho más grande que la estructura metálica de la cama. La pared estaba cubierta con papel a rayas de estilo Regencia. El techo descendía en un ángulo de casi cuarenta y cinco grados. No había ni una ventana, solo una claraboya justo encima de su cabeza a través de la cual divisó el cielo plomizo. A través de las nubes bajas revoloteaban las gaviotas, como papelotes arrastrados por el viento. La escena le hizo pensar en una casa de huéspedes en la costa.

Palpó la mesilla de noche y abrió su reloj de bolsillo. Las nueve menos cuarto. El primer ministro lo había mantenido despierto hasta casi las tres reuniendo documentos para el discurso. Después, ya echado en la cama, permaneció desvelado durante horas. Debió de quedarse dormido justo antes del alba. Se sentía como si alguien le hubiera echado arena en los ojos.

Apartó la sábana y la manta y apoyó los pies en el suelo.

Llevaba el pijama azul verdoso de Gieves & Hawkes que le había regalado Pamela por su cumpleaños. Se cubrió con una bata a cuadros. Con el neceser en la mano, abrió la puerta e inspeccionó el pasillo. En la última planta del Número 10 había tres dormitorios contiguos para el personal que tenía que quedarse de guardia por las noches. Por lo que pudo comprobar, él era el único ocupante.

El linóleo verde claro instalado por el Ministerio de Obras Públicas resultaba húmedo y pegajoso al pisarlo. Se extendía por el pasillo y en el lavabo. Tiró del cordel que encendía la luz. Tampoco allí había ventana. Tuvo que dejar correr el agua más de un minuto para que empezase a salir tibia. Mientras esperaba, apoyó una mano a cada lado de la pila y se inclinó hacia el espejo. Últimamente la cara que se afeitaba cada vez se parecía más a la de su padre. Una cara salida de una fotografía de tonos sepia, varonil, decidida, ingenua de un modo extraño. Lo único que le faltaba era el abundante y oscuro bigote. Se embadurnó la cara con jabón.

De vuelta en la habitación, se puso una camisa limpia y se colocó los gemelos. Se anudó la corbata a rayas púrpura y azul oscuro de Balliol. ¡Y ahí estaba el tercer secretario! Habían pasado ya cinco años desde que leyó en las páginas posteriores de *The Times* la lista de candidatos admitidos en los exámenes de acceso al servicio diplomático en la convocatoria de 1933. Los nombres se citaban siguiendo el orden de la nota obtenida: Legat, Reilly, Creswell, Shuckburgh, Gore-Booth, Grey, Malcolm, Hogg... Tuvo que leerlo varias veces antes de asimilarlo. Era el primero de la promoción. Unas líneas en un periódico lo habían transformado de graduado de Oxford con un título de Humanidades con matrícula de honor en un exitoso hombre de mundo de manera oficial. Sin duda llegaría a embajador, incluso a subsecretario permanente. Todo el mundo lo decía.

Dos días después, todavía eufórico, había propuesto matrimonio a Pamela y, para su asombro, ella había aceptado. Por lo visto, las fantasías de ella superaban las suyas. Se convertiría en lady Legat. Con suma elegancia y sin ningún esfuerzo ejercería de anfitriona en las recepciones de la embajada en París en la rue du Faubourg Saint-Honoré... Los dos se habían comportado como chiquillos. Una auténtica locura. Y ahora el mundo a su alrededor se había hecho viejo y desagradable.

Cuando acabó de vestirse ya eran las nueve en punto. Quedaban seis horas para que expirase el ultimátum de Hitler.

Salió de la habitación en busca de su desayuno.

La estrecha escalera conducía al rellano en el que estaban los aposentos del primer ministro y la antecámara del despacho de Chamberlain. Su intención era salir furtivamente para ir al Lyons Corner House, cerca de Trafalgar Square. No tardaría más de media hora en ir y volver. Pero antes de llegar a la escalera principal oyó que una puerta se abría a sus espaldas.

—¡Señor Legat! —lo llamó una voz femenina—. ¡Buenos días!

Se detuvo y se dio la vuelta.

—Buenos días, señora Chamberlain.

Llevaba un vestido digno de un funeral, gris oscuro y negro, y un collar de cuentas de azabache.

—¿Ha podido dormir un poco?

—Sí, gracias.

—Venga a desayunar con nosotros.

—Estaba a punto de salir.

—No sea bobo. Siempre ofrecemos el desayuno al secretario de guardia. —Lo observó con una mirada de miope—. Se llama usted Hugh, ¿verdad?

—Sí. Pero, de verdad...

—Déjese de tonterías. Ahí fuera está concentrándose una multitud. Le será mucho más práctico desayunar aquí.

Lo cogió del brazo y tiró de él con suavidad. Atravesaron las salas de los estadistas bajo la mirada de varios hombres de Estado, tanto liberales como conservadores, que los contemplaban desde sus gruesos marcos dorados. Para sorpresa de Legat, la esposa del primer ministro continuó aferrada a él. Podrían haber pasado por dos invitados de fin de semana en una casa de campo que se dirigían juntos a cenar.

—Estoy muy agradecida por lo que ustedes los jóvenes hacen por mi marido. —Habló en tono confidencial—: No tienen ni idea de lo mucho que le aligeran la carga que lleva encima. Y no me diga que se limita a hacer su trabajo, conozco bien el coste personal que conlleva el trabajo público.

Abrió la puerta del comedor. No era el gran salón oficial, sino uno más íntimo, con paneles de madera en las paredes y una mesa para doce comensales. Al fondo, leyendo *The Times*, estaba el primer ministro. Alzó la mirada y sonrió a su mujer.

—Buenos días, querida. —Saludó a Legat con un movimiento de la cabeza—. Buenos días. —Y continuó leyendo.

La señora Chamberlain señaló a Legat una mesa auxiliar con media docena de platos con campanas de plata que se mantenían calientes sobre un calientaplatos.

—Sírvase usted mismo. ¿Café?

—Gracias.

La mujer le ofreció una taza y fue a sentarse junto al primer ministro. Legat levantó la primera campana. El olor grasiento y dulzón del beicon le recordó lo hambriento que estaba. Recorrió la mesa auxiliar llenándose el plato: huevos revueltos, champiñones, salchichas, morcilla. Cuando se sentó, la señora Chamberlain sonrió al ver el tamaño del desayuno.

—¿Está casado, Hugh?

—Sí, señora Chamberlain.

—¿Tiene hijos?

—Un niño y una niña.

—Igual que nosotros. ¿Qué edad tienen?

—Tres y dos años.

—Oh, qué maravilla. Los nuestros son mucho mayores. Dorothy ya ha cumplido los veintisiete y se ha casado hace poco. Frank tiene veinticuatro. ¿Le gusta el café?

Legat bebió un sorbo; era repugnante.

—Muy bueno, gracias.

—Lo hago con achicoria.

El primer ministro sacudió ligeramente el periódico y gruñó. La señora Chamberlain guardó silencio y se sirvió un poco más de té. Legat continuó comiendo. Durante varios minutos hubo un silencio sepulcral.

—Vaya, esto es interesante. —El primer ministro levantó el periódico y lo dobló por la página que estaba leyendo—. ¿Puede redactar unas notas sobre esto? —Legat dejó de inmediato el cuchillo y el tenedor y cogió su libreta—. Tengo que escribir una carta a... —Chamberlain se acercó la minúscula letra a los ojos—. G. J. Scholey, avenida Dysart 38, Kingston-upon-Thames.

—De acuerdo, primer ministro.

Legat estaba perplejo.

—Le han publicado una carta al director. —La leyó: «Esta primavera estuve observando a un mirlo hembra con sus huevos en un nido en una ladera muy inclinada. Cada día, cuando me acercaba, el pájaro sentado sobre los huevos me permitía observarlo desde unos pocos metros. Hasta que una mañana, su figura ya familiar había desaparecido. Al echar un vistazo por la ladera, encontré a los cuatro polluelos helados e inertes en el nido. Un leve rastro de plumones de mirlo me condujo ladera abajo hasta unos arbustos debajo de los cuales descubrí los restos machacados de mi pajarillo. Y en el rastro, mezcladas con las plumas del mirlo, había otras, plumas del pecho y de las alas de un mochuelo». —El primer ministro golpeó el periódico con el dedo—. He observado el mismo tipo de comportamiento por parte de mochuelos en Chequers —afirmó.

—¡Oh, Neville, por favor! —exclamó la señora Chamberlain—. ¡Como si Hugh no tuviese ya bastante trabajo!

—De hecho —comentó Legat—, creo que mi abuelo materno contribuyó a introducir los mochuelos en las Islas Británicas.

—¿En serio? —Por primera vez el primer ministro lo miró con verdadero interés.

—Sí, trajo varias parejas cuando regresó de la India.

—¿En qué año debió de ser eso?

—Diría que hacia 1880.

—¡De manera que ese pequeño pájaro se ha extendido por todo el sur de Inglaterra en poco más de cincuenta años! Es algo digno de celebrarse.

—Por lo visto no si eres un mirlo —intervino la señora Chamberlain—. Neville, ¿tienes tiempo para dar un paseo? —Miró a Legat desde el otro lado de la mesa y añadió—: Siempre damos un paseo después de desayunar.

El primer ministro dejó el periódico sobre la mesa.

—Sí, necesito tomar un poco el aire. Pero me temo que hoy no vamos a poder pasear por el parque... Hoy no. Hay demasiada gente. Tendrá que ser por el jardín. ¿Por qué no nos acompaña..., Hugh?

Siguió por la escalera principal a los Chamberlain, que bajaron cogidos del brazo. Cuando llegaron al pasillo de los secretarios particulares, el primer ministro se volvió hacia Legat.

—¿Le importa comprobar si ha habido respuesta de Roma a mi telegrama de anoche?

—Por supuesto, primer ministro.

El matrimonio siguió su camino en dirección a la sala del consejo de ministros mientras Legat se metía en su despacho. La señorita Watson estaba semioculta tras su pila de carpetas.

—¿Ya ha pasado el mensajero del Ministerio de Asuntos Exteriores?

—Yo no lo he visto.

Legat consultó a Syers.

—No suelen aparecer antes de las once —le dijo—. ¿Qué tal anoche?

—Querrás decir esta mañana.

—Dios mío. ¿Qué tal estás?

—Destrozado.

—¿Y el primer ministro?

—Fresco como una rosa.

—Es irritante, ¿verdad? No sé cómo lo consigue.

Cleverly estaba en su despacho, dictando una carta a su secretaria. Legat asomó la cabeza.

—Disculpe, señor. ¿Ha llegado esta mañana algún telegrama de la embajada de Roma? Lo pregunta el primer ministro.

—Yo no he visto nada. ¿Por qué? ¿Qué está esperando?

—Escribió a lord Perth ayer a última hora.

—¿Sobre qué?

—Le daba instrucciones para que pidiera a Mussolini que intercediera ante Hitler.

Cleverly pareció alarmarse.

—No tenía la autorización del consejo de ministros. ¿Lo sabe el ministro de Exteriores?

—No estoy seguro.

—¿No estás seguro? ¡Tu trabajo consiste en estarlo! —Se

dio la vuelta para descolgar el teléfono y Legat aprovechó el momento para huir.

En la sala del consejo de ministros, una de las puertas que daban al jardín estaba abierta. Los Chamberlain ya habían bajado por los escalones y paseaban sobre el césped. Legat los alcanzó con paso ligero.

—Primer ministro, todavía no hay respuesta de Roma.

—¿Está seguro de que enviaron mi telegrama?

—Desde luego. Me quedé en la sala de mensajes cifrados mirando cómo se enviaba.

—Bueno, pues en ese caso no queda otro remedio que ser pacientes.

Los Chamberlain continuaron su paseo. Legat se sintió incómodo. Había visto a Cleverly hablando por teléfono mientras lo observaba por la ventana de su despacho. Pese a todo, siguió a la pareja por el jardín. El tiempo continuaba plomizo y las temperaturas eran moderadas; las hojas de los grandes árboles se tornaban marrones. Se veían hojas caídas por el césped y los parterres con flores. Desde detrás del muro alto llegaba el sonido del tráfico. El primer ministro se detuvo ante un comedero para pájaros. Sacó del bolsillo una tostada que se había guardado del desayuno, la desmigó, esparció con meticulosidad las migas, dio un paso atrás y cruzó los brazos. Se quedó pensativo.

—Menudo día nos espera —murmuró en voz baja—. ¿Sabes?, me plantaría de buen grado contra ese muro para que me fusilasen si con eso lograse evitar la guerra.

—¡Neville, en serio, no digas esas cosas! —La señora Chamberlain parecía a punto de echarse a llorar.

—Usted era demasiado joven para combatir en la última guerra —dijo el primer ministro a Legat— y yo ya era demasiado viejo. En ciertos aspectos eso fue terrible. —Levantó la mirada hacia el cielo—. Para mí fue atroz ver tanto sufrimiento y ser incapaz de hacer nada. Tres cuartos de millón de hombres muertos solo en este país. ¡Imagíneselo! Y no solo ellos sufrieron, también sus padres, esposas e hijos, sus familias y amigos... Después, cada vez que veía un monumento a los caídos o visitaba uno de esos inacabables cementerios en Francia donde tantos buenos amigos están enterrados, siempre me juraba que si tuviese la posibilidad de evitar que volviera a ocurrir una catástrofe de ese tipo, haría lo que fuese, sacrificaría lo que fuese, para mantener la paz. ¿Lo comprende?

—Por supuesto.

—Para mí eso es sagrado.

—Lo entiendo.

—¡Y eso sucedió hace solo veinte años! —Clavó en Legat una mirada intensa, casi fanática—. No se trata solo de que este país no esté preparado ni psicológica ni militarmente para la guerra, porque eso puede remediarse y de hecho estamos poniéndole remedio. Se trata más bien de que temo de verdad por la salud espiritual de nuestras gentes si no ven que sus líderes hacen todo lo posible para evitar un segundo gran conflicto. Porque una cosa puedo asegurarle: si llega a producirse, la próxima guerra será muchísimo peor que la anterior y hará falta mucha fortaleza para sobrevivir a ella.

De pronto se dio media vuelta y se dirigió hacia el Número 10 a través del césped. La señora Chamberlain se quedó un instante mirando a Legat con impotencia y salió detrás de su marido.

—¡Neville!

Legat pensó que la energía del anciano líder era algo más que notable, era desconcertante. El primer ministro subió con paso rápido por la docena de escalones que conducían al edificio y desapareció en la sala del consejo de ministros. Su mujer lo seguía a pocos pasos.

Legat fue tras ellos a cierta distancia. Se detuvo en lo alto de la escalera antes de entrar en el edificio. A través de la puerta abierta vio a los Chamberlain abrazándose. El primer ministro agarraba con fuerza a su esposa para consolarla. Pasado un rato, dio un ligero paso atrás. Le puso las manos sobre los hombros y la miró con intensidad. Legat no alcanzaba a ver el rostro de ella.

—Vamos, Annie —le dijo el primer ministro con cariño. Le sonrió y le quitó algo de la mejilla—. Todo saldrá bien.

Ella asintió y se alejó sin volverse.

Chamberlain hizo señas a Legat para que entrase. Apartó una silla de la mesa del consejo.

—Siéntese —le ordenó.

Legat se sentó.

Chamberlain se mantuvo de pie. Se palpó los bolsillos interiores, sacó una cigarrera, eligió un puro y cortó la punta con el pulgar. Encendió una cerilla y prendió el puro, aspirando hasta que estuvo bien encendido. Apagó la cerilla con una vigorosa sacudida de la mano y la dejó en un cenicero.

—Anote esto —dijo, y Legat cogió una hoja con membrete, pluma y tinta—: «Al canciller del Reich Adolf Hitler...». —Al oírlo, Legat arañó con la plumilla el papel. El primer ministro siguió dictando—: «Después de leer su carta, creo que puede usted conseguir sus peticiones sin necesidad de ir a la guerra ni de tener que esperar...». —Chamberlain se paseaba de un lado a otro de la habitación a sus espaldas—. «Estoy dispuesto a ir a Berlín en persona para discutir los términos de la transferencia territorial con usted y los representantes del gobierno checo...» —Hizo una pausa hasta que comprobó que Legat lo había escrito todo—. «Junto con representantes de Francia e Italia si usted así lo desea. Estoy convencido de que podemos alcanzar un acuerdo en el plazo de una semana.»

Se abrió la puerta del fondo de la sala y Horace Wilson entró con sigilo. Saludó con un movimiento de la cabeza al primer ministro y se sentó en una esquina de la mesa. Chamberlain continuó dictando:

—«No puedo creer que vaya usted a asumir la responsabilidad de empezar una guerra mundial que podría acabar con la civilización por un retraso de unos días en la solución de un problema que lleva tiempo enquistado...». —Se detuvo.

Legat ladeó la cabeza para mirarlo.

—¿Eso es todo, primer ministro?

—Eso es todo. Fírmelo con mi nombre y mándelo a la atención de sir Nevile Henderson en Berlín. —Se volvió hacia Wilson y añadió—: ¿Le parece bien?

—Excelente.

Legat empezó a incorporarse.

—Espere. —Chamberlain lo detuvo—. Tengo que dictarle otra. Esta para el signor Mussolini. —Dio varias caladas al puro antes de comenzar—. «Hoy mismo he dirigido un último llamamiento a herr Hitler pidiéndole que se abstenga de utilizar la fuerza para solucionar el problema de los Sudetes, que estoy convencido de que puede resolverse mediante una breve reunión tras la que se le concederá el grueso del territorio reclamado y su población, y se garantizará la protección tanto de los habitantes germánicos de los Sudetes como de los checos durante el traspaso. Me he ofrecido a ir en persona a Berlín para discutir el tema con representantes políticos alemanes y checos y, si el canciller así lo desea, con presencia también de representantes de Italia y Francia.»

Legat veía por el rabillo del ojo que Wilson, en la otra punta de la mesa, asentía con parsimonia.

El primer ministro continuó dictando:

—«Confío en que Su Excelencia informará al canciller alemán de que desea usted estar representado en esa cumbre y le pedirá que acepte mi propuesta, que mantendrá a nuestros pueblos alejados de la guerra. Ya le he garantizado que las promesas de los checos se cumplirán y que tengo absoluta confianza en que en el plazo de una semana alcanzaremos un acuerdo».

—¿Va a informar al consejo de ministros de esto? —le preguntó Wilson.

—No.

—¿Eso es constitucional?

—No lo sé, y la verdad es que, a estas alturas, ¿qué más da? O bien la propuesta funciona y después todo el mundo se sentirá muy aliviado para poner pegas, o bien no funciona y todo el mundo estará demasiado ocupado probándose las máscaras de gas para preocuparse por eso. —Se volvió hacia Legat—. ¿Puede llevar ambas cartas al Ministerio de Asuntos Exteriores y asegurarse de que se envían de inmediato?

—Por supuesto, primer ministro. —Agrupó las hojas.

—En cualquier caso —dijo Chamberlain a Wilson—, tendré la conciencia tranquila. El mundo verá que he hecho todo lo humanamente posible para evitar la guerra. La responsabilidad a partir de ahora recaerá en exclusiva sobre los hombros de Hitler.

Legat cerró la puerta sin hacer ruido.

2

Hartmann se sentó ante su escritorio y simuló trabajar. En la carpeta abierta que tenía delante había una copia del último telegrama del Führer al presidente Roosevelt, enviado la tarde anterior. En él justificaba la invasión sobre la base de que hasta el momento doscientos catorce mil alemanes de los Sudetes se habían visto obligados a dejar sus casas para huir de la «intolerable violencia y el sangriento terror» aplicados por los checos. «Innumerables muertos, pueblos desolados...» ¿Cuánto de todo eso era cierto? ¿Una parte? ¿Nada en absoluto? Hartmann no tenía ni idea. La verdad era como cualquier otro material necesario para cimentar la guerra: había que vapulearla, retorcerla y recortarla hasta que tuviera el tamaño requerido. En todo el telegrama no había el más mínimo atisbo de voluntad de acuerdo.

Consultó su reloj por enésima vez. Pasaban tres minutos de las once.

Junto a las ventanas, Von Nostitz y Von Rantzau también estaban sentados ante sus respectivos escritorios. Ambos miraban la calle como si esperaran que sucediese algo. Esa mañana, ninguno de ellos había pronunciado más de una docena de palabras. Nostitz, que trabajaba en el departamento de Protocolo, era miembro del partido. Rantzau, que estaba destinado a ocupar el puesto de segundo secretario en la embajada en Londres hasta que la crisis de los Sudetes torció el nombramiento, no lo era.

Hartmann pensó que en el fondo no eran malos tipos. Toda su vida se había relacionado con geste así: patriotas, conservadores, elitistas. Para ellos, Hitler no era más que un tosco guardabosques que había planeado secretamente hacerse con el control de las fincas de sus familias, y una vez instalado en su puesto había obtenido un inesperado éxito y ellos habían decidido tolerar sus malos modales ocasionales y sus arrebatos violentos a cambio de poder gozar de una vida tranquila. Pero ahora habían descubierto que ya no podían desembarazarse de él y parecía que empezaban a lamentarlo. Por un momento, Hartmann pensó en compartir con ellos su secreto, pero decidió que era demasiado arriesgado.

Los tres hombres se sobresaltaron cuando sonó su teléfono. Descolgó.

—Hartmann.

—Paul, soy Kordt. Ven a mi despacho de inmediato.

La comunicación se cortó y colgó.

—¿Pasa algo? —Rantzau no pudo ocultar el nerviosismo en su voz.

—No lo sé. Me han pedido que vaya al otro edificio.

Hartmann cerró el dossier Roosevelt. Debajo tenía el sobre que frau Winter le había entregado. Debería haberlo escondido en algún lado cuando regresó a su apartamento para cambiarse, pero no se le ocurrió ningún sitio lo bastante seguro. Lo metió en una carpeta vacía, abrió el cajón izquierdo del escritorio y lo ocultó entre una pila de documentos. Cerró el cajón con llave y se puso en pie. De pronto lo apabulló la idea de que, si las cosas salían mal, probablemente no volvería a ver a sus compañeros. Sintió hacia ellos una repentina oleada de afecto. «En el fondo no son malos tipos...», pensó.

—Si me entero de algo más —les dijo—, ya os lo contaré.

Cogió el sombrero y se digirió con paso rápido hacia la puerta, para evitar que la expresión de su rostro lo traicionase o que a sus compañeros les diese tiempo de hacerle más preguntas.

Aunque Ribbentrop era ministro de Asuntos Exteriores desde febrero, prefería seguir operando desde su antiguo cuartel general en la acera de enfrente de la Wilhelmstrasse, en el monumental edificio del Ministerio de Estado Prusiano. Su equipo compartía planta con el vicecanciller, Rudolf Hess, y Hartmann no tuvo otro remedio que pasar ante media docena de funcionarios del Partido Nazi con sus uniformes marrones y enfrascados en una conversación para poder llegar al despacho de Kordt. Fue el propio Kordt quien le abrió la puerta, le indicó con un gesto que entrase y la cerró. Tenía una secretaria, pero en ese momento no estaba. Debía de haberla mandado fuera.

—Oster acaba de venir a verme. Dice que ya ha empezado todo. —Los ojos del renano parpadeaban con rapidez tras sus gruesas gafas. Abrió el cajón de su escritorio y sacó un par de pistolas—. Me ha dado esto.

Las dejó con cuidado sobre la mesa. Hartmann cogió una. Era una Walther último modelo, pequeña, de tan solo quince centímetros de largo, fácil de ocultar. La sopesó en la mano y abrió y cerró el seguro.

—¿Está cargada?

Kordt asintió. De pronto se le escapó una risita infantil.

—No puedo creer que esto esté sucediendo. No he disparado una pistola en mi vida. ¿Y tú?

—Soy cazador desde niño. —Hartmann apuntó al archivador. Deslizó el dedo hasta el gatillo—. Aunque sobre todo he disparado con rifles. Y con escopetas.

—¿No son lo mismo?

—No exactamente. Pero se disparan igual. Bueno, ¿qué está pasando?

—Oster ha entregado tu copia de la respuesta de Hitler a Chamberlain al general Halder en el cuartel general del ejército esta mañana.

—¿Quién es Halder?

—El sucesor de Beck como jefe del Estado Mayor. Según Oster, Halder se quedó pasmado. Se ha puesto de nuestro lado, siente todavía más rechazo hacia Hitler que Beck.

—¿Movilizará al ejército?

Kordt negó con la cabeza.

—No tiene la autoridad para hacerlo. Está al frente de la planificación, no de los operativos. Va a hablar con Brauchitsch, como comandante en jefe. Brauchitsch es quien puede dar la orden. ¿Te importaría bajar el arma? Estás poniéndome nervioso.

Hartmann dejó de apuntar con la pistola.

—¿Y Brauchitsch está con nosotros?

—Parece que sí.

—Entonces ¿qué va a pasar a partir de ahora?

—Vas a ir a la cancillería, tal como acordamos anoche.

—¿Con qué pretexto?

—Acaban de telefonear de la embajada británica. Parece ser que Chamberlain ha escrito otra carta a Hitler, Dios sabe lo que dirá, y Henderson quiere una cita para entregársela en mano al Führer lo antes posible. La petición tiene que aprobarla Ribbentrop, que ahora mismo está reunido con el Führer. He pensado que podrías ir allí para informarle.

Hartmann consideró la propuesta. Sonaba plausible.

—De acuerdo.

Intentó esconder la pistola en varios bolsillos. Donde mejor encajaba era en el interior de su americana cruzada, a la izquierda, junto al corazón. Podría sacarla con la mano derecha. Una vez abrochados los botones, resultaba difícil adivinar su presencia.

Kordt lo observaba con una expresión cercana al horror.

—Telefonéame en cuanto tengas la respuesta de Ribbentrop —le pidió—. Iré hacia allí para unirme a ti. Por el amor de Dios, recuerda que tu misión en solo mantener las puertas abiertas. No te involucres en ningún tiroteo. Eso déjaselo a Heinz y sus hombres.

—Entendido. —Hartmann se alisó la americana—. Bueno, pues será mejor que me ponga en marcha.

Kordt abrió la puerta del despacho y le tendió la mano. Hartmann se la cogió. La palma de su amigo estaba helada por el miedo. Sintió la tensión que se expandía hacia él como una infección. Retiró la mano y salió al pasillo.

—Te llamaré en unos minutos.

Lo había dicho lo bastante alto para que los funcionarios del partido lo oyesen. Cuando lo vieron acercarse, se apartaron para dejarlo pasar. Se dirigió a toda prisa a la escalera, bajó al vestíbulo y salió a la Wilhelmstrasse.

El aire fresco lo vigorizó. Avanzó pegado a la moderna fachada del Ministerio de Propaganda, dejó pasar a un camión y cruzó la calle en dirección a la cancillería. En el patio delantero había aparcados unos veinte o treinta coches oficiales, largas limusinas negras con banderines con la esvástica; algunos de los vehículos llevaban matrículas con el logo de las SS. Era como si la mitad del régimen hubiera decidido aparecer por allí para ser testigo del momento histórico de la expiración del ultimátum. Hartmann mostró su identificación al policía de la verja y le explicó el motivo de su visita. Era un funcionario del Ministerio de Asuntos Exteriores. Traía un mensaje urgente para herr Von Ribbentrop. El mero hecho de verbalizarlo lo tranquilizó. Después de todo, tenía el mérito de ser cierto. El policía abrió la verja. Hartmann recorrió con paso decidido el sendero que atravesaba el patio y llevaba hasta la entrada principal. Un par de guardias de las SS le bloquearon el paso y se apartaron antes de que él hubiera acabado su explicación.

En el interior del concurrido vestíbulo contó tres guardias más con metralletas. Las altas puertas dobles que daban acceso a los salones de recepciones estaban cerradas. Un asistente de las SS muy alto con uniforme blanco permanecía plantado ante ellas. Su rostro era extremadamente anguloso y curtido. Parecía el modelo del anuncio de cigarrillos de la Potsdamer Platz, solo que con el cabello rubio. Hartmann se acercó a él y lo saludó.

—*Heil Hitler!*

—*Heil Hitler!*

—Traigo un mensaje urgente para el ministro de Asuntos Exteriores Von Ribbentrop.

—Muy bien. Entréguemelo y me aseguraré de que lo recibe.

—Debo entregarlo en persona.

—Eso va a ser imposible. El ministro está reunido con el Führer. No puede entrar nadie.

—Esas son mis órdenes.

—Y estas las mías.

Hartmann utilizó su altura y sus tres siglos de ancestros Junker. Se acercó todavía más al asistente y le dijo en voz baja:

—Escúcheme con mucha atención, porque esta va a ser la conversación más importante que va a mantener en su vida. Mi misión consiste en entregar un mensaje del primer ministro británico al Führer. Usted va a conducirme de inmediato ante herr Von Ribbentrop, o le aseguro que hablará con el Reichs-führer-SS y usted se pasará el resto de su carrera recogiendo a paletadas la mierda de los caballos en las caballerizas.

El asistente mantuvo el aire desafiante unos segundos, pero de pronto algo cambió en la mirada de sus ojos azul claro y cedió.

—Muy bien. Sígame.

Abrió la puerta que daba acceso al concurrido salón. En el centro había un grupo de aproximadamente una docena de personas conversando de pie bajo una enorme lámpara de cristal, y alrededor de ese grupo había otros más reducidos. Se veían un montón de uniformes —marrones, negros, grises, azules— salpicados entre los trajes civiles. Había un incesante e insistente murmullo de conversaciones. Y aquí y allá aparecía algún rostro conocido. Goebbels apoyado contra el respaldo de una silla, con los brazos cruzados, pensativo y solo. Göring de azul celeste, como un general de una ópera italiana, departiendo ante un atento círculo. Mientras Hartmann se abría paso entre ellos era consciente de que varias cabezas se volvían y seguían sus pasos. Sus ojos se cruzaron con rostros de expresión ansiosa y curiosa, hambrientos de noticias, y se dio cuenta de que no estaban al corriente de nada, que todos se limitaban a esperar, incluidas las figuras más relevantes del Reich.

Caminó detrás de la americana blanca del asistente a través de una segunda puerta doble —ya abierta— y entró en otro enorme salón de recepciones. Allí el ambiente era más tranquilo. Diplomáticos con levita y pantalones a raya hablaban en susurros. Reconoció a Kirchheim, del departamento Francés del Ministerio de Asuntos Exteriores. A la izquierda había una puerta cerrada vigilada por un guardia; en un sillón cercano estaba el SS-Sturmbannführer Sauer. Se puso en pie de un salto en cuanto vio a Hartmann.

—¿Qué haces aquí?

—Traigo un mensaje para el ministro de Exteriores.

—Está reunido con el Führer y el embajador francés. ¿De qué se trata?

—Kordt dice que Chamberlain ha escrito una carta al Führer. El embajador británico pide que se le entregue en mano lo antes posible.

Sauer procesó la información y asintió.

—De acuerdo. Espera aquí.

—¿Dejo a herr Hartmann con usted, herr Sturmbannführer? —preguntó el asistente.

—Sí, por supuesto.

El asistente entrechocó los talones y se alejó. Sauer golpeó con suavidad en la puerta, la abrió y desapareció en el interior de la otra sala. Hartmann echó un vistazo al salón. Una vez más se sorprendió a sí mismo haciendo cálculos. Un guardia aquí, más otro en el que se había fijado antes. ¿Cuántos había en total? ¿Seis? Sin duda Oster no contaba con tal concentración de miembros de primer orden del partido en la cancillería. ¿Qué pasaría si se habían traído a sus propios escoltas? Göring, como jefe de la Fuerza Aérea, sin duda llevaría varios.

Sauer reapareció.

—Di a Kordt que el Führer recibirá al embajador Henderson a las doce y media.

—De acuerdo, herr Sturmbannführer.

Consultó el reloj mientras se dirigía hacia el vestíbulo. Ya eran las once y media pasadas. ¿Qué hacían Heinz y los demás? Si no actuaban de inmediato, la mitad del cuerpo diplomático en Berlín se vería atrapado en un fuego cruzado.

Abrió una de las puertas que daba al vestíbulo y la dejó entreabierta. Vio al asistente y se acercó a él.

—Necesito hacer una llamada urgente al Ministerio de Asuntos Exteriores.

—Sí, herr Hartmann.

El tipo era como un bello corcel; una vez domado, resultaba

ser de lo más dócil. Condujo a Hartmann hasta el largo mostrador que había frente a la entrada y le señaló el teléfono.

—Nada más descolgar conectará directamente con un operador.

—Gracias.

Hartmann esperó hasta que su cicerone se alejó y descolgó el auricular.

Una voz masculina preguntó:

—¿En qué puedo ayudarle?

Hartmann le dio el número de la línea directa de Kordt y esperó a que se estableciese la conexión. A través de la puerta abierta de la entrada veía la espalda de uno de los guardias de las SS y detrás de él un par de limusinas negras en el patio. Los chóferes con uniforme de las SS estaban apoyados en uno de los vehículos, fumando. Supuso que debían de ir armados.

Se oyó un clic, un breve timbrazo y descolgaron.

—Kordt.

—¿Erich? Soy Paul. Un mensaje desde la cancillería: el Führer recibirá a Henderson a las doce y media.

—Entendido. Informaré a la embajada británica. —La voz de Kordt sonaba entrecortada.

—Aquí hay mucho movimiento, mucho más de lo esperado. —Esperaba que Kordt supiese interpretar el tono de advertencia.

—Entendido. Quédate donde estás. Voy para allá.

Kordt colgó. Hartmann mantuvo el auricular pegado a la oreja y simuló seguir escuchando. La puerta que daba al salón de recepciones continuaba entreabierta. Pensó que cuando empezase el ataque, la mejor táctica sería disparar al asistente para evitar que la cerrase. Imaginar la sangre chorreando por la inmaculada americana blanca le proporcionó un instante de placer.

—¿Desea hacer otra llamada? —le preguntó el operador.

—No, gracias.

Colgó.

De pronto se percató de que fuera había cierto revuelo. Un hombre pedía a voz en grito desde la escalera que le dejasen entrar. El asistente corrió hacia la entrada y Hartmann deslizó de inmediato la mano por el interior del traje hasta el bolsillo interior izquierdo. Palpó la pistola. Hubo un intercambio de palabras en la escalera de la entrada y a continuación un hombre encorvado, con gafas y un bombín entró en el vestíbulo. Estaba sin aliento y era muy mayor. Parecía a punto de sufrir un ataque al corazón. Hartmann sacó la mano del bolsillo de inmediato. Reconoció a aquel hombre por el circuito diplomático: era el embajador italiano, Attolico. Su mirada se cruzó con la de Hartmann. Pareció reconocerlo vagamente.

—Es usted del Ministerio de Asuntos Exteriores, ¿verdad? —Su acento alemán era atroz.

—Sí, excelencia.

—¿Puede, en ese caso, decir a esta gente que tengo que ver al Führer de inmediato?

—Por supuesto. —Miró al asistente y dijo—: Ya me encargo yo.

Acompañó a Attolico al salón de recepciones. El asistente no hizo ademán de impedírselo.

El embajador saludó con un gesto de la cabeza a varias personas a las que reconoció —a Goebbels y a Göring—, pero no aminoró el paso, ni siquiera cuando las conversaciones empezaron a detenerse a su alrededor. Entraron en el segundo salón de recepciones. Sauer se levantó de su sillón, sorprendido.

—Su Excelencia necesita hablar con el Führer —informó Hartmann.

—Dígale que traigo un mensaje urgente del Duce —le pidió Attolico.

—Por supuesto, excelencia.

Sauer desapareció en la otra sala, pero Attolico no se movió de donde estaba y mantuvo la mirada fija al frente. Temblaba un poco.

—¿Quiere sentarse, excelencia? —le preguntó Hartmann.

Attolico negó con la cabeza.

Se oyó una puerta que se abría. Hartmann se volvió para mirar. Primero salió Sauer, seguido por el intérprete del Ministerio de Asuntos Exteriores, Paul Schmidt, y a continuación —con el ceño fruncido y los brazos cruzados sobre el pecho, claramente desconcertado y receloso por lo que esa repentina visita podía augurar— Adolf Hitler.

3

Legat estaba en el despacho del Número 10 que daba al jardín, otra vez de pie detrás de Joan mientras ella acababa de pasar a máquina el discurso del primer ministro. Ya era más de la una. El primer ministro tenía que salir en dirección a la Cámara de los Comunes a las dos.

A diferencia de la intervención radiofónica de la noche anterior, ese discurso era un monstruo, tan largo como el de los presupuestos anuales: cuarenta y dos páginas mecanografiadas, más de ocho mil palabras. No era de extrañar que al amanecer todavía estuviesen dándole los últimos retoques. Legat estimó que el viejo necesitaría casi una hora y media solo para leerlo, contando con que no hubiese ninguna interrupción.

«Hoy nos enfrentamos a una situación sin parangón desde 1914...», Legat recordó una de sus frases más destacadas.

El discurso no era así de largo por decisión propia, sino por necesidad. El Parlamento se había pasado los dos últimos meses de vacaciones y cuando la cámara había cerrado sus puertas antes del verano no había ninguna crisis checa, ninguna guerra inminente, nadie hablaba de máscaras de gas ni se cavaban trincheras. Las familias se fueron de vacaciones; Inglaterra ganó a Australia en el quinto partido de la liga de críquet con 579 carreras; era otro mundo.

El primer ministro tenía la obligación de poner al día a los representantes electos del país de todo lo sucedido desde el mes de julio. Los telegramas y notas oficiales en los que se basaba el discurso y que Legat había recopilado para él la noche anterior estaban imprimiéndose en estos momentos en el departamento de Imprenta de Su Majestad como libro blanco (*La crisis checoslovaca: notas de encuentros informales de los ministros*); se distribuiría entre los lores y los parlamentarios mientras el primer ministro pronunciaba su discurso. No todos los documentos iban a hacerse públicos. El Ministerio de Asuntos Exteriores y el gabinete del primer ministro habían expurgado los papeles más sensibles. En particular, el acuerdo entre Chamberlain y el primer ministro francés, Daladier —que decía que, aunque estallase la guerra y se ganase, Checoslovaquia dejaría de existir en su forma actual—, permanecería como documento clasificado. Tal como Syers había comentado, iba a ser complicadísimo convencer a la gente de que el sacrificio merecía la pena si eso llegaba a saberse.

Joan acabó de mecanografiar la última página y la sacó de la máquina de escribir. Cuatro copias. El original para el primer ministro y tres copias con papel carbón para Asuntos Exteriores, el gabinete del primer ministro y el 10 de Downing Street. Las sujetó con un clip y se las entregó a Legat.

—Gracias, Joan.

—De nada.

Legat permaneció pegado al escritorio.

—¿Joan qué más, si puedo preguntártelo?

—Joan a secas es suficiente, gracias.

Él sonrió y subió a su despacho. Para su sorpresa, se lo encontró ocupado. Cleverly estaba sentado tras su escritorio. Y no podía asegurarlo, pero daba la impresión de que el viejo había estado fisgando en sus cajones.

—Ah, Legat, le estaba buscando. ¿Está listo el discurso del primer ministro?

—Sí, señor. Acaban de mecanografiarlo. —Le mostró las copias.

—En ese caso necesito que haga otra cosa, si hace el favor de acompañarme.

Legat lo siguió por el pasillo hasta el despacho del secretario particular del primer ministro. Se preguntó qué iba a suceder a continuación. Cleverly señaló su escritorio, en el que el auricular del teléfono estaba descolgado y reposaba sobre el papel secante junto al aparato.

—Mantenemos la línea abierta con la embajada en Berlín. No podemos arriesgarnos a perder la conexión. Quiero que coja ese teléfono y esté atento a cualquier novedad que nos llegue del otro lado de la línea. ¿De acuerdo?

—Por supuesto, señor. ¿Qué noticia estamos esperando?

—Hitler ha aceptado conceder audiencia a sir Nevile Henderson. Regresará de la cancillería en cualquier momento con la respuesta de Hitler a la carta del primer ministro.

Legat aspiró hondo.

—Dios mío, la cosa está acelerándose.

—Desde luego que sí. Estaré con el primer ministro —añadió Cleverly—. En cuanto sepa algo, comuníquenoslo.

—Sí, señor.

El despacho de Cleverly, como el de Wilson, tenía una puerta que comunicaba con la sala del consejo de ministros. Salió por ella y la cerró.

Legat se sentó ante el escritorio. Cogió el auricular y se lo acercó con cautela a la oreja. De niño, su padre le había dado una caracola y le había dicho que si escuchaba con atención oiría el sonido del mar. Eso es lo que oyó en ese momento. Era imposible dilucidar qué porcentaje correspondía a la estática de la línea y qué parte al bombeo de la sangre que circulaba por su oreja. Se aclaró la garganta.

—¿Hola? ¿Hay alguien ahí? —Lo repitió un par de veces—. ¿Hola…? ¿Hola…?

Podría haber encomendado esa tarea a un funcionario de rango menor. Probablemente de eso se trataba. Cleverly lo eligió a él para ponerlo en su sitio.

Miró por la ventana el jardín desierto. Un mirlo daba saltitos alrededor del comedero para pájaros del primer ministro y picoteaba las migas. Legat sostuvo el pesado auricular de baquelita entre la oreja y el hombro, sacó el reloj de bolsillo, lo desenganchó de la cadenita y lo depositó abierto sobre el escritorio. Empezó a repasar el discurso del primer ministro para detectar posibles errores.

«El gobierno de Su Majestad podía optar por tres vías alternativas. Podríamos haber amenazado con declarar la guerra a Alemania si atacaba Checoslovaquia, podríamos habernos mantenido al margen y dejar que los acontecimientos siguieran su curso o, por último, podíamos intentar encontrar una solución pacífica a través de la mediación…»

Pasado un rato, Legat dejó a un lado el discurso y se acercó el reloj a la cara. La manecilla pequeña tenía forma de diamante alargado, mientras que la larga era mucho más fina. Si se observaba con atención, podía percibirse su infinitesimal movimiento de avance hacia la vertical. Imaginó a los soldados alemanes durante esos últimos minutos, esperando en los barracones la señal de ponerse en marcha, los trenes con tropas dirigiéndose a la frontera checa, los Panzer desplazándose por las estrechas carreteras comarcales de Sajonia y Baviera…

A las 13.42 oyó una voz masculina al otro lado de la línea.

—Hola, Londres.

A Legat el corazón le dio un vuelco.

—Hola, aquí Londres.

—Aquí la embajada en Berlín. Solo comprobaba que la línea sigue abierta.

—Sí, le oigo perfectamente. Dígame ¿qué está sucediendo allí?

—Seguimos a la espera de que el embajador regrese de la cancillería. Manténgase a la escucha, por favor.

El mirlo había desaparecido. El jardín estaba desierto. Empezaba a llover.

Legat volvió a concentrarse en el discurso.

«En esas circunstancias, decidí que, como último recurso, había llegado el momento de poner en marcha un plan que me rondaba la cabeza desde hacía bastante tiempo...»

Cuando el Big Ben dio las dos, se abrió la puerta y Cleverly asomó el torso.

—¿Alguna novedad?

—No, señor.

—¿La línea sigue abierta?

—Parece que sí.

—Vamos a esperar cinco minutos más y después el primer ministro tendrá que salir.

Se cerró la puerta.

Cuando pasaban siete minutos de las dos, Legat oyó que alguien cogía el auricular en Berlín.

—Le habla sir Nevile Henderson —anunció entonces una voz nasal.

—Sí, señor. Soy el secretario del primer ministro. —Legat cogió la pluma.

—Por favor, comunique al primer ministro que herr Hitler

ha recibido un mensaje del signor Mussolini, entregado en mano por el embajador italiano, en el que le garantiza que, en caso de conflicto, Italia permanecerá del lado de Alemania, pero le pide que posponga la movilización veinticuatro horas para poder reexaminar la situación. Por favor, dígale que herr Hitler ha aceptado la propuesta. ¿Ha tomado nota de todo?

—Sí, señor. Se lo comunico ahora mismo.

Legat colgó el teléfono. Terminó de escribir y abrió la puerta que daba a la sala del consejo de ministros. El primer ministro estaba sentado junto a Wilson. Cleverly estaba frente a él. Cuando volvió la cabeza para mirar a Legat, los tendones de su delgado cuello se tensaron. Parecía un hombre a punto de ser ahorcado, ya colocado sobre la trampilla pero que todavía mantenía la esperanza de que su ejecución se pospusiera.

—¿Y bien?

—Mussolini ha enviado un mensaje a Hitler: Italia cumplirá sus compromisos con Alemania si estalla la guerra, pero ha pedido a Hitler que posponga veinticuatro horas la movilización, y Hitler ha aceptado.

—¿Veinticuatro horas? —Chamberlain inclinó la cabeza, decepcionado—. ¿Eso es todo?

—Es mejor que nada, primer ministro —comentó Wilson—. Demuestra que como mínimo se ha visto obligado a escuchar alguna opinión externa. Es una buena noticia.

—¿Lo es? Me siento como si estuviera acercándome al borde de un precipicio e intentase agarrarme a cualquier raíz o rama para evitar precipitarme al abismo. ¡Veinticuatro horas!

—Al menos le proporciona un final para su discurso —dijo Cleverly.

El primer ministro repiqueteó en la mesa con las yemas de los dedos. Pasados unos instantes, pidió a Legat:

—Será mejor que me acompañe. Retocaremos el discurso en el coche.

—Puedo acompañarle yo, si lo prefiere —propuso Cleverly.

—No, será mejor que usted espere aquí por si hay alguna novedad en Berlín.

—Ya son y cuarto —les recordó Wilson—. Tiene que salir ya. La sesión empieza en quince minutos.

Chamberlain se levantó de la mesa. Al salir de la habitación detrás del primer ministro, Legat fue consciente de la mirada de odio de Cleverly.

En el vestíbulo, Chamberlain se detuvo bajo la lámpara del techo mientras Wilson lo ayudaba a ponerse el abrigo. Una docena de miembros del personal del Número 10 se habían congregado allí para verlo partir. Chamberlain echó un vistazo a su alrededor.

—¿Annie...? —preguntó.

—Ya ha salido —respondió Wilson—. No se preocupe, estará en la galería. —Sacudió unas motas del cuello del abrigo de Chamberlain y le entregó el sombrero—. Yo también estaré allí. —Cogió el paraguas del primer ministro del paragüero y se lo puso en la mano—. Recuérdelo, sus propuestas están siendo aceptadas, paso a paso.

El primer ministro asintió. El portero le abrió la puerta. La luz blanquecina del exterior recortó su silueta y Legat pensó en lo menudo que se lo veía, incluso con el abrigo puesto; ese hombre parecía un mirlo. Se quitó el sombrero, saludó a derecha e izquierda y bajó a la acera. Se oyeron algunos vítores y aplausos. Una mujer gritó: «¡Dios le bendiga, señor Chamberlain!». Por cómo sonó, no parecía que hubiese mucha gente, pero cuando Legat lo siguió y sus ojos se acostumbraron a la cegadora luminosidad, se dio cuenta de que Downing Street estaba a rebosar de punta a punta; tal era la multitud silenciosa allí plantada que habían tenido que llamar a un policía montado a caballo para que escoltase el coche.

El primer ministro se metió en el Austin por la puerta más próxima; su escolta de paisano se sentó junto al conductor. Legat hubo de rodear el vehículo y abrirse paso entre el gentío hasta el otro lado. Tuvo dificultades para abrir la puerta. Se deslizó en el asiento junto al primer ministro. A través de la ventanilla veía los cuartos traseros del caballo del policía. Avanzó despacio, despejándoles el camino.

—No había visto nada igual en mi vida —murmuro el primer ministro.

Varios flashes iluminaron el interior del coche. Les llevó casi un minuto llegar hasta el final de Downing Street y girar a la derecha por Whitehall. Ante ellos se extendía una multitud de ocho o diez filas de personas agolpadas en las aceras y concentradas alrededor del Cenotafio, que se alzaba sobre un montón de flores recién depositadas. Un par de veteranos de guerra con sus medallas y sus uniformes escarlatas que llevaban una corona de amapolas se volvieron para contemplar el coche del primer ministro cuando pasó junto a ellos.

Legat sacó la pluma y repasó la última página del discurso. Resultaba complicado escribir en el coche circulando.

> El signor Mussolini ha informado a herr Hitler de que, si bien Italia mantendrá sus compromisos con Alemania, sin embargo le pide que posponga veinticuatro horas la movilización. Herr Hitler ha aceptado.

Se lo mostró al primer ministro, quien negó con la cabeza.

—No, esto se queda corto. Debo hacer algún tipo de elogio a Musso. Necesitamos mantenerlo de nuestro lado. —Cerró los ojos—. Escriba esto: «Sea cual sea la opinión que los honorables miembros de esta cámara hayan podido tener del signor Mussolini en el pasado, creo que todo el mundo apreciará su gesto de colaborar con nosotros en pro de la paz en Europa».

Cuando entraron en Parlament Square el coche se vio de nuevo forzado a aminorar la marcha al ritmo de una persona caminando hasta que por fin se detuvo. La policía montada los rodeó. El cielo gris, el sombrío silencio de la multitud, las guirnaldas rojas, el repiqueteo de los cascos de los caballos... Legat pensó que la escena parecía sacada de un funeral de Estado o de los dos minutos de silencio del día del Armisticio. Por fin el coche logró avanzar y atravesaron las puertas de la verja de hierro del patio de New Palace Yard. Se fijó en un policía que se cuadraba ante ellos. Los neumáticos avanzaban sobre los adoquines. Pasaron bajo el arco, entraron en el Speaker's Court y avanzaron hasta la puerta gótica de madera. El escolta bajó del coche y, unos segundos después, Chamberlain cruzó el adoquinado y subió por la escalera de piedra. Legat iba detrás de él.

Llegaron a un pasillo con moqueta verde y paneles de madera en las paredes contiguo a la Cámara de los Comunes. En su interior había seiscientos miembros del Parlamento esperado a que la sesión diese comienzo. A través de las puertas cerradas llegaba un continuo murmullo de conversaciones. En el antedespacho de las dependencias del primer ministro las secretarias se pusieron en pie cuando este entró. Chamberlain avanzó entre ellas hasta la sala de reuniones y entregó el paraguas y el sombrero a la señorita Watson. Se quitó el abrigo. Junto a la larga mesa había dos hombres esperando: su secretario particular, Alec Dunglass —un aristócrata que ostentaba el título de conde y cuya desgracia, o acaso la clave de su éxito, era que parecía salido de una novela de P. G. Wodehouse— y el jefe del grupo parlamentario, el capitán Margesson.

—Disculpen que les haya hecho esperar —dijo el primer ministro—. Se ha concentrado una multitud increíble en la calle.

—Primer ministro —intervino Margesson sin perder un segundo—, si está usted preparado, son casi las tres menos cuarto. Deberíamos entrar de inmediato.

—Muy bien.

Salieron del despacho y recorrieron el pasillo hacia las puertas de la cámara. El murmullo de voces iba en aumento.

Chamberlain se ajustó los gemelos.

—¿Qué ambiente se respira en la cámara?

—Apoyo férreo a su acción en todo el partido, incluso Winston se muestra dócil. Verá que hay algunos aparatos junto a la tribuna de oradores, no haga caso. La BBC quería retransmitir su discurso, pero los laboristas se han negado. Dicen que eso daría al gobierno una ventaja injusta.

—Primer ministro, he echado un poco de brandy en su vaso de agua —le informó Dunglass—. Le irá bien para la voz.

—Gracias, Alec. —Chamberlain se detuvo y tendió la mano. Legat le entregó la copia del discurso. Él la sopesó en la palma y esbozó una sonrisa—. Desde luego, tengo que decir un montón de cosas.

Dunglass abrió la puerta. Margesson entró el primero. Utilizó los hombros para pasar entre los diputados que estaban agolpados junto a la silla del presidente de la cámara. Cuando los miembros del Parlamento advirtieron la presencia del primer ministro el murmullo ascendió hasta convertirse en un rugido masculino. A Legat todo eso le pareció casi visceral —el calor, los colores, el ruido—, como si emergiesen desde los vestuarios de un estadio de fútbol hasta las gradas. Giró a la derecha y se abrió paso con la señorita Watson hasta el banco reservado para los funcionarios del gobierno.

A sus espaldas, la voz del presidente del Parlamento emergió entre el barullo:

—¡Orden! ¡Orden! ¡Llamo al orden a la cámara!

La cámara escuchó al primer ministro en absoluto silencio. Ningún miembro se movió de su asiento ni lo interrumpió mientras él desgranaba el relato de la crisis día a día, y en ocasiones hora a hora. El único movimiento que se veía era el de los mensajeros de la cámara con sus levitas negras y collares ceremoniales, que no paraban de traer telegramas y las hojas rosadas en las que se anotaban los mensajes telefónicos que iban llegando a Westminster.

—«De modo que decidí viajar en persona a Alemania para entrevistarme con herr Hitler y dilucidar en una conversación cara a cara si aún había alguna esperanza de salvaguardar la paz...»

Desde su privilegiado punto de observación, Legat podía ver a Winston Churchill inclinado hacia delante en la primera bancada de los conservadores junto al pasillo, escuchando con atención y acumulando un telegrama tras otro, que guardaba agrupados con una goma roja. En la tribuna, el anterior primer ministro, Stanley Baldwin, tenía los brazos apoyados en la barandilla de madera y observaba el desarrollo de la sesión como un granjero que hubiese acudido al mercado con su mejor ropa de domingo. Más allá, la pálida y empolvada efigie de la reina María, la madre del rey, contemplaba a Chamberlain inexpresiva. Cerca de ella se sentaba lord Halifax.

—«Era del todo consciente —continuó el primer ministro— de que al tomar una decisión tan inesperada podría ser objeto de crítica con el argumento de que estaba desmereciendo la dignidad del primer ministro británico, y también provocar decepción e incluso resentimiento si no conseguía regresar con un acuerdo satisfactorio bajo el brazo. Pero llegué a la conclusión de que, dada la envergadura de la crisis y sabiendo que lo que estaba en juego era vital para millones de seres humanos, no podía tomar en consideración esas valoraciones...»

Legat iba contrastando el discurso del primer ministro con su copia en papel y marcó las pocas ocasiones en las que Chamberlain se alejaba del texto. El modo de hablar del primer ministro era pausado, analítico, un poco teatral: unas veces escondía los pulgares bajo la solapa de la americana, otra se ponía unos quevedos para leer un documento, o se los quitaba para mirar al techo en busca de inspiración... Describió sus dos visitas a Hitler como si fuese un explorador victoriano de la Royal Geographical Society que relatara sus expediciones siguiendo el rastro de algún primitivo señor de la guerra.

—«El 15 de septiembre realicé mi primer vuelo a Múnich. Desde allí viajé en tren hasta el refugio de montaña de herr Hitler en Berchtesgaden. El día 22 regresé a Alemania, a Godesberg, porque al canciller le pareció un lugar más conveniente para mí que el remoto Berchtesgaden. También en esa ocasión tuve un recibimiento caluroso en las calles y los pueblos por los que pasamos.»

El primer ministro llevaba hablando de pie más de una hora y todavía seguía describiendo los acontecimientos de los dos últimos días —«en un último esfuerzo por preservar la paz, envié a sir Horace Wilson a Berlín»— cuando Legat se percató de un revuelo en la tribuna de los lores. Cadogan estaba de pie en la entrada, acompañado por un mensajero. Movía la mano, intentando captar la atención de lord Halifax. Al final fue Baldwin quien se dio cuenta de su presencia y estiró el brazo por detrás de la reina María para dar unos golpecitos en el hombro al ministro de Exteriores. Le señaló a Cadogan, quien le hizo señas para que se acercase a él rápidamente. Halifax se puso en pie con movimientos rígidos y el brazo inútil laxo a un costado, hizo un montón de reverencias y pidió mil disculpas a Su Majestad, se dirigió a la parte trasera de la tribuna y desapareció.

—«Ayer por la mañana —seguía diciendo Chamberlain— sir Horace Wilson retomó las conversaciones con herr Hitler y, al constatar que aparentemente no había cambiado de postura, le repitió de manera clara y siguiendo mis instrucciones que en caso de que las tropas francesas se involucraran de manera activa en hostilidades contra Alemania el gobierno británico se vería obligado a apoyarlas...»

Legat susurró a la señorita Watson:

—¿Le importaría cotejar lo que dice el primer ministro con el texto? —Y sin esperar su respuesta, le tendió la copia del discurso.

La tensión en la cámara aumentaba con cada frase, a medida que el relato del primer ministro iba acercándose al presente. Los parlamentarios situados al lado del banco reservado a los funcionarios del gobierno estaban demasiado cautivados por el discurso para fijarse en Legat mientras este se abría paso entre ellos

—Disculpe... Perdón...

Logró pasar por detrás de la silla del presidente del Parlamento justo cuando Cadogan y Halifax cruzaban la puerta. Cadogan lo vio y le indicó por señas que se acercase.

—Acabamos de recibir una respuesta directa de Hitler —le dijo—. Tenemos que informar al primer ministro antes de que acabe el discurso. —Le pasó la nota a Legat—. Dé esto a Alec Dunglass.

Era una única hoja, doblada por la mitad, con las palabras «Primer ministro, urgente» escritas en la parte exterior.

Legat volvió a entrar en la cámara. Localizó a Dunglass sentado en la segunda bancada, justo detrás del sitio del primer ministro. No había modo de llegar hasta él directamente. Entregó la nota al diputado que ocupaba el extremo de la bancada. Era consciente de que cientos de parlamentarios que tenía delante y detrás lo observaban, fascinados por lo que estaba sucediendo.

—¿Puede pasarlo para que llegue a lord Dunglass? —susurró al diputado.

Siguió el recorrido de la nota mientras esta iba de mano en mano como una espoleta encendida hasta que llegó a lord Dunglass, quien la abrió con su habitual expresión ligeramente bobalicona y la leyó. De inmediato se inclinó hacia delante para murmurar algo al oído del ministro de Hacienda, que le puso la mano en el hombro y cogió la nota.

El primer ministro acababa de leer los últimos telegramas de Hitler a Mussolini.

—«La respuesta, según me han informado, ha sido que el signor Mussolini ha pedido a herr Hitler una prórroga para reexaminar la situación y hacer un esfuerzo por lograr un acuerdo de paz. Herr Hitler ha aceptado posponer veinticuatro horas la movilización.»

Por primera vez desde que había empezado a hablar se oyó un murmullo aprobatorio.

—«Sean cuales sean las opiniones que hayan tenido en el pasado los honorables miembros de este Parlamento sobre el signor Mussolini, creo que todo el mundo aplaudirá su gesto de querer trabajar con nosotros por la paz en Europa.»

Hubo más murmullos de aprobación. El primer ministro hizo una pausa y de pronto miró hacia la bancada que tenía al lado, desde la que sir John Simon le tiraba del borde de la americana. Frunció el ceño y se inclinó; cogió la nota y la leyó.

Los dos hombres mantuvieron una breve conversación en susurros. La cámara quedó en silencio, expectante. Por fin, el primer ministro se incorporó y guardó la nota en la valija diplomática.

—«Esto no es todo. Todavía tengo algo más que decir ante la cámara. Acabo de recibir una invitación por parte de herr Hitler a mantener un encuentro con él en Múnich mañana por la mañana. También ha invitado al signor Mussolini y a monsieur Daladier. El signor Mussolini ha aceptado y no tengo ninguna duda de que monsieur Daladier también lo hará. No es necesario que aclare cuál va a ser mi respuesta.»

El silencio se prolongó un instante. A continuación se produjo una ensordecedora manifestación de alivio. Por toda la cámara, los diputados —también los laboristas y los liberales— se levantaron de los asientos, prorrumpieron en aplausos y lanzaron al aire sus papeles. Algunos conservadores se subieron a las bancadas para lanzar vítores. Incluso Churchill acabó por incorporarse con cierta dificultad, aunque parecía enfurruñado como un niño. El entusiasmo se prolongó un minuto tras otro, mientras el primer ministro miraba a su alrededor asintiendo y sonriendo. Intentó tomar la palabra, pero le fue imposible. Por fin logró, por señas, que todo el mundo volviera a ocupar sus asientos.

—«Todos somos patriotas, y no habrá ni un solo miembro de esta cámara al que el corazón no le haya dado un brinco al saber que una vez más se ha aplazado la crisis, lo que nos da la oportunidad, con razonamientos, buena voluntad y diálogo, de intentar arreglar este problema del que ya vislumbramos una salida. Señor presidente, no tengo nada más que añadir. Estoy seguro de que la cámara sabrá disculparme para que pueda concentrarme en este último esfuerzo. En vista de los nuevos acontecimientos, espero que estén de acuerdo en posponer este debate unos días; cuando lo retomemos, quizá sea en circunstancias más felices.»

Hubo más muestras de entusiasmo y fue entonces cuando, incómodo, Legat se dio cuenta de que había olvidado su obligada neutralidad profesional y había estado vitoreando como todos los demás.

4

Guiándose por el principio de que el mejor escondrijo está siempre a simple vista, el núcleo de conspiradores se reunió a las cinco de la tarde en el despacho de Kordt en el edificio del Estado Prusiano: Gisevius y Von Schulenburg del Ministerio del Interior, Dohnányi del de Justicia, el coronel Oster de la Abwehr, y Kordt y Hartmann de Exteriores.

¡Seis hombres! A Hartmann le costó contener su desaliento. ¿Seis hombres para tumbar una dictadura que controlaba todos los aspectos de la vida y la sociedad en un país que había crecido hasta los ocho millones de habitantes? Se sintió ingenuo y humillado. Todo ese asunto era una broma.

—Propongo que si alguien nos pregunta sobre esta reunión —empezó Kordt— digamos que era un encuentro informal para discutir la creación de un grupo interdepartamental de planificación para los territorios de los Sudetes recién liberados.

Dohnányi asintió y comentó:

—Desde luego, es un plan burocrático que resulta espantosamente verosímil.

—Está claro que no podemos permitir que nadie vea a Beck cerca de nosotros. Y lo mismo es aplicable a Heinz.

—Los territorios de los Sudetes recién liberados —repitió

Gisevius—. Escuchad cómo suena. Dios mío, ese hombre va a ser más popular que nunca.

—¿Y por qué no? —intervino Schulenburg—. Primero Austria, ahora los Sudetes. El Führer ha añadido diez millones de personas étnicamente germanas al Reich en menos de siete meses sin necesidad de disparar un solo tiro. Goebbels dirá que es nuestro mejor estadista desde Bismarck, y tal vez lo sea. —Echó un vistazo a su alrededor—. Caballeros, ¿han pensado ustedes en esto? ¿En que podemos estar equivocados?

Nadie respondió. Kordt permanecía sentado tras su escritorio. Oster estaba apoyado en él. Gisevius, Schulenburg y Dohnányi ocupaban las tres butacas. Hartmann estaba tumbado boca arriba en el sofá, con las manos detrás de la cabeza, contemplando el techo. Sus grandes pies colgaban del reposabrazos.

—Bueno, ¿y qué pasa con el ejército, coronel Oster? —preguntó en voz baja.

Oster movió un poco las posaderas, que tenía plantadas sobre el escritorio.

—Al final todo dependía de Brauchitsch. Por desgracia, seguía indeciso sobre qué hacer cuando el Führer dictó la orden de posponer veinticuatro horas la movilización.

—Y si la movilización no se hubiera pospuesto, ¿habría actuado?

—Beck dice que Halder le dijo que se mostró dispuesto…

—¡Beck dice… Halder le dijo… dispuesto…! —lo interrumpió Hartmann—. Discúlpenme, caballeros, pero si quieren saber mi opinión, todo esto son castillos en el aire. Si Brauchitsch hubiera querido de verdad librarse de Hitler, habría dado el paso y lo habría hecho.

—Eso es demasiado simplista. Siempre quedó claro que el ejército solo actuaría si estaban convencidos de que iba a estallar una guerra contra Francia e Inglaterra.

—¿Porque creían que Alemania sería derrotada?

—Exacto.

—En ese caso hablemos claro sobre la lógica de la posición del ejército. ¿No tienen ninguna objeción moral al régimen de Hitler? ¿Su oposición solo está condicionada por las perspectivas militares del país?

—Sí, por supuesto. ¿Tan sorprendente resulta? Son soldados, no clérigos.

—¡Bueno, sin duda eso es fantástico para ellos! ¡No necesitan tener conciencia! ¿Pero entienden ustedes lo que eso significa para el resto de nosotros? —Los miró uno a uno—. Por lo que al ejército respecta, mientras Hitler gane, estará a salvo. Solo cuando empiece a sufrir derrotas se volverán contra él, pero para entonces ya será demasiado tarde.

—No levantes la voz —le advirtió Kordt—. El despacho de Hess está en este pasillo.

Era evidente que Oster estaba conteniéndose.

—Hartmann, estoy tan decepcionado como tú. Incluso diría que más. Por favor, no olvides que me ha costado meses arrastrar al ejército hasta este punto. Me he pasado todo el verano enviando mensajes a Londres, diciéndoles que si se mantenían firmes, nosotros nos encargaríamos de la situación. Por desgracia, no contaba con la cobardía de los británicos y los franceses.

—A la larga van a pagar un precio muy alto —sentenció Kordt—. Y nosotros también.

Se produjo un silencio. A Hartmann seguía pareciéndole increíble que Hitler hubiera evitado la guerra en el último minuto. Había visto cómo sucedía: la Historia fraguándose a cinco metros de él. Un sofocado y tembloroso Attolico había tartamudeado su mensaje en voz lo bastante alta para que todo el mundo a su alrededor lo oyese, como si fuese un heraldo en una obra de teatro:

—Führer, el Duce quiere transmitirle que, decida usted lo que decida, el fascismo italiano le apoyará. Pero el Duce opina que sería sensato aceptar la propuesta británica y le ruega que posponga la movilización.

Mientras Schmidt traducía del italiano al alemán, el rostro de Hitler no dejó entrever ni rabia ni alivio; sus facciones permanecieron inmóviles como las de un busto de bronce.

—Diga al Duce que acepto su propuesta.

Y dicho esto, volvió a meterse en su despacho.

Llegaron estridentes carcajadas desde el pasillo. Los funcionarios del partido estaban de celebración. Hartmann se las había apañado por los pelos para evitar sus abrazos cuando se cruzó con ellos. Uno llevaba una botella de Schnapps e iba pasándola entre sus compañeros.

—¿Y qué hacemos ahora? —preguntó Gisevius—. Si no podemos dar el paso sin el ejército y el análisis de Hartmann sobre su actitud es correcto, en tal caso no somos más que un grupo de civiles impotentes, condenados a esperar y contemplar cómo se destruye nuestro país.

—Creo que solo tenemos una opción —añadió Hartmann—. Debemos intentar evitar que mañana se firme un pacto en Múnich.

—Es prácticamente imposible —intervino Kordt—. Es como si ya estuviese firmado. Hitler va a aceptar lo que británicos y franceses le han ofrecido, que es en esencia lo que lleva pidiendo desde un principio. Por lo tanto, la conferencia es una pura escenificación. Chamberlain y Daladier volarán a Múnich, se plantarán ante las cámaras y dirán: «Aquí nos tiene, querido Führer», y a continuación regresarán a sus casas.

—No tiene por qué ser así. Hitler ha pospuesto la movilización, no la ha cancelado.

—Sin embargo, puedo asegurarle que sucederá lo que acabo de decir.

—Necesito hablar con Chamberlain —soltó Hartmann en voz baja.

—¡Ja! —Kordt alzó las manos—. ¡Por supuesto!

—Hablo en serio.

—No se trata de si hablas o no en serio. En cualquier caso, ese capítulo ya lo hemos superado. Mi hermano se sentó en el despacho de Halifax en el Ministerio de Asuntos Exteriores hace solo tres semanas y le advirtió de forma explícita sobre lo que se avecinaba. Y aun así no funcionó.

—Halifax no es Chamberlain —respondió Hartmann.

—Querido Hartmann —intervino Dohnányi—, pero ¿qué podrías decirle que marcase la más leve diferencia?

—Le enseñaría la prueba.

—¿La prueba de qué?

—La prueba de que Hitler está decidido a desatar una guerra de conquista y que esta puede ser la última oportunidad de pararle los pies.

—¡Es un auténtico disparate! —exclamó Dohnányi buscando la complicidad de los demás—. ¡Como si Chamberlain fuera a hacer caso a un joven funcionario de bajo rango como Hartmann!

El aludido se encogió de hombros, sin ofenderse.

—Aun así, merece la pena intentarlo. ¿Alguien tiene una idea mejor?

—¿Podemos ver esa «prueba»? —pidió Schulenburg.

—Preferiría no mostrarla.

—¿Por qué?

—Porque prometí a la persona que me la entregó que solo se la enseñaría a los británicos.

Se desató un murmullo de protesta, escepticismo e irritación.

—Debo decir que me parece muy ofensivo que no confíes en nosotros.

—¿En serio, Schulenburg? Bueno, pues me temo que no hay nada que hacer.

—¿Y cómo pretendes concertar tu cita privada con el primer ministro de Reino Unido? —quiso saber Oster.

—Es obvio que el primer paso debería ser acreditarme en la conferencia como miembro de la delegación alemana.

—¿Y cómo vas a conseguirlo? —preguntó Kordt—. Y aun en el caso de que lo lograses, es imposible que pudieras tener acceso a Chamberlain a solas.

—Estoy convencido de que conseguirlo es posible.

—¡Imposible! ¿Cómo?

—Conozco a uno de sus secretarios particulares.

La revelación los cogió por sorpresa.

—Bueno —dijo Oster tras un momento de silencio—, supongo que eso ya es algo, aunque no estoy seguro de en qué modo va a ayudarnos.

—Significa la oportunidad de poder acceder a Chamberlain, o al menos de hacer que la información llegue a sus manos. —Se inclinó hacia delante, implorante—. Es cierto que cabe la posibilidad de que esto quede en nada, entiendo vuestro escepticismo. Pero ¿no merece la pena intentarlo? Coronel Oster, ¿tiene usted contactos en Whitehall?

—Sí.

—¿Hay tiempo de hacerles llegar un mensaje, de preguntarles si ese hombre podría volar a Múnich como parte del séquito de Chamberlain?

—Probablemente. ¿Cómo se llama ese hombre?

Hartmann dudó. Llegado el momento, le resultó muy difícil pronunciar su nombre en voz alta.

—Hugh Legat.

Oster sacó una libretita del bolsillo de la pechera y lo escribió.

—¿Y dices que trabaja en Downing Street? ¿Sabrá quién eres si le hablan de ti?

—Creo que sí. Ya le he enviado algo de manera anónima y estoy bastante seguro de que habrá sospechado que venía de mí. Sabe que trabajo en el Ministerio de Exteriores.

—¿Cómo se lo hiciste llegar?

Hartmann se volvió hacia Kordt.

—Se lo entregó su hermano.

Kordt se quedó boquiabierto.

—¿Has utilizado a Theo a mis espaldas?

—Quería abrir mi propio canal de comunicación, ofrecerle algo para demostrar que iba en serio.

—¿Y qué fue ese algo que le enviaste? ¿O eso también es un secreto?

Hartmann permaneció en silencio.

—No me extraña que los ingleses no nos tomen en serio —masculló Schulenburg con amargura—. Debemos de parecerles unos absolutos aficionados, cada cual hablando por sí mismo, sin una coordinación centralizada, sin un plan para una Alemania sin Hitler. Caballeros, ya he tenido bastante de toda esta historia.

Se levantó de la butaca.

Kordt hizo lo mismo. Alzó las manos para intentar detenerlo.

—Schulenburg, por favor…. ¡Siéntate! Hemos sufrido un revés, estamos decepcionados, pero no nos peleemos entre nosotros.

Schulenburg cogió el sombrero y señaló con él a Hartmann.

—¡Tú, con tus estúpidas ideas, conseguirás que nos cuelguen a todos!

Salió y cerró dando un portazo.

—Tiene razón —murmuró Dohnányi mientras las reverberaciones iban disminuyendo.

—Estoy de acuerdo —añadió Gisevius.

—Yo también —dijo Oster—. Pero estamos en un callejón sin salida y, dadas las circunstancias, me inclino por apoyar el plan de Hartmann, no porque crea que va a funcionar, sino porque no tentemos otra alternativa viable. ¿Tú qué opinas, Erich?

Kordt había vuelto a sentarse. Su aspecto se acercaba más al de un cincuentón que al de un treintañero. Se quitó las gafas, cerró los ojos y se masajeó los párpados con el pulgar y el índice.

—La conferencia de Múnich —murmuró— es una locomotora que no puede detenerse. En mi opinión es inútil intentarlo. —Volvió a ponerse las gafas y miró a Hartmann. Tenía los ojos enrojecidos por la fatiga—. Por otro lado, aunque no podamos hacerla descarrilar, sería positivo para nuestra causa abrir un canal de comunicación con alguien que ve a Chamberlain a diario. Porque de una cosa podemos estar seguros: hoy no se acaba el proceso. Teniendo en cuenta lo que sabemos de Hitler, los Sudetes son solo el principio. Habrá otras crisis, tal vez nuevas oportunidades. De modo, Paul, que vamos a ver qué puedes conseguir. Pero creo que como mínimo deberías contarnos qué pretendes entregar a los británicos. Nos lo debes.

—No, lo siento. Tal vez cuando regrese, si tengo el consentimiento de la fuente, podré mostrároslo. Pero de momento, por vuestra propia seguridad y la de los demás, es mejor que no lo sepáis.

Siguió un nuevo silencio.

—Si pretendemos poner esto en marcha —dijo Oster por fin—, no hay un minuto que perder. Vuelvo a Tirpitzufer, e intentaré establecer contacto con los británicos. Erich, ¿puedes meter a Hartmann en la conferencia?

—No estoy seguro… Pero lo intentaré.

—¿No podrías comentárselo a Ribbentrop?

—¡Dios mío, no! Es la última persona a la que tantearía. Sospecharía de inmediato. Nuestra mejor opción quizá sea intentarlo con Weizsäcker. Le gusta jugar a dos bandas. Hablaré con él. —Se volvió hacia Hartmann—. Será mejor que tú también vengas.

—Deberíamos salir por separado —propuso Oster.

—No —replicó Kordt—. Recordad, nos hemos limitado a mantener una reunión interdepartamental informal. Parecerá más natural si salimos todos a la vez.

Ya en la puerta, Oster apartó a un lado a Hartmann y le dijo en voz baja para que los demás no pudieran oírlo:

—Si no me equivoco, llevas un arma. Yo la devolvería a la armería de la Abwerh.

Hartmann le sostuvo la mirada.

—Si no le importa —respondió—, creo que prefiero seguir con ella.

Hartmann y Kordt salieron juntos del edificio y caminaron en silencio por la Wilhelmstrasse hacia el Ministerio de Asuntos Exteriores. Resplandecía el sol y se percibía en el aire un ambiente relajado. Se fijaron en los rostros de los empleados del gobierno que salían de los ministerios para regresar a casa tras la jornada de trabajo. Algunos incluso reían. Era la primera vez que Hartmann veía un clima de tanta normalidad en las calles desde el estallido de la crisis checa hacía un par de semanas.

En el antedespacho de la secretaría de Estado, las tres mecanógrafas, incluida frau Winter, estaban inclinadas sobre sus máquinas de escribir. Kordt tuvo que alzar la voz para hacerse oír por encima del barullo.

—Tenemos que ver al barón Von Weizsäcker.

Frau Winter levantó la mirada.

—Está con los embajadores británico y francés.

—Aun así, es un asunto urgente.

Miró a Hartmann. Su expresión era de total indiferencia. Admiró su frialdad. Le vino de pronto una imagen de ella esperándolo desnuda en la cama, de sus pálidas piernas, sus voluminosos pechos, sus tersos pezones...

—De acuerdo.

Golpeó con suavidad en la puerta del despacho y entró. Hartmann oyó vasos entrechocando en un brindis, voces y risas. Menos de un minuto después salió sir Nevile Henderson, con un clavel en la solapa, seguido por François-Poncet. El embajador francés lucía un bigotito negro, con las puntas enceradas y retorcidas hacia arriba. Parecía un tipo libertino, divertido, con aires de actor de la *Comédie Française*. Se decía que era el único miembro del cuerpo diplomático que caía bien a Hitler. Los dos embajadores saludaron con un movimiento de la cabeza a Hartmann y estrecharon la mano a Kordt.

—Qué alivio, Kordt —comentó François-Poncet, sin soltarle la mano—. ¡Un gran alivio! Yo estaba con el Führer justo antes de que hablase con Attolico. Cuando ha vuelto a la sala, sus palabras exactas han sido: «Diga a su gobierno que he pospuesto veinticuatro horas la movilización para cumplir los deseos de mi aliado italiano». Imagínese qué hubiera sucedido si esta mañana los comunistas hubieran cortado la línea telefónica entre Roma y Berlín, ¡ahora estaríamos todos en guerra! Y en cambio... —Hizo un gesto triunfal con la mano—. Todavía tenemos una oportunidad.

Kordt hizo una leve reverencia y dijo:

—Excelencia, es un gran alivio.

Frau Winter apareció en la puerta.

—El secretario de Estado les espera —anunció.

Hartmann sintió su fragancia al pasar junto a ella.

—Nos veremos en Múnich —dijo Henderson a modo de despedida—. Esta historia todavía no se ha acabado.

Von Weizsäcker tenía una botella de Sekt abierta en el escritorio. No se tomó la molestia de hacer el saludo hitleriano.

—Caballeros, vamos a vaciar esta botella. —Sirvió tres vasos con mano experta, sin derramar ni una gota, y ofreció uno a Kordt y otro a Hartmann. Alzó el suyo—. Como he dicho a los embajadores, no voy a proponer un brindis. No quiero tentar al destino. Limitémonos a disfrutar del momento.

Hartmann, educado, bebió un sorbo. El vino espumoso era demasiado dulce y gaseoso para su gusto, demasiado parecido a una bebida infantil.

—Siéntese, por favor.

Von Weizsäcker señaló el sofá y los dos sillones. Llevaba un elegante traje azul marino de raya diplomática. La esvástica prendida en la solapa lanzaba destellos al reflejar el sol de última hora de la tarde que entraba en ángulo por el ventanal. Se había afiliado al partido ese año. Ahora ostentaba un rango honorario en las SS y era un alto diplomático. Si había vendido su alma, al menos lo había hecho a un buen precio.

—¿Qué puedo hacer por ustedes, caballeros?

—Quisiera proponer que Hartmann, aquí presente, fuera acreditado como miembro de nuestra delegación en la conferencia de mañana —explicó Kordt.

—¿Por qué me lo pide a mí? Pídaselo al ministro, usted forma parte de su departamento.

—Con el máximo respeto al ministro, su respuesta automática a cualquier sugerencia por lo general es un no, hasta que se logra convencerlo, y en este caso no hay tiempo para utilizar el habitual proceso de persuasión.

—¿Y por qué es tan importante que Hartmann vaya a Múnich?

—Aparte del hecho de que su inglés es impecable, lo cual será de mucha utilidad, creemos que es una buena oportunidad para que cultive un contacto potencialmente importante en el equipo negociador de Chamberlain.

—¿En serio? —Weizsäcker observó a Hartmann con interés—. ¿Y quién es esa persona?

—Es un diplomático que en estos momentos es uno de los secretarios particulares de Chamberlain —explicó Hartmann.

—¿Cómo es que lo conoce?

—Coincidí con él en Oxford.

—¿Es afín a la nueva Alemania?

—Lo dudo.

—Entonces ¿es hostil?

—Imagino que compartirá la actitud general de los ingleses de su clase.

—Eso es una apreciación muy vaga. —Weizsäcker se volvió hacia Kordt—. ¿Cómo saben ustedes siquiera que estará en Múnich?

—No lo sabemos. El coronel Oster, de la Abwehr, está intentando arreglarlo.

—Ah, el coronel Oster. —Weizsäcker asintió con parsimonia—. Ahora lo entiendo. Ese tipo de contacto.

Se sirvió lo que quedaba de Sekt y se lo bebió poco a poco. Hartmann contempló su oscilante nuez, sus mofletes sonrosados, el impecable cabello cano a juego con su reluciente insignia del partido. Notó que el desprecio le subía por la garganta como una sensación de náusea. Sintió deseos de pagar a un camisa parda con nariz de boxeador para que diera una paliza a ese hipócrita. El secretario de Estado dejó el vaso vacío en la mesa.

—Más les vale andarse con ojo con el coronel Oster. Tal vez podrían incluso advertirle de mi parte que sus actividades no han pasado del todo desapercibidas. Hasta ahora ha habido cierta tolerancia con la disidencia, siempre y cuando no vaya demasiado lejos, pero tengo la sensación de que las cosas están cambiando. El nacionalsocialismo está moviéndose hacia una fase más enérgica.

Se acercó al escritorio, palpó por debajo y pulsó un botón. Se abrió la puerta.

—Frau Winter, ¿puede añadir el nombre de herr Von Hartmann a la lista de personas acreditadas para la conferencia de mañana? Anótelo como traductor, para ayudar al doctor Schmidt.

—Sí, señor.

Frau Winter se retiró. Kordt cruzó una mirada con Hartmann y asintió. Ambos se pusieron en pie.

—Gracias, señor secretario.

—Sí —añadió Hartmann—. Gracias. —Dudó un instante y añadió—: ¿Puedo hacerle una pregunta, herr barón?

—¿De qué se trata?

—Me preguntaba qué es lo que ha hecho cambiar de opinión al Führer. ¿Usted cree que tenía la intención de iniciar la invasión o era un farol?

—Oh, desde luego que pretendía iniciar la invasión, de eso no hay duda.

—Y entonces ¿por qué ha reculado?

—¡Quién sabe! Nadie está al corriente de lo que pasa por su cabeza. Sospecho que al final se ha dado cuenta de que Chamberlain había retirado su *casus belli*; con respecto a esto, la intervención de Mussolini ha sido crucial. Goebbels lo ha expresado muy bien durante la comida, pese a que él estaba a favor de la invasión: «Uno no puede hacer estallar una guerra mundial por pequeños detalles». El error del Führer ha sido presentar una lista de demandas específicas. Una vez cumplidas la mayoría de ellas, ha quedado fuera de juego. Sospecho que la próxima vez no cometerá el mismo error.

Les dio la mano y cerró la puerta. A Hartmann se le quedó grabada esa última observación: «La próxima vez no cometerá el mismo error».

—Herr Hartmann, su nombre estará incluido en la lista en la Anhalter Bahnhof —confirmó frau Winter—. Bastará con que muestre su identificación en el acceso al andén. El tren especial partirá esta noche a las ocho cincuenta.

—¿El tren?

—Sí, el tren del Führer.

Era consciente de que Kordt estaba esperándolo y de que había otras dos secretarias mecanografiando.

Kordt le tocó el brazo.

—Será mejor que nos demos prisa. Has de preparar la maleta.

Salieron al pasillo. Hartmann volvió la cabeza y miró por encima del hombro, pero ella ya se había sentado ante su escritorio y estaba mecanografiando. Había algo en la absoluta indiferencia de esa chica que lo inquietó.

—Ha sido más fácil de lo que esperaba —dijo mientras se alejaban.

—Sí, nuestro nuevo secretario de Estado es de lo más ambiguo, ¿verdad? Se las apaña para ser un pilar del régimen y a la vez dejar caer la idea de que simpatiza con la oposición. ¿Vas a volver directamente a tu apartamento?

—No, primero tengo que recoger una cosa en el despacho.

—Claro. —Kordt le estrechó la mano—. Entonces te dejo. Buena suerte.

El despacho de Hartmann estaba desierto. Sin duda, Von Nostitz y Von Rantzau habían salido a celebrarlo en algún lado. Se sentó ante su escritorio y abrió el cajón con la llave. El sobre seguía donde lo había dejado. Lo metió en su maletín.

El apartamento de Hartmann estaba al final de la parte oeste de la Pariser Strasse, en un elegante barrio con muchas tiendas cerca de la iglesia de Sankt Ludwig. Antes de la guerra, cuando su abuelo, el viejo embajador, todavía vivía, la familia era propietaria de todo el edificio. Pero se habían visto obligados a dividirlo y venderlo piso a piso para pagar la hipoteca de la finca que tenían cerca de Rostock. Ahora ya solo les pertenecía la segunda planta.

Se acercó a la ventana con un vaso de whisky y fumó un cigarrillo mientras contemplaba los últimos rayos de sol que iban desapareciendo por detrás de los árboles de la Ludwig-kirchplatz. El cielo adquirió una tonalidad rojiza. Los árboles parecían las sombras de primitivos danzantes que brincaban alrededor de una hoguera. En la radio, los primeros compases de la *Obertura Coriolano* de Beethoven señalaron el inicio de un boletín especial de noticias. El locutor parecía medio enloquecido por la excitación:

«Empujado por el deseo de hacer un último esfuerzo para lograr la cesión pacífica del territorio alemán de los Sudetes al Reich, el Führer ha convocado a Benito Mussolini, jefe del gobierno italiano; a Neville Chamberlain, primer ministro de Reino Unido, y a Édouard Daladier, primer ministro francés, a una conferencia conjunta. Los tres estadistas han aceptado la invitación. La reunión se celebrará en Múnich mañana por la mañana, 29 de septiembre…».

El comunicado hacía que pareciese que todo aquello había sido idea de Hitler. Y estaba seguro de que la población se lo tragaría, porque la gente creía lo que ellos querían que creyesen; ese era el gran logro de Goebbels. El pueblo ya no tenía por qué preocuparse con verdades incómodas, él les había proporcionado una excusa para dejar de pensar.

Bebió un sorbo de whisky.

Todavía estaba inquieto por el encuentro en el despacho de Von Weizsäcker. Todo había salido demasiado bien. Y también había algo raro en la absoluta determinación de frau Winter en no cruzar ni una mirada con él. Rebobinó la escena en su cabeza una y otra vez.

Tal vez al final resultaría que frau Winter no había robado los documentos de la caja fuerte de Weizsäcker. Quizá simplemente el secretario de Estado se lo habían entregado para que ella se los entregase a él.

En cuanto esa idea se le pasó por la cabeza, supo que tenía que ser verdad.

Apagó el cigarrillo y entró en el dormitorio. Encima del armario tenía la maleta pequeña con sus iniciales grabadas que le habían regalado cuando lo enviaron interno a un colegio. Abrió los cierres.

Dentro había sobre todo cartas, de sus padres, hermanos y hermanas, de amigos y novias. Las cartas de Oxford estaban atadas todas juntas y seguían dentro de los sobres; le gustaban los sellos ingleses y ver su nombre escrito con la minúscula y pulcra letra de Hugh. Hubo una época en que le escribía una o dos veces por semana. También había fotografías, incluida la última de los dos juntos, tomada en Múnich y con la fecha apuntada en el reverso: 2 de julio de 1932. Iban ataviados para una caminata campestre —botas, chaquetas de deporte, camisas blancas con el cuello desabotonado— y al fondo se veía la campiña. Entre ambos aparecía Leyna, agarrándolos por los antebrazos. Ella era mucho más baja que él; el efecto era cómico. Los tres sonreían. Recordaba que la joven había pedido al dueño de la posada que les sacase esa foto antes de iniciar la caminata. Y junto a la fotografía, sujeto con un clip, había un recorte del *Daily Express* que había leído ese verano: «Entre las jóvenes promesas del Ministerio de Asuntos Exteriores, ahora en el equipo del primer ministro…». A juzgar por la foto, apenas había cambiado. En cambio, nunca habría imaginado que Hugh acabaría con una mujer como la elegante chica que aparecía a su lado: una tal Pamela, su esposa. Se le pasó por la cabeza que si algo iba mal y la Gestapo registraba su apartamento, esos recuerdos resultarían incriminatorios.

Llevó las cartas de Oxford hasta la chimenea y las quemó, una a una, prendiéndoles fuego por la esquina inferior derecha con un encendedor y tirándolas al interior del hogar. Quemó también el recorte de periódico. Con la fotografía dudó, pero al final también la quemó y contempló cómo se chamuscaba y retorcía hasta que fue imposible distinguirla del resto de las cenizas.

Ya era de noche cuando Hartmann llegó a la Anhalter Bahnhof. Policías con perros patrullaban por el exterior de la entrada con columnas que daba acceso al vestíbulo. Llevaba el sobre en la maleta y la Walther en el bolsillo interior de la americana. Notaba que empezaban a fallarle las piernas.

Irguió los hombros, atravesó las enormes puertas y se adentró en el ambiente oscuro y cargado de humo de la estación de techos acristalados, alto como el de una catedral gótica. Había banderolas con esvásticas de tres o cuatro plantas de altura colgando en todos los andenes. El tablón de horarios anunciaba todas las salidas de esa noche: Leipzig, Frankfurt, Dresde, Viena… Eran las 20.37. No había mención alguna de Múnich ni de ningún tren especial. Un funcionario de la Reichsbahn, con uniforme azul marino, gorra de plato y un bigotito sin duda inspirado en el del Führer, se percató de su desconcierto. Cuando Hartmann le explicó su misión, el tipo insistió en acompañarlo en persona.

—Será todo un honor.

Hartmann atisbó el andén antes de que llegasen a él. Al parecer la gente intuía que el Führer pasaría por allí y se había congregado una pequeña y respetuosa multitud de un centenar de personas, en su mayoría mujeres. Las SS las mantenía a distancia. En la entrada del andén, otros dos policías con perros y varios miembros de las SS con metralletas controlaban el acceso de los pasajeros. Obligaron a un hombre que hacía cola para subir al tren a abrir la maleta, y Hartmann pensó que si lo cacheaban estaba perdido. Valoró la posibilidad de dar media vuelta y deshacerse de la pistola en los lavabos, pero el funcionario de la Reichsbahn estaba abriéndole paso hasta el control y un momento después se encontró cara a cara con uno de los guardias.

—*Heil Hitler!*

—*Heil Hitler.*

—¿Nombre?

—Hartmann.

El guardia recorrió la lista con el índice, pasó una página y después la siguiente.

—Aquí no figura nadie con ese nombre.

—Está ahí. —Hartmann señaló la última página. A diferencia del resto de los nombres, que estaban mecanografiados, el suyo se había añadido a mano. Resultaba sospechoso.

—Documentos.

Le entregó el carnet de identidad.

—Abra la maleta, por favor —le pidió el otro guardia.

Hartmann la apoyó sobre la rodilla. Le temblaban tanto las manos que estaba seguro de que su culpabilidad resultaba evidente. Toqueteó los cierres y la abrió. El guardia se colgó del hombro la metralleta y rebuscó entre el contenido: dos camisas, ropa interior y útiles de afeitar en un neceser de cuero.

Sacó el sobre, lo agitó y volvió a dejarlo. Asintió. Señaló hacia el tren con el cañón de la metralleta.

El otro guardia le devolvió el carnet.

—Viaja usted en el vagón de cola, herr Von Hartmann.

Comenzaron a revisar al hombre que lo seguía en la cola de acceso. Hartmann avanzó por el andén.

El tren estaba detenido unos a unos veinte metros de él, en la vía de la derecha. Era largo; contó siete vagones, todos relucientes, de un inmaculado verde oscuro, como recién pintados para la ocasión, con un águila nazi de alas extendidas en color oro sobre la carrocería. Cada una de las puertas de acceso a los vagones estaba custodiada por un guardia de las SS. Al fondo, una locomotora negra expulsaba vapor con parsimonia; también estaba custodiada. Hartmann caminó sin prisas hacia el vagón de cola, echó un último vistazo a las iluminadas vigas del techo de la estación, a las palomas que revoloteaban y al cielo ya oscuro que se extendía más allá, y subió al tren.

Era un coche cama, con los compartimentos a la izquierda. Un asistente de las SS, con una tabla sujetapapeles en una mano, avanzó por el pasillo, se detuvo y alzó el brazo con el saludo hitleriano. Hartmann lo reconoció de inmediato: era el mismo lacayo vestido de blanco que esa mañana lo había amenazado en la cancillería. Devolvió el saludo con lo que confió fuese un convincente entusiasmo fanático.

—Buenas noches, herr Von Hartmann. Sígame, por favor.

Fueron hasta el fondo del vagón. El asistente consultó su tablilla y abrió la puerta del último compartimento.

—Esta es su litera. Se servirán refrigerios en el vagón restaurante en cuanto hayamos salido de Berlín. Entonces se le informará del trayecto del tren del Führer. —Volvió a hacer el saludo.

Hartmann entró en el compartimento y cerró la puerta. Tenía ese tipo de decoración art decó que gustaba al Führer. Había dos camas dispuestas en forma de litera. La luz era amarillenta y tenue. Olía a abrillantador de madera, a tapizados impregnados de polvo y a falta de ventilación. Dejó la maleta sobre el colchón inferior y se sentó al lado. El compartimento era claustrofóbico, como una celda. Se preguntó si Oster habría logrado contactar con los británicos. De no ser así, tendría que improvisar algún plan alternativo, pero en ese momento tenía los nervios demasiado a flor de piel para pensar en ello.

Oyó gritos distantes y algunos vítores. Por la ventanilla vio a un hombre con una cámara caminando hacia atrás muy rápido. Unos segundos después un flash iluminó el andén y apareció la comitiva del Führer avanzando con paso decidido. En el centro iba Hitler, con un abrigo castaño con cinturón, flanqueado por un grupo de hombres con uniformes negros de las SS. Pasó a tres metros de Hartmann, con la mirada fija hacia delante y una expresión de intensa irritación, y desapareció de su vista. El séquito que le seguía los pasos estaba compuesto por docenas de personas, o al menos esa era la impresión que daba. De pronto oyó que se abría la puerta del compartimento. Se volvió y se topó con el Sturmbannführer Sauer en el umbral, acompañado del asistente de las SS. Por un instante se le pasó por la cabeza que habían ido a detenerlo, pero Sauer lo miró desconcertado.

—¿Hartmann? ¿Qué haces aquí?

Se puso en pie.

—Me han convocado para ayudar al doctor Schmidt con la traducción.

—La traducción solo será necesaria en Múnich. —Sauer se volvió hacia el asistente—. No hace falta que este hombre viaje en el tren del Führer. ¿Quién lo ha autorizado?

El asistente consultó el portapapeles con gesto de impotencia.

—Han añadido su nombre a la lista…

De pronto el tren se movió hacia delante y se detuvo de forma abrupta. Los tres tuvieron que agarrarse a algo para mantener el equilibrio. A continuación, el andén empezó a deslizarse muy despacio a través de la ventanilla —carros de equipaje vacíos, un cartel en el que se leía BERLIN-ANHALTER.BHF, una fila de oficiales saludando brazo en alto—, una procesión de imágenes que incrementó su velocidad a medida que el tren emergía de las sombras de la estación y avanzaba entre el extenso entramado de vías semejante a una pradera de acero en la oscura noche sin luna de septiembre.

5

Cleverly convocó una reunión con los secretarios júnior en su despacho a las nueve de la noche en punto. Entraron todos juntos —Legat, Syers y la señorita Watson— y se colocaron en fila ante él, que permanecía apoyado en una esquina del escritorio. Los había reunido para lo que Syers llamaba: «El alto mando visita las trincheras para arengar a la tropa».

—Gracias por el esfuerzo que habéis hecho hoy —empezó Cleverly—. Sé lo frenético que ha sido. Aun así, necesito pediros a todos que mañana por la mañana estéis formados para pasar revista a las siete y media. Quiero asegurarme de que estamos todos aquí para transmitir nuestros ánimos al primer ministro antes de partir. Saldrá del número diez a las siete cuarenta y cinco en dirección al aeródromo de Heston. Volarán a Múnich dos aviones. —Recogió un fajo de papeles—. Se ha decidido que en el primer avión viajarán el primer ministro, sir Horace Wilson, lord Dunglass y tres funcionarios de asuntos exteriores, William Strang, Frank Ashton-Gwatkin y sir William Malkin. También nos han pedido que enviemos a una persona de la oficina del primer ministro. —Se volvió hacia Syers—. Cecil, quiero que seas tú.

Syers echó hacia atrás la cabeza en un gesto de sorpresa.

—¿En serio, señor?

Miró a Legat que, de inmediato, clavó los ojos en sus propios zapatos: sintió un enorme alivio.

—Te sugiero que hagas la maleta para tres noches; los alemanes están preparando habitaciones de hotel. En el segundo avión viajarán dos escoltas del primer ministro, su médico y dos secretarias. En cada uno de los aviones hay espacio para catorce pasajeros, de manera que si en cualquiera de los dos se produce algún problema mecánico todos podrán volar en el otro.

Syers levantó la mano.

—Señor, le agradezco el honor, pero ¿no sería mejor que fuese Hugh? Su alemán es diez veces mejor que el mío.

—La decisión ya está tomada. Legat se quedará aquí con la señorita Watson y se encargará de la correspondencia. Tenemos telegramas de felicitación de casi todos los líderes mundiales pendientes de responder, además de los miles de cartas que nos han llegado de ciudadanos anónimos. Si no empezamos a responderlas cuanto antes, no terminaremos nunca. ¿De acuerdo? —Repasó con la mirada a sus subordinados formados en fila—. Bien. Gracias a todos. Os veré mañana por la mañana.

Una vez en el pasillo, Syers hizo señas a Legat para que entrase en su despacho.

—Lo siento, Hugh. Es una absoluta ridiculez.

—De verdad, no pienses más en eso. Tú llevas más tiempo que yo aquí.

—Pero tú eres el experto en Alemania, por el amor de Dios, tú estabas en Viena cuando yo todavía seguía en el departamento de las Colonias Británicas.

—En serio, no pasa nada. —A Legat le afectó tanto la preocupación de Syers que sintió que debía intentar aliviarla—. Si quieres que te sea sincero, entre tú y yo, me siento aliviado de no tener que ir.

—¿Y por qué demonios no ibas a querer ir? ¿No quieres ver a Hitler en carne y hueso? Es algo que podrías contar a tus nietos.

—La verdad es que de eso se trata: ya he visto a Hitler en carne y hueso, de hecho, en el mismo Múnich, seis meses antes de que accediese al poder, y te aseguro que con una vez tengo suficiente.

—Nunca me lo habías contado. ¿Qué sucedió? ¿Fuiste a un mitin nazi?

—No, no le oí hablar. —De pronto Legat deseó no haber sacado el tema, pero Syers insistía tanto en saber más que no podía dejarlo con la miel en los labios—. Lo vi un día en la calle, frente al edificio de apartamentos en el que vivía, para ser exacto. Al final sus camisas pardas nos obligaron a largarnos. —Cerró un momento los ojos, como hacía siempre que recordaba aquella escena—. Yo acababa de salir de Oxford, así que al menos puedo poner mi juventud como excusa. En cualquier caso, disfruta de Múnich, suponiendo que tengas tiempo de visitar la ciudad.

Salió al pasillo y Syers le gritó:

—¡Gracias Hugh, daré recuerdos al Führer de tu parte!

De vuelta en su propio despacho, la señorita Watson estaba poniéndose el abrigo para marcharse a casa. Nadie sabía dónde vivía. Legat sospechaba que debía de llevar una vida solitaria, pero ella rechazaba cualquier invitación.

—Oh, aquí estás —le dijo con tono irritado—. Estaba a punto de escribirte una nota. El secretario de sir Alexander Cadogan ha preguntado por ti. Quiere verte ahora mismo.

Había trabajadores iluminados con reflectores colocando sacos de arena alrededor de la entrada del Ministerio de Asuntos

Exteriores. Legat encontró la escena algo inquietante. Al parecer nadie se había tomado la molestia de informar al Ministerio de Trabajo de que la crisis de los Sudetes estaba en vías de solución.

En el antedespacho de Cadogan no había ni un alma y la puerta que daba acceso a su despacho estaba entreabierta. Llamó con los nudillos y le abrió el subsecretario permanente en persona, fumando un cigarrillo.

—Ah, Legat, pase.

No estaba solo. En el sofá de cuero en el extremo de la lóbrega habitación estaba sentado un individuo de unos cincuenta años, taciturno, elegante, con bigote grueso y penetrantes ojos negros.

—Le presento al coronel Menzies —anunció Cadogan. Pronunció el nombre con acento escocés: «Ming-ies»—. Le he pedido que eche un vistazo al documento que trajo usted anoche. Siéntese.

«Un coronel con un traje a medida de Savile Row en Whitehall», pensó Legat. Eso solo podía significar una cosa: Servicio Secreto de Inteligencia.

La butaca hacía juego con el sofá, rígida, marrón, envejecida y exquisitamente incómoda. Cadogan se sentó en la gemela. Estiró el brazo y encendió una lámpara con pantalla con borlas que también parecía sacada del castillo de algún barón escocés. Una difusa luz ocre bañó el rincón del despacho en el que se habían sentado.

—¿Coronel?

En la mesa baja que Menzies tenía delante había un grueso sobre de color manila. Lo abrió y sacó el documento que alguien había deslizado por debajo de la puerta de Legat.

—Bueno, lo primero que hay que decir es que, en mi opinión, es auténtico. —Hablaba con un amigable tono etoniano,

176

arrastrando las palabras, que de inmediato puso a Legat en guardia—. Casa a la perfección con todo lo que nos ha ido llegando de viva voz de varias figuras de la oposición en Alemania desde principios de verano. Pero esta es la primera vez que recibimos un documento escrito. Por lo que Alex me ha contado, no tiene ni idea de por qué lo han elegido a usted para recibirlo.

—Así es.

—Bueno, hay que decir que son un grupo muy dispar. Un puñado de diplomáticos, uno o dos hacendados y un industrial. La mitad de ellos no parecen ser conscientes de la existencia de la otra mitad. Lo único en lo que parecen estar de acuerdo es en que esperan que el Imperio británico entre en guerra para restaurar al káiser, o en todo caso a su familia, lo cual, teniendo en cuenta que hace menos de veinte años sacrificamos a casi un millón de hombres para sacarnos de encima a ese gilipollas, demuestra cierta ingenuidad política, por decirlo con suavidad. Dicen que cuentan con apoyos en el ejército, pero la verdad es que, aparte de algún que otro prusiano desafecto en la cúpula, nosotros no tenemos muy claro que eso sea cierto. En cambio, su amigo parece un poco más interesante.

—¿Mi amigo?

El coronel consultó su dossier.

—Doy por hecho que el nombre de Paul von Hartmann no le es desconocido.

De modo que se trataba de eso. Por fin había sucedido. El dossier intimidaba por su extensión. Legat pensó que no tenía ningún sentido empeñarse en negarlo.

—Sí, por supuesto. Coincidimos en Balliol. Él tenía una beca Rhodes. Entonces ¿cree que ha sido él quien me ha entregado el documento?

—Lo ha mandado, más que entregado. Ese hombre está en Alemania. ¿Cuándo lo vio por última vez?

Legat simuló pensárselo.

—Hace seis años. El verano del treinta y dos.

—¿Desde entonces no han mantenido ningún contacto?

—No.

—¿Le puedo preguntar por qué no?

—Por ningún motivo en especial. Simplemente tomamos caminos distintos.

—¿Dónde lo vio usted por última vez?

—En Múnich.

—Múnich, ¿en serio? De pronto todos los caminos parecen conducir a Múnich. —El coronel sonrió, pero su mirada seguía perforando a Legat—. ¿Puedo preguntarle qué hacía usted allí?

—Estaba de vacaciones, hice una excursión por Baviera después de acabar los exámenes finales.

—¿De vacaciones con Hartmann?

—Entre otras personas.

—¿Y desde entonces no ha vuelto a comunicarse con él, ni siquiera por carta?

—Así es.

—De acuerdo, discúlpeme, pero tal como lo cuenta no parece que se limitaran a tomar caminos diferentes, sino que más bien tuvieron algún tipo de trifulca.

Legat se tomó su tiempo antes de responder.

—Es cierto que tuvimos ciertas diferencias. En Oxford no parecían ser tan importantes. Pero entonces estábamos en Alemania en pleno mes de julio, en medio de la campaña de las elecciones generales. Era imposible no hablar de política, sobre todo en Múnich.

—¿Su amigo era nazi?

—No, más bien se consideraba a sí mismo socialista. Pero era también un nacionalista alemán, y eso fue lo que provocó nuestras discusiones.

—Entonces era un nacionalsocialista —terció Cadogan—, ¿aunque tal vez moderado y no radical? ¿Se ríe usted? ¿He dicho algo gracioso?

—Discúlpeme, sir Alex, pero lo que acaba de decir es lo que Paul habría llamado «el típico ejemplo de sofisma inglés».

Por un momento Legat pensó que se había excedido con el comentario, pero de pronto Cadogan frunció ligeramente los labios, un gesto típico de él que indicaba que algo le había hecho gracia.

—Vale, de acuerdo, supongo que habría que haberle dado la razón.

—¿Sabía usted que Hartmann entró en el cuerpo diplomático alemán? —le preguntó el coronel.

—Se lo oí comentar a algún amigo mutuo de Oxford. No me sorprendió, él siempre quiso dedicarse a eso. Su abuelo fue embajador en la época de Bismarck.

—¿Y también estaba al corriente de que se había afiliado al Partido Nazi?

—No, pero eso también tiene sentido, dado que creía en la Gran Alemania.

—Legat, sentimos tener que hacerle todas estas preguntas, pero ha sucedido algo y necesitamos entender con absoluta precisión qué tipo de relación tiene, o ha tenido, con ese ciudadano alemán. —El coronel dejó sobre la mesa el dossier y Legat pensó que lo más probable era que la mayor parte de las informaciones allí contenidas no tuviesen nada que ver con él, que no era más que un truco para hacerle creer que sabían más de lo que en realidad sabían—. Por lo que parece, su antiguo amigo Hartmann ahora está colaborando con los opositores a Hitler. Su puesto en el Ministerio de Asuntos Exteriores le ha dado acceso a material secreto que quiere compartir con nosotros o, para ser más precisos, quiere compartir con usted. ¿Qué tiene que decir al respecto?

—Que estoy sorprendido.

—¿Pero está dispuesto a llegar más lejos?

—¿En qué sentido?

—¿Está dispuesto a ir mañana a Múnich y mantener un encuentro con su antiguo amigo? —le aclaró Cadogan.

—¡Por el amor de Dios! —Legat no se esperaba una propuesta de ese tipo—. ¿Él va a ir a Múnich?

—Parece ser que sí.

—Un miembro de la oposición alemana al que doy credibilidad —intervino el coronel— se ha puesto en contacto con nosotros esta tarde, a través de un canal de comunicación secreto, y nos ha preguntado si podíamos conseguir que usted viajase a Múnich como parte del equipo del primer ministro. Ellos, por su parte, intentarían que Hartmann fuese incluido en la delegación alemana. Por lo visto, Hartmann tiene en su poder un documento más importante que el que usted recibió anoche. Se le ha metido en la cabeza la idea loca de dárselo en mano al primer ministro, lo cual, claro está, no vamos a permitir que suceda. Sin embargo, podría entregárselo a usted. Tenemos mucho interés en saber de qué se trata. Por tanto, consideramos que debe usted ir allí y encontrarse con él.

Legat lo miró fijamente.

—Estoy pasmado.

—La misión no está exenta de riesgos —le advirtió Cadogan—. Como mínimo, técnicamente se tratará de un acto de espionaje en suelo extranjero. No vamos a engañarle al respecto.

—Sí, pero por otra parte —intervino el coronel— resulta difícil creer que los alemanes estén dispuestos a incomodar al gobierno de Su Majestad con un escándalo de espionaje en mitad de una conferencia internacional.

—¿Está usted seguro? —Cadogan negó con la cabeza—. Con Hitler todo es posible. Lo que menos le apetece hacer mañana es sentarse a hablar con el primer ministro y Daladier. Sospecho que es perfectamente capaz de utilizar un incidente de ese tipo como excusa para romper las negociaciones. —Se volvió hacia Legat—. De manera que tiene que pensárselo muy bien. El riesgo es elevado. Y hay otro tema delicado. Creemos que es mejor que el primer ministro no sepa nada de esto.

—¿Puedo preguntarles por qué?

—En asuntos así —respondió el coronel— a menudo es mejor que los políticos no conozcan todos los detalles.

—¿Quieren decir por si algo sale mal?

—No —respondió Cadogan—. Más bien porque el primer ministro ya está sometido a una gran presión y nuestra labor como funcionarios públicos es hacer todo lo que esté en nuestra mano para no añadirle más.

Legat hizo un último pero pobre intento de escabullirse.

—¿Saben que Oscar Cleverly ya ha dicho a Cecil Syers que será él quien viaje a Múnich?

—No tiene que preocuparse por eso. Nosotros hablaremos con Cleverly.

—Por supuesto —añadió el coronel—. Conozco a Oscar.

Los dos hombres lo miraron en silencio y Legat tuvo una extraña sensación —¿de qué se trataba?, se preguntó después—, no exactamente de *déjà vu*, sino de inevitabilidad: que siempre había sabido que Múnich no había terminado para él, que por mucho que se alejase de esa ciudad y de aquel verano había quedado atrapado para siempre por su fuerza gravitatoria y al final acabaría siendo arrastrado de nuevo hasta allí.

—De acuerdo —accedió—. De acuerdo, lo haré.

Cuando por fin regresó al Número 10, Syers ya se había marchado. Cleverly seguía allí, trabajando; vio luz por debajo de la puerta de su despacho y oyó su voz al teléfono. Pasó de puntillas para evitar a toda costa tener que hablar con él, recogió de un rincón del despacho la pequeña maleta que había llevado consigo la noche anterior y se marchó a casa.

Imágenes que había borrado de su mente a lo largo de una década empezaron a perseguirlo a cada paso que daba, recuerdos no tanto de Alemania, sino de Oxford. Mientras pasaba por delante de la abadía volvió a sentir la presencia de aquella silueta altísima caminando a su lado en la húmeda noche junto al Turl («La noche es el mejor momento para la amistad, querido Hugh») y vislumbró su perfil iluminado por la farola cuando se detuvo para encender un cigarrillo —hermoso, fanático, casi cruel— y esa extraordinaria sonrisa después de expulsar el humo; los faldones de su abrigo largo casi rozaban los adoquines; la curiosa combinación de madurez —en el mundo adolescente de Oxford siempre pareció mucho más maduro y experimentado que los demás— y ese derrotismo que le gustaba escenificar («Mi apasionada melancolía»), propio de un adolescente y siempre bordeando lo cómico: en una ocasión se encaramó al puente del Magdalen College y amenazó con lanzarse al río, desesperado porque consideraba que su generación era un desastre, hasta que Legat le hizo entender que lo único que conseguiría sería acabar empapado y probablemente con una pulmonía. Hartmann solía quejarse de que carecía de «la gran cualidad de los ingleses, que es el distanciamiento, no solo entre unos y otros, sino con respecto a toda experiencia; estoy convencido de que ese es el secreto del arte de vivir inglés». Legat recordaba hasta la última palabra.

Llegó al final de North Street, sacó la llave y entró en casa. Ahora que la crisis más inmediata ya había quedado atrás, tenía la esperanza de encontrarse a Pamela y a los niños en el hogar, pero cuando encendió la luz vio que allí no había ni un alma y que todo seguía igual que la noche anterior. Dejó la maleta al pie de la escalera. Todavía con el abrigo puesto fue a la sala de estar, descolgó el teléfono y marcó el número de la operadora. Eran ya más de las diez, una hora poco adecuada para llamar, sobre todo a la campiña, pero pensó que las circunstancias lo justificaban. Respondió su suegro, recitando con tono presuntuoso el número al que había llamado. Pamela siempre decía de él que se había dedicado a algo «aburrido hasta lo indecible» en la City antes de jubilarse a los cincuenta, y a Legat no le costaba esfuerzo alguno creérselo, aunque siempre había tenido la prudencia de no preguntar de qué oficio se trataba; evitaba en lo posible hablar con sus suegros. De un modo u otro, la conversación siempre acababa derivando hacia el dinero y la falta de él.

—Hola, señor. Soy Hugh. Siento telefonear tan tarde.

—¡Hugh! —Por una vez el viejo parecía contento de oír su voz—. Debo decir que hoy hemos pensado mucho en ti. ¡Vaya jaleo! ¿Has estado metido de lleno en todo este asunto?

—Oh, solo colaborando desde los márgenes, ya sabe.

—Bueno, después de haber participado de pleno en el último espectáculo, no sabes lo que me alegro de que vaya a evitarse otro. —Tapó el auricular con la mano, pero Legat oyó que gritaba—: ¡Cariño, es Hugh! —Volvió a ponerse de inmediato—: Vas a tener que contármelo todo. ¿Estabas en la Casa cuando el primer ministro recibió la noticia?

Legat se sentó en el sillón y con paciencia le resumió los acontecimientos del día en un par de minutos, hasta que consideró que ya había cumplido con todo lo que la educación filial requería de él.

—De todos modos, señor, puedo darle el parte detallado al minuto la próxima vez que nos veamos. Ahora solo quería hablar un momento con Pamela, si es posible.

—¿Pamela? —La voz al otro lado de la línea parecía desconcertada—. ¿No está contigo? Nos ha dejado a los niños y se ha ido en coche a Londres hará unas cuatro horas.

Después de colgar —«En realidad, señor, no tiene de qué preocuparse, justo ahora la oigo entrar por la puerta»—, permaneció sentado con la mirada clavada en el teléfono durante un buen rato. De vez en cuando desviaba los ojos hacia el diario que había al lado, un librito ligerísimo de Smythson, con tapas de cuero rojo y cantos dorados, de los que siempre le regalaba a su mujer en Navidad. ¿Por qué lo había dejado ella allí si no era para que él lo cogiese, lo hojease con sus dedos torpes y nerviosos hasta encontrar la fecha, dar con el número y por una vez —solo esa vez, la única que haría algo así— decidiese llamar?

Sonó un buen rato antes de que descolgasen. Respondió una voz masculina, vagamente familiar, segura de sí misma y relajada.

—¿Sí? ¿Hola?

Legat aplastó el auricular contra la oreja con todas sus fuerzas y escuchó con suma atención. Oyó el ruido del mar.

—¿Hola? —repitió la voz—. ¿Quién es?

Y entonces, al fondo, lo bastante clara para que él sospechara que tenía toda la intención de que la oyese, la voz de su mujer:

—Sea quien sea, dile que nos deje en paz.

TERCER DÍA

1

El tren especial del Führer era inusualmente pesado, fabricado por completo con acero soldado. Avanzaba hacia el sur en plena noche, a una velocidad media de cincuenta y cinco kilómetros por hora. No hizo ninguna parada. No aminoró la marcha en ningún momento. Atravesó ciudades grandes como Leipzig, pequeñas localidades de provincias y pueblos, y entre un núcleo habitado y el siguiente recorría grandes extensiones despobladas cuya oscura monotonía solo rompía la luz ocasional de alguna granja aislada.

Incapaz de conciliar el sueño, Hartmann permanecía echado en ropa interior en la litera de arriba y abría con los dedos la cortinilla para poder contemplar la oscuridad. Tenía la sensación de estar viajando en un transatlántico por un océano infinito. Esa inmensidad era algo que jamás había logrado que entendiesen sus amigos de Oxford, cuyo concepto de «patria» estaba muy marcado por la presencia de la costa; ese paisaje áspero y vasto, con un gran potencial de fertilidad y posibilidades ilimitadas, pedía a gritos un constante esfuerzo de voluntad e imaginación para ordenarlo dentro de las estructuras de un Estado moderno. Resultaba difícil hablar de ese tipo de sentimientos sin acabar pareciendo un místico. Ni siquiera Hugh había logrado entenderlo. A oídos de sus interlocutores ingleses, siempre acababa catalogado como un nacionalista alemán, aunque ¿qué había de malo en ello? La corrupción del patriotismo honesto era una de las muchas cosas que Hartmann jamás perdonaría al cabo austríaco.

El ruido de la estruendosa y rítmica respiración de Sauer atravesaba el delgado colchón. Antes incluso de dejar atrás los límites urbanos de Berlín, el Sturmbannführer había apelado a su mayor rango para apropiarse de la litera inferior. Aunque Hartmann no había puesto ninguna objeción. Eso significaba que podía colocar sus pertenencias en el estante para el equipaje ubicado justo por encima de su cabeza. La malla de cuerda se hundía bajo el peso de la maleta. No la había perdido de vista ni un segundo.

Poco después de las cinco de la madrugada vio que el cielo en el horizonte empezaba a adquirir una tonalidad gris ostra. Poco a poco, las oscuras cimas de las colinas repletas de pinos fueron emergiendo, con sus aristas puntiagudas como los dientes de una sierra, recortadas contra la creciente luz, mientras que en los valles la niebla blanquecina parecía sólida como un glaciar. Durante la siguiente media hora contempló cómo la campiña se iba coloreando: prados verdes y amarillos, pueblos de tejados rojos, iglesias con capiteles de madera pintados de blanco, un castillo con almenas y contraventanas azules junto a un río enorme de lenta corriente que dio por hecho que sería el Danubio. Cuando tuvo claro que ya solo faltaban unos minutos para que amaneciese, se sentó en la cama y bajó la maleta con sumo cuidado.

Amortiguó el ruido de los cierres liberándolos uno a uno y tapándolos con la mano, y abrió la maleta. Sacó el documento y se lo guardó debajo de la camiseta, se puso una camisa blanca limpia y se la abotonó. Sacó después la pistola de la americana y la ocultó envolviéndola con los pantalones. Con eso en una mano y el neceser con los utensilios de afeitar bajo el otro brazo, bajó con sigilo por la escalerilla. Cuando los pies de Hartmann tocaron el suelo, Sauer murmuró algo y se dio la vuelta en la cama. Su uniforme estaba colgado de una percha a los pies de la litera. Se había pasado un buen rato cepillándolo y alisando las arrugas antes de acostarse. Sus botas estaban perfectamente alineadas debajo. Hartmann aguardó a que su respiración volviese a acompasarse y solo entonces levantó el pestillo y abrió la puerta.

El pasillo estaba desierto. Se deslizó hasta el lavabo situado al fondo del vagón. Una vez dentro, corrió el pestillo y encendió la luz. Como el compartimento, estaba decorado con pulidas maderas claras y accesorios de aire modernista en acero inoxidable; los grifos lucían pequeñas esvásticas. Hartmann pensó que no había modo de escapar de los gustos estéticos del Führer, ni siquiera mientras uno cagaba.

Se inspeccionó la cara en el espejo que había sobre el lavamanos. Tenía un aspecto horrible. Se quitó la camisa y se enjabonó la barbilla. Tuvo que afeitarse con los pies bien separados para mantener el equilibrio entre los zarandeos del tren. Cuando terminó, se secó la cara, se acuclilló e inspeccionó el panel de madera bajo el lavamanos. Pasó los dedos por el borde hasta que localizó un hueco. Tiró y pudo sacarlo con facilidad, dejando a la vista la tubería. Desenvolvió la pistola de los pantalones, la colocó detrás del desagüe y volvió a colocar el panel en su sitio. Cinco minutos después desanduvo el camino por el pasillo. Por las ventanas vio una carretera desierta que corría paralela a las vías, resplandeciente bajo el primer sol matutino.

Al abrir la puerta del compartimento se topó con Sauer en ropa interior inclinado sobre la litera inferior. Había abierto la maleta de Hartmann y estaba husmeando el contenido. Al lado estaba su americana que, al parecer, ya había registrado. El tipo ni siquiera se molestó en volverse.

—Lo siento, Hartmann. No es nada personal. Estoy seguro de que eres un tío decente. Pero cuando alguien está tan cerca del Führer no puedo permitirme correr ningún riesgo. —Se incorporó y señaló el revoltijo encima del colchón—. Ya he terminado. Puedes guardarlo todo.

—Ya que estamos, ¿no quieres cachearme? —Hartmann levantó los brazos.

—No será necesario. —Le dio una palmada en el hombro—. ¡Vamos muchacho, no pongas esa cara de ofendido! Ya me he disculpado. Sabes tan bien como yo que el Ministerio de Asuntos Exteriores está infestado de conspiradores. ¿Qué dice Göring sobre vosotros los diplomáticos? Que os pasáis la mañana afilando los lápices y toda la tarde tomando el té.

Hartmann simuló ofenderse y después asintió con brusquedad.

—Tienes razón. Admiro tu meticulosidad.

—Excelente. Espérame mientras me afeito y después iremos a desayunar.

Recogió el uniforme y las botas y salió al pasillo.

Con Sauer ya fuera del compartimento, Hartmann se sacó el documento de debajo de la camiseta. Le temblaban las manos. Lo metió en la maleta. No podía estar seguro de que Sauer no volviera a registrarla. Tal vez lo hiciera. Se lo imaginó en ese preciso instante arrodillado e inspeccionado por debajo del lavamanos. Hartmann dobló la ropa y volvió a meterla en la maleta, la cerró y la colocó en el estante para el equipaje. Cuando acabó de vestirse y ya había recuperado la compostura oyó pasos de botas en el pasillo. La puerta se abrió y reapareció Sauer, de nuevo con su uniforme de las SS, como recién salido de un desfile. Lanzó el neceser sobre la cama.

—Vamos a desayunar.

Tuvieron que atravesar otro coche cama para llegar al vagón restaurante. A esas horas ya estaba despierto todo el tren. Hombres a medio vestir o en calzoncillos se cruzaban y abrían paso por el estrecho pasillo y hacían cola ante los lavabos. Olía a sudor y a tabaco, se respiraba un ambiente de vestuario y estallaban carcajadas cuando el tren daba un bandazo y todo el mundo se entrechocaba. Sauer intercambió un «*Heil*» con un par de camaradas de las SS. Abrió la puerta que conectaba los dos vagones y Hartmann lo siguió saltando sobre la plataforma metálica que unía el coche cama con el restaurante. Allí todo estaba mucho más tranquilo: manteles blancos de hilo, el olor a café, el tintineo de los cubiertos al golpear contra la porcelana, un camarero arrastrando un carrito repleto de comida. Al fondo del vagón, un general del ejército que vestía uniforme gris con emblemas rojos en las solapas departía con un trío de oficiales. Sauer se fijó en que Hartmann lo miraba.

—Es el general Keitel —le explicó—. El jefe del alto mando de la Werhmacht. Está desayunando con los edecanes del Führer.

—¿Qué pinta un general en una conferencia de paz?

—Tal vez acabe no siendo una conferencia de paz. —Sauer le guiñó un ojo.

Se sentaron a una mesa para dos. Hartmann se colocó de espaldas a la locomotora. El vagón se ensombreció cuando pasaron bajo la cubierta de una estación. Un grupo de pasajeros que esperaban en el andén saludó con la mano. Supuso que debían de haber anunciado por los altavoces que el tren que iba a pasar era el de Hitler. A través de la ventanilla vio rostros entusiasmados envueltos en una nube de vapor.

—Como mínimo —continuó Sauer, desplegando su servilleta—, la presencia del general Keitel recordará a esos ancianos caballeros de Londres y París que basta una simple palabra del

Führer para que el ejército atraviese la frontera con Checoslovaquia.

—Creía que Mussolini había logrado detener la movilización.

—El Duce subirá al tren para hacer con el Führer la última parte del recorrido hasta Múnich. Quién sabe lo que puede pasar cuando los líderes del fascismo hablen cara a cara. Tal vez Hitler lo convenza para que cambie de opinión. —Hizo una seña al camarero para que les llevase café. Cuando se volvió de nuevo hacia Hartmann, los ojos le brillaban—. Admítelo, Hartmann, pase lo que pase, ¿no es una enorme satisfacción, después de todos estos años de humillación nacional, conseguir por fin que los británicos y los ingleses bailen al son que les marcamos?

—Sin duda es un gran logro.

Hartmann pensó que Sauer estaba ebrio, borracho de los sueños de venganza de un hombrecillo. Llegó el camarero con una bandeja de comida y ambos llenaron sus platos. Hartmann cogió un panecillo y lo partió por la mitad. No tenía hambre, aunque no podía recordar cuándo había comido por última vez.

—Sauer, ¿puedo preguntarte a qué te dedicabas antes de formar parte del equipo del Ministerio de Asuntos Exteriores?

En realidad no le interesaba lo más mínimo saberlo, tan solo le estaba dando conversación.

—Trabajaba en la oficina del Reichsführer SS.

—¿Y antes de eso?

—¿Quieres decir antes de que el partido llegase al poder? Era vendedor de automóviles en Essen. —Estaba comiéndose un huevo duro. Se le había quedado pegado un trozo de yema en el mentón. De pronto hizo una mueca burlona—. Oh, Hartmann, ya entiendo lo que estás pensando: «¡Qué tipo más vulgar! ¡Un vendedor de coches! ¡Y ahora se cree un segundo Bismarck!». Pero nosotros hemos logrado algo que vosotros no habéis sido capaces de hacer: hemos devuelto la grandeza a Alemania.

—La verdad —respondió Hartmann sin levantar la voz— es que en lo que estaba pensando es en que tienes restos de huevo en la barbilla.

Sauer dejó el cuchillo y el tenedor y se limpió la boca con la servilleta. Se había puesto colorado. Había sido un error provocarlo. Sauer no le perdonaría jamás la afrenta. Y en algún momento en el futuro —tal vez dentro de unas horas, o el mes próximo, o dentro de un año— se cobraría su venganza.

Terminaron de desayunar en silencio.

—¿Herr Von Hartmann?

Volvió la cabeza. Un hombretón corpulento con un traje cruzado avanzaba hacia él. Calvo y con la cabeza ahuevada, llevaba el escaso cabello negro que le quedaba engominado y peinado por detrás de las orejas. Sudaba a mares.

—Doctor Schmidt. —Hartmann dejó la servilleta y se levantó.

—Discúlpeme por molestarle en pleno desayuno. Sturmbannführer. —El intérprete jefe del Ministerio de Asuntos Exteriores saludó a Sauer con una inclinación—. Acabamos de recibir el resumen de prensa de anoche en inglés y me preguntaba si podía contar con usted, Hartmann.

—Por supuesto.

Se despidió de Sauer y siguió a Schmidt por el vagón restaurante, pasaron por delante de la mesa de Keitel y fueron al siguiente vagón. A lo largo del lado izquierdo había escritorios, máquinas de escribir y archivadores. Las ventanas de la derecha estaban cegadas. Había oficiales de comunicaciones de la Wehrmacht con auriculares sentados frente a frente tras mesas repletas de equipos de radio de onda corta. Aquello, más que un tren, era un puesto de mando móvil. Hartmann pensó de pronto que el plan inicial sin duda había sido trasladar a Hitler a la frontera checa.

—El Führer quiere ver un resumen de prensa en cuanto se levante. Dos páginas será suficiente. Concéntrese en los titulares y los editoriales. Pida a uno de estos hombres que se lo mecanografíe.

Schmidt depositó sobre una de las mesas un fajo de transcripciones en inglés escritas a mano y se marchó a toda prisa. Hartmann se sentó. Era un auténtico alivio tener algo que hacer. Rebuscó entre las docenas de citas hasta dar con las más interesantes y las ordenó según la importancia del periódico en que habían aparecido. Encontró un lápiz y empezó a escribir:

The London Times: elogia a Chamberlain por su «indomable arrojo».

The New York Times: «Una sensación de alivio se ha expandido por el mundo entero».

The Manchester Guardian: «Por primera vez desde hace semanas parece que por fin vemos la luz».

El tono era el mismo con independencia del color político del medio. Todos describían la dramática escena en la Cámara de los Comunes cuando Chamberlain leyó el mensaje del Führer. («En cuestión de minutos o incluso segundos, el mensaje de esperanza fue recibido con vítores por millones de personas, cuyas vidas un instante antes parecían a merced de que alguien apretase el gatillo.») El primer ministro británico era un héroe mundial.

Cuando acabó las transcripciones, el comandante de la unidad le dijo que entregara los textos a un cabo. Hartmann encendió un cigarrillo, se colocó de pie detrás del cabo y comenzó a dictarle. La máquina de escribir era de un tipo especial reservado para documentos que se entregaban directamente al Führer y el cuerpo de la letra era de casi un centímetro. Su resumen ocupó dos páginas exactas.

En cuanto el cabo sacó el segundo folio de la máquina, apareció un asistente de las SS por la puerta del vagón. Se lo veía agobiado.

—¿Dónde está el resumen de la prensa extranjera?

Hartmann le señaló las hojas.

—Lo tengo aquí.

—¡Gracias a Dios! Sígame. —Mientras abría la puerta, el asistente señaló el cigarrillo de Hartmann—. A partir de aquí está prohibido fumar.

Entraron en un vestíbulo. Un centinela de las SS hizo el saludo hitleriano. El asistente abrió una puerta que daba acceso a una sala de conferencias con paredes forradas de madera, una larga y reluciente mesa y sillas para veinte personas. Indicó a Hartmann que pasase delante.

—¿Es su primera vez?

—Sí.

—Haga el saludo. Mírelo a los ojos. No hable a menos que él se dirija a usted.

Llegaron al final del vagón, cruzaron al siguiente y entraron en un nuevo vestíbulo. Allí había otro centinela. El asistente dio una palmada en la espalda a Hartmann.

—Todo irá bien —le dijo.

Llamó a la puerta con suavidad y la abrió.

—Mi Führer, el resumen de la prensa extranjera.

Hartmann entró en la habitación y alzó el brazo.

—*Heil Hitler.*

Estaba inclinado sobre la mesa, con los puños cerrados, estudiando una serie de dibujos técnicos. Se volvió para observar un instante al recién llegado. Llevaba unas gafas de montura metálica. Se las quitó y miró al asistente por encima del hombro de Hartmann.

—Diga a Keitel que traiga los mapas.

«La familiar voz metálica», pensó Hartmann. Le resultaba extraño oírla en tono de conversación y no a través de un micrófono.

—Sí, mi Führer.

Tendió la mano para que Hartmann le entregase el dossier de prensa.

—¿Y usted es...?

—Hartmann, mi Führer.

Cogió las dos hojas y empezó a leerlas, meciéndose levemente sobre los tobillos. Hartmann percibió una intensa energía a duras penas contenida. Pasado un rato, Hitler murmuró con desdén:

—Chamberlain esto, Chamberlain aquello, Chamberlain, Chamberlain... —Se detuvo cuando llegó al final de la primera página y flexionó la cabeza como si tuviese una contractura en el cuello. Luego siguió leyendo en voz alta con un marcado tono sarcástico—: «La descripción del señor Chamberlain de su último encuentro con herr Hitler es una prueba fehaciente de que su extraordinaria franqueza fue recompensada con el aprecio y el respeto». —Volvió la hoja de un lado y del otro—. ¿Quién ha escrito esta basura?

—Es un editorial de *The Times* de Londres, mi Führer.

Enarcó las cejas como si fuese lo esperable y pasó a la siguiente hoja. Hartmann echó un furtivo vistazo al vagón: era un salón, con sillones, un sofá y acuarelas de escenas bucólicas colgadas en las paredes forradas de madera clara. De pronto cayó en la cuenta de que llevaban más de un minuto los dos solos. Observó la frágil cabeza, inclinada mientras leía. De haberlo sabido, habría llevado consigo la pistola. Imaginó palparla en su bolsillo interior, sacarla, apuntar, tal vez un cruce de miradas antes de apretar el gatillo, una última mirada y la explosión de sangre y tejidos. Lo habrían maldecido hasta el fin de los tiempos. Con todo, se dio cuenta de que no habría sido capaz de hacerlo. Esa súbita consciencia de su propia debilidad lo dejó paralizado.

—¿De modo que habla usted inglés? —Seguía leyendo.

—Sí, mi Führer.

—¿Ha vivido en Inglaterra?

—Estudié dos años en Oxford.

Hitler alzó los ojos y miró por la ventana. La expresión de su rostro adquirió un aire soñador.

—Oxford es la segunda universidad más antigua de Europa, fundada en el siglo doce. No me habría importado visitarla. Heidelberg se fundó un siglo después. Por supuesto, la de Bolonia es la más antigua de todas.

Se abrió la puerta y apareció el asistente.

—El general Keitel, mi Führer.

Keitel entró y saludó. Detrás de él un oficial del ejército cargaba con unos mapas enrollados.

—¿Ha pedido que desplegásemos los mapas aquí, mi Führer?

—Sí, Keitel. Buenos días. Extiéndalos sobre la mesa. Quiero mostrárselos al Duce.

Dejó el informe de prensa en el escritorio y observó cómo desplegaban los mapas. Uno era de Checoslovaquia, el otro de Alemania. En ambos, las posiciones militares estaban marcadas en rojo. Cruzó los brazos y se quedó mirándolos.

—Cuarenta divisiones para aplastar a los checos, lo habríamos logrado en una semana. Diez divisiones para asegurar el territorio conquistado y las treinta restantes trasladadas al oeste para vigilar la frontera. —Volvió a balancearse sobre los talones—. Habría funcionado. Todavía puede funcionar. ¿Aprecio y respeto? ¡Viejo gilipollas! Keitel, este tren va en la dirección equivocada.

—Sí, mi Führer.

El ayudante tocó el brazo de Hartmann y le indicó la puerta con un gesto.

Mientras salía del compartimento miró un instante hacia atrás. Toda la atención estaba concentrada en los mapas y comprobó que su existencia ya había sido olvidada.

2

Legat pasó la noche en su club.

Cuando llegó había una partida de backgammon en marcha. Los jugadores bebían como cosacos. Hasta bien pasada la medianoche, el ruido amortiguado de las conversaciones masculinas en voz demasiado alta y las estúpidas carcajadas traspasaron los listones de madera del suelo de su habitación. Aun así, prefería eso al silencio de North Street, donde había permanecido tumbado pero despierto, atento al posible ruido de la llave de Pamela en la cerradura, eso suponiendo que se tomase la molestia de regresar a casa. Por lo sucedido en ocasiones anteriores, era probable que reapareciese uno o dos días después, con alguna excusa que ambos sabían que él no comprobaría para evitar la humillación.

Mientras pasaban las horas, Legat contemplaba las formas que proyectaban las farolas de la calle en el techo y pensaba en Oxford, Múnich y en su matrimonio, intentando no mezclar las tres cosas. Pero cuanto más lo intentaba, más se enmarañaban las imágenes y su metódica mente acabó alterada por la fatiga. Por la mañana tenía unas ojeras tan pronunciadas que parecía que se las hubiera forrado de satén negro. Estaba tan cansado que apretó demasiado la cuchilla contra la piel al afeitarse y se le irritaron las mejillas y la barbilla, que quedaron moteadas con pequeños puntos de sangre.

Era demasiado pronto para desayunar, todavía estaban preparando las mesas. En el exterior, el día era nublado y lloviznaba. Sentía el aire en la cara como una gasa húmeda y fría, y el tráfico empezaba a fluir desde St. James Street. Con su sombrero de fieltro, su abrigo Crombie y la maleta en la mano, avanzó con parsimonia por el resplandeciente pavimento mojado calle abajo en dirección a Downing Street. En el cielo encapotado, los globos de defensa antiaérea, como pececillos plateados, apenas eran visibles.

En Downing Street ya se había concentrado una pequeña multitud madrugadora. Las brigadas de trabajo habían rodeado con sacos de arena la entrada del Ministerio de Asuntos Exteriores. Había seis coches negros en fila que ocupaban toda la acera ante el Número 10 y llegaban más allá del número 11; estaban aparcados en dirección a Whitehall, preparados para trasladar al primer ministro y su séquito al aeródromo de Heston.

El policía de la entrada lo saludó.

En el vestíbulo, tres altos funcionarios de ministerio aguardaban de pie, cada uno con su maleta junto a las piernas, como huéspedes de un hotel que esperasen para formalizar los trámites de salida. Los reconoció enseguida: William Strang, el tipo alto, reseco y con aspecto de palo de escoba que había sustituido a Wigram como jefe del departamento central y ya había acompañado en dos ocasiones al primer ministro en sus visitas a Hitler; sir William Malkin, el asesor legal, que también había conocido a Hitler y que tenía pinta de abogado familiar de toda confianza, y el corpulento y ancho de hombros Frank Ashton-Gwatkin, jefe del departamento de Relaciones Económicas, que se había pasado buena parte del verano en Checoslovaquia escuchando las quejas de los habitantes germanos de los Sudetes y al que a sus espaldas llamaban, por su bigote caído y su aspecto lúgubre, la Morsa. A Legat le pareció un trío curioso para enviar a una batalla contra los nazis. «¿Qué van a pensar de nosotros?», se dijo.

—Legat, no sabía que viajabas a Múnich —dijo Strang.

—Yo tampoco, señor, me he enterado esta misma noche a última hora.

Se dio cuenta de su tono sumiso y sintió un destello de minusvaloración de sí mismo: el joven tercer secretario, ambicioso y prometedor, siempre alerta para no parecer demasiado henchido de orgullo.

—Bueno, espero que lleves algo para el mareo; por mi experiencia, y empiezo a ser un veterano, cruzar el canal en avión suele ser muy movidito.

—Oh, Dios mío, creo que no llevo nada. ¿Me disculpan un momento?

Se dirigió con paso acelerado a la parte trasera del edificio y encontró a Syers en su despacho leyendo *The Times*. Tenía la maleta junto al escritorio.

—Hola, Hugh —lo saludó con tono apagado.

—Lo siento, Cecil —replicó él—. Yo no he pedido ir. De verdad que prefería quedarme en Londres.

Syers hizo un esfuerzo por parecer despreocupado.

—Mi querido amigo, no pienses más en ello. Siempre he sostenido que el que tenía que ir eras tú, no yo. Y será un alivio para Yvonne.

—Bueno, es una actitud muy loable por tu parte. ¿Cuándo te has enterado?

—Cleverly me lo ha comunicado hace diez minutos.

—¿Qué te ha dicho?

—Simplemente que había cambiado de opinión. ¿Hay algo más?

—No que yo sepa. —No le resultó difícil mentir.

Syers se le acercó y lo miró con aire preocupado.

—Espero que no te importe que te lo pregunte, pero ¿estás bien? Se te ve un poco desmejorado.

—Esta noche no he dormido demasiado.

—¿Nervioso por el vuelo?

—No exactamente.

—¿Has viajado alguna vez en avión?

—No.

—Bueno, por si te sirve de consuelo, tal como he dicho a Yvonne esta mañana, no creo que pueda haber nada más seguro que volar en el avión del primer ministro.

—Eso es lo que me repito. —Llegaron ruidos de voces desde el pasillo. Legat sonrió y estrechó la mano a Syers—. Nos veremos cuando regrese.

El primer ministro había bajado de sus habitaciones y se dirigía hacia el vestíbulo acompañado por la señora Chamberlain, sir Horace Wilson, lord Dunglass y Oscar Cleverly. Los seguían un par de escoltas que cargaban con el equipaje del primer ministro, incluidos los maletines rojos que contenían los documentos oficiales. Detrás de ellos iban dos de las secretarias; una de ellas era una mujer de mediana edad a la que Legat no conocía y la otra era Joan. Cleverly se percató de la presencia de Legat y lo esperó. Caminaron juntos. Le habló sin apenas mover los labios, en voz baja y con tono airado.

—No tengo ni idea de qué va todo esto, pero he accedido, debo decir que con considerables reservas, a la petición del coronel Menzies de permitir que acompañes al primer ministro. Serás el responsable de los maletines rojos y te harás cargo de cualquier imprevisto que pueda surgir. —Le entregó las llaves de los maletines—. Ponte en contacto con el departamento en cuanto llegues a Múnich.

—Sí, señor.

—Confío en que no sea necesario enfatizar la absoluta necesidad de que no hagas nada que pueda poner en peligro el éxito de esta conferencia.

—Por supuesto que no, señor.

—Y cuando todo esto termine, tú y yo vamos a tener una charla sobre tu futuro.

—Comprendo.

Habían llegado al vestíbulo. El primer ministro estaba abrazando a su esposa. El personal de Downing Street le dedicó unos discretos aplausos. Se separó de su mujer, sonrió con timidez y se levantó el sombrero a modo de agradecimiento por la despedida. Tenía la tez sonrosada y los ojos brillantes. No había rastro alguno de fatiga. Parecía que acabase de regresar del río para desayunar después de pescar un hermoso salmón. El portero le abrió la puerta y Chamberlain salió bajo la lluvia. Se detuvo para que le hicieran una foto y se dirigió hacia el primer coche, en el que ya lo esperaba Horace Wilson. El séquito fue ocupando los otros vehículos. De forma inconsciente se distribuyeron en función de la antigüedad. Legat fue el último en salir del edificio, cargado con los dos maletines rojos y su propia maleta. Entregó el equipaje al chófer y subió al cuarto coche, donde se sentó al lado de Alec Dunglass. Cerraron las puertas y el convoy se puso en marcha, salió de Downing Street hacia Whitehall, rodeó Parlament Square y siguió el río en dirección sur.

Nadie, incluido Legat, sabía muy bien por qué se había incluido a Dunglass en el séquito, excepto por el hecho de ser una cara amiga con una mansión en la campiña escocesa, derecho a pescar en el Tweed y, por lo tanto, una presencia positiva para levantar el ánimo del primer ministro. La señorita Watson insistía en que bajo sus peculiares maneras acechaba uno de los políticos más inteligentes con que se había topado. «Algún día será primer ministro, señor Legat, acuérdese de lo que le digo, y recuerde que fui la primera en vaticinarlo.» Pero como llegado el momento Dunglass heredaría el título de su padre y se convertiría en el decimocuarto conde de Home, y era del todo inconcebible que en esos tiempos modernos un primer ministro ocupase un asiento en la Cámara de los Lores, entre los secretarios se consideraba la predicción de la señorita Watson una *folie d'amour*. Dunglass sonreía de un modo apenas perceptible y casi no movía los labios al hablar, como si practicase para convertirse en ventrílocuo. Después de intercambiar unos comentarios de cortesía sobre qué tiempo haría en Múnich, ambos permanecieron callados. Hasta que, cuando pasaban por Hammersmith, Dunglass dijo de pronto:

—¿Te has enterado de lo que dijo Winston cuando el primer ministro acabó su discurso de ayer?

—No, ¿qué dijo?

—Se le acercó mientras todo el mundo seguía vitoreándolo y le dijo: «Te felicito por tu buena suerte. Te ha tocado la lotería». Dunglass negó con la cabeza—. ¿Qué tipo de comentario es ese? A Neville pueden echár   sele en cara muchas cosas, habrá incluso quien considere que toda su política está equivocada, pero hay que tener mala baba para pretender que la conferencia de Múnich haya tenido algo que ver con la suerte; ese hombre ha trabajado hasta la extenuación para conseguirla. —Miró a Legat de reojo—. Me fijé en que incluso tú aplaudías.

—No debería haberlo hecho. Se supone que tengo que mantenerme neutral. Pero era difícil no dejarse arrastrar por el entusiasmo colectivo. Diría que el noventa por ciento del país respiró aliviado.

Volvió a aparecer la sonrisa apenas perceptible en el rostro de Dunglass.

—Sí, incluso los socialistas se pusieron en pie. Parece que ahora todo el mundo aplaude.

Ya habían dejado atrás el centro de Londres y atravesaban una zona suburbana. La calle de dos direcciones era ancha y moderna, bordeada de chalets adosados con fachadas de arenisca y pequeños jardines delanteros rodeados de setos, entre los que se intercalaban algunas pequeñas fábricas. Conocidos nombres resplandecían con melancólico encanto a través de la lluvia: Gillette, pastillas Beecham, Firestone, Tyre & Rubber. Legat pensó que Chamberlain habría tenido mucho que ver con todo ese desarrollo cuando fue ministro de Vivienda y después del Tesoro. El país había superado la depresión y volvía a ser próspero.

Mientras atravesaban Osterley se percató de que la gente empezaba a saludar a la comitiva al pasar; al principio eran pocas personas, sobre todo madres que llevaban a sus hijos al colegio, pero enseguida fue congregándose más gentío hasta que, cuando aminoraron la velocidad para girar a la derecha hacia Heston, vio que los conductores habían detenido los vehículos a ambos lados de la Great West Road y salido de ellos para contemplar el paso de la comitiva presidencial.

—Los admiradores de Neville —murmuró Dunglass sin mover los labios.

El convoy se detuvo en la entrada del aeródromo. Los curiosos habían bloqueado la carretera. Más allá de la valla y los edificios blancos, Legat divisó un par de grandes aviones estacionados sobre la hierba al borde de una explanada de cemento, iluminados por los focos de los equipos de los noticiarios y rodeados por una prieta multitud de centenares de personas. Los paraguas abiertos parecían desde lejos protuberantes setas negras. El coche volvió a avanzar y pasó junto a varios policías que hacían el saludo militar, cruzó la valla y recorrió una amplia extensión rodeando por detrás la terminal y la zona de hangares hasta llegar al aeródromo, donde se detuvieron. Un agente de policía abrió la puerta trasera del primer coche y el primer ministro fue recibido con vítores.

—Bueno, supongo que ya hemos llegado. —Dunglass suspiró.

Se apearon, recogieron las maletas y los maletines rojos —Legat cargó con uno, Dunglass insistió en llevar el otro— y se dirigieron hacia los aviones. Había dejado de llover. La gente plegaba los paraguas. Cuando se acercaron, Legat reconoció la silueta larguirucha de lord Halifax con su bombín y después, para su sorpresa, a sir John Simon, Sam Hoare y el resto de los miembros del gabinete.

—¿Esto estaba previsto? —preguntó a Dunglass.

—No, es una sorpresa. Ha sido idea del ministro de Hacienda. Me han hecho jurar que guardaría el secreto. Parece que de pronto todos quieren salir en la foto, incluido Duff.

El primer ministro dio un apretón de manos a cada uno de sus colegas. La multitud empujó hacia delante, agolpándose contra la barrera de policías para ver mejor la escena; había periodistas, trabajadores del aeropuerto con sus monos azules y marrones, gente de la zona, niños en edad escolar y hasta una madre con un bebé en brazos. Las cámaras de los noticiarios se movieron para seguir las evoluciones de Chamberlain. El primer ministro tenía una sonrisa de oreja a oreja y saludaba moviendo el sombrero con un entusiasmo casi infantil. Por fin se plantó delante del ramillete de micrófonos.

—Cuando era niño —empezó, e hizo una pausa para que los que seguían hablando se callaran— solía repetirme: «Si no lo logras a la primera, insiste, insiste e insiste». Eso es lo que estoy haciendo. —Sostenía en la mano un papelito y lo miraba de reojo para recordar el discurso que se había preparado—. Cuando regrese, espero que podré decir, igual que el Temerario en *Enrique IV*: «De esta ortiga, el peligro, cosecharemos una flor, la seguridad». —Hizo un enfático gesto de asentimiento. La multitud lo vitoreó. Él sonrió y volvió a saludar con el sombrero, paladeando hasta la última gota de la aclamación popular; después se dio la vuelta para subir al avión.

Legat avanzó con Dunglass. Entregaron su equipaje a la tripulación del avión que estaba cargando las maletas en el vientre del aparato. Legat se quedó con los maletines rojos. El primer ministro estrechó la mano a Halifax y subió los tres peldaños metálicos de la escalinata colocada en la parte trasera del avión. Desapareció de la vista, volvió a asomarse para recibir una última salva de vítores y se eclipsó definitivamente. Wilson fue el siguiente en subir, seguido por Strang, Malkin y Ashton-Gwatkin. Legat se hizo a un lado para permitir que Dunglass subiese primero. De cerca, el avión parecía más pequeño y frágil que visto de lejos. Solo medía unos doce metros. Pensó que era admirable la determinación del primer ministro: la primera vez que voló para visitar a Hitler no le informó del viaje hasta que ya estuvo en el aire para que el dictador no pudiera negarse a recibirlo. Con los pies sobre el primer peldaño, contemplando los rostros entusiastas, él mismo se sintió intrépido, un auténtico aventurero.

Se inclinó para pasar por la puerta, que era muy baja.

El avión disponía de catorce asientos, siete a cada lado, con un pasillo en medio y una puerta al fondo que daba a la cabina de mando. El morro del aparato estaba metro o metro y medio más elevado que la cola: la inclinación era notable. El interior resultaba pequeño y extrañamente íntimo. El primer ministro ya se había sentado, en la parte delantera, a la izquierda, y Wilson estaba a su derecha. Legat colocó los maletines rojos en el estante para el equipaje, se quitó el abrigo y el sombrero y los puso al lado. Se sentó en el último asiento a la derecha para poder ver desde allí al primer ministro, por si requería su presencia.

El último en subir al avión fue un individuo con uniforme de piloto. Una vez a bordo, cerró la puerta y se dirigió a la parte delantera del aparato.

—Primer ministro, caballeros: bienvenidos. Soy el comandante Robinson, su piloto. Están ustedes en un Lockheed Electra, operado por British Airways. Volaremos a una altitud de dos mil metros y a una velocidad máxima de cuatrocientos kilómetros por hora. El tiempo estimado de vuelo hasta Múnich es de tres horas. Por favor, abróchense los cinturones. Puede haber turbulencias, de modo que les sugiero que no se los desabrochen a menos que tengan que moverse.

Se metió en la cabina de mando y se sentó junto al copiloto. A través de la puerta abierta Legat vio que movía la mano por el panel de instrumentos, conectando interruptores. Uno de los motores se puso en marcha y unos momentos después lo hizo el otro. El ruido fue en aumento. El avión empezó a sacudirse. El estruendo parecía describir un movimiento ascendente por la escala musical del bajo al agudo hasta que se subsumió en un único y ensordecedor ruido de sierra y el avión empezó a moverse por la hierba del aeródromo. Durante uno o dos minutos fueron dando botes por las irregularidades del terreno, mientras por las ventanillas se deslizaban gotas de lluvia, hasta que de pronto el aparato giró y se detuvo.

Legat se abrochó el cinturón de seguridad. Contempló el edificio de la terminal. Tras él se veían las chimeneas blancas de una fábrica. Las columnas de humo ascendían de forma casi vertical. Apenas soplaba viento. Eso debía de ser bueno. Se relajó. Recordó los primeros versos de un poema de Yates: «Sé *que encontraré mi destino / en algún lugar entre las nubes...»*. Tal vez Yeats hubiera sido una cita más apropiada que Shakespeare para el primer ministro.

Los motores aumentaron el estruendo y de pronto el Lockheed aceleró sobre la hierba. Legat se agarró a los reposabrazos del asiento mientras el avión cogía velocidad al pasar frente a la terminal. Pero seguían pegados al suelo. Hasta que, cuando ya daba por hecho que iban a estrellarse contra la valla que cercaba el aeródromo, sintió como si la parte baja del estómago se le desplomase, y la cabina aumentó el ángulo de inclinación de manera notable y lo proyectó contra el respaldo del asiento. Las hélices atraparon el aire y los propulsaron hacia el cielo. El avión empezó a virar suavemente y en la ventanilla apareció el paisaje en movimiento: campos verdes, tejados rojos, calles grisáceas. Legat localizó la Great West Road unos cincuenta metros más abajo, con las casas adosadas y los coches todavía parados con los conductores junto a ellos, y vio también que en casi todos los jardines había gente que miraba hacia al cielo y saludaba con una mano —había cientos de personas que despedían al avión agitándolas en alto—, hasta que se adentraron en la base de una nube y la escena desapareció de su vista.

Tras unos minutos ganando altura entre la densa masa de nubes grises, emergieron bajo un sol resplandeciente y un cielo azul de una belleza que Legat ni siquiera había llegado nunca a imaginar. A lo lejos se extendía un nítido panorama de picos, desfiladeros y cascadas esculpidos en las nubes. La imagen le recordó a los Alpes bávaros, aunque más puros y no contaminados por la presencia humana. El avión se estabilizó una vez completado el ascenso. Legat se desabrochó el cinturón y recorrió el pasillo hacia la parte delantera de la cabina.

—Disculpe, primer ministro, solo quería comentarle que tengo los maletines rojos, por si los necesita.

Chamberlain estaba mirando por la ventanilla. Volvió la cabeza hacia Legat. La euforia de hacía un rato parecía haberlo abandonado. O tal vez, pensó el joven, eso no había sido más que una escenificación para la multitud y las cámaras.

—Gracias —respondió Chamberlain—. Supongo que será mejor que nos pongamos a trabajar.

—Primer ministro, ¿por qué no desayuna primero? —propuso Wilson—. Hugh, ¿te importa preguntar al piloto dónde está la comida?

Legat asomó la cabeza en la cabina de mando.

—Disculpe que le moleste, pero ¿dónde puedo encontrar algo para desayunar?

—En un armario que hay en la parte trasera, señor.

Legat permaneció un instante inmóvil, cautivado una vez más por la visión de las nubes a través del cristal de la cabina, y regresó junto a los pasajeros. Strang, Malkin, Ashton-Gwatkin e incluso Dunglass tenían un aspecto meditabundo. Encontró el armario al fondo del avión. Dentro había dos cestas de mimbre con el logo del hotel Savoy llenas de paquetes recién envueltos y etiquetados: sándwiches de urogallo y salmón ahumado, paté y caviar, botellas de clarete, cerveza y sidra, y termos con té y café. Parecía un festín inapropiado, un picnic para un día en las carreras. Llevó las cestas a los asientos vacíos en la parte central del avión. Dunglass se levantó para ayudarlo a repartirlo todo. El primer ministro pidió una taza de té y rechazó todo lo demás. Se sentó muy recto. Sostenía el platillo con la mano izquierda y curvaba delicadamente el meñique cuando bebía de la taza. Legat regresó a su asiento con una taza de café y un sándwich de salmón.

Al cabo de un rato, Strang pasó a su lado camino del minúsculo lavabo. De vuelta, se detuvo junto a él mientras se abotonaba la bragueta.

—¿Todo en orden? —El jefe del departamento central era otro funcionario que hizo la guerra y había mantenido la costumbre de hablar a sus subordinados como si estuviese pasando revista en las trincheras.

—Sí, señor, gracias.

—¿«Los condenados tomaron un copioso desayuno...»? —Dobló su alta figura para sentarse al lado de Legat. Rondaba los cuarenta, pero parecía que tuviera sesenta. Su traje despedía un tenue olor a tabaco—. ¿Te das cuenta de que eres la única persona en este avión que habla alemán?

—No había pensado en eso, señor.

Strang miró por la ventanilla.

—Esperemos que el aterrizaje de hoy sea mejor que el de la última vez. Había tormenta sobre Múnich. El piloto no veía nada. Acabamos dando bandazos de un lado a otro. La única persona que no se inmutó fue el primer ministro.

—Jamás pierde la compostura.

—¿Verdad que no? Nunca se sabe qué le pasa por la cabeza. —Se inclinó sobre el pasillo y bajó la voz—: Hugh, solo quería darte un consejo. Tú nunca has vivido una situación de este tipo. Cabe la posibilidad que todo acabe en un gran fiasco. No se ha pactado ningún tipo de agenda. No se ha llevado a cabo ningún trabajo preliminar. No existe ni un solo papel oficial. Si la cumbre acaba en fracaso y Hitler aprovecha la oportunidad para invadir Checoslovaquia, podemos quedar en una situación ridícula, con los líderes de Inglaterra y Francia atrapados en Alemania en pleno estallido de la guerra.

—Pero eso no va a suceder, ¿verdad?

—Acompañé al primer ministro en Bad Godesberg. Entonces creíamos que teníamos un acuerdo, hasta que Hitler se sacó de la manga un montón de nuevas exigencias. Tratar con él no es lo mismo que hacerlo con un jefe de gobierno normal. Él es más parecido a un jefe tribal salido de una leyenda germánica, al estilo de Ermanarico o Teodorico, rodeado de sus huestes. Se levantan de un salto en cuanto él entra y los pone firmes con una simple mirada, reafirma su autoridad y después se sienta con ellos a la mesa para celebrar un banquete, reír y jactarse. ¿Quién querría estar en la piel del primer ministro intentando negociar con un personaje de semejante calaña?

Se abrió la puerta de la cabina de mando y el piloto asomó la cabeza.

—Caballeros, solo para que lo sepan, acabamos de cruzar el canal de la Mancha.

El primer ministro miró hacia el fondo del avión e indicó con un gesto a Legat que se acercase.

—Creo que será mejor que empecemos a trabajar con esos maletines.

3

El tren del Führer estaba aminorado la marcha. Después de más de doce horas de avance a un ritmo constante, Hartmann detectó un leve pero claro balanceo cuando el maquinista empezó a frenar con suavidad.

Estaban en una zona montañosa, a una hora al sur de Múnich, no muy lejos de donde disfrutó de aquellas caminatas con Hugh y Leyna durante el verano de 1932. Tras las ventanas del tren, el bosque era en esa zona menos espeso y se veían los reflejos plateados de un río entre los árboles. De pronto Hartmann vislumbró un pueblo de casas antiguas en la orilla más alejada. Una serie de edificios pintados con colores alegres —azul claro, verde lima, amarillo canario— miraban directamente al río. Detrás de ellos se alzaba un castillo de piedra gris que se extendía por la colina. Y a lo lejos se veían los Alpes. Encuadrada por el marco de la ventana, la escena era una réplica exacta del póster de la Reichsbahn que anunciaba vacaciones tirolesas y que seis años atrás los había incitado a viajar al sur. Incluso la estación en la que estaban entrando resultaba pintoresca con su edificio de madera. El tren aminoró hasta una velocidad de paseante y, con una ligera sacudida y un chirrido metálico, se detuvo por completo. Entonces dejó escapar una cansina exhalación de vapor.

Un cartel junto a la sala de espera anunciaba que se encontraban en Kufstein.

De modo que estaban en Austria, pensó Hartmann, o más bien en lo que había sido Austria hasta que el Führer decidió cambiar el mapa.

El andén estaba desierto. Consultó la hora en su reloj. Era un buen reloj, un Rolex que le había regalado su madre cuando cumplió veinte años. Con una deliciosa precisión, habían llegado a las nueve y media de la mañana en punto. Se preguntó si la delegación británica ya habría despegado de su país.

Se levantó del escritorio del vagón de comunicaciones, se acercó a la puerta y bajó la ventanilla.

De todos los vagones descendieron hombres para estirar las piernas. La estación, vacía, tenía un aspecto fantasmal. Hartmann supuso que había sido sellada por los servicios de seguridad. Pero de pronto algo le llamó la atención: el pálido rostro de un hombre que observaba a través de una mugrienta ventana. Llevaba una gorra de la Reichsbahn. Cuando se dio cuenta de que alguien lo observaba, se ocultó al instante.

Hartmann saltó al andén y se dirigió hacia él. Abrió con decisión la puerta y entró en lo que parecía el despacho del jefe de estación. El ambiente era sofocante por el intenso olor a carbón y tabaco. El funcionario, un cuarentón de cabellos lacios, estaba sentado ante su escritorio y simulaba leer unos papeles. Se puso en pie cuando Hartmann se le acercó.

—*Heil Hitler* —saludó Hartmann.

—*Heil Hitler* —respondió el individuo.

—Viajo con el Führer. Necesito utilizar su teléfono.

—Por supuesto, señor. Será un honor.

Acercó el aparato a Hartmann.

—Póngame con una operadora —le ordenó con autoridad.

—Sí, señor.

Cuando el jefe de estación le pasó el auricular, Hartmann dijo a la operadora:

—Necesito llamar a Berlín. Estoy viajando con el Führer. Es un asunto de suma urgencia.

—¿Qué número de Berlín, señor?

Hartmann dio el número directo de Kordt. La operadora lo repitió en voz alta.

—¿Le llamo cuando tenga establecida la conexión? —preguntó la mujer.

—Lo antes posible.

Colgó y encendió un cigarrillo. A través de la ventana vio que cada vez había más movimiento en el andén. Estaban desacoplando la locomotora, que volvía a soltar vapor. Alrededor de la puerta de uno de los vagones se había reunido un grupo de SS, colocados de espaldas al tren con las metralletas sobre el pecho. Un asistente abrió la puerta y apareció Hitler. Al jefe de estación situado junto a Hartmann se le escapó un grito ahogado. El Führer bajó al andén. Llevaba su gorra de plato, el uniforme marrón con cinturón y lustrosas botas altas. Detrás de él apareció el Reichsführer-SS Heinrich Himmler. Hitler permaneció un momento inmóvil en el andén, estirando los hombros y contemplando el castillo de Kufstein, y de pronto empezó a andar hacia donde estaba Hartmann acompañado por Himmler y su guardaespaldas de las SS. Mientras caminaba, balanceaba los brazos adelante y atrás al unísono, seguramente para estimular la circulación. Había algo en su modo de moverse que resultaba inquietante, simiesco.

Sonó el teléfono y Hartmann lo descolgó.

—Tengo la conexión, señor.

Oyó los timbrazos.

—Despacho de Kordt —respondió una mujer.

Dio la espalda a la ventana. La comunicación era deficiente. Se hacía difícil oír algo. Tuvo que taparse un oído con el dedo y gritar por encima del ruido de la locomotora.

—Soy Hartmann. ¿Está Kordt en el despacho?

—No, herr Hartmann. ¿Puedo ayudarle en algo?

—Es posible. ¿Sabe si hemos recibido notificación de Londres de las personas que viajan en la delegación del primer ministro Chamberlain?

—Espere, por favor. Voy a comprobarlo.

El Führer había dado media vuelta y estaba volviendo sobre sus pasos. Conversaba con Himmler. Hartmann oyó a lo lejos el pitido de otro tren que se acercaba desde el sur.

—Herr Hartmann. Aquí tengo la lista enviada por Londres.

—Espere.

Hartmann chasqueó los dedos con gesto impaciente y pidió al jefe de estación que le buscase algo con lo que escribir. El hombre apartó la mirada de la ventana y le ofreció el grueso lápiz que llevaba sobre la oreja. Hartmann se sentó ante el escritorio y encontró un trozo de papel. A medida que iba anotando los nombres los repetía en voz alta para asegurarse de que los había oído correctamente.

—Wilson, Strang, Malkin, Ashton-Gwatkin, Dunglass, Legat. —«Legat.» Sonrió—. Excelente. Gracias. Adiós. —Colgó y le lanzó alegre el lápiz al jefe de estación, que se movió y logró atraparlo al vuelo—. La oficina del Führer le da las gracias por su colaboración.

Se guardó la lista de nombres en el bolsillo y salió al fresco aire de las montañas. En la estación estaba entrando un segundo tren. En el andén se había reunido un multitudinario comité de bienvenida, con Hitler en el centro. La cabina de la locomotora de ese segundo tren estaba decorada con la bandera tricolor verde, blanca y roja de Italia. Se detuvo muy cerca del tren del Führer. Un guardia de las SS se acercó en cuanto se detuvo y abrió una puerta.

Un minuto después, Mussolini apareció en el escalón superior, ataviado con un uniforme militar gris claro y una gorra de plato. Alzó el brazo a modo de saludo y Hitler respondió del mismo modo. El Duce bajó al andén. Los dictadores se estrecharon las manos, no con la habitual formalidad diplomática, sino con calidez y un mutuo abrazo. Tal como sonreían y se miraban, casi parecían dos viejos amantes, pensó Hartmann. Los flashes de los fotógrafos iluminaron la escena y de pronto todo el mundo parecía rebosante de alegría: Hitler, Mussolini, Himmler, Keitel y Ciano —el ministro de Asuntos Exteriores italiano y yerno de Mussolini—, que también había bajado del tren con el resto de la delegación, todos ellos de uniforme. Hitler indicó con gestos a los italianos que lo acompañasen. Hartmann se percató de que era mejor que se quitase de en medio.

Se volvió justo a tiempo de ver que el Sturmbannführer Sauer se metía en el despacho del jefe de estación.

Se volvió con rapidez para que no lo pillase mirando y se quedó paralizado, sin saber qué hacer. Era poco probable que se tratase de una coincidencia, lo cual significaba que Sauer había estado espiándolo. Ahora todo parecía indicar que se disponía a interrogar al jefe de estación. Hartmann trató de recordar si había dicho algo que pudiera incriminarlo. Gracias a Dios Kordt no estaba en su despacho, porque si hubiera hablado con él podría haber cometido alguna indiscreción.

A unos treinta metros de él, Hitler insistía a Mussolini para que este subiera al tren antes que él. Mussolini hizo un comentario que provocó risas, pero Hartmann estaba demasiado lejos para oírlo. El italiano impulsó su musculoso cuerpo para subir. Hartmann vio a Schmidt, el intérprete, contemplando la escena un poco alejado del grupo: Mussolini se vanagloriaba de hablar alemán lo bastante bien para no necesitar la ayuda de un traductor y por una vez Schmidt, que solía estar situado en el centro de cualquier reunión, parecía un poco desubicado. Hartmann se le acercó.

—¿Doctor Schmidt? —le dijo en voz baja.

Se volvió para ver quién le hablaba.

—¿Sí, herr Hartmann?

—Creo que le gustará saber que he podido acceder al listado de ingleses que acompañan a Chamberlain. —Le ofreció el papel con los nombres apuntados a lápiz—. He pensado que podría resultar útil.

Schmidt pareció sorprendido. Por un momento Hartmann pensó que iba a preguntarle por qué demonios iba a estar interesado en semejante cosa. Pero al final la aceptó y la repasó con creciente interés.

—Ah, sí. A Wilson lo conozco, claro está. Y tanto Strang como Malkin estuvieron en Godesberg; ninguno de ellos habla alemán. El resto de los nombres no me suenan.

Miró por encima del hombro de Hartmann. Este se volvió. Sauer se dirigía hacia ellos. Llevaba dibujada en el rostro una mueca triunfal. Empezó a hablar antes de llegar hasta ellos:

—Discúlpeme, doctor Schmidt. ¿Ha autorizado a herr Hartmann para telefonear a Berlín?

—No. —Schmidt lo miró—. ¿De qué va todo esto?

—Lo siento, Sauer —dijo Hartmann—. No sabía que necesitase autorización para hacer una simple llamada al Ministerio de Asuntos Exteriores.

—¡Por supuesto que necesitas autorización! ¡Toda comunicación con el exterior desde el tren del Führer tiene que ser autorizada previamente! —Y dirigiéndose a Schmidt, añadió—: ¿Puede entregarme el papel? —Lo cogió y repasó con el dedo los nombres. Frunció el ceño y le dio la vuelta. Luego se lo devolvió—. De manera reiterada, encuentro sospechoso el comportamiento de herr Hartmann.

—La verdad, Sturmbannführer Sauer, es que en este caso no veo que haya nada sospechoso —replicó Schmidt en tono relajado—. Va a sernos muy útil conocer de antemano a los componentes de la delegación que viene de Londres. Cuantos menos de esos funcionarios hablen alemán, más traducción se necesitará.

—Aun así, supone un quebranto de los protocolos de seguridad —recalcó Sauer.

Desde el fondo del andén llegó el ruido de metal entrechocando con metal. Habían dado la vuelta en una plataforma a la locomotora que los había traído desde Múnich y la habían recolocado en la otra punta del tren.

—Deberíamos subir si no queremos que se marchen sin nosotros —dijo Hartmann.

Schmidt dio una palmada en el brazo a Sauer.

—Bueno, digamos que he autorizado la acción de herr Hartmann de manera retrospectiva. ¿eso le parece suficiente?

Sauer miró a Hartmann. Asintió con brusquedad.

—Tendré que aceptarlo. —Giró sobre los talones y se alejó.

—Vaya tipo más suspicaz —comentó Schmidt—. Ya veo que no le tiene en mucha estima.

—Oh, en el fondo no es mal tipo.

Se dirigieron hacia el tren.

«Sauer es un terrier y yo soy la rata», pensó Hartmann. El SS no estaba dispuesto a dejar de acosar a su presa. Había estado a punto de cazarlo en tres ocasiones: en la Wilhelmstrasse, en el tren y ahora allí. Si había una cuarta, no lograría escapar.

Ahora el tren circulaba en dirección contraria. El salón del Führer quedaba en la cola y los coches cama del séquito delante. En el centro seguían el vagón de comunicaciones y el restaurante, que fue donde Hartmann se sentó con Schmidt mientras avanzaban hacia Múnich. El berlinés había sacado una larga pipa y estaba todo el rato pendiente de mantenerla encendida, apisonando el tabaco con la caja de cerillas, dando caladas y provocando alarmantes llamaradas al encenderla de nuevo. Era evidente que estaba nervioso. Cada vez que uno de los ayudantes del Führer pasaba junto a ellos alzaba la cabeza, expectante por si se requerían sus servicios. Pero por lo visto Hitler y Mussolini lograban entenderse sin su ayuda. Parecía deprimido.

—El alemán del Duce es bueno, aunque no tanto como él cree. ¡Esperemos que no empiecen una guerra por accidente! —El chiste le pareció tan bueno que susurraba una variación cada vez que alguno de los ayudantes de Hitler salía del vagón restaurante—. Todavía no ha declarado la guerra, ¿verdad, Hartmann?

En mitad del vagón había una mesa ocupada por oficiales de las SS en la que Himmler era el centro de atención. Sauer estaba entre ellos. Bebían agua mineral. Desde su posición, Hartmann solo veía el cogote rasurado del Reichsführer y sus pequeñas orejas sonrosadas. Estaba de buen humor. Su monólogo era recibido con estallidos de carcajadas. Sauer seguía la corriente a los otros y sonreía de forma mecánica, pero no quitaba el ojo de encima a Hartmann.

Schmidt dio una calada a su pipa.

—La verdad es que es muy fácil traducir a Mussolini, no es nada abstracto, es un político con los pies en el suelo. Y lo mismo puede decirse de Chamberlain.

—Supongo que el Führer es muy diferente.

Schmidt dudó unos instantes, se inclinó sobre la mesa y dijo:

—No es raro que suelte un monólogo de veinte minutos. A veces incluso de una hora. Y después yo tengo que repetirlo en otro idioma. Si en Múnich se siente inspirado, nos pasaremos días allí.

—Tal vez los otros no aguanten sus monólogos.

—Desde luego, Chamberlain se impacienta. Es la única persona a la que he visto interrumpir al Führer. Sucedió en su primer encuentro en Berchtesgaden. Le dijo: «Si está tan determinado a atacar Checoslovaquia, ¿para qué me ha hecho venir a Alemania?». ¡Imagíneselo! El Führer se quedó sin habla. No se tienen ningún aprecio, eso se lo aseguro.

Detrás de él, los SS se partían de risa. Schmidt hizo una mueca despectiva, miró por encima del hombro y volvió a mirar hacia delante.

—Es un alivio poder contar con usted, Hartmann —comentó en voz más alta—. Por supuesto, yo traduciré para el Führer y el resto de los líderes, pero si está usted por allí para ayudar con los demás, eso me aligerará mucho la carga. ¿Qué idiomas maneja, aparte del inglés?

—Francés, italiano y un poco de ruso.

—¡Ruso! ¡Ese no vamos a necesitarlo!

—Ni el checo.

Schmidt enarcó las cejas.

—Desde luego.

El ayudante volvió a entrar en el vagón y esta vez se detuvo junto a su mesa.

—Doctor Schmidt, el general Keitel va a dar al Duce unas explicaciones técnicas, y el Führer quiere que esté usted presente.

—Por supuesto. —Schmidt vació de inmediato la pipa golpeando la cazoleta contra el cenicero. Los nervios le hicieron desparramar un poco de ceniza por la mesa—. Lo siento, Hartmann. —Se puso en pie, se abotonó la americana cruzada y se la alisó tirando de ella por encima de su voluminoso vientre. Se guardó la pipa en el bolsillo—. ¿Huelo a tabaco? —preguntó al ayudante. Y dirigiéndose a Hartmann le aclaró—: Si hueles a tabaco, te echa de la habitación. —Sacó un pastillero con caramelos de menta y se metió un par en la boca—. Nos vemos dentro de un rato.

Cuando se marchó, Hartmann se sintió de pronto vulnerable, como un chico que ha logrado escapar de un abusón solo porque se ha mantenido cerca del profesor. Se levantó y se dirigió hacia la parte delantera del vagón. Cuando pasó junto a la mesa de los SS, Sauer le gritó:

—¡Hartmann! ¿No vas a saludar al Reichsführer?

Hartmann se dio cuenta de que se hizo un repentino silencio. Se detuvo, se volvió, entrechocó los talones y alzó el brazo.

—*Heil Hitler!*

Los ojos acuosos de Himmler lo miraron a través de sus gafas sin montura. La mitad superior del rostro era delicada y pálida, pero alrededor de los labios y en el débil mentón se veía ya la barba de un día sin afeitar. Alzó la mano con parsimonia. Sonrió.

—No te preocupes, querido muchacho.

Movió los dedos con un gesto de desdén y bajó el brazo.

Al llegar al final del vagón restaurante, Hartmann oyó un nuevo estallido de carcajadas a sus espaldas. Supuso que había sido objeto de algún comentario jocoso. Sintió que se ruborizaba. ¡Cómo detestaba a esa gente! Abrió la puerta con brusquedad y avanzó furioso por el coche cama. Cuando llegó al primer vagón, intentó abrir la puerta del lavabo. Estaba ocupado. Acercó la oreja a la puerta y escuchó, pero no se oía nada. Bajó la ventana más próxima y asomó la cabeza en busca de aire fresco. El paisaje era llano y monótono, y los campos, de color marrón, estaban desnudos después de la cosecha. Volvió la cabeza para que el aire le diese en la cara. El viento frío lo ayudó a tranquilizarse. A lo lejos se veían chimeneas de fábricas. Supuso que estaban acercándose a Múnich.

Se abrió la puerta del lavabo y salió uno de los oficiales de comunicaciones de la Wehrmacht. Intercambiaron un saludo con un ligero gesto de la cabeza. Hartmann entró en el lavabo y echó el pestillo. El cubículo olía a defecación. Por el suelo había papel mojado y con manchas amarillentas. El hedor se le quedó en la garganta. Se inclinó sobre el inodoro y sintió una arcada. Cuando se miró en el espejo descubrió un rostro de aspecto cadavérico y con los ojos hundidos. Se echó agua por la cara, se acuclilló y sacó el panel bajo el lavamanos. Palpó a tientas las tuberías, la pared y la parte inferior de la pila. Alguien intentó abrir la puerta. No lograba encontrar la pistola. Lo invadió el pánico. Siguió buscando, la tocó y la sacó. Ahora alguien estaba moviendo con ímpetu el pomo.

—¡Vale, vale! —gritó—. Ya he acabado.

Se metió la Walther en el bolsillo interior. Tiró de la cadena para evitar que se oyese el ruido al recolocar el panel.

Temía encontrarse con Sauer en el pasillo esperándolo para arrestarlo, pero se topó con uno de los miembros de la delegación italiana con su uniforme fascista gris claro. Hartmann le devolvió el saludo y se alejó por el pasillo. Se metió en su compartimento, cerró la puerta con pestillo y bajó la maleta. Se sentó en el borde de la litera inferior, se la puso sobre las rodillas y la abrió. El documento seguía dentro. Dejó caer la cabeza, aliviado. Sintió que el cuerpo se le balanceaba. Se oyó un chirrido metálico y una leve sacudida bajo los pies. Alzó la mirada. El sol se reflejaba con destellos en las paredes de las casas y los edificios de apartamentos. De algunas de las ventanas colgaban esvásticas.

Habían llegado a Múnich.

Era la época de la Oktoberfest, el festival anual que se celebraba en esos días de unidad nacional bajo el lema oficial de «Una ciudad orgullosa, un país feliz». Y ahora —¡atención!— había un motivo añadido de felicidad. Con pocas horas de margen para organizarlo, el partido estaba haciendo llamamientos a la población para dar la bienvenida al Führer y sus distinguidos invitados: «Ciudadanos de Múnich: ¡salid a las calles! ¡Empezamos a las diez y media!».

Se habían cerrado los colegios y se había dado el día libre a los trabajadores. En la estación había carteles que anunciaban los hoteles en los que se alojarían las delegaciones y los itinerarios que seguirían los líderes: Bahnhof-Bayerstrasse-Karlsplatz-(Lenbachplatz-hotel Regina, hotel Continental)-Neuhauser Strasse-Kaufingerstrasse-Marienplatz-Dienerstrasse...

En cuanto se apeó del tren, Hartmann oyó a la multitud fuera de la estación y una banda de música tocando. Göring esperaba en el andén con un elaborado uniforme negro, probablemente diseñado por él mismo, con una ancha franja blanca a lo largo del pantalón y solapas en forma de diamante. Hartmann se sintió horrorizado ante tamaña muestra de vulgaridad. Esperó hasta que los dictadores y sus séquitos bajaron del tren y pasaron ante él —Mussolini con una sonrisa ufana iluminando su rostro redondo como un sol dibujado por un niño— y los siguió por el vestíbulo de la estación.

Cuando emergieron en la adoquinada Bahnhof Platz la ovación fue ensordecedora. Era un día caluroso y muy húmedo. La gente se amontonaba en la calle y se apiñaba en las ventanas del vecino edificio de correos. Cientos de niños hacían ondear banderolas con la esvástica. Una guardia de honor de las SS con guantes blancos y cascos negros como el carbón formaba con los fusiles al hombro. Una banda militar empezó a tocar el himno italiano. Pero lo que más llamó la atención de Hartmann fue la expresión grave de Hitler. Escuchó impertérrito los himnos y después pasó revista a las tropas como si toda esa farsa fuera lo último que le apetecía. Solo sonrió cuando permitieron que dos niñas de blanco pasasen el cordón de seguridad para ofrecer a él y al Duce unos ramos de flores. Pero en cuanto entregó el ramo a un asistente y subió al Mercedes descapotable, su rostro se ensombreció de nuevo. Mussolini, todavía sonriente, se sentó a su lado, mientras que Göring, Himmler, Keitel, Ciano y los demás peces gordos subían a los coches que esperaban detrás. El convoy enfiló la Bayerstrasse. Y llegaron nuevos vítores desde esa calle.

La multitud empezó a dispersarse. Hartmann echó un vistazo a su alrededor.

Bajo las arcadas de la estación, un agobiado funcionario del Ministerio de Asuntos Exteriores estaba explicándoles el protocolo del día a los que no habían acompañado al convoy. Les informó, leyendo una hoja de papel, de que el Führer y el Duce iban en ese momento camino del Prinz-Carl-Palais, donde se alojaría la delegación italiana. Británicos y franceses aterrizarían en menos de una hora; a los británicos los instalarían en el hotel Regina Palast, y a los franceses, en el Vier Jahreszeiten. Mientras el Duce descansaba un poco, el Führer regresaría con su comitiva en coche al Führerbau para preparar la conferencia. El resto de la delegación alemana se dirigiría allí de inmediato. Para los que deseasen transporte, había coches preparados esperando; en caso contrario, se podía ir caminando en un corto paseo. Alguien preguntó dónde pasarían la noche. El funcionario levantó la mirada del papel y se encogió de hombros: todavía no lo sabía. Tal vez en el Bayerischer Hof. Era difícil encontrar habitaciones libres durante la Oktoberfest. Todo el montaje parecía un poco caótico.

Hartmann prefirió ir caminando.

En los últimos años siempre había evitado esa parte de Múnich. Estaba a solo diez minutos a pie de la estación, a través de una agradable calle arbolada que pasaba junto al antiguo jardín botánico, un colegio femenino y varios edificios académicos hasta desembocar en la gran explanada de la Königsplatz. En su mente, él había preferido preservarlo tal como lo recordaba de aquel verano: una manta a cuadros rojos y grises extendida bajo los árboles, Leyna con el vestido blanco y los tobillos desnudos tostados por el sol, un pícnic, Hugh leyendo, el aroma de la hierba recién cortada secándose al sol.

¡Todo eso ya no existía!

La vasta panorámica lo hizo detenerse. Impresionado, soltó la maleta. Era peor de lo que imaginaba, peor incluso que en los noticiarios. Habían arrasado el parque para crear una enorme explanada en la que organizar los desfiles y actos del Tercer Reich. Donde antes hubo hierba ahora se veían miles de losas de granito. Los árboles se habían transformado en mástiles de banderas, de dos de los cuales colgaban esvásticas de más de cuarenta metros de largo. A cada lado había un Templo del Honor, sostenidos con columnas de piedra caliza amarillenta, y cada uno de ellos contenía ocho sarcófagos de bronce con los restos de los mártires del Beer Hall Putsch. Bajo la cálida luz del sol ardían llamas eternas, custodiadas por un par de guardias de las SS que permanecían inhumanamente inmóviles, con los rostros cubiertos de sudor. Más allá del templo, a su izquierda, se alzaba una horrible fachada de estilo brutalista que albergaba el edificio administrativo del Partido Nazi; y más allá del templo a su derecha, un edificio casi gemelo, el Führer-bau. Todo era funcional, en tonos blancos, grises y negros, líneas rectas y ángulos marcados; incluso las columnas neoclásicas de los templos eran cuadradas.

En el exterior del Führerbau se veía movimiento: llegaban coches, había guardias, flashes y una multitud retenida por un cordón de seguridad. Hartmann saludó a los mártires falleci-dos tal como todo el mundo estaba obligado a hacer —era peligroso desobedecer; nunca se sabía quién podía estar vigilando—, recogió la maleta y caminó hacia el edificio en que iba a celebrarse la conferencia.

4

El primer ministro se pasó todo el vuelo trabajando y ahora por fin ya había terminado. Cerró el informe del censo con la lista de todas las provincias de Checoslovaquia y la proporción exacta de población germanohablante y volvió a guardarlo en el maletín. Puso el tapón a la pluma y se la guardó en el bolsillo de la americana. Levantó el maletín rojo que tenía sobre las rodillas y se lo entregó a Legat, que esperaba en el pasillo.

—Gracias, Hugh.

—De nada, primer ministro.

Llevó el maletín a la parte trasera del avión, lo cerró con llave, lo metió en el portaequipajes, se sentó y se abrochó el cinturón. Por la presión interna que sentía en los oídos, supuso que habían comenzado a descender. Cesaron todas las conversaciones en la cabina. Los pasajeros miraban por su respectiva ventanilla, a solas con sus pensamientos. El avión dio una sacudida y se sumergió traqueteando entre las nubes.

Durante un buen rato fue como si navegasen bajo un mar tempestuoso. Era fácil imaginar que las vibraciones fueran capaces de arrancar un motor o un ala, pero al final lograron dejar atrás las nubes y acabó el zarandeo. A sus pies apareció un paisaje verde oliva con la muesca blanca de una carretera que lo atravesaba en línea recta como una vía romana entre bosques de coníferas que se extendían por colinas y llanos. Legat pegó la cara al cristal. Era la primera vez que volvía a ver Alemania en seis años. En su examen de ingreso en el Ministerio de Asuntos Exteriores le habían hecho traducir a Hauff al inglés y a J. S. Mill al alemán. Había completado ambos ejercicios con tiempo de sobra. Y, sin embargo, el país seguía siendo un misterio para él.

Descendían con rapidez. Tuvo que taparse la nariz y tragar con fuerza. El avión se ladeó. Vio a lo lejos las chimeneas industriales y los capiteles de las iglesias de lo que supuso que era Múnich. El aparato se enderezó y siguieron volando uno o dos minutos, pasando a poca altura sobre un campo moteado de manchas marrones que supuso que eran vacas. Vio pasar a toda velocidad un seto, una explanada de hierba y —una, dos, tres veces— rebotaron contra el suelo antes de que el piloto frenara con tal brusquedad que Legat se sintió propulsado hacia la parte posterior del asiento delantero. El Lockheed recorrió el aeródromo, pasando junto a unos edificios de la terminal que parecían más grandes que los de Heston, de dos o tres plantas, con una multitud apelotonada en las terrazas y en la azotea. De los pretiles colgaban banderolas y en varios mástiles ondeaban banderas con esvásticas que se alternaban con la Union Jack y la tricolor francesa. Legat pensó en Wigram y se alegró de que no estuviese vivo para verlo.

El avión del primer ministro completó su aterrizaje en el aeropuerto de Oberweisenfeld a las 11.35. Los motores gimotearon y se detuvieron. En el interior, tras tres horas de vuelo, el silencio era un ruido en sí mismo. El comandante Robinson salió de la cabina de mando, se inclinó para intercambiar unas palabras con el primer ministro y Wilson, y después pasó junto a Legat en dirección a la cola del aparato, abrió la puerta y desplegó la escalerilla. Legat sintió un chorro de aire cálido y oyó voces en alemán. Wilson se levantó del asiento.

—Caballeros, debemos dejar que el primer ministro desembarque el primero.

Ayudó a Chamberlain a ponerse el abrigo y le pasó el sombrero. El primer ministro recorrió el pasillo inclinado, agarrándose a los reposacabezas de los asientos para guardar el equilibrio. Mantenía la mirada fija al frente y la mandíbula apretada, como si estuviese masticando algo. Wilson lo siguió y esperó junto a Legat mientras el primer ministro bajaba a la pista de cemento. Se inclinó para echar un vistazo por la ventanilla.

—Mis espías me han contado que anoche fuiste a ver a sir Alexander Cadogan. —Lo dijo en voz baja, sin volver la cabeza—. Oh, Dios —añadió al momento—, ahí está Ribbentrop.

Salió por la puerta del avión después de Chamberlain. Detrás de él, Strang, Malkin, Ashton-Gwatkin y Dunglass hacían cola para desembarcar. Legat esperó a que hubieran pasado todos. El comentario de Wilson lo había inquietado. ¿Qué había querido decir? No estaba seguro. Tal vez Cleverly le hubiera contado algo. Se levantó, se puso el abrigo y el sombrero, estiró los brazos hasta el portaequipajes y bajó los maletines rojos del primer ministro. Mientras abandonaba el avión, una banda militar empezó a tocar el *God Save the King* y, apurado, tuvo que ponerse firme en la escalinata. Cuando terminaron y ya estaba a punto de moverse, arremetieron el *Deutschland über alles*.

Paseó la mirada por el concurrido aeródromo tratando de localizar a Hartmann, por detrás de los camarógrafos de los noticiarios y los fotógrafos, los miembros de la recepción oficial y la guardia de honor de las SS y de una docena de Mercedes con banderines con esvásticas aparcados juntos. No logró encontrarlo. Se preguntó si habría cambiado mucho. El final del himno dio paso a los estruendosos aplausos de la multitud congregada en la terminal. Un cántico de «¡Cham-ber-lain! ¡Cham-ber-lain!» se expandió por la pista. Ribbentrop hizo un gesto al primer ministro y ambos pasaron revista a una hilera de soldados en formación.

Al pie de la escalerilla, un oficial de las SS con un portapapeles le preguntó a Legat su nombre. Repasó la lista.

—Ah, sí, sustituye usted a herr Syers. —Hizo una marca al lado de su nombre—. Le han asignado el cuarto coche —dijo en alemán—, con herr Ashton-Gwatkin. Le llevarán el equipaje al hotel. Permítame. —Intentó cogerle los maletines rojos.

—No gracias. Estos tengo que llevarlos yo.

Hubo un tira y afloja, hasta que el alemán cedió.

El Mercedes era descapotable. Ashton-Gwatkin ya estaba sentado en el asiento trasero. Llevaba un pesado abrigo con cuello de astracán. Hacía bastante calor y sudaba con profusión.

—Vaya bestia —murmuró cuando el SS se alejó.

Se volvió y miró a Legat con sus ojos de párpados caídos. Lo conocía solo por su reputación: el estudiante de Clásicas más brillante de su promoción en Oxford, pese a que salió de allí sin ningún título, estudioso de la cultura japonesa, marido de una bailarina, sin hijos, poeta, novelista, cuyo morboso best seller *Kimono* había provocado tal animadversión en Tokio que tuvo que ser relevado como embajador, ¡y ahora era un experto en la economía de los Sudetes!

—El primer ministro no soporta este tipo de recibimientos —murmuró Legat.

Chamberlain pasaba revista a la formación de soldados de las SS lo más rápido que podía. Apenas se molestó en mirar a aquellos jóvenes con sus uniformes negros. También ignoró a Ribbentrop, al que detestaba. Cuando se percató de que le habían asignado el primer coche con el ministro alemán de Asuntos Exteriores, miró a su alrededor buscando desesperado a Wilson. Pero no había escapatoria posible. Los dos hombres se acomodaron en el Mercedes descapotable y el cortejo se puso en marcha. Recorrieron despacio toda la terminal del aeropuerto para que la multitud pudiese ver a Chamberlain, que se quitó el sombrero para saludar a la gente con él. En la entrada del aeropuerto giraron hacia el sur en dirección a Múnich.

Hartmann había reservado los billetes durante el trimestre de invierno de 1932. Habían estado en los Cotswolds para visitar a la madre de Legat en su casa de campo en Stow-on-the-Wold. Ella detestaba por principio a todos los hunos, pero Paul le había parecido adorable. Cuando regresaron a Balliol ese domingo por la noche, Hartmann le dijo:

—Mi querido Hugh, en cuanto acabemos los exámenes finales, permíteme que, para variar, te muestre la verdadera campiña, algo que no es simplemente «bonito».

Tenía una amiga que vivía en Baviera y podían encontrarse con ella.

A ninguno de los dos se le había pasado por la cabeza que mientras la vida seguía su rutinario curso en Oxford, Hindenburg pudiese disolver el Reichstag y provocar unas elecciones generales. Llegaron a Múnich el mismo día de verano en que Hitler protagonizó un gigantesco mitin en las afueras de la ciudad, y por mucho que intentaron olvidarse de la política y seguir con sus vacaciones, no hubo modo de escapar del ambiente, ni siquiera en el pueblecito más pequeño.

Legat recordaba una nebulosa de marchas y contramarchas, el Batallón Tormenta contra el Frente de Hierro, manifestaciones alrededor de ciertos edificios y discusiones en los cafés, pósters

nazis —¡HITLER PARA ALEMANIA! ¡DESPIERTA, ALEMANIA!—
que pegaban los camisas pardas durante el día y arrancaban los
izquierdistas durante la noche, y un encuentro en un parque que
había acabado con una carga de la policía montada. Un día Leyna insistió en que se plantasen delante del apartamento de Hitler
y empezó a insultarlo a gritos cuando apareció. Tuvieron suerte
de no acabar apaleados también ellos. Eso fue mucho antes de
Hauff y J. S. Mill.

«Traduzca al alemán: La administración de una sociedad
de capitales es, por lo general, una administración de sirvientes
contratados.»

Contempló el entorno desde el coche. Durante todo el camino hasta el centro de la ciudad, por Lerchenauer Strasse y
Schleissheimer Strasse, los ciudadanos de Múnich se alineaban
en las aceras de modo que la caravana de vehículos parecía
atravesar una oleada de aplausos dirigidos al primer ministro,
entre una riada de banderas rojas, blancas y negras. De vez en
cuando, al doblar una esquina, Legat lo veía fugazmente en el
primer coche, un poco inclinado hacia fuera, con el sombrero
en la mano, saludando a la multitud. Cientos de brazos se alzaban con el saludo fascista.

Diez minutos después de salir del aeropuerto la comitiva
recorrió Brienner Strasse hasta llegar a Maximiliansplatz. Dieron la vuelta a la plaza y se detuvieron delante del hotel Regina
Palast. Encima del pórtico colgaba una enorme esvástica. Debajo los esperaba el embajador británico, Henderson, e Ivone
Kirkpatrick, primer secretario en la embajada de Berlín. Ashton-Gwatkin suspiró.

—Supongo que podría acostumbrarme a esto, ¿no crees?

Sacó su desgarbado cuerpo del Mercedes. Ribbentrop ya
estaba alejándose. En los jardines públicos frente al hotel había
ocho o diez hileras de personas, contenidas por un cordón de

seguridad de camisas pardas, lanzando vítores. El primer ministro las saludó. Hubo más flashes de las cámaras. Henderson lo acompañó al interior del hotel mientras Legat, con un maletín rojo en cada mano, caminaba deprisa tras ellos.

El amplio vestíbulo no parecía haber cambiado mucho desde la época del káiser: techo acristalado, suelo de parquet cubierto de alfombras persas, una plétora de pequeñas palmeras en maceteros y sillones. Varias docenas de huéspedes, en su mayoría de edad avanzada, miraban embobados a Chamberlain. Estaba muy cerca del mostrador de la recepción, con Henderson, Kirkpatrick y Wilson. Legat se detuvo y esperó a cierta distancia, sin saber muy bien si debía o no aproximarse a ellos. De pronto, los cuatro se volvieron y lo miraron. Tuvo la sensación de que habían estado hablando de él. Un momento después, Wilson atravesó el vestíbulo y se dirigió a su encuentro.

5

El Führerbau se había inaugurado hacía apenas un año y era obra del arquitecto favorito de Hitler, el ya fallecido profesor Troost; era tan nuevo que la piedra blanca parecía centellear bajo el sol matutino. A cada lado de los pórticos gemelos colgaban banderas gigantes; una alemana y una italiana flanqueaban la entrada sur, mientras que la británica y la francesa decoraban la situada al norte. Encima de las puertas había águilas de bronce con las alas desplegadas y esvásticas en las garras. Ante cada una de las puertas se habían desplegado alfombras rojas por las escaleras y la acera hasta el bordillo. Solo la entrada norte estaba abierta. En ella, una formación de honor con dieciocho guardias se mantenía en posición de firmes con sus fusiles, junto con un tamborilero y un corneta. Hartmann pasó ante ellos sin que se inmutasen, subió por la escalera y entró en el edificio.

Su función no estaba del todo clara. No era un edificio del gobierno ni el cuartel general del partido. Más bien era una especie de corte del monarca, para ilustración y entretenimiento de los invitados del emperador. El interior era todo de mármol, de color ciruela apagado los suelos y las dos grandes escaleras, y de un blanco roto las paredes y las columnas, aunque el efecto de la iluminación hacía que en el piso superior la piedra adquiriese una tonalidad dorada. El vestíbulo estaba repleto de trajes negros y uniformes. Un murmullo nervioso recorría la sala, como si estuviese a punto de empezar una función de gala. Vislumbró algunos rostros que conocía por los periódicos: un par de Gauleiter y Rudolf Hess, la mano derecha del Führer, con su habitual expresión un tanto soñadora. Hartmann dio su nombre a los guardias de las SS y lo dejaron pasar con un gesto de asentimiento.

Justo enfrente tenía la escalera norte. A su derecha, el vestíbulo daba a un amplio y semicircular guardarropa, con dos filas. Divisó un servicio de caballeros y cambió de dirección para meterse en él. Se cerró con pestillo en un cubículo, abrió el maletín, sacó el documento, se desabotonó la camisa y se lo deslizó debajo de la camiseta. Volvió a abotonarse, se sentó en el inodoro y se miró las manos. Le parecieron las de otra persona; estaban frías y le temblaban un poco. Se las frotó con ímpetu, insufló su aliento sobre ellas, tiró de la cadena y salió al guardarropa. Depositó el sombrero, el abrigo y el maletín en el mostrador y pidió que se los guardasen.

Subió por la escalera norte hasta la galería de la primera planta. Empezaba a comprender el diseño del edificio. Encima de la primera galería había una segunda, y sobre ella un techo de cristal blanco opaco que iluminaba el espacio con luz natural. Todo era perfectamente simétrico y lógico; de hecho, resultaba impresionante. Pasaron junto a él varios camareros con bandejas de comida y botellas de cerveza. A falta de una idea mejor, decidió seguirlos. A través de la más próxima de tres puertas abiertas entrevió un enorme salón con un bufet dispuesto en mesas con manteles blancos. Un poco más allá, siguiendo por el pasillo que recorría toda la parte frontal del edificio, había una galería con butacas y mesitas bajas. Y pasada esa galería, un centinela de las SS montaba guardia en el pasillo y obligaba a dar media vuelta a todo el que intentaba pasar. Hartmann supuso que debía de ser la sala en la que estaba esperando Hitler.

—¡Hartmann!

Se dio la vuelta y vio a Von Weizsäcker en la sala del bufet. Estaba de pie junto a una ventana, hablando con Schmidt. Le hizo un gesto para que se uniera a ellos. La sala tenía las paredes forradas de madera oscura con relieves tallados que representaban rutinarias actividades rurales. Unos cuantos asistentes conversaban en voz baja. Cada vez que entraba alguien, se ponían firmes y se relajaban tras comprobar que no era Hitler.

—Schmidt estaba contándome lo de tu encuentro con el Sturmbannführer Sauer en el tren del Führer.

—Sí, parece que se le ha metido en la cabeza que no soy de fiar.

—¡Para Sauer nadie es de fiar! —El secretario de Estado soltó una carcajada y la detuvo en seco—. En serio, Hartmann, intenta no provocarlo más. Tiene influencias con el ministro y es capaz de crear todo tipo de problemas.

—Haré lo que pueda.

—Hazlo. Me preocupa ese «lo que pueda». Creo que cuando termine todo esto lo mejor será enviarte a algún puesto bien lejos, tal vez a Washington.

—¿Qué tal Australia? —intervino Schmidt.

Weizsäcker volvió a reírse.

—¡Una sugerencia excelente! ¡Ni siquiera el camarada Sauer podría seguirte a través del océano Pacífico!

Desde el otro lado de la ventana llegó un barullo de vítores. Los tres hombres miraron hacia la calle. Acababa de llegar un Mercedes descubierto. El primer ministro británico iba sentado muy tieso en el asiento trasero. A su lado iba un individuo menudo y de aspecto huidizo al que Hartmann no reconoció.

—Esto ya está a punto de empezar —comentó Weizsäcker.

—¿Quién acompaña a Chamberlain?

—Sir Horace Wilson. El Führer tampoco lo soporta.

Iban llegando más coches detrás del primer ministro. Hartmann trató de ver con más detalle lo que sucedía en la calle, pero desde esa ventana tenía una vista muy parcial.

—¿El Führer no va a salir a recibirlo?

—Lo dudo. El único lugar en el que el Führer quiere ver a ese anciano es en la tumba.

Chamberlain salió del coche seguido por Wilson. En cuanto puso un pie en la alfombra roja se oyó un redoble de tambor y una fanfarria. Se tocó el ala del sombrero para agradecer el gesto y desapareció de la vista de Hartmann. El Mercedes partió. Casi de inmediato, la multitud volvió a lanzar vítores. Apareció otra limusina descapotable y se detuvo ante la escalinata. En el asiento trasero de esta viajaban Göring y el primer ministro francés, Daladier. Incluso desde la distancia, podía percibirse la inquietud del mandatario galo. Iba encorvado en el asiento, como si pretendiese no estar allí. A Göring, por el contrario, se lo veía muy ufano. De algún modo, después de salir de la estación se las había apañado para cambiarse de uniforme. Este era de un blanco níveo. Se veía abombado y tirante para poder contener su abundante grasa. Hartmann oyó cómo, a su lado, Weizsäcker reprimía un resoplido de mofa.

—¿Qué demonios se ha puesto ahora?

—Quizá quería que monsieur Daladier se sintiese como en casa vistiéndose de muñeco Michelin —respondió Hartmann.

Weizsäcker lo apuntó con un dedo admonitorio.

—Este es justo el tipo de comentario sobre el que pretendía advertirte.

—Señor secretario —le avisó Schmidt. Hizo un gesto con la

cabeza hacia la puerta, por donde acababa de aparecer Chamberlain.

—¡Excelencia! —Weizsäcker se deslizó por la sala con ambas manos extendidas.

El primer ministro británico era más menudo de lo que Hartmann había imaginado, con hombros caídos, cabeza pequeña, cejas y bigote poblados y canosos, así como unos dientes levemente proyectados hacia fuera. Vestía un traje oscuro de raya diplomática con la cadena del reloj cruzada sobre el chaleco. La delegación que apareció detrás de él también era bastante anodina. Hartmann examinó cada uno de los rostros a medida que fueron entrando: uno lúgubre, ese otro paternal, aquel austero y el otro sin personalidad. La inutilidad del escrutinio lo abrumó por un momento. No había ni rastro de Legat.

La sala empezaba a llenarse. Göring apareció por la puerta central con Daladier y su séquito. Hartmann había leído en algún lado que el primer ministro francés era conocido en París como el Toro de Vaucluse por su fornida complexión. Ahora iba con su enorme cabeza inclinada, y sus ojos miraban con cautela a izquierda y derecha mientras lo conducían hasta la mesa del bufet. Chamberlain se acercó para saludarlo con su francés escolar:

—*Bonjour Monsieur Premier ministre. J'espère que vous avez passé un bon voyage...*

Göring estaba llenándose el plato con un montón de embutidos, quesos, encurtidos y *vol-au-vents*. Ahora que todos los ojos estaban clavados en los primeros ministros, Hartmann aprovechó para escabullirse.

Recorrió la galería y observó desde arriba, por encima de la balaustrada de piedra de la escalera, el vestíbulo repleto. Fue a la planta inferior, echó un vistazo en el guardarropa y en el servicio y salió, pasó junto al tamborilero y el corneta y bajó por la escalinata hasta la calle. Se apoyó las manos en la cadera y escrutó a la multitud. Era inútil. Legat no aparecía por ningún lado. Los espectadores volvieron a aplaudir. Desvió la mirada hacia el Mercedes que se acercaba. En el asiento trasero, con un porte altivo digno de dos emperadores romanos, viajaban Mussolini y Ciano. Un guardia les abrió la puerta y ellos se apearon del coche con aire pomposo y se estiraron las chaquetas de los uniformes de color gris claro. Un golpe de viento agitó las banderas. Los músicos del ejército tocaron su fanfarria. Los dos italianos se dirigieron pavoneándose hacia la puerta. Otros dos coches con su uniformado séquito se detuvieron detrás.

Hartmann dejó pasar medio minuto y los siguió. Se los encontró en el vestíbulo, saludados por Ribbentrop, mientras detrás de ellos, bajando por la escalera de mármol rosa —le pareció que casi con timidez, con la cabeza descubierta y solo— estaba Hitler. Llevaba una arrugada americana cruzada marrón del partido, un brazalete con la esvástica, pantalones negros y zapatos también negros con algunos arañazos. Se detuvo en mitad de la escalera, con las manos juntas delante, esperando a que Mussolini se percatase de que estaba allí. Cuando por fin Ribbentrop indicó la presencia del Führer al Duce, este alzó las manos entusiasmado y subió por la escalera con paso ligero para estrecharle la mano. Los dos dictadores se volvieron y subieron al primer piso, seguidos por sus respectivos séquitos.

Hartmann se sumó a la cola de la comitiva.

Durante los siguientes minutos ejerció de intérprete, facilitando forzadas conversaciones sobre sus recientes experiencias aéreas entre el general Keitel y un diplomático británico llamado Strang. Pero durante todo ese tiempo no dejó de observar la sala y las puertas que daban acceso a ella. Se percató de varias cosas en una rápida sucesión. El modo en que Chamberlain y Daladier se apresuraban a saludar a los líderes fascistas. La manera en que cada vez que Mussolini se desplazaba Hitler lo seguía, como si le incomodase quedarse solo en una reunión con tantos desconocidos. Observó a Ribbentrop conversando con Ciano —dos arrogantes y apuestos pavos reales juntos— y detrás de Ribbentrop descubrió al Sturmbannführer Sauer que, de inmediato, le clavó la mirada. Keitel había terminado su frase y estaba esperando que él la tradujese. Hizo un esfuerzo por acordarse de lo que acababa de decir.

—El general Keitel estaba recordando el tiempo que hacía cuando regresó en avión a Berlín después de su último encuentro en Godesberg. Estaba anocheciendo y su avión tuvo que sortear una docena de tormentas con relámpagos. Dice que fue un espectáculo incomparable a tres mil metros de altura.

—Es curioso que comente eso —replicó Strang—, porque dígale que también nosotros tuvimos un regreso accidentado…

Se produjo un revuelo alrededor de las entradas. Hitler, cuyo aburrimiento e incomodidad eran cada vez más evidentes, se marchaba.

En cuanto el Führer abandonó la sala, todos los alemanes se apresuraron a salir tras él. Hartmann caminó al lado de Keitel. Ya en el pasillo, giraron hacia la derecha. No sabía muy bien qué se suponía que debía hacer. Vio que Sauer iba en el grupo de delante, junto a Ribbentrop. Cuando atravesaron la larga galería, los oficiales de las SS que estaban allí descansando se pusieron en pie de un salto y saludaron a Hitler. Este se detuvo en la puerta de su despacho. El efecto resultó cómico, como un choque en cadena en una carretera. La mirada del Führer era de intensa impaciencia.

—Tenemos que hablar aquí —le dijo a Ribbentrop con su tono severo—. Solo los líderes y un asesor de cada uno. —Sus apagados ojos azules repasaron a quienes lo rodeaban. Hartmann, que estaba muy cerca de él, se sintió por un momento escudriñado por el Führer. Este desplazó la mirada, pero volvió sobre él—. Necesito un reloj. Présteme el suyo, por favor. —Y tendió la mano.

Hartmann se quedó mirándolo, paralizado.

Hitler se volvió hacia los demás e ironizó:

—¡Cree que no se lo devolveré!

Se produjo un estruendo de carcajadas.

—Sí, mi Führer.

Hartmann sentía los dedos torpes mientras se desabrochaba la correa y le entregaba el reloj.

Hitler se lo agradeció con un gesto de asentimiento y entró en su despacho. Ribbentrop lo siguió. Schmidt se acercó a la puerta y dijo:

—Hartmann, ¿puede decir a los demás que estamos listos para empezar?

Regresó al salón de la recepción. Se frotó la pálida piel de la muñeca izquierda en la que había llevado el reloj día y noche durante los últimos ocho años. Se sentía raro sin él. Y ahora lo tenía ese hombre. Se sintió peligrosamente distanciado de lo que estaba sucediendo, como si vagara por un sueño. Chamberlain estaba hablando otra vez con Mussolini junto a la mesa del bufet. Mientras se acercaba, Hartmann oyó las palabras «un buen día de pesca...», ante las que Mussolini asentía con educación, aburrido.

—Disculpen la interrupción, excelencias —dijo Hartmann en inglés—. El Führer los invita a reunirse con él en su despacho para iniciar las conversaciones. Sugiere que solo entren los líderes con un único consejero cada uno.

Mussolini buscó con la mirada a Ciano, lo localizó y chasqueó los dedos. Ciano se acercó de inmediato. Chamberlain llamó a Wilson:

—Horace, vamos a entrar.

Daladier, que observaba desde corta distancia, miró a Hartmann con sus ojos melancólicos.

—*Nous commençons?* —Estaba rodeado por un grupo de funcionarios franceses. Hartmann reconoció al embajador, François-Poncet. Daladier lo miró y frunció el ceño—. *Où est Alexis?*

Nadie parecía saberlo. François-Poncet se ofreció a ir a buscarlo.

—*Peut-être qu'il est en bas.*

Salió con paso acelerado del salón. Daladier miró a Hartmann y se encogió de hombros. De vez en cuando uno extraviaba a su ministro de Exteriores. ¡Qué se le iba a hacer!

—Creo que no debemos hacer esperar a herr Hitler —comentó Chamberlain.

Se dirigió hacia la puerta. Después de un momento de duda, las delegaciones italiana y francesa lo siguieron. Cuando llegó al pasillo, se detuvo.

—¿Hacia dónde tenemos que ir? —preguntó a Hartmann.

—Por favor, excelencia, sígame.

Los condujo a través de la larga galería en la que había varios alemanes mirando. Británicos y franceses parecían anodinos con sus trajes de oficina, arrugados tras un largo viaje, en comparación con los uniformes de los SS y de los fascistas italianos. Se los veía poco viriles, desaliñados y sobrepasados en número.

Al llegar a la entrada del despacho del Führer, Hartmann se hizo a un lado para dejarlos pasar. Entró primero Chamberlain, seguido de Mussolini y Daladier, y por último Ciano y

Wilson. El ministro de Exteriores francés, Léger, seguía sin aparecer. Hartmann dudó antes de entrar en el despacho. Lo primero que percibió fue amplitud, maderas oscuras y masculinidad; había un enorme globo terráqueo, una estantería de suelo a techo y un escritorio en una esquina, una gran mesa en el centro y en la esquina opuesta, formando un semicírculo alrededor de una chimenea de piedra y ladrillo, varias sillas de madera y mimbre y un sofá. Sobre la chimenea colgaba un retrato de Bismarck.

Sentado en la silla más a la izquierda esperaba Hitler, con Schmidt al lado. Indicó con un gesto que sus invitados podían sentarse donde quisiesen. El gesto tenía algo de informal, como si le diese igual. Chamberlain se apropió de la silla más pegada al Führer y Wilson se sentó a su derecha. Los italianos optaron por el sofá frente a la chimenea. Ribbentrop y Daladier completaron el grupo, dejando una silla vacía para Léger.

Cuando se inclinó para hablar en voz baja con Ribbentrop, Hartmann se percató de que su reloj estaba sobre la mesa de café delante de Hitler.

—Discúlpeme, herr ministro, pero monsieur Léger todavía no ha llegado.

Hitler, que se reacomodaba en su silla con impaciencia, sin duda lo oyó. Hizo un gesto desdeñoso y dijo:

—Empecemos de todos modos. Ya se unirá a las conversaciones más adelante.

—No puedo empezar sin él —protestó Daladier—. Léger conoce todos los detalles. Yo no.

Chamberlain suspiró y cruzó los brazos. Schmidt tradujo el comentario al alemán. Con un movimiento brusco, Hitler se inclinó hacia delante y cogió el reloj de Hartmann. Lo estudió de forma ostentosa durante unos segundos.

—¡Keitel!

El general, que esperaba en la puerta, se acercó a toda prisa. Hitler le susurró algo al oído. Keitel asintió y salió del despacho. Los demás miraron a Hitler, desconcertados por lo que estaba pasando.

—Vaya a ver si lo encuentra —ordenó Ribbentrop a Hartmann.

Justo cuando salía al pasillo, Hartmann vio a Léger, que se acercaba con paso acelerado. Era un hombre menudo, vestido de negro y con bigotito azabache. Se lo veía acalorado por la carrera. Le pareció una de esas figuritas glaseadas que se ponían encima de una tarta de bodas.

—*Mille excuses, mille excuses…*

Entró a toda prisa en el despacho del Führer.

Hartmann vio por última vez a los cuatro líderes y a sus asesores, además de Schmidt, inmóviles en sus sillas como figuras de una fotografía antes de que el guardia de las SS cerrase la puerta.

6

El Regina Palast era un hotel en forma de monumental cubo de piedra gris, construido en 1908 con una recepción de estilo versallesco, baño turco en el sótano y trescientas habitaciones distribuidas en siete plantas, de las cuales veinte habían sido asignadas a la delegación británica. Todas estaban situadas en la parte delantera del hotel, en la tercera planta, y tenían vistas, más allá de los árboles de la Maximiliansplatz, a los lejanos capiteles góticos gemelos de la Frauenkirche.

Después de que el primer ministro y su equipo se marchasen hacia la conferencia, Legat se pasó los siguientes diez minutos caminado arriba y abajo por el enmoquetado y poco iluminado pasillo en compañía del subdirector del hotel. Le resultó difícil esconder su frustración. «Aquí estoy, haciendo de maldito hotelero», pensó. La primera tarea que le había encomendado Horace Wilson fue asignar una habitación a cada miembro de la delegación británica y después asegurarse de que los porteros subían el equipaje correcto a cada una de ellas.

—Siento ser un aguafiestas —le había dicho Wilson—, pero me temo que voy a tener que pedirte que te quedes en el hotel durante toda la conferencia.

—¿Durante toda la conferencia?

—Sí, parece ser que van a adjudicarnos todas las habitaciones de un pasillo como cuartel general. Alguien tiene que montar una oficina y ponerla en marcha, establecer una línea directa con Londres y asegurarse de que no se corta. Eres la persona más adecuada. —A Legat debió de vérsele en la cara la decepción, porque Wilson siguió con mucho tacto—: Comprendo que para ti sea una decepción no poder estar en el meollo, igual que lo habrá sido para Syers tener que quedarse en Londres después de que su nombre apareciese en los periódicos como miembro de la delegación del primer ministro, pero no hay otro remedio. Lo siento.

Por un momento Legat se planteó explicarle por qué estaba en Múnich. Pero el instinto le dijo que con eso solo conseguiría que Wilson se mostrase más decidido aún a mantenerlo alejado de la delegación alemana. De hecho, había algo en su actitud —una dureza que acechaba bajo la superficial amabilidad— que le hacía pensar que el principal asesor del primer ministro ya tenía alguna ligera idea sobre lo que había ido a hacer.

De modo que se limitó a decir:

—Por supuesto, señor. Lo pongo todo en marcha enseguida.

La suite para el primer ministro incluía una cama con dosel y un salón estilo Luis XVI con sillas doradas y puertas acristaladas que daban a un balcón. «Es la mejor habitación del hotel», le aseguró el subdirector. Legat fue asignando las demás, siguiendo un orden según su amplitud, a Wilson, Strang, Malkin, Ashton-Gwatkin y los dos diplomáticos de la embajada en Berlín, Henderson y Kirkpatrick. Sacrificándose, asignó para él mismo y para Dunglass las dos más pequeñas, en el lado opuesto del pasillo y que daban al patio interior, igual que las de los dos escoltas, el médico del primer ministro, sir Joseph Horner —que había bajado directamente al bar— y las dos secretarias, la señorita Anderson y la señorita Sackville. («De modo que ese es su nombre —pensó—, Joan Sackville.»)

La enorme habitación doble de la esquina sudeste fue la elegida para convertirse en oficina de la delegación. Habían subido una bandeja con bocadillos y botellas de agua mineral para la comida. Y allí colocaron las dos secretarias sus máquinas de escribir —dos Imperial y una Remington portátil— y el material de oficina. Legat dejó los dos maletines rojos del primer ministro sobre el escritorio. El único medio para comunicarse con el exterior era un anticuado teléfono. Pidió a la operadora del hotel que lo pusiera en comunicación por llamada internacional con la centralita de Downing Street, colgó y empezó a pasearse por la habitación. Al cabo de un rato Joan le sugirió que se sentase.

—Lo siento. Estoy un poco nervioso. —Se sentó y se sirvió un vaso de agua mineral. Estaba caliente y sabía un poco a sulfuro. Casi de inmediato sonó el teléfono. Se levantó de un salto y descolgó—. ¿Sí?

Por encima de la voz de la operadora del hotel que le informó de que había conectado con Londres, oyó el tono exasperado de la telefonista de Downing Street preguntando una y otra vez con qué extensión quería que le pasase. Tuvo que gritar para que lo oyese. Pasó un minuto hasta que el primer secretario se puso al teléfono.

—Cleverly.

—Señor, soy Legat. Estamos en Múnich.

—Sí, lo sé. Ya lo han dicho por la radio. —Su voz sonaba muy débil y hueca. Y se oían en la línea unos ruiditos apenas perceptibles. «Deben de ser los alemanes escuchando», pensó Legat. Cleverly continuó—: Parece que han... —La voz metálica se perdió entre los crujidos de la estática.

—Lo siento, señor. ¿Puede repetirlo?

—¡Digo que parece que los han recibido por todo lo alto!

—Desde luego que sí, señor.

—¿Dónde está el primer ministro?

—Ha ido a la conferencia. Yo estoy en el hotel.

—Bien. Quiero que se quede ahí y se asegure de que la línea se mantiene abierta.

—Con todos mis respetos, señor, creo que sería más útil en el edificio en el que está el primer ministro.

—No, rotundamente no. ¿Me oye? Quiero...

Se oyó otro crujido de estática, como un disparo. La comunicación se cortó.

—¿Hola? ¿Hola? —Legat pulsó una docena de veces con el dedo—. ¡Maldita sea! —Colgó y miró el aparato con rabia.

Durante las dos horas siguientes, Legat hizo varios intentos de restablecer la comunicación con Londres. Todos resultaron infructuosos. Incluso el número que le habían dado del Führerbau estaba siempre ocupado. Empezó a sospechar que los alemanes pretendían aislarlos de manera deliberada; o eso, o bien el régimen no era tan eficiente como pretendía. Y mientras sucedía todo esto, en el jardín frente al hotel seguía creciendo la multitud congregada. Había una atmósfera festiva, con hombres ataviados con pantalones cortos de cuero y mujeres con vestidos de estampados florales. En la ciudad estaban bebiéndose litros y litros de cerveza. Llegó una charanga que empezó a tocar un éxito inglés del momento.

> Any time you're Lambeth way,
> any evening, any day,
> you'll find us all
> doing the Lambeth walk.

Al final de cada estrofa, la multitud entonaba con acento bávaro un desacompasado y algo ebrio «*Oy!*».

Pasado un rato, Legat optó por taparse los oídos.

—Esto es surrealista.

—Bueno, no sé —respondió Joan—. Creo que es todo un detalle que intenten hacer que nos sintamos como en casa.

Legat encontró una guía turística de la ciudad en el cajón del escritorio. El hotel parecía estar a menos de un kilómetro del Führerbau: todo recto por la Max-Joseph Strasse hasta la Karolinenplatz, giro en la rotonda... Suponiendo que lograra localizar pronto a Paul, podría volver al hotel en media hora.

—¿Está usted casado, señor Legat?

—Sí.

—¿Tiene hijos?

—Dos. ¿Y usted?

Ella encendió un cigarrillo y lo miró a través del humo con una expresión divertida.

—No, nadie se interesa por mí.

—Me cuesta creerlo.

—Nadie que yo quisiera que se interesase, no sé si entiende lo que quiero decir. —Y empezó a cantar con la charanga:

> *Everything's free and easy,*
> *do as you darn well pleasey.*
> *Why don't you make your way there?*
> *Go there, stay there...*

La señorita Anderson se sumó a Joan. Las dos tenían bonitas voces. Legat sabía que lo considerarían un estirado por no unirse a ellas, eso es lo que Pamela siempre le echaba en cara. Pero no formaba parte de su naturaleza ponerse a cantar, o a bailar, y desde luego no le pareció que esa fuese la ocasión propicia para dejarse llevar.

Desde el exterior, perfectamente audible pese a que las ventanas estaban cerradas, llegaba el resonante «*Oy!*» con acento alemán.

En el Führerbau, esperaron.

Se asignó una zona a cada delegación. Alemanes e italianos compartían una larga galería abierta cerca del despacho del Führer; británicos y franceses ocuparon las dos salas al fondo del pasillo. Hartmann se acomodó en una butaca de la galería desde la que tenía una buena vista entre las columnas de las salas en las que los funcionarios aliados esperaban sentados en silencio, leyendo y fumando. Ambas delegaciones habían dejado las puertas abiertas por si los necesitaban para algo. Los veía moviéndose de vez en cuando de un lado a otro y lanzando miradas esperanzadas o ansiosas hacia la puerta invariablemente cerrada del despacho del Führer.

Pero Legat no había aparecido.

Pasó una hora, y después otra. De vez en cuando, algún jerarca nazi —Göring, Himmler, Hess— se paseaba por allí con sus ayudantes y en algún caso se detenían para intercambiar unas palabras con la delegación alemana. Se oían los pasos de las botas de los asistentes de las SS al caminar sobre el suelo de mármol. Los mensajes se pasaban en susurros. La atmósfera era la propia de los lugares en los que era obligado guardar silencio, como un museo o una biblioteca. Todos se observaban unos a otros.

Hartmann deslizaba de vez en cuando la mano bajo la americana y palpaba el metal de la pistola, templado por el calor corporal, y después la desplazaba hasta un costado de la camisa hasta notar el reborde del sobre. De un modo u otro, tenía que conseguir entregárselo a la delegación británica, cuanto antes mejor, porque ya no tendría sentido una vez que se llegase a un acuerdo. Empezaba a pensar que Legat no iba a aparecer, no sabía por qué. Pero si no podía entregárselo a Legat, entonces ¿a quién? El único inglés con el que había hablado en alguna ocasión era Strang. Parecía un tipo decente, aunque estirado como un viejo profesor de Latín. ¿Cómo podía entrar en contacto con Strang sin que Sauer lo viese? Cada vez que echaba un vistazo a su alrededor comprobaba que el SS no le quitaba ojo. Y sospechaba que además debía de haber alertado a algunos de sus camaradas.

Le llevaría menos de medio minuto pasearse hasta la sala de la delegación británica. Por desgracia, solo podía hacerlo a la vista de todos los presentes. ¿Qué excusa podía inventarse? Su mente, agotada por dos noches sin apenas dormir, daba vueltas al tema de forma permanente sin encontrar una solución. Aun así, decidió que tenía que intentarlo.

A las tres se puso en pie para estirar las piernas. Dobló la esquina, dejando atrás el despacho del Führer, hasta la balaustrada próxima a la sala de la delegación inglesa. Apoyó las manos en el frío mármol, se inclinó sin que sus movimientos pareciesen premeditados y echó un vistazo al vestíbulo. Había un grupo de hombres conversando en voz baja a los pies de la segunda escalera. Supuso que serían chóferes. Se arriesgó a dirigir fugazmente la mirada hacia los británicos.

De pronto oyó un ruido a sus espaldas. Se abrió la puerta del despacho de Hitler y apareció Chamberlain. Parecía mucho más ceñudo que un par de horas antes. Detrás de él salió Wilson, seguido por Daladier y Léger. El francés se palpó los bolsillos y sacó una pitillera. Al instante, las delegaciones inglesa y francesa salieron de forma precipitada de sus respectivas salas y se les acercaron. Mientras pasaban junto a él a toda prisa, Hartmann oyó que Chamberlain decía: «Caballeros, nos marchamos», y los dos grupos recorrieron la galería hasta la escalera y empezaron a bajar por ella. Un minuto después, aparecieron Hitler y Mussolini y tomaron la misma dirección, con Ciano detrás de ellos. La expresión de Hitler seguía siendo de irritación. Gesticulaba mirando al Duce, le murmuraba algo con tono indignado y hacía gestos amplios con la mano derecha, como si quisiera olvidarse de todo ese asunto. Hartmann pensó que tal vez la negociación se había ido definitivamente al garete.

Legat estaba sentado ante el escritorio de la oficina del Regina Palast, revisando el contenido de los maletines rojos y poniendo en un montón los documentos anotados por el primer ministro que requerían atención urgente, cuando oyó que la multitud volvía a lanzar vítores. Se levantó y echó un vistazo a la Maximiliansplatz. Delante del hotel se había detenido un Mercedes descapotable. Chamberlain se apeó de él, seguido por Wilson. Y estaban llegando más coches. Vio aparecer a la delegación británica al completo.

Joan se le unió junto a la ventana.

—¿Esperabas que regresasen tan pronto?

—No. No había un horario programado.

Legat cerró los maletines y salió al pasillo. Al fondo sonó la campanilla del ascensor. Se abrieron las puertas y salió el primer ministro acompañado por Wilson y uno de sus escoltas de Scotland Yard.

—Buenas tardes, primer ministro.

—Hola, Hugh. —Su voz sonaba cansada, y con la tenue luz eléctrica del pasillo parecía casi espectral—. ¿Cuáles son nuestras habitaciones?

—Su suite es esta, señor.

En cuanto cruzó el umbral de la habitación, el primer ministro desapareció en el lavabo. Wilson se acercó a la ventana y contempló a la multitud congregada. También él parecía agotado.

—¿Qué tal ha ido, señor?

—Ha sido bastante tenso. ¿Puede decir a los demás que vengan? Tenemos que poner al día a todo el mundo.

Legat se plantó en el pasillo y fue dirigiendo hacia la suite a los que iban llegando. Dos minutos después ya estaba llena: Strang, Malkin, Ashton-Gwatkin y Dunglass, junto con Henderson y Kirkpatrick de la embajada en Berlín. Legat entró el último. Cerró la puerta justo cuando el primer ministro salía del lavabo. Se había cambiado el cuello de la camisa y se había lavado la cara. El cabello detrás de las orejas estaba húmedo. Parecía mucho más despejado.

—Caballeros, siéntense, por favor. —Chamberlain cogió una butaca, que encaró hacia los demás, y esperó a que todo el mundo hubiera encontrado un asiento—. Horace, por favor, haz un resumen de los últimos acontecimientos.

—Gracias, primer ministro. Bueno, la reunión ha tenido algo de fiesta del té del Sombrerero Loco, como probablemente ya habrán oído. —Se sacó una libretita del bolsillo interior de la americana y la alisó sobre la rodilla—. El encuentro ha empezado con un discurso de Hitler cuyos puntos básicos han sido: a) que Checoslovaquia es, en estos momentos, una amenaza para la paz en Europa; b) que en los últimos días un cuarto de millón de refugiados han salido de los Sudetes y han sido acogidos en Alemania, y c) que la situación es crítica y el sábado tiene que haberse encontrado una solución: o Inglaterra, Francia e Italia garantizan que los checos empiezan a evacuar el territorio en disputa ese mismo día, o Hitler enviará a su ejército y lo tomará. No paraba de mirar el reloj, como si comprobase cuánto faltaba para que expirase el plazo para movilizar a sus fuerzas. En general, debo decir que mi impresión es que no va de farol y que o bien solucionamos este asunto hoy, o estallará la guerra. —Pasó una página—. Entonces Mussolini sacó un borrador de pacto que los alemanes ya habían traducido. —Rebuscó en el otro bolsillo interior y sacó unas hojas mecanografiadas—. Traducido al alemán, eso es. Por lo que hemos podido entender, es más o menos lo que ya se había propuesto.

Wilson lanzó las hojas sobre la mesita de café.

—¿Aceptará Hitler una comisión internacional que dictamine qué zonas han de pasar a ser alemanas? —preguntó Strang.

—No, dice que no hay tiempo para eso; debe convocarse un plebiscito y cada distrito podrá decidirlo por mayoría simple.

—¿Y qué sucede con la minoría?

—La zona tendrá que estar evacuada a más tardar el diez de octubre. También exige que garanticemos que los checos no destruirán ninguna instalación antes de marcharse.

—Lo que no me gusta es la palabra «garantizar» —intervino el primer ministro—. ¿Cómo demonios vamos a garantizar nada a menos que sepamos que los checos están de acuerdo?

—En ese caso deberían estar presentes en la conferencia.

—Es justo lo que he dicho. Por desgracia, eso solo nos ha llevado a la habitual diatriba contra los checos. Ha habido muchas diatribas. —El primer ministro golpeó varias veces con el puño en la palma de su otra mano.

Wilson consultó sus notas.

—Para ser exactos, ha dicho que había aceptado posponer la acción militar, «pero si quienes me han pedido que lo haga no están capacitados para responsabilizarse de que Che-

255

coslovaquia cumpla su parte, tendré que reconsiderar mi decisión».

—¡Dios bendito!

—Aun así, me he mantenido firme en mi posición —aclaró Chamberlain—. Es inconcebible que tengamos que garantizar el cumplimiento a menos que los propios checos acepten que asumamos ese papel.

—¿Cuál ha sido el posicionamientos francés sobre lo de incorporar a los checos a las conversaciones? —preguntó Henderson.

—Al principio Daladier me ha apoyado, pero media hora después ha cambiado de postura. Horace, ¿qué ha dicho exactamente?

Wilson leyó de su cuaderno:

—«Si la incorporación de un representante de Praga puede añadir dificultades, estoy dispuesto a descartarlo, porque lo importante es solucionar el tema lo más rápido posible».

—A lo cual yo he respondido que no tenía un empeño especial en que los checos participasen de manera directa en las conversaciones, pero como mínimo deberían estar en una sala contigua, para podernos garantizar su aceptación del pacto.

—Se ha mantenido usted muy firme, primer ministro —reconoció Horace.

—Sí, así es. ¡No quedaba otro remedio! Daladier es un completo inútil como aliado. Da la impresión de que detesta cada minuto que tiene que pasar aquí, y parece que lo único que quiere es firmar un acuerdo y volverse a su casa en París lo antes posible. En cuanto se ha hecho evidente que no íbamos a llegar a ninguna parte, de hecho había un serio riesgo de que la reunión acabase con mucha acritud, he propuesto aplazarla una hora para poder valorar con nuestras respectivas delegaciones el borrador de Mussolini.

—¿Y sobre los checos?

—Esperemos a ver cómo avanzan las negociaciones. Al final de la reunión Hitler parecía furioso. Se ha llevado a Mussolini y a Himmler a sus aposentos para comer con ellos. ¡No puedo decir que envidie a Musso semejante compromiso social! —concluyó. Hizo una mueca de desagrado—. ¿Qué demonios es esto?

A través de las ventanas cerradas les llegaba el jaleo de la charanga.

—Es *Lambeth Walk*, primer ministro —le explicó Legat.

En el Führerbau, los funcionarios alemanes e italianos habían regresado al salón del bufet. Los dos grupos no se entremezclaron. Los alemanes se sentían superiores a los italianos. Y los italianos consideraban vulgares a los alemanes. Cerca de la ventana se formó un corro alrededor de Weizsäcker y Schmidt. Hartmann se sirvió comida en un plato y se unió a ellos. Weizsäcker estaba mostrando un documento escrito a máquina en alemán. Parecía muy orgulloso de sí mismo. Hartmann tardó un rato en ver que se trataba de un borrador de acuerdo propuesto por Mussolini en la reunión. De modo que, después de todo, las conversaciones no se habían roto. Sintió que se desvanecían sus esperanzas. La pesadumbre que lo invadió debió de reflejarse en su cara, porque Sauer le dijo:

—¡Hartmann, no sé por qué pones esa cara de decepción! Al menos tenemos un punto de partida para un acuerdo.

—No estoy decepcionado, herr Sturmbannführer, solo sorprendido de que el doctor Schmidt haya sido capaz de traducirlo con tanta rapidez.

Schmidt soltó una carcajada y puso los ojos en blanco para mostrar su pasmo ante la ingenuidad de Hartmann.

—¡Querido colega, yo no he tenido que traducir nada! Este borrador se redactó anoche en Berlín, aunque Mussolini ha hecho ver que era cosa suya.

—¿De verdad crees que habríamos dejado algo tan importante en manos de los italianos? —añadió Weizsäcker.

Los demás se sumaron a las risas. En la otra punta de la sala, un par de italianos se volvieron para mirarlos. Weizsäcker se puso serio. Se llevó el índice a los labios y dijo:

—Será mejor que no alcemos la voz.

Legat se pasó la siguiente hora en la oficina, traduciendo el borrador de acuerdo de los italianos del alemán al inglés. No era muy largo, tenía menos de mil palabras. En cuanto acababa una página se la pasaba a Joan para que la mecanografiase. En varios momentos entraron en la oficina miembros de la delegación británica que leían el texto por encima de su hombro.

1. La evacuación empezará el 1 de octubre.

2. Reino Unido, Francia e Italia garantizan que la evacuación del territorio se completará el 10 de octubre…

Y seguía con ese mismo tono, hasta un total de ocho párrafos.

Malkin, el abogado del Ministerio de Asuntos Exteriores, que se había sentado en un sillón en una esquina, leyó el documento entre caladas a su pipa y sugirió que se sustituyese la palabra «garantizan» por «están de acuerdo en», un cambio inteligente, en apariencia trivial, que alteraba por completo el sentido del borrador. Wilson se lo llevó por el pasillo para enseñárselo al primer ministro, que estaba descansando en su habitación. Llegó de vuelta la luz verde de Chamberlain al cambio. Fue también Malkin quien señaló que la idea clave del documento era que las tres potencias —Inglaterra, Francia e Italia— hacían concesiones a una cuarta, Alemania, una idea clave que a su juicio daba como resultado «una impresión desafortunada». Por ello, escribió un preámbulo al acuerdo con su caligrafía de diplomático.

Alemania, Reino Unido, Francia e Italia, después de estudiar este acuerdo que ratifica la cesión a Alemania de los territorios de los Sudetes germánicos, han aceptado llevar a cabo en los siguientes términos y condiciones esta cesión territorial y sus consiguientes medidas, y mediante la firma de este tratado cada una de ellas se responsabiliza de dar los pasos necesarios para garantizar su cumplimiento.

El primer ministro dio también su visto bueno a este texto y pidió que le llevaran la carpeta con el censo checo de 1930 guardada en el maletín rojo. Joan mecanografió el documento desde el principio. Lo terminó justo después de las cuatro de la tarde y la delegación empezó a bajar por la escalera hacia los coches. Chamberlain salió del dormitorio de la suite y apareció en el salón con aspecto tenso y nervioso, atusándose el bigote con el pulgar y el índice. Legat le tendió la carpeta.

—Tal vez —dijo Wilson— la mejor cita de Shakespeare para utilizar en Heston habría sido: «De nuevo en la brecha, queridos amigos».

Las comisuras de los labios del primer ministro se torcieron ligeramente hacia abajo.

—¿Está listo para marcharnos, señor? —le preguntó el escolta.

Chamberlain asintió y salieron de la habitación. Mientras

Wilson se volvía para seguirlos, Legat decidió hacer una última tentativa de convencerlo.

—Señor, creo sinceramente que sería mucho más útil en la sede de la conferencia en lugar de quedarme aquí. Todo apunta a que habrá mucho más trabajo de traducción que hacer.

—Oh, no, no, el embajador Kirkpatrick puede asumirlo. Usted se queda aquí guardando el fuerte. Está haciendo un trabajo magnífico, de verdad. —Le dio una palmada en el antebrazo—. Tiene que comunicar de inmediato con Downing Street y leerles el texto de nuestro borrador revisado. Dígales que se aseguren de enviarlo al Ministerio de Asuntos Exteriores. Bueno, en marcha.

Salió con paso acelerado detrás del primer ministro. Legat regresó a la habitación que hacía las funciones de oficina, descolgó el teléfono y volvió a pedir que le comunicasen con Londres. Esa vez, para su sorpresa, la conexión fue inmediata.

Para Hartmann, la existencia del borrador de acuerdo lo cambiaba todo. Mentes privilegiadas se dedicarían a partir de ese momento a limar los puntos de desacuerdo. Los principios inamovibles perderían su rigidez y desaparecerían por arte de magia. Los temas más espinosos, sobre los que era imposible pactar, se pasarían por alto y se dejarían en manos de subcomités que los abordarían en días posteriores. Sabía muy bien cómo funcionaban esas cosas.

Se apartó del grupo, dejó el plato en la mesa del bufet y salió con discreción de la sala. Llegó a la conclusión de que solo disponía de una o dos horas como mucho. Necesitaba encontrar algún sitio tranquilo. A su izquierda había un par de puertas cerradas y después de ellas un hueco en la pared. Caminó hacia él: daba acceso a una escalera de servicio. Miró por encima del hombro. Nadie parecía haberse percatado de su marcha. Se deslizó hacia la escalera con rapidez y bajó. Se cruzó con un cocinero con delantal que subía con una bandeja con platos tapados. El tipo no le dijo nada. Siguió descendiendo más allá de la planta baja, hasta el sótano.

El pasillo era ancho, con las paredes encaladas y el suelo de baldosas, como el sótano de un castillo. Parecía recorrer el edificio de punta a punta. Olía a comida y se oían los ruidos metálicos característicos de una cocina. Avanzó con paso firme, con la actitud de alguien que tiene todo el derecho a estar allí. Ante él oyó un murmullo de conversaciones y el repiqueteo de platos y cubiertos. Desembocó en un bar donde estaban comiendo varias docenas de guardias de las SS. El ambiente estaba cargado de humo de tabaco y olor a café y cerveza. Algunos rostros se volvieron para mirarlo. Él saludó con un gesto de la cabeza. Detrás del bar, el pasillo seguía. Pasó junto a una escalera y una sala de guardia, abrió una gran puerta metálica y salió al calor de la tarde.

Era el aparcamiento de la parte trasera del edificio. Había una docena de Mercedes estacionados en línea. Un par de chóferes fumaban un cigarrillo. Oyó a lo lejos débiles vítores y gritos de «*Sieg Heil!*».

Se dio la vuelta rápidamente y volvió a entrar. Un SS salió de la sala de guardia.

—¿Qué hace aquí?

—¡Date prisa, muchacho! ¿No ves que el Führer está volviendo?

Lo apartó y subió por la escalera. Ascendía por los peldaños con paso rápido. Sentía la presión de los latidos del corazón. Sudaba. Sobrepasó la planta baja, subió por los dos tramos siguientes de escalones y emergió más o menos donde estaba cuando se dio por concluida la primera reunión de la conferencia. Ahora había mucho ajetreo. Los asistentes se dirigían con rapidez a sus puestos, se estiraban las chaquetas, se repeinaban y miraban hacia el pasillo. Aparecieron Hitler y Mussolini, caminando juntos. Detrás de ellos iban Himmler y Ciano. Estaba claro que la pausa para comer no había contribuido a mejorar el humor del Führer. Mussolini se detuvo para conversar con Attolico, pero Hitler siguió su camino sin inmutarse, seguido por la delegación alemana.

Se detuvo en la entrada del despacho y se dio la vuelta para mirar hacia el vestíbulo. Hartmann, que estaba a menos de diez pasos de él, vio la irritación en su rostro. Empezó a mecerse sobre los talones, el mismo extraño gesto que había observado en el tren. Desde el exterior llegó un estruendo de aplausos y poco después apareció Chamberlain por la escalera, seguido por Daladier. También ellos entablaron conversación, de pie junto a una columna. Hitler observó a los dos líderes democráticos durante tal vez un minuto. De pronto se dio la vuelta, localizó a Ribbentrop y le indicó con un gesto furioso que fuese a buscarlos. Acto seguido desapareció en el despacho, y Hartmann sintió una ráfaga de renovado optimismo. Los diplomáticos profesionales podían pensar que el trato ya estaba sellado, pero nada podía darse por hecho hasta que Hitler lo decidiese, y por su expresión se deducía que seguía muy tentado de mandarlos a todos a freír espárragos.

7

Debían de ser más de las cinco cuando Legat acabó de dictar la cláusula final a la estenógrafa de Downing Street.

El gobierno checoslovaco, en un período máximo de cuatro semanas desde la firma del acuerdo, licenciará de sus fuerzas militares y policiales a todos los germanos de los Sudetes que soliciten ser licenciados, y el gobierno checoslovaco liberará, dentro de ese mismo período, a todos los prisioneros germanos de los Sudetes que están cumpliendo condena por delitos políticos.

—¿Lo ha apuntado todo?

—Sí, señor.

Sujetó el auricular con el mentón y reunió todas las páginas del borrador. A lo lejos oyó voces gritando. La puerta estaba entreabierta. En el pasillo estaba produciéndose algún tipo de trifulca. Un individuo con un acento muy cerrado vociferaba: «*Engländer! Ich verlange, mit einem Engländer zu sprechen!*».

Legat intercambió miradas de pasmo con las dos secretarias. Pidió a Joan con gestos que cogiese el teléfono y tapó el auricular con la mano.

—Mantén la línea abierta —le ordenó.

Ella asintió y se sentó en la silla que había estado ocupando él. Legat salió al pasillo. Al fondo, en la parte trasera del hotel, un individuo gesticulaba tratando de abrirse paso entre cuatro hombres trajeados. Ellos se lo impedían.

—¡Un inglés!¡He pedido hablar con un inglés!

Legat se les acercó.

—¡Yo soy inglés! ¿Qué quiere?

—¡Gracias a Dios! —gritó el tipo—. Soy el doctor Hubert Masarík, *chef de cabinet* del Ministerio de Asuntos Exteriores de Checoslovaquia. ¡Estos hombres son de la Gestapo y nos están reteniendo en esta habitación a mí y a mi colega, el embajador checo en Berlín, el doctor Vojtek Mastny!

Tendría cuarenta y tantos años, aspecto distinguido y vestía un traje gris claro con pañuelo en el bolsillo de la pechera. Su rostro alargado y ahuevado estaba rojo de ira. En algún momento se le habían torcido las gafas redondas de carey.

—¿Puedo saber quién está al mando? —inquirió Legat.

Uno de los miembros de la Gestapo se volvió. Tenía la cara ancha, labios fruncidos y marcas en las mejillas, como si hubiera tenido viruela de niño. Parecía predispuesto a pelear.

—¿Quién es usted?

—Me llamo Hugh Legat. Soy el secretario particular del primer ministro, el señor Chamberlain.

La actitud del oficial de la Gestapo cambió de golpe.

—Aquí nadie está reteniendo a nadie, señor Legat. Solo hemos pedido a estos caballeros que permaneciesen en su habitación por su propia seguridad mientras se desarrolla la conferencia.

—¡Pero se supone que somos observadores de la conferencia! —Masarík se ajustó las gafas—. Apelo al representante del gobierno británico para que se nos permita hacer lo que hemos venido a hacer.

—¿Me permiten? —Legat hizo un gesto para que le dejasen pasar. Los otros tres miembros de la Gestapo miraron al oficial. Él asintió. Todos se hicieron a un lado. Legat estrechó la mano a Masarík—. Siento mucho todo esto. ¿Dónde está su colega?

Siguió al checo hasta su habitación. Un hombre con aspecto de alto funcionario sesentón, todavía con el abrigo puesto, estaba sentado en el borde de la cama con el sombrero entre las rodillas. Miró a Legat cuando este entró. Parecía muy alicaído.

—Mastny —se presentó, y le tendió la mano.

—Hemos aterrizado procedentes de Praga hace menos de una hora —le explicó Masarík— y esa gente nos ha recogido en el aeropuerto. Dimos por hecho que iban a llevarnos directamente a la sede de la conferencia. Pero nos han obligado a quedarnos aquí. ¡Es indignante!

El oficial de la Gestapo permanecía en la puerta, escuchando.

—Tal como ya les he explicado, no están autorizados para participar en la conferencia. Mis órdenes son que deben esperar en la habitación del hotel hasta que reciba nuevas instrucciones.

—¡Eso significa que estamos bajo arresto!

—En absoluto. Son ustedes libres de ir al aeropuerto y regresar a Praga cuando lo deseen.

—¿Puedo preguntar quién ha dado esa orden? —inquirió Legat.

El oficial de la Gestapo sacó pecho.

—Creo que viene del propio Führer.

—¡Indignante!

Mastny apoyó la mano en el brazo de su colega más joven.

—Cálmate, Hubert. Yo estoy más habituado a la vida en Alemania que tú. No tiene ningún sentido gritar. —Se volvió hacia Legat—. ¿Es el secretario particular del señor Chamberlain? Tal vez podría usted hablar con el primer ministro de nuestra parte y ver si esta desgraciada situación puede resolverse de algún modo.

Legat miró a los dos checos y después al oficial de la Gestapo, quien contemplaba la escena con los brazos cruzados.

—Veré lo que puedo hacer.

La cantidad de gente concentrada en el parque frente al hotel seguía siendo impresionante. Lo vieron salir sin prestarle atención; no era más que otro funcionario trajeado, un don nadie. Caminó con paso rápido y la cabeza gacha.

La Max-Joseph Strasse estaba tranquila, con sus cerezos y los bloques de apartamentos de piedra roja y blanca. Se percibía un ambiente liviano. Mientras caminaba entre las hojas caídas en el suelo, la luz del cálido atardecer otoñal le recordó a Oxford. Dos elegantes ancianas paseaban a sus perros. Una niñera uniformada empujaba un cochecito. Llevaba ya varios minutos caminando —había dejado atrás el obelisco en el centro de la rotonda y se dirigía ya hacia la Königsplatz— cuando tuvo la sensación de que, en determinado momento, sin darse cuenta, había cruzado una frontera invisible para adentrarse en un mundo más sombrío y menos familiar. Lo que recordaba como un parque se había transformado en un espacio para desfiles. En un templo pagano, un soldado con uniforme negro montaba guardia ante una llama eterna.

Localizó el Führerbau por la multitud congregada en la plaza de granito que había delante. El edificio en sí era de corte clásico, impersonal, construido en piedra blanquecina; tenía tres plantas, con un balcón en el centro de la primera en el que podía imaginarse a Hitler apareciendo en uno de esos espectáculos casi religiosos que llenaban los noticiarios. Pasó junto a las banderolas y las águilas de bronce hasta llegar al borde de la segunda alfombra roja. Explicó su cargo oficial a un centinela que le franqueó el paso. Ya en el vestíbulo, un oficial con uniforme de las SS comprobó si su nombre aparecía en una lista.

—¿Dónde puedo encontrar a la delegación británica?

—En la primera planta, herr Legat, en la sala del fondo. —El oficial entrechocó los talones a modo de saludo militar.

Legat subió por la escalinata de mármol blanco y giró hacia la derecha. Pasó por una zona con mesas bajas y butacas, y de pronto, a lo lejos, vio a Hartmann. Le llevó unos segundos tener la certeza de que en efecto era él. Estaba de pie, con una taza y un platillo, conversando con un hombre de cabello cano con traje azul oscuro. Ya en Oxford su cabello escaseaba, pero ahora estaba completamente calvo. Tenía la elegante cabeza inclinada para escuchar a su interlocutor. Parecía encorvado, fatigado y agobiado. Aun así, seguía envuelto en cierta aura apreciable incluso a esa distancia. Divisó a Legat por encima del hombro de su interlocutor, dio muestras de reconocerlo abriendo un poco más sus ojos de color violáceo e hizo un gesto apenas perceptible con la cabeza. Legat siguió caminando.

Vio a través de la puerta abierta a Strang y Dunglass. Los miembros de la delegación inglesa lo miraron cuando entró en la sala. Estaban diseminados a lo largo de la amplia estancia. Henderson leía un periódico alemán. Kirkpatrick permanecía con las piernas estiradas y los ojos cerrados. Malkin tenía varios papeles sobre el regazo. Ashton-Gwatkin parecía estar leyendo un libro de poesía japonesa.

—¿Hugh? —lo interpeló Strang de inmediato—. ¿Qué haces aquí? Pensaba que te habían dicho que te quedases en el hotel.

—Así es, señor, pero ha sucedido algo. Han llegado al Regina Palast los miembros de la delegación checa y no los dejan salir de su habitación.

—¿Quién se lo impide?

—La Gestapo. Han pedido que el primer ministro interceda por ellos.

Se oyeron gruñidos por toda la sala.

—¡La Gestapo!

—Bestias… —murmuró Ashton-Gwatkin.

—No entiendo por qué imaginan que el primer ministro puede hacer algo al respecto.

—En cualquier caso, va a ser difícil llegar a un acuerdo sin contar con ellos. —Strang aspiró por la boquilla de su pipa apagada, produciendo un silbido—. Frank, será mejor que vayas a calmarlos. Tú los conoces mejor que nadie de los aquí presentes.

Ashton-Gwatkin suspiró y cerró el libro. Legat se percató de que Dunglass asomaba la cabeza para echar un vistazo al pasillo, como uno de esos pájaros de aire desconcertado a los que le gustaba disparar.

Kirkpatrick también se dio cuenta.

—¿Qué pasa, Alec? ¿Sucede algo?

—Sí —respondió Dunglass. Como de costumbre habló sin apenas mover los labios—. Se ha abierto la puerta del despacho de Hitler.

Hartmann pensó que esos seis años apenas habían cambiado a Legat. Era como si lo viera cruzando el patio interior de Balliol en Oxford. Transmitía la misma combinación de madurez y juventud: la tupida mata de pelo negro peinada hacia atrás para despejar la frente y al mismo tiempo la expresión grave en su pálido rostro; sus livianos movimientos —en Oxford estaba en el equipo de atletismo— aprisionados en esa ropa envarada y clásica. Al verlo, Hartmann perdió por un momento el hilo de lo que Weizsäcker estaba contándole. Y no se dio cuenta de que Schmidt se dirigía con paso rápido hacia ellos.

—Herr Von Weizsäcker y signor Attolico… —Schmidt saludó con un gesto de asentimiento al secretario de Estado e hizo señas al embajador italiano para que se acercase—. Discúlpenme, caballeros, el Führer desea que se incorporen a las conversaciones.

Las personas sentadas a su alrededor también lo oyeron. Se volvieron varias cabezas. Weizsäcker asintió como si hubiera estado esperando esa llamada.

—¿Quiere que se incorpore alguien más?

—Solo el embajador británico y el francés.

—Iré a buscarlos —se ofreció Hartmann.

Sin esperar la aprobación, se encaminó hacia las dos delegaciones. Entró primero en la sala de los franceses.

—¿Monsieur François-Poncet? —dijo, y el rostro aristocrático con su anticuado bigote encerado se volvió para mirarlo—. Discúlpeme, excelencia, los líderes desean que los embajadores se sumen a la reunión.

Antes de dar tiempo a que François-Poncet se levantase, Hartmann ya estaba en la siguiente sala.

—Sir Nevile, una petición desde el despacho del Führer. ¿Puede, por favor, sumarse a la reunión de jefes de gobierno?

—¿Solo sir Nevile? —preguntó Strang.

—Solo sir Nevile.

—¡Por fin! —Henderson dobló el periódico que estaba leyendo y lo dejó en la mesa. Se puso en pie y repasó su atuendo ante un espejo.

—Buena suerte —le deseó Kirkpatrick.

—Gracias —respondió Nevile mientras abandonaba la sala.

—¿Significa esto que ha habido algún avance?

—Me temo que yo solo soy el mensajero, señor Strang. —Hartmann sonrió e hizo una leve inclinación de cabeza. Miró a su alrededor—. ¿Están ustedes cómodos aquí? ¿Necesitan algo?

—Estamos bien, gracias, herr... —Strang no completó la frase.

—Hartmann.

—Herr Hartmann, por supuesto, discúlpeme. —Él no se movió y provocó que Strang se sintiese obligado a presentarle a sus colegas—. Él es lord Dunglass, el secretario parlamentario del primer ministro. Sir William Malkin, del Ministerio de Asuntos Exteriores. Frank Ashton-Gwatkin, también del ministerio. Ivone Kirkpatrick, de la embajada en Berlín, a quien supongo que ya conoce...

—Por supuesto. Señor Kirkpatrick, un placer volver a verle. —Hartmann se paseó por la sala estrechando manos.

—Y él es Hugh Legat, uno de los secretarios particulares del primer ministro.

—Señor Legat.

—Herr Hartmann.

Hartmann alargó el apretón de manos con Legat un poco más que en el resto de los casos y tiró con suavidad de él.

—Bueno, no duden en acudir a mí si necesitan cualquier cosa.

—Yo debo volver al hotel —anunció Legat.

—Y supongo que yo debería tener una conversación con esos pobres checos —añadió Ashton-Gwatkin con tono cansino—. ¡Si encuentro un teléfono que funcione!

Los tres salieron al pasillo y caminaron en dirección al despacho de Hitler. La puerta estaba otra vez cerrada.

—Esperemos que se haya hecho algún progreso —comentó Hartmann. —Se detuvo—. Confío en verlos más tarde. Si me disculpan, caballeros. —Inclinó la cabeza a modo de despedida, giró hacia la izquierda y empezó a bajar por la escalera de servicio.

Legat continuó caminando con Ashton-Gwatkin un trecho más y después también se detuvo.

—Lo siento. Acabo de recordar que tengo que comunicar algo importante a Strang. —El ardid le pareció tan evidente que se sintió avergonzado, pero Ashton-Gwatkin se limitó a levantar la mano a modo de despedida.

—Hasta luego, muchacho —dijo, y siguió su camino.

Legat volvió sobre sus pasos. Sin mirar atrás, siguió a Hartmann escalera abajo.

No lo veía, pero oía el ruido de las suelas de sus zapatos al golpear contra los escalones. Supuso que se detendría en la planta baja, pero el repiqueteo de cuero sobre piedra continuó dos tramos de escalera más, hasta que Legat llegó a un pasillo en el sótano justo a tiempo para vislumbrar un resplandor de luz exterior a su derecha y oír el ruido de una puerta al cerrarse.

Prefirió no pensar en lo absurdo de la situación: un funcionario de Whitehall con su traje oscuro y la cadena del reloj colgando, avanzando con paso acelerado por un pasillo de servicio del sótano del palacio privado del Führer. Si lo viera Cleverly, le daría un ataque al corazón. «Confío en que no sea necesario enfatizar la absoluta necesidad de que no hagas nada que pueda poner en peligro el éxito de esta conferencia», le había dicho. Pasó ante un cuarto de guardia —vacío, para su alivio—, abrió una pesada puerta de acero y salió a la luz del día en un patio repleto de Mercedes. Al fondo lo esperaba Hartmann. Lo saludó y corrió hacia él. Pero Hartmann volvió a alejarse, giró a la derecha y desapareció de su vista.

El alemán recorrió unos cien metros. Condujo a Legat más allá de los dos Templos de Honor, con sus pétreos guardias y oscilantes llamas, dejó después atrás otro monumental edificio nazi de piedra blanca idéntico al Führerbau, desembocó en la Königsplatz y enfiló una calle ancha llena de bloques de oficinas adornados con esvásticas. Legat fue leyendo las placas a medida que pasaba junto a aquellos edificios: OFICINA DEL VICECANCILLER, OFICINA CENTRAL DEL REICH PARA LA IMPLEMENTACIÓN DEL PLAN CUATRIENAL. Echó un vistazo hacia atrás por encima del hombro. No parecía seguirlo nadie. Delante tenía un feo edificio moderno que parecía la entrada de una estación, pero se anunciaba como Park-Café. Hartmann entró. Un minuto después Legat hizo lo mismo.

La jornada laboral acababa de terminar y el bar estaba a rebosar, sobre todo de trabajadores de las oficinas gubernamentales cercanas, a juzgar por el aspecto de los parroquianos. Se veían muchos uniformes marrones del partido. Legat buscó con la mirada a Hartmann a través de la nube de humo de los cigarrillos y divisó su cabeza calva en una esquina. Estaba sentado a una mesa dando la espalda a la sala, pero el espejo que tenía delante le permitía observar lo que sucedía. Legat se deslizó en el asiento frente a él. La ancha boca de Hartmann esbozó una familiar sonrisa zorruna.

—Bueno —dijo—. Aquí estamos de nuevo, amigo mío. —Legat recordó que Paul sabía encontrar el lado divertido a cualquier situación, incluida esa. Pero Hartmann añadió, en tono más serio—: ¿Te han seguido?

—No lo sé. Creo que no. No estoy muy habituado a situaciones como esta.

—¡Bienvenido a la nueva Alemania, querido Hugh! Ya comprobarás que uno acaba acostumbrándose a situaciones como esta.

El hombre sentado a la mesa contigua vestía uniforme de las SA. Leía *Der Stürmer*. La primera página reproducía a toda plana una ofensiva caricatura de un judío con tentáculos de pulpo. Legat confió en que el ruido en el bar fuese lo bastante alto para imposibilitar que ese tipo escuchase su conversación.

—¿Estamos seguros aquí? —preguntó en voz baja.

—No. Pero sí más que seguir donde estábamos. Pediremos dos cervezas. Las pagaremos y nos las llevaremos al jardín. Continuaremos hablando en alemán. Somos dos viejos amigos que se han reencontrado después de mucho tiempo y tienen un montón de cosas que contarse para ponerse al día, lo cual es cierto. Las mentiras siempre funcionan mejor cuando tienen un poso de verdad. —Avisó al camarero con un gesto—. Dos cervezas, por favor.

—Apenas has cambiado.

—¡Ah! —Hartmann soltó una carcajada—. ¡Si supieras...!

Sacó un encendedor y un paquete de cigarrillos, ofreció uno a Legat, se inclinó hacia delante y encendió primero el de él y después el suyo. Se apoyaron en los respaldos de los respectivos asientos y fumaron en silencio durante un rato. De vez en cuando Hartmann lo miraba y negaba con la cabeza, como si no pudiera creerse lo que veía.

—¿No crees que quizá se pregunten dónde estás? —inquirió Legat.

—Sin duda habrá uno o dos que estarán buscándome. —Se encogió de hombros—. Es inevitable.

Legat miraba a su alrededor. El tabaco, desconocido para él, era fuerte. Le quemaba la garganta. Se sintió horriblemente expuesto.

—Esperemos que no terminen las conversaciones antes de que regresemos.

—No creo que eso vaya a suceder, ¿no te parece? Aun en el caso de que se produjese un acuerdo, todavía quedaría mucho trabajo por delante para pulir todos los detalles. Y si no hay acuerdo, entonces estallará la guerra… —Hartmann hizo un ademán con la mano con la que sostenía el cigarrillo—. Y entonces tú, yo y nuestro pequeño encuentro seremos por completo irrelevantes. —Contempló a Legat a través del humo. Tenía los enormes ojos más hundidos de lo que Legat recordaba—. He leído que te casaste.

—Sí. ¿Y tú?

—No.

—¿Qué pasó con Leyna? —Se había prometido no preguntarlo. Hartmann apartó la mirada. Su actitud cambió.

—Me temo que ya no nos hablamos.

Llegó el camarero con las dos cervezas. Las sirvió y se alejó para atender a otro cliente. Legat cayó en la cuenta de que no llevaba encima dinero alemán. Hartmann dejó un puñado de monedas sobre la mesa.

—«Mi ronda», como solíamos decir. —Cerró un momento los ojos—. The Cock and Camel. The Crown and Thistle. The Pheasant en St. Giles… ¿Cómo siguen esos sitios? ¿Cómo sigue todo el mundo? ¿Qué tal está Isaiah?

—Todo sigue allí. Oxford sigue allí.

—Por desgracia, yo ya no. —Se puso sentimental—. Bueno, supongo que deberíamos centrarnos en nuestro asuntillo.

El camisa parda de la mesa de al lado ya había pagado la cuenta y estaba incorporándose para marcharse; había dejado el periódico encima de la mesa.

—Disculpa, camarada —le dijo Hartmann—, pero si ya has leído tu *Stürmer*, ¿puedo cogerlo?

—Por supuesto. —El tipo se lo tendió, los saludó con cordialidad y se marchó.

—¿Lo ves? —siguió Hartmann—. Resulta que cuando los conoces son encantadores. Coge tu cerveza. Vamos afuera. —Apagó el cigarrillo.

En el jardín había mesas metálicas sobre la gravilla, bajo varios árboles sin hojas. El sol ya había desaparecido. No tardaría en anochecer. Esa parte estaba tan repleta como el interior de hombres con *lederhosen* y mujeres con *dirndls*. Hartmann lo condujo hasta una mesita junto a un parterre de lavanda. Más allá había un jardín botánico. Los senderos, las flores y las diversas especies de árboles le resultaron familiares.

—¿No hemos estado aquí antes?

—Sí. Nos sentamos allí y discutimos. Tú me acusaste de ser un nazi.

—¿En serio? Lo siento. A veces, para un extranjero, el nacionalismo alemán no parece muy distinto del nazismo.

Hartmann hizo un gesto con la mano para pasar página.

—No nos pongamos ahora a hablar de eso. No tenemos tiempo. —Corrió una silla. Las patas de acero arrastraron la gravilla. Se sentaron. Legat rechazó otro cigarrillo. Hartmann se encendió uno—. Permíteme ir directo al grano. Quiero que me consigas una cita con Chamberlain.

Legat suspiró y respondió:

—Ya me contaron en Londres que eso era lo que querías. Lo siento, Paul, pero es imposible.

—Pero eres su secretario. Los secretarios organizan citas.

—Soy el último de sus secretarios. Me limito a cumplir órdenes. A mí van a hacerme el mismo caso que a ese camarero de allí. Y, además, ¿no es ya un poco tarde para citas?

Hartmann negó con la cabeza.

—Ahora mismo, en este momento, todavía no es demasiado tarde. Solo lo será cuando tu primer ministro haya firmado el acuerdo.

Legat rodeó la jarra de cerveza con las manos e inclinó la cabeza. Recordó la absurda testarudez de Hartmann, su negativa a abandonar un razonamiento incluso cuando quedaba demostrado que partía de una premisa falsa. Le recordó a cuando discutían en el bar del Eagle and Child.

—Paul, te lo juro, no hay nada que puedas decirle que no haya tomado ya en consideración. Si pretendes advertirle que Hitler es un mal bicho, ahórrate la saliva. Ya lo sabe.

—Entonces ¿por qué está dispuesto a pactar con él?

—Por todo lo que ya sabes. Porque en este asunto Alemania tiene buena parte de razón y el hecho de que sea Hitler quien lo plantee no quita peso a sus argumentos. —Recordó de pronto por qué había acusado a Hartmann de ser nazi: su principal objeción al Führer parecía más fruto del esnobismo (afirmar que Hitler no era más que un vulgar cabo austríaco), que ideológica—. ¡Veo que has cambiado de planteamiento! ¿No estabas siempre quejándote de las injusticias del Tratado de Versalles? El apaciguamiento de la situación es solo un intento de arreglar esos desajustes.

—¡Sí, y lo comparto palabra por palabra! —Hartmann se inclinó sobre la mesa y continuó hablándole a toda velocidad en un susurro—. Y hay una parte de mí, lo admito, querido Hugh, que celebra que por fin vosotros y los franceses hayáis tenido que arremangaros para buscar una salida justa. ¡El problema es que habéis reaccionado demasiado tarde! Anular Versalles ya no es un objetivo para Hitler. Es tan solo el preludio de lo que va a venir después.

—¿Y eso es lo que quieres explicar al primer ministro?

—Sí, y no solo explicárselo. Quiero mostrarle una prueba. La llevo encima. —Se palpó el pecho—. ¿Te parece divertido?

—No, divertido no. Tan solo ingenuo. ¡Ojalá las cosas fueran tan sencillas!

—Son sencillas. Si esta noche Chamberlain se niega a seguir negociando bajo coacción, mañana Hitler invadirá Checoslovaquia. Y en cuanto dé la orden todo cambiará, y nosotros, los miembros de la oposición, en el ejército y en otros estamentos, nos encargaremos del Führer.

Legat cruzó los brazos y negó con la cabeza.

—Me temo que me he perdido. ¿Quieres que mi país entre en guerra para evitar que tres millones de germanos pasen a formar parte de Alemania con la finalidad de generar una situación que os permita a ti y a tus amigos libraros de Hitler? Bueno, tengo que decir que, por lo que he visto hoy, me ha parecido muy afianzado en su cargo.

Se contuvo, aunque podría haberle dicho muchas otras cosas. Podría haberle preguntado si era cierto que él y sus amigos —tal como los emisarios en Londres habían dejado claro en verano— tenían la intención de anexionarse Austria y los Sudetes aunque derrocasen a Hitler, y si también era verdad que su objetivo era restituir al káiser, en cuyo caso qué iba a susurrarle él a su padre la próxima vez que lo visitase en aquel océano de cruces blancas del cementerio militar de Flandes. Sintió una sacudida de irritación. «Firmemos el maldito acuerdo, volvamos a subir al avión, regresemos a casa y dejemos que esta gente se apañe con sus problemas», se dijo.

Empezaban a encenderse las luces eléctricas, un tendido de farolillos chinos colgados entre los ornamentados postes de hierro forjado. Resplandecían en la creciente oscuridad.

—Entonces ¿no piensas ayudarme? —preguntó Hartmann.

—Si lo que me pides es que te organice un encuentro con el primer ministro, la respuesta es no, porque es imposible. Pero si tienes una prueba de las ambiciones de Hitler que debamos conocer, en ese caso sí; si me la entregas ahora me aseguraré de que la vea.

—¿Antes de que firme el acuerdo en Múnich?

Legat dudó unos instantes.

—Si tengo ocasión, sí.

—¿Me das tu palabra de que lo intentarás?

—Sí.

Hartmann se quedó mirando a Legat varios segundos. Finalmente, cogió *Der Stürmer* de la mesa. Era un tabloide, fácil de sostener con una sola mano. Se tapó el pecho con él y con la otra mano empezó a desabotonarse la camisa. Legat movió la silla metálica para echar un vistazo al jardín de la cervecería. Todos los allí reunidos parecían preocupados solo por pasárselo bien. Pero entre los matorrales que los rodeaban podía haber ojos observando. Hartmann dobló el periódico y lo deslizó por la mesa hacia Legat.

—Tengo que marcharme —le dijo—. Tú quédate y acábate la cerveza. A partir de ahora, no nos conocemos de nada.

—Entendido.

Hartmann se levantó. De pronto Legat sintió que era importante que el reencuentro no acabase así. También se puso en pie.

—Te agradezco, todos te agradecemos, los riesgos que tú y tus colegas estáis asumiendo. Si las cosas se ponen feas y tienes que huir de Alemania, te prometo que cuidaremos de ti.

—No soy un traidor. Jamás abandonaré Alemania.

—Lo sé. Pero la oferta sigue en pie.

Se estrecharon la mano.

—Acábate la cerveza, Hugh.

Hartmann se dio la vuelta y se alejó por la gravilla hacia el café, su alta silueta deslizándose con torpeza entre las mesas y las sillas. Legat vio un fugaz resplandor cuando su viejo amigo abrió la puerta del bar y desapareció de su vista en cuanto la cerró.

8

Legat permaneció sentado, contemplando inmóvil las polillas que revoloteaban alrededor de las luces del jardín. El olor a lavanda en el cálido aire nocturno era intenso. Pasado un rato abrió el periódico con cautela. En el interior, junto a una noticia sobre doncellas arias violadas por judíos, había un sobre manila. A juzgar por el peso, debía de contener tal vez dos docenas de hojas. Volvió a plegar *Der Stürmer*, esperó otros cinco minutos y se levantó.

Abandonó el jardín caminando entre las mesas repletas de bebedores de cerveza, cruzó el bar cargado de humo y salió a la calle. Las ventanas de los edificios de las oficinas del Vicecanciller y las del Plan Cuatrienal estaban iluminadas. Tuvo la impresión de que había mucha actividad en su interior, como si prepararan algo con urgencia. Aceleró el paso en dirección a Königsplatz. Mientras se acercaba al edificio que albergaba la administración del Partido Nazi vio aparecer por la calle a un grupo de funcionarios uniformados. Dio un rodeo para evitarlos, pero oyó que uno de ellos decía: «*Das kann nur ein Engländer sein!*». («Ese de ahí solo puede ser inglés.») Los demás se echaron a reír.

En la explanada de granito para los desfiles había un par de banderolas con esvásticas de seis pisos de alto, iluminadas con reflectores. El Führerbau apareció ante él. Se preguntó si debía regresar a la conferencia. Dado lo que llevaba encima, era demasiado arriesgado. Giró a la derecha entre los Templos de Honor. Unos minutos después empujaba la puerta giratoria del Regina Palast. En el vestíbulo, un cuarteto de cuerda interpretaba *Cuentos de los bosques de Viena*.

En el pasillo del primer piso se topó con Ashton-Gwatkin. Se detuvo bajo una de las lámparas de luz tenue.

—Hola, Hugh. ¿Dónde has estado?

—Haciendo de recadero.

—¡No me extraña! ¿No te parece horrible? No funciona nada. Es imposible comunicarse por teléfono. —Los marcados rasgos del rostro de la Morsa resultaban más lúgubres que de costumbre—. Acabo de hablar con los checos.

—¿Cómo se lo han tomado?

—Como era de esperar. Consideran que todo esto apesta. Estoy seguro de que, en su lugar, nosotros pensaríamos lo mismo. Pero ¿qué podemos hacer? La situación no mejora con el hecho de que los alemanes sigan sin dejarlos salir de la habitación.

—¿Vuelves a la conferencia?

—Por lo visto se requiere mi presencia. Tengo un coche abajo esperándome. —Siguió su camino, se detuvo y se volvió—. Por cierto, ese alemán con el que hemos estado antes, Hartmann, ¿no estuvo en Oxford con una beca Rhodes? ¿En tu facultad?

Legat pensó que no tenía ningún sentido negarlo.

—Exacto, sí.

—El nombre me resultaba familiar. ¿En qué año volvieron a poner en marcha esas becas después de la guerra? ¿En el veintiocho?

—En el veintinueve.

—Entonces debió coincidir su estancia con tu época allí. Seguro que lo conociste.

—Así es.

—Pero antes has simulado no conocerlo.

—Me ha parecido obvio que él no querría que lo anunciase a los cuatro vientos, así que he pensado que era mejor ser discreto.

La Morsa asintió.

—Bien hecho. Todo ese edificio está repleto de miembros de la Gestapo.

A continuación se alejó con su porte majestuoso. Legat entró en la improvisada oficina. Joan y la señorita Anderson estaban sentadas a la mesa, jugando a cartas.

—¿Londres ha preguntado si había novedades?

Joan lanzó una carta sobre la mesa y respondió:

—De hecho, varias veces.

—¿Y qué les has contado?

—Que no estabas en la oficina porque habías tenido que ir a hablar con los checos.

—Eres un ángel.

—Lo sé. ¿Qué demonios estás leyendo?

—Disculpa. —Se pasó el periódico a la otra mano—. Es basura antijudía. Estoy buscando un sitio donde tirarlo.

—Dámelo a mí. Yo me encargo.

—No hace falta, pero gracias.

—No seas tonto. Dámelo. —Tendió la mano.

—La verdad es que prefiero que no lo veas.

Legat notó que se le subían los colores. ¡Vaya desastre de espía estaba hecho! Joan lo miraba como si fuese un bicho raro.

Volvió a salir al pasillo. Al fondo, los dos hombres de la Gestapo habían encontrado un par de sillas y estaban sentados ante la habitación de la delegación checa. Legat giró a la izquierda, rebuscó la llave en sus bolsillos y abrió la puerta de su habitación. Estaba a oscuras. A través de los cristales veía las luces de las ventanas de las habitaciones al otro lado del patio. Distinguió a varios huéspedes moviéndose, preparándose para salir a cenar, y en una de ellas descubrió a un hombre que parecía mirarlo directamente. Corrió la cortina y encendió la lámpara de la mesilla de noche.

El portero le había subido el equipaje y lo había dejado sobre el reposamaletas. Lanzó el periódico sobre la cama, se metió en el lavabo, abrió el grifo del agua fría y se refrescó la cara. Temblaba un poco. No lograba quitarse de la cabeza la imagen de Hartmann, sobre todo su expresión antes de marcharse. Sus ojos parecían mirarlo desde la otra punta de un vasto golfo que se había ido ensanchando a medida que conversaban. Se secó la cara y volvió a la habitación. Cerró la puerta con el pestillo. Se quitó la americana y la colgó en el respaldo de la silla, cogió el periódico, se sentó ante el escritorio y encendió la lámpara de lectura de pantalla verde. Por último, abrió el sobre y extrajo el contenido.

El documento estaba mecanografiado en el mismo cuerpo generoso que el que había recibido en Londres. El alemán era una mezcla de hitleriano y burocrático, de entrada nada fácil de traducir, aunque después de revisarlo un rato acabó por encontrarle el punto.

TOP SECRET
Memorándum
Berlín, 10 de noviembre de 1937

Notas sobre una reunión en la cancillería del Reich, Berlín, 5 de noviembre de 1937, de 16.15 a 20.30 h.

Asistentes:

El Führer y el canciller.

El mariscal Von Blomberg, ministro de la Guerra.

El coronel general barón Von Fritsch, comandante en jefe del Ejército.

El almirante doctor H. C. Raeder, comandante en jefe de la Armada.

El coronel general Göring, comandante en jefe de la Luftwaffe.

El barón Von Neurath, ministro de Exteriores.

El coronel Hossbach, asesor militar del Führer.

El Führer tomó la palabra para dejar claro que el objetivo de la presente reunión era tan importante que en otros países la discusión habría sido objeto de una asamblea plenaria del consejo de ministros, pero que él, el Führer, había rechazado la idea de convocar a un círculo más amplio de miembros del gabinete, precisamente por la gran importancia del tema a tratar. Lo que expuso a continuación fue fruto de una rigurosa reflexión y de la experiencia de cuatro años y medio en el poder. Quiso explicar a los congregados sus ideas básicas en relación con las oportunidades para el desarrollo de nuestra posición en el campo de la política exterior y sus requisitos, y pidió, en pro de una acción política alemana a largo plazo, que su exposición fuese considerada, en caso de producirse su muerte, como su última voluntad y testamento político.

El Führer expuso:

«La finalidad de la política alemana ha sido garantizar la seguridad y la preservación de la comunidad racial y ampliarla. Se trataba por tanto de una cuestión de espacio. La comunidad racial germánica englobaba a más de ochenta y cinco millones de personas y, debido a su elevado número y los límites de espacio habitable en Europa, constituía un núcleo racial muy concentrado como no se da en ningún otro país, y por lo tanto implicaba el derecho a disponer de un mayor espacio vital en caso de que otros pueblos...».

Legat dejó de leer y miró a su alrededor. A sus espaldas, en la mesilla de noche, sonaba el teléfono.

En el Führerbau por fin empezaban a suceder cosas. La puerta del despacho de Hitler ahora estaba abierta de forma permanente. Hartmann vio a Ashton-Gwatkin salir de allí, seguido por Malkin. François-Poncet y Attolico entraron para sustituirlos. En la galería habían reunido las butacas alrededor de las mesitas de café bajo la luz de las lámparas y los funcionarios se inclinaban sobre los papeles. Vio a Erich Kordt en el centro de uno de los grupos; debía de haber viajado desde Berlín esa misma tarde. La excepción a tanta actividad era Daladier. Parecía ajeno al ajetreo y permanecía sentado en una esquina, fumándose un cigarrillo; en la mesa que tenía frente a él había una botella de cerveza y un vaso. La única persona a la que Hartmann no lograba localizar era a Sauer. ¿Dónde estaba? Su desaparición le pareció inquietante.

Dio una vuelta completa por la primera planta tratando de localizarlo. En la enorme sala junto a la de la delegación francesa habían colocado las sillas y los sofás contra las paredes y se había improvisado una oficina, con máquinas de escribir y varios teléfonos. Al lado estaba el salón de banquetes. A través de la puerta abierta vio una mesa larga con un mantel blanco preparada para sesenta comensales. Los camareros entraban y salían cargados con platos y botellas. Una florista arreglaba un elaborado centro de mesa. Estaba claro que iba a tener lugar algún tipo de acto. Presumiblemente una celebración, lo cual significaba que debían de estar ya muy cerca de alcanzar un acuerdo y a él apenas le quedaba tiempo. Todas sus esperanzas estaban ahora depositadas en Legat. Pero ¿había alguna esperanza real por ese lado? Ninguna, pensó con amargura.

Cuando ya completaba la vuelta y regresaba a la galería, oyó que Kordt lo llamaba.

—¡Hartmann, buenas tardes! —Se levantó. Sostenía un fajo de hojas—. Necesito tu ayuda. ¿Te importa? —Señaló con un movimiento de la cabeza un rincón tranquilo en el que había una mesa vacía. Mientras se sentaban, dijo en voz baja—: Bueno, ¿qué ha sucedido? ¿Has podido contactar con tu amigo?

—Sí.

—¿Y...?

—Me ha prometido hablar con Chamberlain.

—Bueno, pues más vale que se dé prisa. Esto está a punto de acabar.

Hartmann se quedó paralizado.

—¿Cómo es posible? Pensaba que la conferencia estaba planificada para durar al menos un día más.

—Así era. Pero me da la impresión de que el Führer se ha topado por fin en la persona del honorable Neville Chamberlain con un negociador más tozudo que él. El viejo lo ha enredado en una maraña de detalles y él no es capaz de soportarlo más. Por lo tanto, todos los flecos los pactará después de la conferencia una comisión internacional de las cuatro potencias. De este modo, ambas partes pueden proclamar que han salido victoriosas.

Hartmann maldijo y bajó la cabeza. Kordt le dio una palmada en la rodilla.

—Ánimo, muchacho, yo me siento igual de decepcionado que tú. Pero nos reagruparemos y volveremos a intentarlo más adelante. Mientras tanto, te aconsejo que no pongas esa cara de funeral. El genio del Führer está a punto de conseguir incorporar a tres millones de compatriotas al Reich sin disparar un solo tiro. Tu cara larga es del todo inapropiada y no va a pasar desapercibida. Y pasando a otro asunto —añadió, alzando la voz y adoptando un tono más formal—. Tengo aquí unos documentos que hay que traducir del inglés al alemán. —Rebuscó entre el fajo de papeles y sacó varias hojas. Con tono sarcástico, leyó el encabezamiento—: «Anexo y declaraciones suplementarias con relación a las minorías y a la composición de la comisión internacional». Parece que nuestros amigos británicos son el único país más aficionado al papeleo burocrático que nosotros.

Legat descolgó con cautela.

—¿Hola?

—¿Hugh?

—Sí.

—Soy Alec Dunglass.

—¡Alec! —Se sintió aliviado—. ¿Qué pasa?

—Parece que va a alcanzarse un acuerdo.

—Dios mío. Ha ido muy rápido.

—Hitler nos ha invitado a todos a un abominable banquete teutónico mientras se preparan los documentos para la firma, pero el primer ministro considera que eso transmitirá una impresión engañosa. ¿Puedes organizar una cena para nosotros en el hotel? A las nueve deberíamos estar saliendo de aquí.

—Por supuesto.

—Muchas gracias.

Dunglass colgó.

¿Un acuerdo? Legat pensaba que las conversaciones continuarían durante el fin de semana. Se sacó el reloj del bolsillo. Eran las ocho y veinte pasadas. Volvió al escritorio, apoyó la cabeza entre las manos y continuó leyendo, pero ahora mucho más rápido, pasando las páginas en cuanto captaba lo esencial. El Führer exponía de modo minucioso su argumentación. Empezaba con un análisis de la creciente necesidad de alimentos que Alemania tenía, reconocía la insostenibilidad de su economía en la actual senda de rearme y advertía de la vulnerabilidad del Tercer Reich ante las posibles sanciones comerciales internacionales y el bloqueo de suministros.

> El único remedio, aunque puede parecernos visionario, es la adquisición de un espacio vital más extenso [...]
> El espacio necesario para garantizarlo solo podemos encontrarlo en Europa [...]
> No se trata de incorporar población, sino de ganar terrenos para uso agrícola [...]
> El problema de Alemania solo puede resolverse mediante el uso de la fuerza [...]
> Si sigue con vida, el inamovible deseo del Führer es haber resuelto el problema de espacio de Alemania como muy tarde en 1943-1945 [...]

Legat volvió a la primera página: 5 de noviembre de 1937. Hacía menos de once meses.

> La incorporación de Austria y Checoslovaquia a Alemania nos proporcionará, desde el punto de vista político y militar, una ventaja sustancial, porque significará fronteras más compactas y mejores, la liberación de fuerzas para otros propósitos y la posibilidad de crear nuevas unidades hasta disponer de unas doce divisiones, es decir, una nueva división por millón de habitantes.

La segunda parte del memorándum registraba la consiguiente decisión. Quedaba claro, leyendo entre líneas, que los dos mandos militares de mayor rango, Blomberg y Fritsch, y el ministro de Asuntos Exteriores, Neurath, habían mostrado serias dudas ante la viabilidad de la estrategia de Hitler: el ejército francés era demasiado poderoso, las defensas fronterizas checas demasiado formidables, las divisiones motorizadas alemanas demasiado débiles...

Legat cayó en la cuenta de que, tras esa reunión, los tres habían sido relevados de sus puestos y reemplazados por Keitel, Brauchitsch y Ribbentrop.

Echó hacia atrás la silla. Hartmann tenía razón. El primer ministro tenía que conocer ese documento antes de firmar ningún acuerdo.

Volvió a meter el memorándum en el sobre.

Pasó por la oficina y se dirigió hacia Joan.

—¿Me harías un favor? El primer ministro y el resto de la delegación estarán aquí de vuelta en una media hora. Pregunta si el hotel prepararía cena para todos.

—De acuerdo. Veré lo que puede hacerse. ¿Algo más?

—Sí, ¿puedes transmitir un mensaje a sir Alexander Cadogan en el Ministerio de Asuntos Exteriores? Solo dile que lo tengo.

—¿Que tienes qué?

—No hace falta añadir más. Él lo entenderá.

—¿Y tú adónde vas?

Legat estaba abriendo uno de los maletines rojos.

—Voy a volver un momento a la sede de la conferencia. Hay un documento que creo que el primer ministro debe ver.

Salió al pasillo a paso ligero. No esperó el ascensor, sino que bajó trotando por la escalera, cruzó a toda prisa el vestíbulo y se adentró en el anochecer muniqués.

Hartmann estaba traduciendo del inglés al alemán la «declaración suplementaria»: «... todas las preguntas que puedan surgir sobre la transferencia del territorio deberán debatirse en el marco de la comisión internacional...». Levantó la mirada y vio a Legat dirigiéndose muy resuelto hacia la sala de la delegación británica. Llevaba un pequeño maletín rojo.

La única persona que había en la sala era Dunglass. Miró a Legat sorprendido.

—Creía haberte dicho que íbamos a volver al hotel.

—Ha sucedido algo. Necesito hablar un momento con el primer ministro.

—Bueno, puedes intentarlo, pero sigue con los otros líderes.

—¿Dónde está?

Dunglass enarcó las cejas levemente —en su caso, lo más parecido a expresar una emoción intensa— y señaló la puerta al final del pasillo. Parecía la entrada a una colmena: había un montón de personas merodeando alrededor, entrando y saliendo.

—Gracias.

Legat se dirigió hacia allí. Nadie intentó detenerlo. Hartmann lo siguió con la mirada sin dejar de escribir en ningún momento:

Los cuatro presidentes de gobierno aquí presentes están de acuerdo en que la comisión internacional prevista en el acuerdo firmado por ellos en el día de hoy estará formada por el secretario de Estado del Ministerio de Asuntos Exteriores alemán, los embajadores británico, francés e italiano acreditados en Berlín y un representante designado por el gobierno de Checoslovaquia.

Perdió a Legat de vista cuando este entró en el despacho de Hitler.

La sala era grande —unos quince metros de largo—, estaba muy concurrida y el ambiente era sofocante. Todos los altos ventanales estaban cerrados. Se percibía un leve olor acre a sudor masculino. El primer ministro estaba en el sofá frente a la chimenea, hablando con Mussolini. Legat vio a Wilson en la esquina junto a la ventana, con sir Nevile Henderson. Y al fondo, al lado del gigantesco globo terráqueo, con los brazos cruzados, apoyado en el canto del escritorio y escuchado a Ribbentrop con una expresión de absoluto aburrimiento, vio a Hitler. Después de su primer encuentro con él, Chamberlain lo describió en un consejo de ministros como «el perro más vulgar que hayáis visto jamás». El secretario del consejo había suavizado el comentario en las anotaciones oficiales, transformándolo en «no había en sus rasgos nada fuera de lo común». En aquel entonces el comentario del primer ministro le había parecido esnob, pero ahora entendía a qué se refería. Resultaba casi cautivador hasta qué punto era anodino, algo que ahora Legat percibió de un modo mucho más claro que cuando lo había visto fugazmente en la calle años atrás. Parecía un huésped ensimismado, o un vigilante nocturno que desapareciera por la mañana en cuanto llegase el cambio de turno. Le costó apartar la mirada de él, y cuando lo hizo se dio cuenta de que habían dado la reunión por concluida. Los presentes enfilaban hacia la puerta. Chamberlain ya se había incorporado.

Legat se apresuró a interceptarlo.

—Disculpe, primer ministro.

—¿Sí?

—¿Puedo robarle un minuto?

Chamberlain lo miró primero a él y después el maletín rojo.

—No —respondió molesto—. Ahora no.

Salió del despacho. Casi al mismo tiempo, Legat notó a alguien detrás y una mano que lo agarraba del codo. Oyó la voz de Wilson y sintió su cálido aliento en la oreja.

—¿Hugh? ¿Qué demonios estás haciendo aquí?

El resto de los delegados, amontonados junto a la puerta, seguían saliendo.

—Lo siento, señor. Lord Dunglass me ha dicho que había acuerdo, así que he venido por si podía ser de alguna ayuda. —Alzó el maletín rojo—. Para llevar documentos de vuelta al hotel o lo que haga falta.

—¿Eso es todo? —Wilson lo miró con escepticismo—. Bueno, pues podrían haberte ahorrado el viaje. Lo tenemos todo controlado.

Hartmann los vio salir del despacho: primero Chamberlain con Henderson, después los diplomáticos franceses Rochat, Clapier, François-Poncet... Léger se apartó de los demás y fue a buscar a Daladier, que seguía sentado en un rincón con su cerveza. El primer ministro francés se levantó con parsimonia. Después salió Legat con Wilson, que lo agarraba por el codo como si fuese un detective de paisano que acabara de hacer un arresto. Pasaron muy cerca de Hartmann. Legat desvió la mirada hacia él, pero simuló no conocerlo. Unos minutos después apareció Hitler con Mussolini, seguidos por Ciano y Ribbentrop. Se dirigieron hacia el gran comedor.

Hartmann intentó interpretar el significado de la pequeña pantomima que acababa de presenciar: supuso que Legat había leído el memorándum, lo había llevado al Führerbau y había intentado hablarle de él a Chamberlain, aunque había llegado demasiado tarde. Esa parecía la explicación más plausible.

Se le acercó un asistente para recoger las traducciones. Y de pronto apareció Kordt urgiéndolo con aspavientos a que se levantase.

—Hartmann, acompáñanos. Date prisa y arréglate la corbata. Nos han pedido que asistamos a la cena del Führer.

—¿De verdad, Kordt? Qué horror, nunca ceno con gente a la que apenas conozco.

—No es algo opcional. Son órdenes de Weizsäcker. Los británicos y los franceses no van a asistir a la cena, de modo que nos necesitan para llenar sillas. Vamos. —Le tendió la mano.

De mala gana, Hartmann se levantó y juntos dieron la vuelta alrededor de la primera planta hasta el otro lado del edificio.

—¿Los ingleses y los franceses volverán esta noche? —preguntó Hartmann.

—Sí, después de cenar. Para firmar el acuerdo.

De modo que todavía no estaba del todo cerrado, pensó, aunque las posibilidades de deshacerlo eran tan escasas que dio la batalla por perdida. Sin embargo, se las apañó para entrar en la sala con una expresión neutra en el rostro.

Hitler ocupaba un asiento al centro de la inmensa mesa, de espaldas a los ventanales. Tenía a Mussolini y Ciano uno a cada lado y Weizsäcker y Ribbentrop estaban sentados frente a él. A los invitados se les estaba sirviendo vino, pero el Führer tenía una botella de agua mineral. Mientras Hartmann cruzaba el largo salón de paredes paneladas se fijó en los comensales que reconocía: Göring, Himmler, Hess, Keitel, Attolico... Había unas dieciséis personas en total. Pero de Sauer, ni rastro.

Era un grupo demasiado pequeño para un espacio tan grande; la atmósfera era incómoda. Los camareros quitaron los cubiertos sobrantes de ambas esquinas de la mesa. Hartmann se sentó en el lado contrario a Hitler, todo lo alejado que pudo, cerca del italiano Anfuso, que estaba al mando del Ministerio de Asuntos Exteriores en Roma. Pese a ello, estaba lo bastante cerca del Führer para poder observarlo con atención. Hitler cogió con aire malhumorado un panecillo y no se esforzó demasiado en mantener conversaciones. Parecía dar vueltas al desaire de los británicos y franceses. El virus del silencio había infectado a quienes lo rodeaban. Incluso Göring permanecía mudo. Solo cuando sirvieron la sopa de pan el Führer pareció animarse un poco. Sorbió una cucharada y después se limpió el bigote con la servilleta.

—Duce —empezó—, ¿estás de acuerdo en que puede vislumbrarse la decadencia de una raza en los rostros de sus líderes? —La observación adoptó la forma de pregunta dirigida a Mussolini, pero hizo el comentario en voz lo bastante alta para que se oyese en toda la mesa, y en un tono que implicaba que no era necesaria una respuesta. Todas las conversaciones se detuvieron. Hitler sorbió otra cucharada de sopa—. Hasta cierto punto, Daladier sería una excepción a la regla. Los franceses son sin duda decadentes; Léger procede de Martinica y seguro que tiene ancestros negroides, pero Daladier tiene un porte que transmite cierto carácter. Fue soldado, como tú y yo, Duce. Daladier... Sí, es posible entenderse con él. Ve las cosas como son y saca las conclusiones correctas.

—Él quería tomarse su cerveza y dejar que sus asesores le resolviesen la papeleta —respondió Mussolini.

Hitler no dio muestras de haber oído el comentario.

—¡Pero Chamberlain! —Pronunció el nombre con sarcástica repugnancia, alargando las vocales para que sonase como una obscenidad—. ¡Ese «chambelán» regatea por cada pueblecito y cada minucia como un tendero de mercadillo! ¿Saben ustedes, caballeros, que pedía garantías de que a los granjeros checos expulsados de los Sudetes se les permitiría llevarse sus cerdos y sus vacas? ¿Pueden imaginarse la trivialidad burguesa de una mente capaz de preocuparse por tamaña minucia? ¡Pedía indemnizaciones por cada edificio público transferido!

—Me ha gustado la observación de François-Poncet —intervino Mussolini—: «¿Qué? ¿Incluidos los lavabos públicos?».

Hubo risas por toda la mesa.

Pero Hitler no iba a permitir que lo desviasen del tema:

—¡Chamberlain! ¡Ha sido más pejiguero de lo que los propios checos lo habrían sido! ¿Qué tiene que perder en Bohemia? ¿Qué más le da a él esa región? Me ha preguntado si me gustaba ir de pesca los fines de semana. Yo no tengo fines de semana, ¡y odio la pesca!

Se repitieron las risas generalizadas.

—¿Sabe cómo lo llaman en París? —intervino Ciano—. *J'aime Berlin.*

Hitler lo miró con el ceño fruncido. Estaba claro que esas interrupciones lo irritaban. Mussolini lanzó una mirada reprobatoria a su yerno. A Ciano se le congeló la sonrisa en sus gruesos labios.

—Ya es hora —prosiguió el Führer— de que Inglaterra aprenda la lección de que no tiene ningún derecho a jugar a ser la gobernanta de Europa. Si no es capaz de dejar de intervenir, a la larga la guerra no podrá evitarse. Y tengo intención de librar esta guerra mientras tú y yo, Duce, todavía seamos jóvenes, porque será una gigantesca prueba para medir la fuerza de nuestros dos países y requerirá de la fortaleza de hombres en su plenitud al frente de los respectivos gobiernos, ¡no esa pandilla de ancianitas y negros!

Hubo aplausos y golpeteo en la mesa. Hartmann miró a Kordt, pero este estaba concentrado en su plato de sopa. De pronto ya no pudo soportarlo más. Mientras los camareros rodeaban la mesa para retirar los primeros platos, dejó la servilleta y empujó hacia atrás la silla. Tenía la esperanza de poder escabullirse sin llamar la atención, pero en cuanto empezó a incorporarse, Hitler lo miró desde el otro lado de la mesa y se percató de su actitud. En el rostro del Führer se dibujó una expresión de perplejidad. ¿Cómo podía alguien tener la osadía de marcharse mientras él estaba hablando?

Hartmann se quedó petrificado.

—Discúlpeme, mi Führer, me requieren para ayudar con la traducción del acuerdo.

Se alzó un dedo.

—Un momento.

Hitler se apoyó en el respaldo de la silla y llamó con un gesto a un asistente de las SS que se le acercó de inmediato. Hartmann acabó de incorporarse muy despacio, consciente de que todas las miradas estaban fijas en él. Mussolini, Göring, Himmler... Todos parecían observar divertidos el aprieto en el que estaba. Solo Kordt observaba la escena rígido y horrorizado. El asistente empezó a desplazarse alrededor de la mesa hacia Hartmann. Tras lo que le pareció una eternidad, pero que en realidad fue cuestión de segundos, el asistente llegó hasta él y le devolvió el reloj. Mientras salía del comedor, Hartmann oyó la familiar voz chillona a sus espaldas:

—Nunca olvido mis compromisos. Por Alemania estoy dispuesto a ser deshonesto mil veces; en mi vida personal, jamás.

9

Wilson había enviado a Legat en el primer coche para asegurarse de que la cena del primer ministro estaba preparada. Habló con el director, quien le aseguró que habían reservado un comedor privado en la planta baja. Ahora esperaba junto a la entrada del Regina Palast la llegada del resto de la delegación británica. Sentía que había hecho un ridículo espantoso. Wilson había reaccionado con suma discreción, lo que en realidad era casi lo peor. Imaginó la que se organizaría al regresar a Londres: una breve conversación entre Cleverly y Cadogan, una discreta convocatoria a la oficina del primer secretario privado, el envío a un puesto con menos presión, tal vez una delegación diplomática. Y, sin embargo, Legat seguía tozudamente convencido de que tenía una misión que llevar a cabo. Chamberlain debía conocer la existencia del memorándum antes de que se firmase el acuerdo.

El convoy de limusinas Mercedes entró rugiendo en la Maximiliansplatz y provocó vítores aún más estruendosos entre la multitud que seguía frente al hotel. Parecía que el número de personas congregadas y la excitación había aumentado ante las expectativas de un acuerdo inminente. Cuando el primer ministro, acompañado por Dunglass, entró por la puerta giratoria, los huéspedes del hotel, muchos de ellos con traje de noche, le aplaudieron mientras atravesaba el vestíbulo y el cuarteto de cuerda empezó a tocar *Porque es un muchacho excelente*. Chamberlain respondió con gestos de asentimiento a derecha e izquierda y sonrisas, pero en cuanto llegó al santuario del comedor privado se desplomó sobre la gran silla dorada que presidía la mesa y pidió con voz ronca un whisky con soda.

Legat dejó el maletín rojo y se acercó a la bandeja de los licores colocada sobre una de las mesas auxiliares. Las paredes tenían paneles acristalados al estilo de Versalles y las bombillas estaban colocadas en lámparas con forma de candelabro. Mientras vertía la soda en el vaso, Legat no quitaba ojo a Chamberlain, sentado bajo la lámpara de araña del techo. Poco a poco, el mentón del primer ministro fue inclinándose hacia su pecho.

Dunglass se llevó el índice a los labios y el resto de los miembros de la delegación —Wilson, Strang, Ashton-Gwatkin, Henderson y Kirkpatrick— entraron en silencio. El único que no había regresado al hotel era Malkin, que se había quedado en la sede de la conferencia para supervisar el borrador final del acuerdo. Los demás se movieron de puntillas alrededor del primer ministro, hablando en susurros. El guardaespaldas de Scotland Yard cerró la puerta y se quedó fuera, plantado ante ella. Wilson se acercó a Legat. Señaló a Chamberlain con un movimiento de la cabeza.

—Tiene setenta años —comentó en voz baja—, lleva quince horas despierto, ha viajado en avión casi mil kilómetros y ha soportado dos sesiones de negociaciones con Adolf Hitler. Creo que tiene derecho a estar agotado, ¿no te parece?

Hablaba con un tono protector. Cogió el vaso de whisky con soda y lo dejó frente al primer ministro. Chamberlain abrió los ojos, miró a su alrededor con cara de sorpresa y se reacomodó en la silla hasta sentarse recto.

—Gracias, Horace. —Estiró el brazo para coger el vaso—. Bueno, la verdad es que ha sido un infierno.

—Pero lo hemos logrado, y no creo que nadie lo hubiese manejado mejor.

—Se verterán océanos de tinta para criticar su actuación, primer ministro. Pero millones de madres bendecirán su nombre esta noche por haber salvado a sus hijos del horror de la guerra.

—Desde luego que sí —murmuró Dunglass.

—Eres muy amable —dijo el primer ministro.

Se acabó el whisky con soda y tendió el vaso para que volvieran a llenárselo. Estaba reviviendo de un modo ostensible, como una flor mustia que recibiera agua fresca. El color le volvió a las grisáceas mejillas.

Legat le preparó otro trago y salió del comedor para preguntar por la cena. Fuera, algunos huéspedes curioseaban alrededor de la sala. Cuando abrió la puerta, intentaron ver a Chamberlain en el interior. Por el vestíbulo se acercaba una fila de camareros cargados con platos cubiertos con campanas de plata como si fueran trofeos.

La cena consistió en crema de rebozuelos seguida de ternera y tallarines. Al principio la conversación fue discreta por la presencia de los camareros, hasta que Wilson pidió a Legat que los invitase a salir. Pero en cuanto se cerró la puerta, el primer ministro empezó a preguntar si había alguna noticia de Londres. Kirkpatrick señaló el techo.

—Disculpe, señor; antes de que siga, creo que sería sensato dar por hecho que cada palabra que se diga aquí está siendo espiada.

—No me importa. No voy a decir nada a espaldas de Hitler que no le haya dicho a la cara. —Dejó el cuchillo y el tenedor—. ¿Ha hablado alguien con Edward o con Cadogan?

—Yo he hablado con el ministro de Exteriores —dijo Henderson—. Estaba muy animado con las noticias.

—Lo que necesitamos, primer ministro, si me permite la sugerencia —intervino Wilson—, es una lista punto por punto de todas las concesiones que ha logrado usted imponer a los alemanes en comparación con lo que pedían antes de venir a Múnich. Nos será muy útil para responder a las críticas cuando regresemos a Londres.

—Entonces ¿ha habido concesiones? —preguntó Strang con tono escéptico.

—Oh, desde luego, y no son insignificantes. Una ocupación por etapas que culminará el diez de octubre en lugar de una invasión el día uno. Una evacuación ordenada de la minoría checa bajo supervisión internacional. Un mecanismo para arbitrar las posibles disputas que puedan surgir.

—Me pregunto si los checos van a verlo con el mismo entusiasmo.

—Los checos —murmuró Chamberlain. Había encendido un puro y empujó la silla hacia atrás—. Nos hemos olvidado de los checos. —Se volvió hacia Legat—. ¿Dónde están ahora?

—Hasta donde sé, primer ministro, siguen en su habitación.

—Vaya, ¿por qué los trata Hitler de este modo? Es muy descortés. E innecesario por completo, como todo lo demás.

—Primer ministro, ha evitado usted que los bombardee —señaló Henderson—, que es lo que él más deseaba. En cambio, ahora lo máximo que puede hacer es infligirles unas insignificantes humillaciones. Deberían estar agradecidos de no hallarse confinados en un refugio antiaéreo.

—Pero ¿y si después de cómo se los ha tratado se niegan a aceptar el acuerdo? Entonces vamos a estar metidos en un tremendo lío.

Un breve silencio invadió el comedor.

—Yo me encargo de los checos —dijo Wilson con tono grave—. Les explicaré la realidad de la situación. Mientras, debería ir usted a descansar antes de la ceremonia de la firma. Doy por hecho que habrá fotógrafos. Hugh, ¿puedes ir a buscar a los checos?

—Por supuesto, sir Horace.

Legat dejó la servilleta. No había tocado la comida.

Hartmann cerró la puerta del comedor y se detuvo para ponerse el reloj. Eran las diez menos veinte. Desde la oficina al otro lado del pasillo llegaba el tenue tecleo de las máquinas de escribir; sonó un teléfono.

Volvió a bajar hasta el sótano por la escalera de servicio. Giró a la derecha por el pasillo, pasó junto a la ruidosa cocina y el bar envuelto en humo y repleto como de costumbre de soldados y chóferes. Cruzó después por delante de la sala de guardia y salió al patio. Encendió un cigarrillo. Los coches estaban aparcados muy juntos sin que nadie los vigilase y con las llaves puestas. Se le pasó por la cabeza tomar uno prestado, pero decidió no hacerlo; sería mejor intentarlo a pie. Las nubes bajas mantenían la calidez del día. En el cielo se veían los haces de los reflectores dirigidos hacia las esvásticas de Königsplatz. Le llegaba el murmullo de la multitud concentrada.

Salió a la calle. Tenía la inquietante sensación de que lo vigilaban o lo seguían. Pero cuando se volvió, lo único que vio fueron las resplandecientes hileras de limusinas y la enorme mole del Führerbau cerniéndose sobre ellas. Los ventanales estaban iluminados. Distinguía a la perfección el salón del banquete porque veía las siluetas de los camareros moviéndose de un lado a otro, y allí seguía sin duda Hitler explayándose sobre la degeneración de las democracias.

Legat iba mentalizado para tener que enfrentarse con los agentes de la Gestapo que custodiaban a los checos. Pero cuando les explicó con su envarado alemán que el primer ministro quería informar a los representantes del gobierno checo de los progresos de las conversaciones, le respondieron que no había ningún problema siempre y cuando esos caballeros no intentasen salir del hotel.

Llamó a la puerta. Le abrió Masarík, el representante del Ministerio de Asuntos Exteriores venido desde Praga. Estaba en mangas de camisa, al igual que el anciano Mastny, embajador en Berlín. La habitación estaba llena de humo pese a que habían abierto la ventana. Sobre la cama tenían un tablero de ajedrez y estaban jugando una partida. Mastny estaba sentado al borde del colchón, con las piernas cruzadas y el mentón apoyado en la palma de una mano, estudiando su próximo movimiento. En el escritorio había restos de comida. Masarík vio que Legat los miraba.

—Oh, sí —dijo con tono mordaz—, puede usted informar a la Cruz Roja de que han proporcionado comida a los prisioneros.

—Sir Horace Wilson quiere hablar con ustedes.

—¿Solo Wilson? ¿Y el primer ministro?

—Me temo que él está ocupado.

Masarík comentó algo en checo a Mastny. Este se encogió de hombros y le dio una concisa respuesta. Se pusieron las americanas.

—Al menos estiraremos las piernas —comentó Mastny—. Llevamos aquí metidos casi cinco horas.

—Siento lo que les está pasando. El primer ministro ha hecho todo lo que estaba en su mano.

Los condujo por el pasillo. Los hombres de la Gestapo los seguían muy de cerca. Legat decidió llevarlos hasta la parte trasera del hotel y desde allí bajar por la escalera del fondo; quería evitar que pudieran cruzarse por casualidad con el primer ministro. El hotel estaba más desvencijado en esa zona que en la que daba a la calle. Los checos, atentos a cualquier nueva falta de respeto, se percataron enseguida.

—¡Vojtek, nos hacen bajar por la escalera de servicio! —comentó riéndose Masarík.

Legat hizo una mueca de malestar. Se alegró de estar dándoles la espalda. Todo ese asunto resultaba cada vez más embarazoso. La lógica de la postura inglesa era en principio impecable. Pero una cosa era diseñar una estrategia sobre un mapa en Downing Street y otra muy distinta ir a Alemania y tener que explicarla cara a cara. Pensó en el memorándum que esperaba en el maletín rojo del primer ministro: «La incorporación de Austria y Checoslovaquia a Alemania nos proporcionará, desde el punto de vista político y militar, una ventaja sustancial, porque significará fronteras más compactas y mejores, la liberación de fuerzas para otros propósitos...».

En el comedor privado ya no quedaba nadie excepto Wilson, Ashton-Gwatkin y un par de camareros retirando los platos sucios. Wilson fumaba un cigarrillo, algo que Legat no le había visto hacer nunca hasta ahora. Cuando Ashton-Gwatkin se lo presentó a los checos, se pasó el cigarrillo a la mano izquierda y se le cayó un poco de ceniza en la alfombra.

—Sentémonos, por favor.

Los camareros salieron del comedor, Ashton-Gwatkin le

pasó un pequeño mapa enrollado, Wilson apartó de un manotazo algunos restos de comida en el mantel y lo extendió. Legat se colocó detrás de él.

—Bueno, caballeros, esto es lo mejor que hemos podido conseguir para ustedes.

Los territorios que iban a ser transferidos a Alemania aparecían marcados en rojo. La zona este del país salía casi indemne; en cambio, en la zona oeste había tres grandes áreas junto a la frontera, alrededor de las ciudades de Eger, Aussig y Troppau, que iban a ser escindidas, como partes mordisqueadas de un pedazo de carne. Una zona del sur, próxima a lo que había sido Austria, estaba marcada en un tono rosado menos intenso; su destino, les explicó Wilson, se decidiría mediante un plebiscito.

Al principio los checos se quedaron tan atónitos que no fueron capaces de articular palabra. Por fin Masarík estalló:

—¡Han dado a los alemanes todo lo que pedían!

—Nos hemos limitado a aceptar la transferencia de las zonas en la que la mayoría de la población es alemana.

—Pero de este modo perdemos todas nuestras fortificaciones fronterizas, nuestro país quedará indefenso.

—Me temo que no deberían haber construido esas fortificaciones en zonas que era evidente que iban a ser objeto de disputa territorial en cuanto Alemania se recuperase de la derrota.

Wilson encendió otro cigarrillo. Legat se percató de que le temblaba un poco la mano. Todo eso era un mal trago, incluso para alguien como él.

Mastny señaló el mapa.

—Aquí, en el punto más estrecho, Checoslovaquia solo tendrá setenta kilómetros de largo. Los alemanes podrán partir el país por la mitad en un día.

—Excelencia, yo no soy responsable de las realidades geográficas.

—Sí, por supuesto, eso lo entiendo. Sin embargo, el gobierno de Francia nos aseguró que después de cualquier acuerdo nuestras fronteras seguirían siendo defendibles, que se tomarían en consideración las realidades geográficas, económicas y políticas, además de las raciales.

Wilson extendió las manos.

—¿Qué puedo decir? Hitler considera que este ha sido el pecado original de Checoslovaquia desde el principio, que son ustedes una unidad política y económica pero no una nación. Para él, el tema racial es *sine qua non*. En ese punto es inflexible.

—Estoy seguro de que se habría flexibilizado si los británicos y los franceses se hubiesen mantenido firmes.

Wilson sonrió y negó con la cabeza.

—Señor Mastny, usted no ha estado en ese despacho. Créame, ¡no soporta el mero hecho de tener que negociar este tema!

—Esto no es una negociación. Es una capitulación.

—No estoy de acuerdo. Es el mejor pacto que vamos a poder conseguir. El noventa por ciento de su país permanecerá intacto y no sufrirán una invasión. Le sugiero que hable con su gobierno en Praga y les aconseje que acepten el pacto.

—¿Y si lo rechazamos? —preguntó Masarík.

Wilson suspiró. Se volvió hacia Ashton-Gwatkin.

—¿Por qué no se lo dices tú, Frank? Parece que yo no logro hacerles entender la situación.

—Si lo rechazan —dijo Ashton-Gwatkin arrastrando las palabras— tendrán que resolver sus problemas con los alemanes por su cuenta, sin contar con nuestro apoyo. Esta es la realidad. Tal vez los franceses se lo expliquen de un modo más amable, pero créanme si les digo que comparten nuestra posición. No tienen ningún interés en tensar la cuerda.

Los dos checos se miraron. Parecían haberse quedado sin más argumentos que poner sobre la mesa. Por fin, Mastny señaló el mapa.

—¿Puedo llevármelo?

—Sí, por supuesto —accedió Wilson. Lo enrolló con cuidado y se lo entregó—. Hugh, ¿puedes acompañar a nuestros amigos de vuelta a su habitación y preguntar si los autorizan a utilizar el teléfono?

Legat recogió el maletín rojo del primer ministro y abrió la puerta. Los dos miembros de la Gestapo esperaban en el pasillo. Legat se hizo a un lado para dejar pasar a los checos. Mientras salían, Wilson les dijo:

—Me aseguraré de que el primer ministro se reúna con ustedes en persona para explicarles los detalles en cuanto el acuerdo se haya firmado.

Legat no prestó atención a sus palabras. En el vestíbulo, detrás de las palmeras, plantado ante el mostrador de la recepción y hablando con el conserje, distinguió la inconfundible silueta de Paul Hartmann.

Legat tardó unos segundos en recuperar la compostura.

—Es imperativo que herr Masarík y el doctor Mastny puedan comunicarse cuanto antes con su gobierno en Praga —le dijo al mayor de los dos miembros de la Gestapo—. Espero poder confiar en que harán ustedes las gestiones pertinentes para que eso sea posible.

Y sin esperar la respuesta, atravesó el vestíbulo en dirección a Hartmann. Este lo vio venir, pero en lugar de indicarle con un gesto algún rincón discreto en el que pudieran hablar, tal como Legat esperaba que hiciese, empezó a caminar hacia él.

—¿Lo has leído?

—Sí.

—¿Has hablado con Chamberlain?

—Baja la voz. No, todavía no.

—Entonces tengo que hacerlo yo de inmediato. Se aloja en la tercera planta, ¿verdad? —Se dirigió hacia la escalera.

—¡Paul, por el amor de Dios, no hagas una tontería! —Legat corrió tras él. Logró agarrarlo por el brazo pie de la escalera. Era más menudo que Hartmann y el alemán estaba decidido a llevar a cabo su misión, pero la desesperación le dio fuerzas y consiguió detenerlo—. Espera un momento. No tiene sentido comportarse como un chiflado. —Hablaba en voz baja. Era consciente de que la gente los miraba—. Tenemos que discutirlo con calma.

Hartmann se volvió hacia él.

—No voy a cargar sobre mi conciencia no haber movido un dedo para evitarlo —le espetó.

—Te entiendo perfectamente. Pienso igual que tú. Ya he intentado sacarle el tema y te prometo que volveré a intentarlo.

—Pues hagámoslo juntos ahora.

—No.

—¿Por qué no?

Legat dudó.

—¿Lo ves? —dijo Hartmann—. ¡No tienes respuesta! —Acercó la cara a un palmo de la de Legat—. ¿O es que acaso temes que dañe tu carrera?

Empezó a subir por la escalera. Unos instantes después Legat lo siguió. La pulla lo había descolocado. ¿Por qué? ¿Porque había algo de verdad en ese comentario? Trató de hacerse un plano mental de dónde estaba cada cual. Wilson y Ashton-Gwatkin seguían en el comedor, aunque saldrían de allí en cualquier momento. Malkin no había regresado de la sede de la conferencia. En cuanto a los demás, lo más probable es que estuviesen en sus habitaciones, o en la improvisada oficina intentando hablar con Londres. El primer ministro se suponía que estaba descansando. Tal vez fuese posible hacerlo.

—De acuerdo —accedió—. Déjame ver qué puedo hacer.

En el rostro de Hartmann apareció una familiar sonrisa. En Oxford alguien dijo una vez que era una sonrisa capaz de levantar el ánimo a cualquiera.

—Hugh, eres un buen tipo.

Subieron por la escalera hasta la tercera planta. El agente de Scotland Yard estaba en mitad del pasillo en su posición habitual, haciendo guardia ante la suite del primer ministro. A esas alturas Legat ya estaba arrepintiéndose de su decisión.

—Te lo advierto —le dijo a Hartmann—, es un anciano obstinado y está exhausto y al límite de su paciencia. Si acepta verte, por favor, no le sueltes un sermón moral. Limítate a relatarle los hechos. Espera aquí.

Saludó al escolta y llamó a la puerta. Se dio cuenta de que, llevado por su ansiedad, estaba retorciéndose las manos. Se las metió en los bolsillos. Abrió la puerta el médico personal del primer ministro, sir Joseph Horner, del hospital Universitario. Llevaba en las manos un aparato para medir la tensión arterial. Detrás de él, en la habitación, Legat vio a Chamberlain sin la americana, con la manga derecha de la camisa enrollada por encima del codo.

—Disculpe, primer ministro, puedo volver más tarde —dijo Legat.

—No, pasa. Solo estábamos comprobando mi presión sanguínea. Pero ya hemos terminado, ¿no es así?

—Desde luego, primer ministro.

Horner empezó a guardar el estetoscopio y el tensiómetro en su maletín. Legat no había visto nunca a Chamberlain sin americana. Su brazo era sorprendentemente musculoso. Se bajó la manga y cerró el gemelo.

—¿Y bien, Hugh?

Legat colocó el maletín rojo sobre el escritorio y lo abrió. Esperó a que Chamberlain se pusiese la americana y Horner saliera de la habitación con un respetuoso «Buenas noches, primer ministro».

—Hemos tenido acceso a un documento que creo que es relevante. —Tendió a Chamberlain el memorándum.

El primer ministro lo miró desconcertado. Se puso las gafas y hojeó las páginas.

—¿Qué es esto?

—Parece ser el acta de una reunión que Hitler mantuvo con sus jefes militares de más alto rango el pasado noviembre, en la que explicita su decisión de ir a la guerra.

—¿Y cómo ha llegado a nuestras manos?

—Un amigo mío, un diplomático alemán, me lo ha entregado de forma confidencial esta tarde.

—¿En serio? ¿Y por qué quiere que lo tengamos?

—Creo que tal vez podría explicárselo él mismo en persona. Está esperando fuera.

—¿Está aquí? —El primer ministro lo fulminó con la mirada—. ¿Saben sir Horace o Strang algo de esto?

—No, señor. Nadie está informado.

—Estoy atónito. Este no es el modo en que se supone que se gestionan este tipo de asuntos. —Frunció el ceño—. ¿Sabes lo que es la cadena de mando? Estás excediéndote en tus funciones, jovencito.

—Lo sé, señor. Pero me ha parecido importante. Ese hombre está arriesgando su vida y ha pedido verlo a solas.

—No pienso participar en esto. Es absolutamente impropio. —Se quitó las gafas y miró al vacío. Irritado, golpeó el suelo con el pie un par de veces—. Muy bien —dijo por fin—. Hazlo pasar. Pero le concedo cinco minutos, ni uno más.

Legat fue hasta la puerta, la abrió e hizo una seña a Hartmann, que esperaba al fondo del pasillo.

—Tranquilo, lo conozco —dijo al escolta, y se apartó para dejarlo pasar—. Cinco minutos —le susurró. Cerró la puerta—. Primer ministro, le presento a Paul Hartmann, del Ministerio de Asuntos Exteriores alemán.

Chamberlain le dio un rápido apretón de manos, como si un contacto prolongado pudiera contaminarlo.

—Buenas noches. —Le indicó que tomase asiento—. Sea breve.

Hartmann permaneció de pie.

—Prefiero no sentarme, primer ministro, porque no voy a quitarle más tiempo del necesario. Le agradezco que haya accedido a verme.

—No sé si es muy buena idea, para ninguno de nosotros. Pero será mejor que empiece.

—El documento que tiene en las manos es una prueba concluyente de que Hitler miente cuando proclama que no tiene «ninguna demanda territorial más en Europa». Por el contrario, planea lanzar una guerra de conquista para ganar nuevos territorios para los alemanes, y piensa declararla en cualquier momento en los próximos cinco años. La incorporación de Austria y Checoslovaquia no es más que el primer paso. Quienes expresaron reservas sobre su propuesta, como los jefes del ejército y el ministro de Asuntos Exteriores, han sido todos reemplazados. Le aporto esta información de buena fe y corriendo un enorme riesgo personal, porque quiero instarlo a que, aunque suponga echarse atrás en el último minuto, no firme el acuerdo esta noche. Si lo hace, Hitler se afianzará en el poder. En cambio, si Reino Unido y Francia se plantan, estoy seguro de que el ejército dará un golpe contra él para evitar una guerra catastrófica.

Chamberlain cruzó los brazos y lo observó durante unos instantes.

—Joven, aplaudo su coraje y su sinceridad, pero me temo que tiene todavía que aprender unas cuantas lecciones de realidad política. Es sencillamente imposible esperar que los pueblos de Inglaterra y Francia tomen las armas para negar el derecho a la autodeterminación de los germanos atrapados en un país extranjero que quieren abandonar. Ante esta sencilla realidad, todos los demás argumentos se desmoronan. En cuanto a los sueños de Hitler sobre sus movimientos en los próximos cinco años, no tendremos otro remedio que esperar a ver qué sucede. Lleva lanzando esas amenazas desde que escribió *Mein Kampf*. Mi objetivo es claro: evitar la guerra a corto plazo y después intentar crear las bases de una paz duradera para el futuro, si hace falta mes a mes, o día a día. La peor decisión que podría tomar para el futuro de la humanidad sería abandonar esta noche la conferencia. Y ahora —continuó, doblando el memorándum— le sugiero que coja este documento, que es propiedad de su gobierno, y lo devuelva al archivo del que lo ha sustraído.

Intentó devolvérselo a Hartmann, pero este lo rechazó. Se puso las manos detrás de la espalda y negó con la cabeza.

—No, primer ministro. Guárdeselo. Haga que lo estudien sus expertos. La realidad política está en ese documento.

—Está siendo impertinente —le cortó Chamberlain.

—No tengo ninguna intención de ser ofensivo, pero he venido para hablar con franqueza y es lo que he hecho. Estoy convencido de que lo que está fraguándose en esta ciudad se verá en el futuro como algo infame. Bueno, supongo que ya he consumido mis cinco minutos. —Y para sorpresa de Legat, sonrió, aunque era una sonrisa terrible, llena de sufrimiento y desesperación—. Gracias por su tiempo, primer ministro. —Lo saludó con una inclinación de la cabeza—. No tenía muchas esperanzas de que esto funcionase, Hugh.

Hizo un gesto de asentimiento dirigido a Legat, se volvió con rapidez, como un soldado en un desfile, salió de la habitación y cerró la puerta con delicadeza.

Chamberlain lo observó mientras se marchaba y después miró a Legat.

—Deshazte de esto de inmediato. —Le pasó el memorándum. Su tono de voz era frío, duro y expeditivo; al borde de una ira más temible si cabía por el modo en que la mantenía controlada—. No puedo dejarme distraer por lo que pudo o no decirse en una reunión privada hace meses. La situación ha cambiado por completo desde el mes de noviembre.

—Sí, primer ministro.

—No volveremos a hablar sobre este asunto.

—No, señor.

Legat se dispuso a coger el maletín rojo del escritorio, pero Chamberlain lo detuvo.

—Déjalo. Márchate. —Y cuando ya estaba en la puerta, el primer ministro añadió—: Debo decir que estoy muy decepcionado contigo.

Esas gélidas palabras fueron pronunciadas como si dictase una sentencia de muerte. Legat salió en silencio al pasillo, sabiendo que su carrera como funcionario público tenía los días contados.

10

Hartmann tuvo la certeza de que lo seguían desde el momento en que salió del hotel. Su sexto sentido —un hormigueo en la espalda— le decía que se había convertido en presa de un depredador. Pero había demasiada gente a su alrededor y no podía reconocer a su perseguidor. El pequeño parque frente al Regina Palast estaba a rebosar de personas celebrando la Oktoberfest. La noche era todavía lo bastante cálida para que las mujeres llevasen vestidos de tirantes. Buena parte de los hombres estaban ya borrachos. En Karolinenplatz se había reunido un coro de espontáneos alrededor del obelisco y un tipo de cara enrojecida con una pluma de gamuza en el sombrero movía las manos como un poseso intentando dirigirlos.

Pasó ante ellos aprisa. «Pobres incautos», pensó. Creían estar celebrando la paz. No tenían ni idea de lo que su amado Führer tenía planeado para ellos. Cuando en Brienner Strasse un par de mujeres le bloquearon el paso y lo invitaron a unirse a ellas, las apartó sin decir palabra. Lo abuchearon por la espalda. Él bajó la cabeza. «Idiotas.» Y el mayor idiota de todos era Chamberlain. Se detuvo bajo un árbol ya sin hojas para encender un cigarrillo y con discreción echó un vistazo a la calle que había dejado atrás. Tenía al menos la amarga satisfacción de haber advertido al primer ministro británico. ¡Ya era algo! No se quitaba de la cabeza la expresión ofendida de ese rostro provinciano cuando él se negó a coger el memorándum que le tendía. El pobre Hugh, de pie a su lado, parecía muy afectado. Tal vez había arruinado su carrera. Lástima, pero no tenía otra opción. Aun así, sintió una punzada de culpabilidad.

Volvió a mirar por encima del hombro. Se acercaba alguien. Pese al calor, llevaba una gabardina marrón con cinturón. Cuando pasó junto a él, Hartmann pudo ver fugazmente su mejilla llena de marcas de viruela. «Es de la Gestapo», pensó. Desprendían un olor particular. Y eran como las ratas. Si había uno, habría más. Esperó hasta que el tipo llegó al borde de la Königsplatz y desapareció detrás de uno de los Templos del Honor; entonces tiró el cigarrillo y se encaminó hacia el Führerbau.

Allí la multitud congregada era mucho más nutrida —había varios miles de personas—, pero se mantenía sobria, tal como correspondía por su cercanía al corazón espiritual del Reich. Hartmann subió por la escalera engalanada con la alfombra roja y entró en el vestíbulo. Igual que por la mañana, estaba lleno de dignatarios nazis. El barullo de voces generaba un eco al rebotar contra el mármol. Observó los rostros porcinos de la vieja guardia y los semblantes más refinados de quienes se habían unido al partido a partir de 1933, hasta que creyó localizar las marcas de viruela de su perseguidor. Pero cuando avanzó hacia él, el miembro de la Gestapo desapareció en el guardarropa. La absoluta tosquedad del montaje le pareció tan indignante como todo lo demás. Se dirigió al pie de la escalera y esperó allí. Como suponía, un par de minutos después apareció por la puerta del guardarropa Sauer con su uniforme negro. Hartmann se movió para bloquearle el paso.

—Buenas noches, herr Sturmbannführer.

Sauer saludó con cautela.

—Hartmann.

—No te he visto en casi todo el día.

—¿En serio?

—¿Sabes? Tengo un pálpito muy extraño. Tal vez puedas aclarármelo. Tengo la sensación de que han estado siguiéndome.

Por un momento Sauer pareció recular, pero la ira no tardó en aparecer en la expresión de su rostro.

—¡Qué narices tienes, Hartmann!

—Y bien, ¿es así o no?

—Sí. Ya que sacas el tema, he estado investigando tus actividades.

—No es una actitud muy digna de un camarada.

—Tengo todo el derecho a hacerlo. Y como resultado, lo sé todo sobre tu amigo inglés.

—Supongo que te refieres a herr Legat.

—¡Legat..., sí, Legat!

—Estudiamos juntos en Oxford —explicó Hartmann con tranquilidad.

—Lo sé. De 1930 a 1932. He hablado con el departamento de Personal del Ministerio de Asuntos Exteriores. Y también he contactado con nuestra embajada en Londres, que han averiguado que tú y Legat estuvisteis en el mismo college.

—Si me lo hubieras preguntado directamente, te habría ahorrado todo ese trabajo. Eso no significa nada.

—Si la cosa se quedase en eso, podría estar de acuerdo. Pero también he descubierto que herr Legat no figuraba en la primera lista de miembros de la delegación británica que se telegrafió a Berlín la noche pasada. Su nombre se ha añadido esta mañana. Un colega suyo, herr Syers, era quien en un primer momento debía venir.

Hartmann intentó no dejar entrever ningún atisbo de inquietud.

—No acabo de ver qué importancia tiene.

—Tu comportamiento en la estación de Kufstein, con esa llamada telefónica a Berlín para saber quién venía desde Londres, ya me ha parecido sospechosa. ¿Por qué tanto interés? Es más, ¿cómo es que has viajado en el tren del Führer? Ahora creo que la explicación es que pediste que Legat viniera a Múnich y querías asegurarte de que iba en el avión de Chamberlain.

—Sobreestimas mi influencia, herr Sturmbannführer.

—No estoy sugiriendo que lo hayas montado tú personalmente; algún miembro de tu grupo puede haber hecho la petición de tu parte. Oh, no pongas cara de sorprendido. Sabemos lo que está sucediendo. No somos tan idiotas como creéis.

—Espero que no.

—Y ahora te hemos descubierto abandonando el Führerbau por una entrada trasera e ir caminando hasta el hotel de la delegación británica, en cuyo vestíbulo te he visto con mis propios ojos conversando con herr Legat antes de que desaparecierais ambos escalera arriba. Todo esto apesta a traición.

—Resulta que dos amigos se reencuentran después de no verse durante años. Aprovechan un respiro entre sus obligaciones oficiales para hablar de los viejos tiempos. ¿Dónde están las evidencias de la traición? Herr Sturmbannführer, estás poniéndote en evidencia.

—Los británicos son por definición hostiles al Reich. Los encuentros no autorizados entre funcionarios de ambas naciones resultan altamente sospechosos.

—No he hecho nada que el Führer no haya estado haciendo con herr Chamberlain durante toda la tarde, es decir, buscar posibles espacios de entendimiento.

Por un momento Hartmann temió que Sauer estuviese a punto de golpearlo.

—Veremos si sigues mostrándote tan seguro de ti mismo después de que haya comentado este asunto al ministro de Asuntos Exteriores.

—¡Hartmann!

El grito se oyó con claridad entre el murmullo del vestíbulo. Ambos miraron a su alrededor para localizar de dónde procedía.

—¡Hartmann!

Levantó la cabeza. Schmidt se asomaba desde la balaustrada, haciéndole señas para que subiese.

—Discúlpame, Sturmbannführer. Espero noticias tuyas y del ministro.

—Las tendrás, puedes estar seguro.

Hartmann empezó a subir por la escalera. Sentía las piernas débiles. Se agarró a la barandilla de mármol y agradeció la estabilidad que le proporcionó. Había sido poco cuidadoso. El antiguo vendedor de coches de Essen estaba resultando un adversario correoso, no tan tonto como creía. Seguro que le había dejado un rastro de pruebas circunstanciales: conversaciones indiscretas, encuentros que podrían haber estado vigilados. Y su relación con frau Winter, ¿en cuánta gente en la Wilhelmstrasse había levantado sospechas? Se preguntó hasta qué punto sería capaz de aguantar los interrogatorios. Era difícil saberlo.

Schmidt lo esperaba en la primera planta. Parecía agotado. El esfuerzo de traducir entre cuatro idiomas y el de simplemente mantener a los demás en silencio el tiempo suficiente para que pudiera oírse su traducción lo había dejado para el arrastre.

—He estado buscándote —le dijo malhumorado—. ¿Dónde has estado?

—Los británicos han planteado algunas preguntas sobre una de las traducciones. He ido a su hotel para discutirlo con ellos en persona.

Una nueva mentira que con facilidad podía volvérsele en contra. Pero de momento pareció satisfacer a Schmidt, que asintió.

—Bien. Todavía están mecanografiando los acuerdos. Cuando vuelvan las delegaciones para la firma, tendrás que estar disponible para traducir.

—Por supuesto.

—Y otra cosa, mañana a primera hora de la mañana te necesitaremos aquí para preparar el dossier de prensa en inglés para el Führer. Los telegramas se recibirán en la oficina. Duerme un poco. Hay una habitación preparada para ti en el Vier Jahreszeiten.

Hartmann no pudo ocultar su inquietud.

—Creía que ahora que ya no estamos en el tren el dossier lo prepararía el departamento de Prensa.

—Eso sería lo habitual. De modo que puedes sentirte honrado. El propio Führer ha pedido que se lo prepares tú. Parece que le has causado muy buena impresión. Te ha llamado «el joven del reloj».

En el vestíbulo del Regina Palast, la comitiva del primer ministro hacía cola para salir por la puerta giratoria. Chamberlain estaba ya en la acera delante del hotel. Legat oía los vítores que la multitud del parque le dedicaba.

—No te veía desde hace un buen rato —le dijo Strang—. Pensaba que habías decidido no venir.

—No, señor. Disculpe.

—No es que te lo eche en cara. Yo mismo estaría encantado de evitármelo.

Salieron al barullo nocturno: los motores en marcha de los enormes Mercedes, varias puertas de los coches cerrándose a lo largo de toda la fila, gritos, flashes, luces traseras rojas y faros amarillos. En alguna parte, en la oscuridad, se oyó un silbido.

Durante más de una hora Legat estuvo esperando la llegada del bofetón. Había permanecido sentado en la oficina, dictando al funcionario de Asuntos Exteriores las últimas correcciones al acuerdo, atento a las voces que llegaban del pasillo, convencido de que lo llamarían, le echarían una bronca y lo destituirían. Pero no sucedió nada de eso. Ahora Wilson ayudaba al primer ministro a subir al asiento trasero del primer coche. Una vez conseguido, dio la vuelta para subir por el otro lado. Al hacerlo se percató de la presencia de Legat. Había llegado el momento, pensó este, y se preparó para recibir el golpe, pero Wilson se limitó a sonreírle.

—Hola, Hugh. ¿Vienes a ver cómo se cocina la historia?

—Sí, sir Horace. Si no tiene inconveniente.

—Por supuesto que no.

Legat lo miró mientras se dirigía rápidamente al otro lado del coche. Su simpatía resultó desconcertante.

—Vamos, Hugh —exclamó Strang—. ¡Arriba ese ánimo! ¿Por qué no te vienes conmigo?

Subieron al tercer Mercedes. Henderson y Kirkpatrick iban en el coche de delante. Ashton-Gwatkin y Dunglass en el de detrás. Cuando arrancaron y el chófer giró con cierta brusquedad y un chirrido de neumáticos, Legat se percató de que Strang no se balanceaba con los movimientos del vehículo, sino que permanecía recto e inmóvil. Odiaba cada minuto de esa situación. El viento los golpeó en la cara cuando la comitiva aceleró por la Max-Joseph Strasse y por la Karolinenplatz. Legat se preguntó si vería a Hartmann en el Führerbau. No le guardaba rencor por haberlo dejado en evidencia ante el primer ministro. Sin duda había sido un gesto inútil, pero estaban atrapados en un momento en el que lo único que podían intentar eran gestos inútiles. Paul había acertado de lleno aquella noche en que se subió al parapeto del puente del Magdalen College. «La nuestra es una generación desquiciada...» Sus destinos habían quedado trazados desde el momento en que se encontraron.

La comitiva entró en la Königsplatz. En medio de la oscuridad tenía un aire todavía más pagano, con esos símbolos gigantescos, las llamas eternas y los edificios blancos iluminados con reflectores resplandeciendo en la vasta explanada de granito negro como un complejo de templos de alguna civilización perdida. Cuando el vehículo se detuvo, el primer ministro ya se había apeado de su Mercedes y subía por la escalera hacia el Führerbau. Tenía tanta prisa que esa vez no se paró a saludar a la multitud congregada, pese a que coreaban su nombre. Siguieron lanzándole vítores incluso después de que desapareciese en el interior.

—Es increíble cómo lo reciben vaya a donde vaya en Alemania —comentó Strang—. Sucedía lo mismo en Godesberg. Empiezo a pensar que si se presentase a las elecciones, pondría a Hitler en apuros. —Un miembro de las SS se acercó a ellos y les abrió la puerta. Strang se estremeció levemente—. Bueno, vamos allá.

El vestíbulo estaba a rebosar y muy iluminado. Había asistentes con chaquetillas blancas circulando entre la gente con bandejas de bebidas. Strang fue en busca de Malkin. Al quedarse solo, Legat se dio una vuelta con un vaso de agua mineral en la mano, tratando de localizar a Hartmann. Vio que Dunglass se le acercaba.

—Hola, Alec.

—Hugh. Algunos de nuestros chicos de la prensa que están ahí fuera se nos están quejando. Por lo visto los alemanes no permiten que ningún periódico británico tome una foto de la firma del acuerdo. Me preguntaba si podrías indagar si es posible hacer algo al respecto.

—Puedo intentarlo.

—Te lo agradezco. Hagamos lo posible por contentarlos.

Dunglass desapareció entre la multitud. Legat entregó el vaso a un camarero y empezó a subir por la escalera. Se detuvo a mitad de camino y echó un vistazo a la galería, sin saber muy bien a quién dirigirse. Uno de los uniformados, un oficial de las SS, se separó de los demás y bajó por la escalera para hablar con él.

—Buenas noches. Parece perdido. —Le habló en alemán. Sus ojos azul claro tenían un extraño aire mortecino—. ¿Puedo ayudarle?

—Buenas noches. Gracias, sí. Quiero hablar con alguien sobre la presencia de la prensa en la firma del acuerdo.

—Por supuesto. Venga conmigo, por favor. —Hizo una seña a Legat para que subiera con él al primer piso—. Hay un funcionario del Ministerio de Asuntos Exteriores que se encarga de la relación con los invitados británicos. —Lo condujo hasta la zona de las butacas en la parte delantera del edificio, donde divisó a Hartmann de pie junto a una columna—. ¿Conoce a herr Hartmann?

Legat simuló no haber oído la pregunta.

—¿Herr Legat? —repitió el SS en voz más alta y menos amable—. Le he hecho una pregunta. ¿Conoce a herr Hartmann?

—Creo que no...

Hartmann lo interrumpió.

—Querido Hugh, me parece que el Sturmbannführer Sauer está jugando contigo. Sabe perfectamente que somos viejos amigos y que esta tarde he ido a verte a tu hotel. Y lo sabe porque él y sus amigos de la Gestapo me han seguido hasta allí.

Legat se las apañó para sonreír.

—Bueno, pues aquí tiene su respuesta. Nos conocemos desde hace años. ¿Por qué lo pregunta? ¿Hay algún problema?

—Usted sustituyó a un colega suyo en el avión de Chamberlain en el último minuto, ¿es así?

—Así es.

—¿Puedo preguntar por qué?

—Porque hablo alemán mejor que él.

—Pero sin duda eso se sabía desde el principio.

—Todo se decidió en el último minuto.

—Y además hay personas de su embajada en Berlín que pueden ejercer de traductores.

—La verdad, Sauer —intervino Hartmann—, es que no creo que tengas derecho a someter a este interrogatorio a un hombre que es un invitado de nuestro país.

Sauer no le hizo ni caso.

—Y antes del reencuentro de hoy, ¿cuándo fue la última vez que se vieron usted y Hartmann, si me permite preguntárselo?

—Hace seis años. Aunque creo que no es asunto suyo.

—De acuerdo. —Sauer asintió. De pronto dio la sensación de que la seguridad en sí mismo se le agotaba—. Bueno, voy a dejarles para que puedan hablar. Sin duda Hartmann le explicará todo lo que quiera saber. —Entrechocó los talones, hizo una leve inclinación con la cabeza y se marchó.

—Ha sido muy desagradable.

—Oh, no le hagas caso. Está decidido a pillarme. Va a seguir escarbando hasta que encuentre algo, pero de momento no tiene nada. Eso sí, debemos dar por hecho que nos vigilan, de modo que tenemos que actuar en consecuencia. ¿Qué quieres saber?

—La prensa británica desea que uno de sus fotógrafos inmortalice la firma del acuerdo. ¿Con quién tengo que hablar al respecto?

—No te molestes. Ya lo han decidido. La única cámara permitida en el despacho será la del fotógrafo personal del Führer, Hoffmann, a cuya asistente, fräulein Brown, según cuentan los rumores, se está follando nuestro no tan casto líder. —Apoyó la mano en el hombro de Legat y le susurró—: Te pido disculpas si mi actuación de esta noche te ha puesto en un aprieto.

—No te preocupes. Lo único que siento es que no haya sido más productiva. —Puso la mano sobre el bolsillo interior de su americana, donde llevaba el memorándum bien doblado—. ¿Qué quieres que haga con...?

—Guárdatelo. Escóndelo en tu habitación. Llévatelo a Londres y asegúrate de que llegue a manos de un público más receptivo. —Hartmann le apretó el hombro y se lo soltó—. Y ahora, por el bien de ambos, deberíamos dejar de hablar y separarnos. Y me temo que será mejor que no volvamos a mantener conversación alguna.

Pasó una hora más.

Legat esperaba en la sala de la delegación británica con los demás mientras acababan de redactarse los documentos. Nadie hablaba mucho. Él se aisló en una esquina. Para su sorpresa, descubrió que era capaz de pensar en el hundimiento de su carrera con tranquilidad. Sin duda contribuía a ello el efecto anestésico de la fatiga; estaba seguro de que al volver a Londres vería las cosas de un modo diferente. Pero de momento se sentía optimista. Intentó imaginarse a sí mismo contando a Pamela que sus sueños de convertirse en la dueña y señora de la embajada en París habían dejado de ser factibles. Tal vez incluso tuviera que abandonar de forma tajante el servicio diplomático. El padre de Pamela se había ofrecido en una ocasión a ayudarlo a encontrar «un buen puesto en la City»; quizá había llegado el momento de aceptar el ofrecimiento. Eso solventaría sus preocupaciones económicas, al menos hasta que la guerra estallase.

Eran las doce y media de la noche cuando Dunglass asomó la cabeza por la puerta.

—El acuerdo está a punto de firmarse. El primer ministro quiere que entréis todos.

Legat habría preferido quedarse fuera. Pero no había escapatoria posible. Se levantó sin ganas de la silla y siguió a sus compañeros por el pasillo hasta el despacho de Hitler. Alrededor de la puerta de la enorme sala se había reunido una pequeña multitud de personajes secundarios: ayudantes, asistentes, funcionarios y miembros del Partido Nazi. Se apartaron para dejarlos pasar. Dentro habían corrido las gruesas cortinas de terciopelo verde, pero las ventanas debían de seguir abiertas porque se oía con claridad el murmullo de la multitud concentrada en el exterior, un sonido como el del monótono oleaje del océano, sacudido de cuando en cuando por remolinos de gritos y cánticos.

El despacho estaba a rebosar. En el lado contrario, de pie alrededor del escritorio, vio a Hitler, Göring, Himmler, Hess, Ribbentrop, Mussolini y Ciano. Estaban estudiando un mapa, aunque a Legat le pareció que se limitaban a actuar para un camarógrafo que estaba filmándolos con una pequeña cámara sin trípode. Primero los grabó desde un ángulo y después se desplazó para captar la escena de frente, mientras Chamberlain y Daladier contemplaban el rodaje desde la chimenea. Todos los ojos miraban a Hitler. Él era el único que hablaba. De vez en cuando señalaba el mapa y hacía un gesto amplio que lo abarcaba todo. Por fin se cruzó de brazos, dio un paso atrás y la filmación se dio por terminada. Legat se percató de que el camarógrafo no llevaba equipo para grabar el sonido. Era como contemplar el rodaje de una extraña película muda.

Hitler miró a Chamberlain. El primer ministro parecía haber estado esperando esa oportunidad. Dejó a Wilson y se acercó para hablar con Hitler, quien escuchó la traducción y asintió con vigor un par de veces. Legat oyó su famosa voz áspera: «*Ja, ja*». La conversación de los dos líderes duró menos de un minuto. El primer ministro regresó a la chimenea. Parecía satisfecho de sí mismo. Por un instante su mirada se posó en Legat y casi de inmediato la desvió hacia Mussolini, que se había acercado para hablar con él. Göring se paseaba con andares de pato por el despacho, frotándose las manos. Las lentes redondas sin montura de Himmler destellaban bajo la luz de la lámpara de araña como las gafas de un ciego.

Pasados un par de minutos, entró una procesión de funcionarios cargados con los documentos del acuerdo. Al final de la procesión apareció Hartmann. Legat se percató del cuidado que ponía en no cruzar una mirada con nadie. Enrollaron el mapa y lo retiraron de la mesa para poder colocar los documentos. El fotógrafo, un cincuentón rechoncho de ondulado cabello canoso —supuso que era Hoffmann— pidió con gestos a los líderes que posaran todos juntos. Se agruparon con cierto desorden ante la chimenea. Chamberlain se colocó a la izquierda; con traje y corbata, el reloj de bolsillo y el cuello rígido parecía una figura de la época victoriana en un museo de cera. A su lado estaba Daladier, con aire lúgubre y también con un traje muy elegante, aunque él era más bajo y tenía una buena barriga; a continuación estaba Hitler, impasible, pálido, con la mirada apática y las manos cruzadas sobre la entrepierna; y en la otra punta, Mussolini, con una expresión taciturna en su rostro carnoso. La incomodidad era palpable, como si nadie quisiera estar allí, como si fueran invitados a una boda forzada. El grupo se disolvió en cuanto les hicieron la foto.

Ribbentrop señaló el escritorio. Hitler se acercó a él. Un joven asistente de las SS le entregó unas gafas. Le cambiaron la cara de inmediato, dándole un aspecto quisquilloso y pedante. Miró el documento. El ayudante le pasó una pluma. El Führer la mojó en el tintero, examinó la plumilla, frunció el ceño, se enderezó y lo señaló irritado. El tintero estaba vacío. Se produjo un incómodo revuelo en la sala. Göring se frotó las manos y soltó una risotada. Uno de los funcionarios presentes se sacó del bolsillo su propia estilográfica y se la ofreció a Hitler. Este volvió a inclinarse sobre el documento, lo estudió con atención y con un movimiento rápido estampó su firma. Un primer asistente pasó un secante sobre la tinta húmeda, un segundo retiró el escrito y un tercero colocó sobre la mesa otra hoja de papel ante Hitler. Este volvió a firmar. El mismo proceso se repitió varias veces. Se alargó durante varios minutos, con un total de una veintena de firmas: una copia del acuerdo principal para cada una de las cuatro potencias presentes, a lo que se sumaban varios anexos y declaraciones suplementarias, todo ello fruto del trabajo de varios de los mejores cerebros legales de Europa, cuya dedicación había permitido dejar de lado temas espinosos, pospuestos para futuras discusiones, y cerrar un acuerdo en menos de doce horas.

Cuando Hitler terminó de firmar dejó la estilográfica en la mesa y se apartó. Chamberlain fue el siguiente en acercarse al escritorio. También se puso las gafas —que, como el Führer, evitaba llevar en público—, sacó su propia pluma y estudió lo que estaba a punto de firmar. Movió un poco la mandíbula y con delicadeza escribió su nombre. Llegaron vítores desde el exterior, como si la multitud supiese lo que estaba sucediendo en ese preciso instante. Chamberlain estaba tan concentrado que ni se inmutó, pero Hitler hizo una mueca de desagrado, señaló la ventana y un asistente abrió las cortinas y la cerró. Desde la penumbra del fondo del despacho, Hartmann contemplaba la escena sin prestar atención, con el rostro pálido y ceniciento por la fatiga, como un fantasma, pensó Legat; como un hombre que ya era un cadáver.

CUARTO DÍA

1

Hugh Legat se había quedado dormido vestido en su habitación del Regina Palast.

Estaba boca arriba, con la cabeza colgando de un lado de la cama, como un ahogado al que hubieran sacado del agua. La luz del lavabo seguía encendida y había dejado la puerta entreabierta; la habitación estaba envuelta en una tenue luz azulada. En algún momento se habían oído voces en el pasillo —reconoció la de Strang y después la de Ashton-Gwatkin— y pasos. Pero el primer ministro por fin había decidido acostarse y los ruidos habían cesado, y ahora lo único que se oía era su respiración y algún que otro grito ahogado. Soñaba que estaba volando.

Estaba demasiado dormido para oír que alguien movía el pomo de la puerta e intentaba abrirla. Lo que lo despertó fue el golpeteo. Al principio fue muy suave, como unas uñas arañando la madera, y cuando abrió los ojos pensó que sería uno de sus hijos intentando subirse a su cama porque había tenido una pesadilla, pero entonces vio el entorno nada familiar y recordó dónde estaba. Todavía medio dormido, consultó las manecillas luminosas del despertador del hotel. Eran las tres y media de la madrugada.

Volvió a oír el ruido.

Estiró el brazo y encendió la lámpara de la mesilla de noche, sobre la que había dejado el memorándum. Se levantó de la cama, lo sacó del cajón del escritorio y lo ocultó en la guía de Múnich del hotel. El suelo crujió cuando avanzó hacia la puerta. Agarró el pomo, pero en el último momento el instinto le hizo no abrir.

—¿Quién anda ahí?

—Soy Paul.

Su amigo alemán estaba plantado ante el umbral, una visión absurda a esas horas. Tiró de él para meterlo en la habitación y echó un vistazo rápido a ambos lados del pasillo. No vio a nadie. El escolta debía de pasar la noche en la sala de la suite del primer ministro. Cerró la puerta. Hartmann recorrió la habitación recogiendo el abrigo, el sombrero y los zapatos de Legat.

—Vístete.

—¿Para qué demonios tengo que vestirme?

—Rápido, quiero enseñarte algo.

—¿Estás loco? ¿A estas horas?

—No tenemos otro momento.

Legat seguía medio dormido. Se frotó la cara con las manos y sacudió la cabeza intentando despejarse por completo.

—¿Qué quieres que vea?

—Si te lo digo, no querrás venir. —Su firme determinación casi le hacía parecer un chiflado. Le tendió los zapatos—. Por favor.

—Paul, esto es peligroso.

Hartmann soltó una carcajada.

—¿Crees que tienes que recordármelo? —Lanzó los zapatos sobre la cama—. Te espero en la parte trasera del hotel. En el exterior. Si no estás allí en diez minutos, daré por hecho que no piensas venir.

Después de que Hartmann se marchase, Legat se pasó un minuto dando vueltas por la pequeña habitación. La situación era tan absurda que estaba a punto de creer que la había soñado. Se sentó en el borde de la cama y cogió los zapatos. Cuando se fue a dormir estaba demasiado cansado para quitárselos de la manera correcta, y ahora se encontró con que no podía deshacer los nudos de los cordones, ni siquiera con ayuda de los dientes. Tuvo que optar por ponerse de pie, embutir el pie en el zapato y hacer entrar el talón ayudándose de los dedos de la mano. Estaba rabioso. Y también —tuvo que admitir— asustado. Se puso el sombrero y se colgó el abrigo del brazo. Salió al pasillo y cerró la puerta de la habitación, giró a la izquierda, dobló la esquina y caminó con paso apresurado hasta la escalera de servicio. Al llegar abajo pasó ante el baño turco. El aroma húmedo y la mezcla de vapor y aceites vegetales le evocó recuerdos de los clubes de caballeros de Pall Mall. Por fin salió por una puerta acristalada a un callejón detrás del hotel.

Hartmann fumaba un cigarrillo apoyado en la carrocería de uno de los Mercedes descapotables negros que habían ido todo el día de un lado a otro. El motor estaba en marcha. Sonrió cuando vio aparecer a Legat, tiró el cigarrillo al suelo y lo aplastó con la punta del zapato. Abrió la puerta del copiloto como si fuese un chófer. Un minuto después recorrían un amplio bulevar lleno de tiendas y bloques de apartamentos. La brisa seguía siendo cálida. En el capó del coche, la banderita con la esvástica oscilaba con el viento. Hartmann se mantuvo callado. Estaba concentrado en la conducción. Su rostro, de perfil, tenía un aire altivo, con esa cara tan despejada y esa nariz romana. Cada pocos segundos echaba un vistazo a los retrovisores. Legat acabó contagiándose de su inquietud.

—¿Nos sigue alguien?

—Creo que no. ¿Puedes echar un vistazo?

Legat se volvió en el asiento. La calle estaba desierta. Había aparecido una media luna y la calzada parecía un canal navegable, liso y plateado. Algunos escaparates estaban iluminados. No tenía ni la más remota idea de en qué dirección iban. Volvió a mirar de frente por el parabrisas. El coche aminoró la velocidad al acercarse a un cruce. En la esquina había un par de agentes de policía con sus cascos en forma de cubo. Siguieron la trayectoria del Mercedes moviendo la cabeza mientras el vehículo se acercaba. Al ver el banderín oficial se cuadraron y saludaron. Hartmann lo miró y se rio por lo absurdo de la situación. Al hacerlo mostró sus grandes dientes y por un instante a Legat se le pasó por la cabeza que no estaba en su sano juicio.

—¿Cómo has conseguido este coche?

—He dado al conductor cien marcos para que me lo preste. Le he contado que lo necesitaba para encontrarme con una chica.

El centro urbano había dado paso a suburbios y fábricas. A través de los oscuros campos, Legat veía las llamaradas de hornos y chimeneas: una mezcla de escarlata, amarillo y blanco. Durante un rato la vía del tren discurrió en paralelo a la carretera. Después, el trazado se estrechó y siguieron avanzando por una zona rural. A Legat le recordó el trayecto de Oxford a Woodstock y el pub al que solían ir allí —¿cómo se llamaba?—, el Black Prince. Diez minutos después ya no fue capaz de seguir callado.

—¿Queda mucho? Tengo que regresar al hotel pronto. El primer ministro es madrugador.

—No está muy lejos. No te preocupes. Te llevaré de vuelta antes de que amanezca.

Pasaron junto a un pueblo bávaro en el que todo el mundo

dormía y se aproximaron a las afueras de otro. También este parecía normal —paredes blancas con entramados de madera, tejados rojos, una barbería, una posada, un taller mecánico—. Entonces Legat vio la señal con el nombre del lugar —Dachau— y supo por qué lo había llevado hasta allí. Se sintió un poco decepcionado. ¿De modo que se trataba de eso?

Hartmann condujo con prudencia por las calles vacías hasta que llegaron al final del pueblo. Aparcó a un lado de la carretera y apagó el motor y los faros. A la derecha había un bosque. El campo de concentración se alzaba a la izquierda, claramente visible contra el cielo iluminado por la luna; había una alta alambrada de espino que se extendía hasta donde Legat podía ver, torres de vigilancia y, detrás, la silueta más baja de los barracones. Los ladridos de los perros de los guardias rompían la quietud nocturna. Desde una de las torres, un reflector barría incansable el terreno. Lo más impactante de todo era su dimensión: una prisión del tamaño de un pueblo junto al pueblo de verdad.

Hartmann observaba a Legat.

—Supongo que sabes qué es esto, ¿me equivoco?

—Por supuesto. Ha aparecido en la prensa unas cuantas veces. En Londres ha habido muchas manifestaciones contra la represión de los nazis.

—Imagino que no habrás participado en ellas.

—Sabes muy bien que no puedo. Soy un funcionario público. Debemos ser políticamente neutrales.

—Por supuesto.

—¡Oh, Paul, por el amor de Dios, no seas tan ingenuo! —Fue la obviedad de toda la escenificación que le había montado lo que le pareció más insultante—. Stalin tiene campos mucho más grandes, en los que tratan a la gente incluso peor. ¿También quieres que declaremos la guerra a la Unión Soviética?

—Me limito a señalar que habrá gente transferida a Alemania en virtud del acuerdo firmado hoy que puede acabar aquí antes de que el año termine.

—Sí, pero sin duda habrían acabado aquí de todos modos, siempre y cuando no hubieran muerto en los bombardeos.

—No si Hitler fuese derrocado.

—¡Si...! ¡Siempre es si...!

Levantar la voz hizo que su presencia fuese detectada. Desde detrás de la alambrada, un guardia con un pastor alemán atado con una correa corta empezó a gritarles. El dedo acusador del reflector recorrió el terreno del campo, atravesó la alambrada e iluminó la carretera. Desde allí avanzó hacia ellos. De pronto el coche quedó envuelto en una luz cegadora. Hartmann maldijo. Encendió el motor y puso la marcha atrás. Miró por encima del hombro, con una mano en el volante, y retrocedieron a gran velocidad, dando tumbos de un lado a otro por la carretera hasta que llegaron a una calle que la cruzaba. Entonces puso primera, dio un volantazo y el Mercedes giró ciento ochenta grados, provocando una nube de polvo y humo de caucho requemado. El acelerón cuando emprendieron la huida por la calle aplastó a Legat contra el respaldo del asiento. Cuando se volvió para mirar atrás, el reflector seguía barriendo la carretera, buscando a ciegas.

—¡Traerme aquí ha sido una estupidez! —gritó furioso—. ¿Te imaginas el lío que se armaría si arrestasen a un diplomático británico en Dachau? Quiero que me lleves de vuelta a Múnich de inmediato —dijo. Hartmann, con la mirada clavada en el parabrisas, no respondió—. ¿De verdad me has traído hasta aquí para enseñarme esto?

—No. Pero nos pillaba de camino.

—¿De camino adónde?

—A Leyna.

Así pues al final era eso: Leyna.

Quería acercarse a Hitler, pero no para oírlo hablar, porque ella se había declarado comunista, de modo que eso era impensable, sino para ver en carne y hueso a ese matón y soñador mitad siniestro, mitad cómico, cuyo partido había quedado noveno en las elecciones de cuatro años atrás, con menos del tres por ciento de los votos, pero que ahora estaba a un paso de convertirse en canciller. Durante la campaña solía regresar a la ciudad por la noche, después de celebrar alguno de sus multitudinarios mítines. Todo el mundo conocía la dirección del apartamento en el que vivía. Leyna les propuso ir hasta allí y plantarse delante con la esperanza de poder verlo en persona, aunque fuese de manera fugaz.

Hartmann se mostró en contra desde el principio. Le parecía una pérdida de tiempo y una trivial diversión burguesa («¿Vosotros, los comunistas, no lo llamáis así?») eso de concentrar la atención en un individuo y no en las fuerzas sociales que lo habían creado. Legat comprendió más tarde que había otros motivos para su recelo: Hartmann conocía bien a Leyna, sabía que era capaz de las mayores temeridades. Pero ella había pedido a Legat que hiciera valer su voto y se decantase a favor de su propuesta, y por supuesto él así lo había hecho, en parte porque también él tenía curiosidad por ver a Hitler en persona, pero sobre todo porque estaba medio enamorado de ella, un hecho del que los tres eran conscientes. Aunque todos se lo tomaban a broma, incluido Legat. Él tenía menos experiencia y había recorrido mucho menos mundo que Hartmann; de hecho, seguía siendo virgen a sus veintiún años.

De modo que después del picnic sobre la hierba de la Königsplatz se dirigieron hacia allí.

Era la primera semana de julio y hacía calor a esas horas del mediodía. Leyna llevaba una de las camisas blancas de Hartmann con las mangas arremangadas, pantalones cortos y botas bajas. El sol la había bronceado. Su destino estaba a kilómetro y medio cruzando el centro de la ciudad. Los edificios titilaban como escenarios fantásticos entre la neblina provocada por el calor. Cuando pasaron por la esquina sur del Englischer Garten, Hartmann sugirió cambiar de planes e ir a nadar al Eisbach. A Legat la propuesta lo tentaba, pero Leyna no estaba dispuesta a dar su brazo a torcer. De manera que siguieron con el plan previsto.

El edificio de apartamentos estaba en la cima de una colina, mirando hacia la Prinzregentenplatz, una plaza bulliciosa y no demasiado bonita con una parte adoquinada y por la que cruzaban los tranvías. Los tres sudaban cuando por fin llegaron y el cansancio los había puesto de malhumor. Hartmann estaba enfurruñado y Leyna decidió chincharlo más simulando que flirteaba con Legat.

El apartamento de Hitler estaba en un lujoso edificio de finales del siglo pasado con cierto aire de *château* francés. En el exterior mataban el rato media docena de guardias de asalto que invadían la acera obligando a los viandantes a bajar a la calzada para rodear el Mercedes de seis ruedas del Führer allí aparcado, esperándolo. Al otro lado de la calle, a no más de veinte metros, se había reunido un pequeño grupo de curiosos. De modo que Hitler estaba en la casa, recordó haber pensado Legat; y no solo eso, sino que al parecer estaba a punto de salir.

—¿Cuál es su apartamento? —preguntó.

—El de la segunda planta. —Leyna lo señaló. Tenía un balcón que se extendía a lo largo de dos puertas acristaladas. La mampostería era sólida, de calidad—. A veces sale para mostrarse ante la gente. Este es el lugar en el que el año pasado se mató de un disparo su sobrina. —Alzó un poco la voz al explicar este último detalle. Un par de personas se volvieron para mirarla—. Bueno, vivían juntos, ¿no? ¿Tú qué opinas, Pauli? ¿Geli Raubal se suicidó o la liquidaron para evitar el escándalo? —Como Hartmann no respondió, Leyna se volvió hacia a Legat—: La pobre chica tenía solo veintitrés años. Todo el mundo sabía que su tío se la follaba.

Una mujer de mediana edad que tenían cerca se dio la vuelta y la miró furiosa.

—Deberías cerrar tu sucia boca.

Al otro lado de la calle, los camisas pardas empezaban a organizarse para montar una guardia de honor entre la puerta del edificio y el coche. La multitud se desplazó un poco hacia delante. Se abrió la puerta. Vestía un traje azul oscuro cruzado. Más tarde Legat dedujo que tendría una cita para comer con alguien. Algunos de los curiosos lo vitorearon y aplaudieron. Leyna hizo un altavoz con sus manos y le gritó:

—¡Te follabas a tu sobrina!

Hitler miró hacia los congregados. Debía de haber oído el comentario. Y los camisas pardas sin duda también, porque todos volvieron la cabeza hacia donde estaban ellos.

—¡Te follabas a tu sobrina, asesino! —repitió como si quisiera asegurarse.

La cara de Hitler siguió inexpresiva. Mientras subía al coche, un par de SA rompieron filas y se dirigieron hacia Leyna. Blandían porras cortas. Hartmann la agarró del brazo y tiró de ella. La mujer que le había gritado que cerrase su sucia boca trató de bloquearles el paso. Legat la apartó de un empujón. Un hombre —un tipo grandullón, probablemente el marido— lanzó un puñetazo y le dio a Legat justo debajo del ojo. Los tres salieron corriendo de la plaza y bajaron por una calle residencial arbolada.

Hartmann y Leyna iban delante. Legat oía las botas de los camisas pardas sobre los adoquines muy cerca. El ojo le dolía y empezaba a hinchársele. Los pulmones le ardían como si se los hubieran llenado de hielo líquido. Recordaba sentirse al mismo tiempo aterrorizado y muy tranquilo. Cuando apareció a la derecha una callecita lateral, Hartmann y Leyna la dejaron atrás a toda velocidad, pero él optó por meterse en ella y mientras corría entre grandes villas con jardines delanteros se dio cuenta de que los camisas pardas ya no lo seguían. Estaba solo. Se apoyó contra una cancela baja de madera para recuperar el aliento entre jadeos y risas. Sintió una suerte de felicidad plena, como si se hubiera tomado algún tipo de droga.

Después, de regreso al hostal, encontró a Leyna sentada en el patio con la espalda apoyada en la pared. Tenía la cara levantada hacia el sol. Abrió los ojos y en cuanto lo vio se puso en pie y le dio un abrazo. ¿Cómo estaba? Estaba bien; de hecho, mejor que bien. ¿Dónde estaba Paul? Ella no lo sabía; en cuanto los fascistas dejaron de perseguirlos y se sintieron seguros, él le había gritado, ella había respondido del mismo modo y se habían ido cada cual por su lado. Leyna le inspeccionó el ojo e insistió en acompañarlo arriba para que descansase en la habitación. Legat se estiró en la cama y ella humedeció una toalla de manos que dobló hasta convertirla en una compresa. Se sentó a su lado y se la mantuvo pegada al ojo. La cadera de Leyna presionaba contra su cuerpo. Legat notaba la firmeza del músculo bajo la carne. Nunca se había sentido tan vivo. Estiró la mano hasta la nuca de ella, jugueteó deslizando su cabello entre los dedos, la atrajo hacia él y la besó. Leyna al principio se resistió, pero después le devolvió el beso, se colocó a horcajadas sobre él y empezó a desabotonarle la camisa.

Hartmann no regresó en toda la noche. A la mañana siguiente, Legat dejó su parte del pago sobre la cómoda y se marchó con discreción. Una hora después tomó el primer tren que salía de la ciudad. Y esa había sido la única gran aventura en la vida meticulosamente planificada de Hugh Alexander Legat, exalumno del Balliol College de Oxford y hasta esa noche tercer secretario del Servicio Diplomático de Su Majestad.

Avanzaron en silencio por estrechas carreteras locales durante casi una hora. Había refrescado. Legat tenía las manos metidas en los bolsillos del abrigo. Se preguntaba adónde lo llevaba su antiguo amigo y qué diría cuando llegasen. Hasta el día de hoy no sabía con certeza si Hartmann conocía su traición. Siempre dio por hecho que sí: ¿por qué sino no había vuelto a ponerse en contacto con él en todos esos años? También le había escrito a Leyna dos cartas rebosantes de amor, remordimientos y pomposas reflexiones morales; y visto en perspectiva, ahora se alegraba de que ambas le hubieran sido devueltas sin abrir.

Por fin giraron para tomar el camino de acceso a una casa. Los faros iluminaron unos márgenes de hierba bien segada y una verja baja de hierro. Ante ellos apareció la silueta de una gran casa —en Inglaterra la habrían llamado «mansión campestre señorial»— con varios anexos. En una pequeña ventana redonda bajo el alero resplandecía una luz. Pasaron bajo el arco de la entrada y aparcaron en un patio adoquinado. Hartmann apagó el motor.

—Espera aquí.

Legat lo siguió con la mirada mientras caminaba hacia la puerta. La fachada estaba cubierta de hiedra. Bajo la luz de la luna distinguió las rejas en las ventanas. De pronto tuvo un mal presentimiento. Hartmann debía de haber pulsado un timbre. Un minuto después se encendió una luz sobre la puerta. Alguien abrió desde dentro, al principio solo una rendija, después un hueco más amplio que permitió a Legat ver a una mujer con uniforme de enfermera. Hartmann le dijo algo y señaló el coche. Ella se inclinó hacia un lado para ver lo que había detrás de su interlocutor. Discutieron. Hartmann alzó las manos un par de veces haciendo algún tipo de aseveración. Al final la mujer asintió. Hartmann le puso la mano en el brazo e hizo señas a Legat para que se acercase.

El recibidor olía a comida recalentada y a desinfectante. Legat se fijó en los detalles a medida que se adentraba en la casa: la Madonna tallada en madera sobre la puerta, el tablón de anuncios cubierto con un tapete verde y chinchetas de las que no colgaba ningún aviso, la silla de ruedas a los pies de la escalera y al lado unas muletas. Siguió a Hartmann y a la enfermera al primer piso y después por un pasillo. La mujer llevaba un manojo de llaves colgadas de un cinturón. Eligió una y abrió una puerta. Ellos esperaron mientras entraba. Legat miró a Hartmann, aguardando una explicación, pero este no lo miró. La enfermera reapareció y anunció:

—Está despierta.

Era una habitación pequeña. El armazón de hierro de la cama ocupaba casi todo el espacio. Ella tenía la cabeza apoyada en la almohada y llevaba un grueso camisón abotonado hasta el cuello. Legat no habría sido capaz de reconocerla. Llevaba el pelo muy corto, como un chico, tenía la cara mucho más gruesa y la piel cerosa. Pero era la ausencia de vivacidad en su expresión, y sobre todo en sus ojos castaño oscuro, lo que le daba un aspecto más extraño. Hartmann se acercó, la cogió de la mano y le plantó un beso en la frente. Después le susurró algo, pero ella permaneció inmutable, como si no lo hubiera oído.

—Hugh, ¿por qué no te acercas a saludarla? —le propuso Hartmann.

Sobreponiéndose a la impresión, Legat se acercó a la cama y le cogió la otra mano. Era una mano rolliza, fría e inerte.

—Hola, Leyna.

Ella movió un poco la cabeza. Alzó la mirada. A Legat le pareció que tal vez durante un brevísimo momento algo en sus ojos dejó entrever que lo había reconocido. Después pensó que habían sido imaginaciones suyas.

Durante el trayecto de regreso a Múnich, Hartmann le pidió que le encendiese un cigarrillo. Legat lo hizo, se lo colocó entre los labios y después se encendió otro para él. Le temblaba la mano.

—¿Piensas contarme qué le ha pasado?

Un nuevo silencio. Por fin Hartmann respondió:

—Puedo contarte lo que sé, que no es mucho. Después de lo de Múnich, como puedes imaginar, nos distanciamos y perdí el contacto con ella. Yo ya era incapaz de entenderla. Al parecer regresó a Berlín y empezó a trabajar para los comunistas más en serio. Tenían un periódico, *Die Rote Fahn*, en el que colaboraba. Los nazis lo prohibieron cuando llegaron al poder, pero siguió publicándose de forma clandestina. Tengo entendido que la detuvieron en una redada en el año treinta y cinco y la enviaron a Moringen, el campo para mujeres. Para entonces ella ya estaba casada con un compañero comunista.

—¿Qué fue del marido?

—Murió. Cayó luchando en España. —Lo dijo sin emoción alguna—. Después de eso, la dejaron en libertad. Y ella, claro, regresó con sus camaradas. Volvieron a detenerla. Pero esa vez además descubrieron que era judía y reaccionaron con más dureza, como has podido comprobar.

Legat se sintió mareado. Apagó el cigarrillo aplastándolo con los dedos y lo tiró por la ventana.

—Su madre contactó conmigo. Vive no muy lejos de aquí. Es viuda, antes era maestra, y no tiene dinero. Oyó que yo me había unido al partido y me preguntó si podía utilizar mis influencias para conseguir que su hija recibiese un tratamiento médico adecuado. Hice lo que pude, pero era irrecuperable; los daños en el cerebro son irreversibles. Lo único que pude hacer fue pagarle esa residencia. No es un mal sitio. Gracias a mi posición, han hecho la vista gorda con el hecho de que es judía.

—Muy noble de tu parte.

—¿Noble? —Hartmann soltó una carcajada y negó con la cabeza—. ¡En absoluto!

Durante un rato ninguno de los dos abrió la boca, hasta que Legat volvió a hablar:

—Debieron de darle una paliza terrible.

—Dijeron que se había caído por la ventana de un tercer piso. Seguro que fue así, pero solo después de que le grabasen una estrella de David en la espalda. ¿Puedes pasarme otro cigarrillo? —pidió, y Legat le encendió uno—. Este es el tema, Hugh. Esto es lo que en Oxford nunca pudimos entender, porque es completamente irracional. —Movía la mano con la que sostenía el cigarrillo mientras hablaba, agarraba el volante con la derecha y mantenía la mirada fija en la carretera—. Esto es lo que he aprendido estos últimos seis años, lo contrario a lo que se enseña en Oxford: el poder de la sinrazón. Todo el mundo decía, y con todo el mundo me refiero a personas como yo, todos decíamos: «Oh, este Hitler es un tipo terrible, pero no es malo del todo. Mirad lo que ha conseguido. Dejemos todo este asunto antijudío que parece sacado de la Edad Media, ya se le pasará». Pero el problema es que no se le va a pasar. No es posible aislar eso del resto de sus políticas. Forma parte del paquete. Y si el antisemitismo es malvado, lo es en cualquier circunstancia. Porque si son capaces de hacer lo que están haciendo, es que son capaces de todo. —Apartó un momento los ojos de la carretera para mirar a Legat. Los tenía humedecidos—. ¿Entiendes lo que quiero decir?

—Sí —respondió Legat—. Lo entiendo. Ahora entiendo a la perfección lo que quieres decir.

Permanecieron en silencio durante la siguiente media hora.

Empezaba a amanecer. Había tráfico por fin: un autobús, un camión cargado con trozos de metal. Por la vía que discurría por el centro de la autopista pasó el primer tren de la mañana en dirección a la ciudad. Lo adelantaron con el coche. Legat distinguió a varios pasajeros leyendo los periódicos que informaban sobre la firma del acuerdo.

—¿Qué vamos a hacer? —preguntó.

Hartmann estaba tan ensimismado que pareció no oír la pregunta.

—No lo sé —respondió al cabo, y se encogió de hombros—. Supongo que seguir adelante. Es como cuando uno sabe que tiene una enfermedad incurable y que el fin está cerca, pero no puede hacer otra cosa que seguir levantándose cada día. Por ejemplo, esta mañana tengo que preparar un dossier sobre la prensa extranjera. Y tendré que presentárselo personalmente a Hitler. ¡Parece ser que le he caído bien! ¿Te lo puedes creer?

—Eso podría ser útil... para tu causa, ¿no crees?

—¿Podría serlo? Ese es mi dilema. ¿Hago bien en continuar trabajando para el régimen con la esperanza de que algún día podré hacer alguna pequeña contribución a sabotearlo desde dentro? ¿O debería limitarme a volarme los sesos?

—Vamos, Paul, no te pongas melodramático. Mejor la primera opción.

—Por supuesto, lo que debería hacer es volarle los sesos a él. Pero mi moral me lo impide y, además, la consecuencia inevitable sería un baño de sangre; sin duda, toda mi familia sería aniquilada. De modo que al final solo me queda albergar esperanzas. ¡La esperanza es algo terrible! Nos iría a todos mucho mejor sin ella. Al final es una paradoja digna de Oxford. —De nuevo había empezado a mirar por el retrovisor para comprobar si los seguían—. Si no te importa, será mejor que te deje a unos centenares de metros del hotel, por si el Sturmbannführer Sauer está vigilando. ¿Sabrás volver desde aquí? Estamos en el lado opuesto del jardín botánico por el que pasamos ayer.

Detuvo el coche frente a un majestuoso edificio oficial adornado con esvásticas que por su aspecto parecía un juzgado. Al final de la calle, Legat distinguió las abovedadas torres gemelas de la Frauenkirche.

—Adiós, querido Hugh —se despidió Hartmann—. Nuestras rencillas están olvidadas. Y suceda lo que suceda, al menos nos quedará el consuelo de saber que lo hemos intentado.

Legat se apeó del Mercedes. Cerró la puerta y se volvió para decirle adiós, pero ya era demasiado tarde. Hartmann se alejaba para incorporarse al tráfico matutino.

2

Caminó como en trance de regreso al hotel.

En el bullicioso cruce del jardín botánico y la Maximiliansplatz bajó de la acera a la calzada sin mirar. Un bocinazo y el
chirrido de unos frenos lo sacaron de su estado de ensueño.
Reculó y levantó las manos a modo de disculpa. El conductor
maldijo y aceleró para seguir su camino. Legat se apoyó contra
una farola, inclinó la cabeza y se echó a llorar.

Cuando cinco minutos después llegó al Regina Palast, el hotel
estaba despertando. Se detuvo en el vestíbulo, sacó un pañuelo,
se sonó y se secó los ojos. Repasó con cautela el entorno. Los
huéspedes bajaban por la escalera hacia el comedor; oía el repiqueteo de los platos y cubiertos del desayuno. En el mostrador de
la recepción, una familia esperaba para pagar antes de marcharse. Cuando estuvo seguro de que no había ningún miembro de la
delegación británica a la vista, cruzó el vestíbulo en dirección a
los ascensores. Pulsó el botón. Su objetivo era llegar a la habitación sin ser descubierto, pero cuando se abrieron las puertas se
encontró cara a cara con sir Nevile Henderson y sus aires de
dandi. El embajador lucía su habitual clavel en la solapa y la inevitable boquilla de jade entre los labios. Llevaba una elegante
maleta de piel de becerro. La sorpresa se reflejó en su cara.

—Buenos días, Legat. Veo que has salido a dar una vuelta.

—Sí, sir Nevile, necesitaba un poco de aire fresco.

—Bueno, pues más vale que subas cuanto antes, porque el primer ministro está preguntando por ti. Ashton-Gwatkin ya está de camino hacia Praga con los checos y yo voy ahora mismo a tomar un avión a Berlín con Von Weizsäcker.

—Gracias por avisarme, sir Nevile. Buen viaje.

Pulsó el botón de la tercera planta. Repasó a toda prisa su aspecto en el espejo del ascensor: iba sin afeitar, con la ropa arrugada y los ojos enrojecidos. No era de extrañar que Henderson se hubiera quedado pasmado, tenía toda la pinta de haber pasado la noche de juerga. Se quitó el sombrero y el abrigo. Sonó la campanita, echó los hombros hacia atrás y salió al pasillo. El guardia de Scotland Yard estaba de nuevo en su puesto ante la suite del primer ministro. Enarcó las cejas al ver aparecer a Legat en un gesto de divertida complicidad, llamó a la puerta y la abrió.

—Lo hemos encontrado, señor.

—Muy bien. Háganlo pasar.

Chamberlain llevaba una bata a cuadros. Sus piececillos desnudos asomaban bajo el dobladillo de los pantalones del pijama a rayas. El pelo revuelto parecía el plumaje de un pájaro canoso. Fumaba un puro, y en la mano izquierda sostenía una gavilla de papeles.

—¿Dónde está el ejemplar de *The Times* con el discurso de herr Hitler?

—Creo que en el maletín rojo, primer ministro.

—Sé un buen chico y encuéntramelo, por favor.

Legat dejó el sombrero y el abrigo en la silla más próxima y sacó las llaves. El viejo parecía rebosante de esa misma energía resolutiva que le había notado en el jardín del Número 10. Nadie que lo viera ahora diría que apenas había dormido. Legat abrió el maletín y rebuscó entre las carpetas hasta dar con el ejemplar del periódico del martes, el mismo que él leyó en el Ritz mientras esperaba a Pamela. El primer ministro se lo quitó de las manos y se lo llevó al escritorio. Lo desplegó, se puso las gafas y lo miró con atención.

—Anoche mantuve una conversación con Hitler y le pregunté si esta mañana podía pasar a verlo antes de regresar a Londres —comentó sin volverse.

Legat miró boquiabierto la espalda del primer ministro.

—¿Y aceptó, señor?

—Me gusta creer que he aprendido a manejarlo. Lo puse a propósito en una posición incómoda. No pudo negarse. —Movía lentamente la cabeza con gestos de asentimiento mientras repasaba las columnas de letra impresa—. Debo decir que el joven que trajiste anoche para hablar conmigo fue muy grosero.

«Ya ha salido el tema», pensó Legat. Se preparó para lo peor.

—Sí, lo siento mucho, señor. Asumo toda la responsabilidad.

—¿Le has hablado a alguien de esa reunión?

—No.

—Muy bien. Yo tampoco. —El primer ministro se quitó las gafas, dobló el periódico y se lo devolvió a Legat—. Quiero que se lo lleves a Strang y le digas que transforme el discurso de herr Hitler en una declaración de intenciones. Bastarán dos o tres párrafos.

Por lo general, Legat tenía una mente despierta, pero ahora no entendía la jugada.

—Lo siento, señor. Me temo que no comprendo...

—El lunes por la noche —le explicó Chamberlain con paciencia— herr Hitler declaró públicamente en Berlín su deseo de una paz permanente entre Alemania e Inglaterra en cuanto se solucionase la crisis de los Sudetes. Me gustaría tener su promesa redactada de nuevo en forma de declaración conjunta en la que ambos podamos estampar la firma esta mañana. Ponte en marcha.

Legat salió y cerró la puerta sin hacer ruido. ¿Una declaración conjunta? Jamás había oído algo así. La habitación de Strang, si recordaba bien, estaba tres puertas más allá de la del primer ministro. Llamó, pero no hubo respuesta. Volvió a intentarlo, golpeando más fuerte. Al cabo de un rato oyó toses dentro y Strang apareció en el umbral. Llevaba camiseta y calzoncillos largos de algodón. Parecía diez años más joven sin esas gafas que le daban un aire tan solemne.

—Dios mío, Hugh, ¿sucede algo?

—Le traigo un mensaje del primer ministro. Quiere que redacte una declaración.

—¿Una declaración? ¿Sobre qué? —Strang bostezó y se tapó la boca con la mano—. Disculpa. Me costó bastante dormirme. Será mejor que pases.

La habitación estaba en penumbra. Strang fue hasta la ventana y descorrió las cortinas. Su sala de estar era mucho más pequeña que la del primer ministro. A través de la puerta que la conectaba con el dormitorio, Legat vio la cama sin hacer. Strang cogió las gafas de la mesilla de noche y se las puso con cuidado. Regresó a la sala de estar.

—Vuelve a empezar.

—Esta mañana el primer ministro va a mantener una nueva reunión con Hitler.

—¿Qué?

—Por lo visto se lo pidió anoche y Hitler aceptó.

—¿Alguien más está enterado de esto? ¿El ministro de Exteriores? ¿El consejo de ministros?

—No lo sé. Creo que no.

—¡Dios mío!

—Pretende que Hitler firme una especie de declaración

conjunta basada en el discurso que dio en Berlín el lunes por la noche. —Le pasó el periódico a Strang.

—¿Él ha subrayado esto?

—No, he sido yo.

Strang estaba tan perplejo que hasta ese momento parecía haber olvidado por completo que iba en calzoncillos. De pronto bajó la mirada y vio con sorpresa que también estaba descalzo.

—Supongo que debería vestirme. ¿Puedes pedir que me suban café? Y será mejor que vayas a buscar a Malkin.

—¿Y a sir Horace Wilson?

Strang dudó.

—Sí, supongo que sí. Sobre todo si tampoco sabe nada de todo esto. —De pronto se sostuvo la cabeza con las manos y miró a Legat; su disciplinada mente de diplomático estaba cortocircuitada por esa ruptura de la ortodoxia—. ¿A qué está jugando? Parece creer que la política internacional del Imperio británico es su feudo particular. ¡Vaya movimiento más delicado!

Hartmann aparcó el Mercedes detrás del Führerbau y dejó la llave puesta. Se movió con sigilo. Pasarse la noche conduciendo lo había dejado peligrosamente exhausto. Y sabía que justo ese día, más que ningún otro, iba a necesitar la máxima concentración. Aun así, se alegraba de haberlo hecho. Era muy posible que no volviese a disponer de otra oportunidad para verla.

La entrada trasera estaba abierta y sin vigilancia. Agotado, subió por la escalera de servicio hasta la primera planta. Un equipo de limpiadores con uniforme del ejército estaba barriendo los suelos de mármol, vaciando los ceniceros en sacos de papel y recogiendo las copas altas de champán y las botellas de cerveza. Se dirigió a la oficina de la conferencia. Dos asistentes de las SS estaban repantingados en sendos sillones, fumando y con las botas sobre la mesita de café, flirteando con una secretaria pelirroja que ocupaba uno de los sofás, con las piernas elegantemente plegadas bajo su cuerpo.

—*Heil Hitler!* —los saludó—. Soy Hartmann, del Ministerio de Asuntos Exteriores. Tengo que preparar el dossier de prensa de los periódicos en inglés para el Führer.

En cuanto mencionó al Führer, los dos asistentes apagaron de inmediato los cigarrillos, se pusieron en pie y le devolvieron el saludo. Uno de ellos señaló el escritorio de la esquina.

—Herr Hartmann, ya tiene allí preparado el material. Acaban de telegrafiarnos desde Berlín el *The New York Times*.

El fajo de telegramas, tan grueso como su dedo gordo, estaba en una bandeja de rejilla.

—¿Hay alguna posibilidad de tomar un café?

—Por supuesto, herr Hartmann.

Se sentó y se acercó la bandeja. El *The New York Times* estaba encima del montón.

La guerra para la que Europa ha estado preparándose febrilmente se ha evitado esta misma mañana cuando los líderes políticos de Inglaterra, Francia, Alemania e Italia, reunidos en Múnich, han alcanzado un acuerdo que permite a las tropas del Reich ocupar las zonas con predominio de población germana de los Sudetes checoslovacos en un plazo de diez días que empieza mañana. La mayoría de las peticiones del canciller Hitler han sido aceptadas. El primer ministro Chamberlain, cuyos esfuerzos en pro de la paz por fin han dado sus frutos, recibió los aplausos más entusiastas de las multitudes concentradas en Múnich.

Debajo había otro artículo:

Se oían vítores estruendosos, como los que se escuchan en un estadio de fútbol americano, cada vez que aparecía el delgado Chamberlain, con su abrigo negro, una sonrisa y sus andares cautos.

Hartmann pensó que era justo el tipo de comentario que sacaría a Hitler de sus casillas. Cogió la pluma. Lo pondría el primero.

Strang, ya afeitado y vestido, estaba sentado ante el escritorio de la sala de su suite escribiendo con su pequeña y aseada mano en una hoja del papel de carta del Regina Palast. Alrededor de sus pies se amontonaban los borradores descartados. Malkin, con un bloc de notas sobre la rodilla, había acercado una silla y miraba por encima del hombro de Strang. Wilson permanecía sentado en el borde de la cama estudiando el discurso de Hitler en *The Times*. Legat servía cafés.

Era obvio por su primera reacción que Wilson tampoco tenía ni la más remota idea de qué pretendía el primer ministro, pero a esas alturas ya había recuperado su habitual equilibrio e intentaba hacer que pareciese que todo eso había sido idea suya.

Wilson golpeó con el dedo el periódico.

—Sin duda este es el pasaje crucial, en el que Hitler habla del Acuerdo Naval Anglo-alemán: «Renuncié de manera voluntaria a entrar en una competición armamentística en el terreno naval para que el Imperio británico se sintiera seguro... Este tipo de acuerdo solo está moralmente justificado si ambas naciones se prometen de forma solemne no volver a provocar una guerra entre ellas. Alemania tiene este deseo».

Strang hizo una mueca. Legat sabía qué estaba pensando. En el Ministerio de Asuntos Exteriores habían llegado a la conclusión de que el Acuerdo Naval Anglo-alemán de 1935, por el que Alemania se comprometió a no construir jamás una flota de un tamaño superior al treinta y cinco por ciento de la Royal Navy, había sido un error.

—Sir Horace, hagamos lo que hagamos, será mejor que no mencionemos el acuerdo anglo-alemán.

—¿Por qué no?

—Porque está muy claro que Hitler se lo tomó como un pacto tácito de que, a cambio de permitirnos tener una flota militar tres veces más grande que Alemania, nosotros le dejábamos las manos libres en Europa del Este. Es ahí cuando empezó todo este lío. —Apuntó una frase—. Sugiero que dejemos eso de lado y nos centremos en la segunda parte de su declaración y la liguemos de manera específica con el pacto de los Sudetes. Sería algo así: «Consideramos que el acuerdo firmado anoche simboliza el deseo de nuestros pueblos de no volver a enfrentarse en una guerra nunca más».

Malkin, el abogado del ministerio, emitió una especie de silbido.

—Espero que el primer ministro sepa que esto no tiene ninguna fuerza legal. No es más que una declaración de buenas intenciones.

—Por supuesto que es consciente —intervino Wilson cortante—. No es idiota.

Strang siguió escribiendo. Un par de minutos después sostuvo en alto una hoja de papel.

—Ya está, lo he redactado lo mejor que he podido. Hugh, ¿por qué no se lo llevas para ver qué le parece?

Legat salió al pasillo. Aparte del escolta plantado delante de la suite de Chamberlain, la única otra persona que vio fue una rechoncha camarera de habitaciones de mediana edad que arrastraba un carrito repleto de productos de limpieza y repuestos de artículos de aseo. Legat la saludó con una inclinación de la cabeza y llamó a la puerta del primer ministro.

—¡Adelante!

En el centro de la sala de estar habían preparado una mesa para dos. Chamberlain estaba desayunando. Llevaba uno de sus habituales trajes y una camisa de cuello duro. Al otro lado de la mesa estaba sentado lord Dunglass. El primer ministro untaba una tostada con mantequilla.

—Disculpe, señor. El señor Strang ha redactado un borrador.

—Déjamelo ver.

Chamberlain dejó la tostada, se puso las gafas y estudió el documento. Legat miró furtivamente a Dunglass, que abrió un poco más los ojos. Legat no acabó de entender qué significaba aquel gesto: diversión, preocupación, una advertencia; tal vez las tres cosas a la vez. Chamberlain frunció el ceño.

—¿Puedes decir a Strang que venga, por favor?

Legat regresó a la habitación de Strang.

—Quiere verte.

—¿Qué pasa?

—No me lo ha dicho.

—Tal vez deberíamos ir todos —sugirió Malkin. Estaban nerviosos como colegiales a la espera de ver al director—. ¿Le importa acompañarnos, sir Horace?

—Si queréis... —Wilson parecía dudar—. Aunque os advierto que no merece la pena intentar que cambie opinión. Una vez que ha marcado un rumbo, jamás lo rectifica.

Legat siguió a los tres hasta la suite del primer ministro.

—Señor Strang —dijo Chamberlain con frialdad—, ha dejado usted fuera del texto el Acuerdo Naval Anglo-alemán. ¿Por qué?

—No sé si es algo de lo que podamos sentirnos orgullosos.

—Al contrario, es el tipo de acuerdo que deberíamos conseguir ahora con Alemania. —Chamberlain sacó su pluma y corrigió el borrador—. Además, he visto que ha colocado mi nombre antes que el de Hitler. Así no va a funcionar. Hay que cambiar el orden. «Nosotros, el Führer y canciller alemán y el primer ministro británico, nos hemos reunido de nuevo en el día de hoy...» —Trazó un círculo alrededor de los cargos e indicó con una flecha el cambio de posición—. Quiero que lo firme él primero, de modo que la responsabilidad parezca recaer un poco más sobre él.

Wilson se aclaró la garganta y preguntó:

—¿Y si se niega, primer ministro?

—¿Por qué iba a hacerlo? Lo que se expresa aquí es lo que él ya se ha comprometido a cumplir. Si se niega a firmar, lo único que demostrará es que todas sus promesas son huecas.

—Pero, aunque firme —intervino Malkin—, eso no significa que esté obligado a cumplir lo acordado.

—La intención de la declaración es simbólica, no tiene vinculación legal. —Chamberlain echó su silla hacia atrás y miró a los funcionarios reunidos a su alrededor. Estaba claramente irritado por la poca predisposición de estos a compartir su punto de vista—. Caballeros, tenemos que ceñirnos a los hechos. El acuerdo de anoche se centra solo en una zona muy concreta en disputa. Debemos dar por hecho que habrá otras. Quiero que ese hombre se comprometa ahora con el mantenimiento de la paz y las soluciones negociadas.

Se produjo un silencio. Strang volvió a la carga:

—Pero ¿no deberíamos al menos informar a los franceses de que está usted intentando llegar a ese acuerdo bilateral con Hitler? Después de todo, Daladier sigue en Múnich, en un hotel muy cerca de aquí.

—No veo ningún motivo para informar a los franceses. Esto es un asunto entre Hitler y yo.

Volvió a concentrarse en el borrador. La pluma trazaba movimientos precisos y cortos, tachando unas palabras y añadiendo otras. Cuando terminó, tendió el escrito a Legat.

—Que lo mecanografíen. Dos copias, una para él y otra para mí. He concertado la cita con el canciller a las once. Asegúrate de que haya un coche preparado.

—Sí, primer ministro. Entiendo que para ir al Führerbau…

—No. Le he propuesto un encuentro privado, cara a cara, sin presencia de funcionarios; sobre todo quiero evitar la aparición de Ribbentrop. Me ha invitado a su apartamento.

—¿Sin presencia de funcionarios? —repitió Wilson, perplejo—. ¿Ni siquiera yo?

—Ni siquiera tú, Horace.

—¡Pero no puede ir a ver a Hitler completamente solo!

—En ese caso, Alec me acompañará. Él no es funcionario.

—Exacto. —Dunglass esbozó una de sus sonrisas sin apenas mover los labios—. Yo soy un don nadie.

Cuando Hartmann terminó de redactar el resumen de prensa lo mecanografió la guapa joven pelirroja en la máquina especial del Führer con un cuerpo de letra grande. En total eran cuatro páginas, con una unánime exclamación de alivio en todo el mundo al saberse que se había evitado la guerra, la esperanza de que la paz podría llegar a ser permanente y elogios hacia Neville Chamberlain. Con respecto a esto último, *The Times* de Londres, como de costumbre, era el que se mostraba más efusivo:

> Teniendo en cuenta que si las negociaciones se hubieran roto y hubiese estallado la guerra, Inglaterra y Alemania habrían sido

protagonistas en bandos opuestos, los vítores y los «*Heil!*» dedicados al hombre que a lo largo de esta crisis ha mantenido una postura firme e incontestable en pro de la paz parecen tener una clara lectura.

Al repasar las páginas, Hartmann tuvo que reconocer que no les faltaba razón. En pleno corazón del Tercer Reich —en la auténtica cuna del nacionalsocialismo— un primer ministro británico había logrado poner en marcha lo que, en efecto, había acabado siendo una larga manifestación de un día entero en favor de la paz. Y eso era todo un logro. Por primera vez, Hartmann estaba casi dispuesto a permitirse un atisbo de esperanza. ¿Tal vez al final el Führer se quedaría sin su guerra de conquista? Volvió a doblar el resumen de prensa y se preguntó qué debía hacer con él. Estaba demasiado cansado para ir en busca de alguien que lo supiera. La secretaria había retomado su flirteo con los dos asistentes de las SS. Su insustancial parloteo sobre estrellas de cine y deportistas resultaba relajante. Notó que los párpados empezaban a pesarle. No tardó en quedarse dormido en el sillón.

Lo despertó una mano que le sacudía con fuerza el hombro. Schmidt se había inclinado sobre él. El traductor jefe del ministerio, con la cara enrojecida, parecía tan alterado como siempre.

—Por el amor de Dios, Hartmann, ¿qué haces? ¿Dónde está el resumen de presa?

—Aquí. Ya lo he terminado.

—¡Qué alivio! ¡Dios mío, mira qué aspecto tienes! Bueno, esto ya no tiene solución. Tenemos que ponernos en marcha.

Hartmann se puso en pie con cierta torpeza. Schmidt salió disparado hacia la puerta. Lo siguió hasta el rellano de la primera planta y después escalera abajo. El edifico estaba vacío y sus pasos retumbaban como en un mausoleo. Quería preguntar adónde iban, pero Schmidt tenía demasiada prisa. En el exterior, unos soldados enrollaban la alfombra roja. La tricolor francesa ya había desaparecido, y un trabajador subido a una escalera estaba acabando de retirar la Union Jack, que una vez desenganchada cayó detrás de ellos como un sudario.

Hartmann subió a una limusina y se sentó en el asiento trasero junto a Schmidt, que había abierto una carpeta de cuero negro y estaba repasando sus notas.

—Weizsäcker y Kordt —le dijo— han regresado a Berlín, de modo que ahora tú y yo estamos aquí solos. Parece que puede haber problemas en la Wilhelmstrasse, ¿has oído algo de eso?

Hartmann sintió una punzada de alarma.

—No, ¿qué ha pasado?

—La asistente de Weizsäcker, frau Winter, ¿sabes de quién hablo? Al parecer la Gestapo la detuvo anoche.

El coche cruzó la Karolinenplatz. Hartmann permaneció como anestesiado. Solo cuando pasaron junto a la larga fachada con columnas de la Casa del Arte Alemán al final de la Prinzregentenstrasse comprendió de pronto, horrorizado, adónde se dirigían.

Cumplir con las instrucciones del primer ministro mantuvo a Legat ocupado durante más de una hora.

Entregó el borrador de la declaración a la señorita Anderson para que lo mecanografiase. Cambió el vuelo de regreso a Londres de última hora de la mañana a primera de la tarde. Habló con el departamento de Protocolo del Ministerio de Asuntos Exteriores alemán para organizar el traslado hasta el apartamento del Führer y de allí al aeropuerto. Telefoneó a Oscar Cleverly al 10 de Downing Street para informarle de lo que sucedía. El primer secretario particular estaba de muy buen humor.

—Aquí se respira un clima muy positivo. La prensa está en éxtasis. ¿A qué hora llegaréis?

—Creo que a última hora de la tarde. Esta mañana el primer ministro va a mantener otra conversación con Hitler en privado.

—¿Otra conversación? ¿Lo sabe Halifax?

—Creo que en estos momentos Strang está informando a Cadogan. La cuestión es que no va a llevar a ningún funcionario con él.

—¿Qué? ¡Por el amor de Dios! ¿De qué van a hablar?

Legat, consciente de que la línea estaba con toda probabilidad intervenida, dijo con cautela:

—De las relaciones anglo-alemanas, señor. Tengo que dejarle.

Colgó y cerró un momento los ojos. Se pasó la mano por la incipiente barba del mentón. Hacía casi treinta horas que no se afeitaba. La oficina estaba tranquila. Strang y Malkin estaban hablando con Londres desde los teléfonos de sus habitaciones. Joan se había ido con Wilson, que tenía varias cartas que dictarle, y la señorita Anderson había llevado al primer ministro el texto mecanografiado para que diese su aprobación.

Legat recorrió el pasillo hasta su habitación. Según el despertador eran poco más de las diez y media. La doncella ya había pasado. Las cortinas estaban abiertas. Le habían hecho la cama. Se metió en el lavabo, se desnudó y abrió el grifo de la ducha. Levantó la cabeza hacia el chorro de agua caliente y dejó que lo masajease durante medio minuto, y después se dio la vuelta para relajar la nuca y los hombros. Se enjabonó y dejó que el agua arrastrase el jabón. Cuando salió de la ducha se sentía como nuevo. Retiró el vaho del espejo con la mano y se afeitó, con más rapidez que meticulosidad, evitando una zona en la que se había cortado la mañana anterior.

Cuando cerró los grifos y empezó a secarse oyó un ruido en

la habitación. Era difuso, no lograba distinguir si procedía del suelo o de un mueble. Se quedó inmóvil y escuchó. Se anudó una toalla a la cintura y se asomó a la habitación justo a tiempo para ver que alguien cerraba la puerta con sumo cuidado y sigilo.

Atravesó la habitación y abrió con brusquedad. Vio a un hombre alejándose con paso rápido por el pasillo. Legat le gritó, pero el individuo no se detuvo y dobló la esquina. Intentó salir tras él; sin embargo, era difícil correr mientras se sujetaba la toalla con ambas manos. Cuando dobló la esquina, el hombre ya estaba desapareciendo escalera abajo. A mitad del pasillo decidió desistir de la persecución. Maldijo. Le vino a la cabeza una idea terrible. Regresó sin perder tiempo a la habitación. En ese momento Malkin salía de la oficina. Pasmado, reculó.

—¡Por el amor de Dios, Legat!

—Lo siento, señor.

Legat pasó a su lado, entró en la habitación y cerró la puerta.

El armario estaba abierto y su maleta tirada sobre la cama. Habían sacado el cajón del escritorio y la guía turística estaba en el suelo, abierta y boca abajo. La contempló unos segundos embobado. En la cubierta aparecía la fachada del hotel iluminada por la noche: «*Willkommen in München!*». La recogió, la hojeó, la puso al revés y la sacudió. Nada. Sintió una punzada de pánico en el estómago.

Había sido un descuido imperdonable. Fatal.

La toalla se le cayó al suelo. Desnudo, fue hasta la mesilla de noche y descolgó el teléfono. ¿Cómo podía localizar a Hartmann? Intentó pensar. ¿No le había dicho algo sobre preparar el dossier de prensa para Hitler?

—¿Puedo ayudarlo, herr Legat? —preguntó la operadora.

—No. Gracias.

Colgó.

Se vistió lo más rápido que pudo. Una camisa limpia. La

corbata de Balliol. Una vez más se vio obligado a calzarse como pudo con los cordones de los zapatos anudados. Se puso la americana y salió al pasillo. Se dio cuenta de que llevaba el cabello húmedo. Se peinó lo mejor que pudo, saludó al escolta y llamó a la puerta del primer ministro.

—¡Entre!

Chamberlain estaba con Wilson, Strang y Dunglass. Llevaba puestas las gafas y estaba repasando las dos copias de la propuesta de declaración. Miró un instante a Legat.

—¿Sí?

—Discúlpeme, primer ministro, pero me gustaría hacer una sugerencia en relación con su visita a Hitler.

—¿Qué?

—Que debería acompañarlo.

—No, eso es imposible. Creía haberlo dejado muy claro, nada de funcionarios.

—No me postulo como funcionario, sino como traductor. Soy el único de los aquí presentes que habla alemán. Puedo asegurarme de que sus palabras son traducidas a Hitler sin distorsiones, y lo mismo a la inversa.

Chamberlain frunció el ceño.

—No creo que sea necesario. El doctor Schmidt es muy profesional.

Volvió a concentrarse en el documento, dando a entender que el tema estaba zanjado, pero Wilson tomó la palabra:

—Con el debido respeto, primer ministro, recuerde lo que sucedió en Berchtesgaden, cuando Ribbentrop se negó a darnos una copia de las notas de Schmidt tomadas durante su larga conversación privada con Hitler. A día de hoy seguimos sin tener una transcripción completa. En ese caso nos habría sido de gran ayuda que hubiera estado presente un traductor inglés.

Strang asintió, mostrándose de acuerdo.

—Eso es completamente cierto —afirmó.

Chamberlain se ponía de muy mal humor cuando creía que estaban presionándolo.

—¡Pero eso amenazaría con cambiar por completo el tono del encuentro! Quiero que Hitler tenga la sensación de mantener una conversación personal. —Se guardó las dos copias de la declaración en el bolsillo interior de la americana. Wilson miró a Legat y se encogió de hombros: al menos lo había intentado. Llegó un murmullo desde la ventana. Chamberlain enarcó las cejas, desconcertado—. ¿Qué es ese ruido?

Strang abrió un poco la cortina.

—Primer ministro, hay una multitud concentrada en la calle. Le vitorean.

—¡Otra vez no!

—Debería salir al balcón para saludarlos —le sugirió Wilson.

Chamberlain sonrió y dijo:

—No pienso hacerlo.

—¡Debe hacerlo! Hugh, abre la ventana, por favor.

Legat abrió el cerrojo. En el jardín frente al hotel, a ambos lados de la calle, se había congregado una multitud incluso mayor que la del día anterior. Cuando los concentrados se percataron de que se abría la puertaventana empezaron a rugir enfervorizados, y cuando Legat se hizo a un lado para que Chamberlain saliese al pequeño balcón el barullo fue tremendo. Chamberlain inclinó la cabeza con discreción tres o cuatro veces hacia cada lado y saludó con la mano. La gente empezó a corear su nombre.

En la suite del hotel, los cuatro hombres escuchaban.

—Tal vez tenga razón —murmuró Strang en voz baja—, tal vez este sea el único momento en el que sea posible convencer a Hitler, utilizando la fuerza de la opinión popular, de que modere su agresividad.

—No se puede acusar al primer ministro de tener poca imaginación —añadió Wilson—, ni de falta de coraje. Aun así, con todos mis respetos hacia Alec, estaría mucho más tranquilo si uno de nosotros lo acompañase.

Tras un par de minutos, Chamberlain volvió a la habitación. La adulación parecía haberle dado fuerzas. Su rostro resplandecía. Sus ojos brillaban de un modo inusual.

—Qué aleccionador. Ya ven, caballeros, sucede lo mismo en todos los países: la gente común y corriente del mundo entero no desea otra cosa que vivir su vida en paz, abrazar a sus hijos y a su familia, disfrutar de las maravillas que la naturaleza, el arte y la ciencia les ofrecen. Eso es precisamente lo que quiero decir a Hitler. —Se quedó un momento pensativo y después se volvió hacia Wilson—. ¿De verdad crees que no podemos confiar en Schmidt?

—No es Schmidt quien me preocupa, primer ministro. Es Ribbentrop.

Chamberlain meditó un momento.

—Oh, muy bien —accedió por fin—. Pero sé discreto —advirtió a Legat—. No tomes notas, y solo intervendrás en caso de que mis palabras no se traduzcan adecuadamente. Y asegúrate de mantenerte fuera de su campo de visión.

3

Prinzregentenplatz apenas había cambiado en esos seis años, desde que Hartmann la vio por última vez. Mientras subían por la colina y tomaban la curva, sus ojos se dirigieron de inmediato al punto de la esquina nordeste en el que había estado esperando con Hugh y Leyna, en la acera frente al edificio de apartamentos de piedra blanca con tejado de pizarra rojo. Hoy se había reunido en el mismo lugar una multitud similar, con la esperanza de poder ver un momento al líder.

El Mercedes se detuvo frente al número 16. Un par de centinelas de las SS vigilaban la entrada. Al verlos, Hartmann recordó que todavía llevaba encima la pistola. Se había acostumbrado hasta tal punto a su peso que olvidaba que la llevaba. Debería haberse deshecho de ella durante la noche. Si habían detenido a frau Winter, sin duda él sería el siguiente. Se preguntó dónde la habrían arrestado —en la oficina o en su apartamento— y cómo estarían tratándola. Al bajar del coche detrás de Schmidt notó el sudor que le goteaba debajo de la camisa. Los guardias reconocieron a Schmidt y lo dejaron pasar, y Hartmann se deslizó detrás de él. Ni siquiera le preguntaron su nombre.

Pasaron ante otros dos SS en la garita del conserje y subieron por la escalera comunitaria, el primer tramo de piedra, después de lustrosa madera. Las paredes eran de azulejos grises y verdes, como en los pasillos del metro. Había lámparas de luz tenue, pero la luminosidad procedía sobre todo de las ventanas del rellano que daban al pequeño jardín trasero en el que crecían abetos y abedules. Subieron haciendo bastante ruido y dejando atrás los apartamentos de la planta baja y el primer piso. El Ministerio de Propaganda proclamaba que el Führer seguía teniendo los mismos vecinos que antes de convertirse en canciller, prueba de que en el fondo de su corazón seguía siendo un simple miembro del *Volk*. Tal vez fuese cierto, pensó Hartmann, en cuyo caso esos vecinos habrían visto durante esos últimos años cosas muy raras, desde la muerte de la sobrina de Hitler en 1931 hasta la visita de Mussolini el día anterior a la hora de comer. Siguieron subiendo. Se sintió atrapado, como si lo atrajese de un modo inexorable alguna oscura fuerza magnética. Aminoró el paso.

—Vamos —lo conminó Schmidt—. ¡Sigue subiendo!

En la segunda planta nada distinguía la sólida puerta de doble hoja del apartamento de las otras. Schmidt llamó y les abrió un asistente de las SS que los hizo pasar a un estrecho y largo vestíbulo. Se extendía hacia ambos lados, tenía el suelo de parquet y había alfombras, cuadros y esculturas. Era silencioso, nada acogedor y poco personal. El asistente los invitó a sentarse.

—El Führer todavía no está preparado —les comunicó antes de desaparecer.

—Se queda despierto hasta tarde —susurró Schmidt en tono confidencial—. A menudo no sale del dormitorio hasta mediodía.

—¿Quiere decir que vamos a tener que esperar aquí una hora?

—Hoy no. Chamberlain está convocado a las once.

Hartmann lo miró pasmado. Era la primera noticia que tenía de que Hitler iba a reunirse con el primer ministro británico.

Al coche de Chamberlain le llevó varios minutos dejar atrás las manos de la multitud que se cernían sobre la carrocería. El primer ministro iba en el asiento trasero con Dunglass y Legat ocupaba el asiento del copiloto, al lado del chófer. Los seguía otro Mercedes con los dos escoltas del primer ministro. Atravesaron una parte de Odeonsplatz y aceleraron en dirección a un barrio plagado de fastuosos palacios y grandes edificios públicos que Legat recordaba vagamente de su estancia en 1932. Observó por el retrovisor a Chamberlain, que mantenía la mirada fija al frente. La gente gritaba su nombre y lo saludaba al pasar. Como es obvio, el primer ministro estaba radiante. El perfil de adusto administrador que dominaba hasta ahora su imagen pública había dado paso a un profeta, a un mesías de la paz, oculto tras ese anodino aspecto de contable a punto de jubilarse.

Cruzaron un puente con balaustrada de piedra. El río era ancho, verdoso, y las hileras de árboles que se extendían a lo largo de ambas orillas parecían en llamas con sus tonos rojizos, dorados y anaranjados. El sol se reflejaba en la figura del Ángel de la Paz inclinada hacia delante en lo alto de su elevada columna de piedra. Detrás del monumento, la calle serpenteaba por un parque. Lo dejaron atrás y empezaron a ascender por la pendiente de Prinzregentenstrasse. Legat la recordaba muy pronunciada, con esa exageración propia de los recuerdos infantiles, pero ahora, viajando en un coche con un motor potente, le pareció una cuesta muy moderada. Vieron un teatro a la derecha y de pronto estaban frente al bloque de apartamentos de Hitler. Al menos esa parte sí era tal como la recordaba. La multitud congregada en la acera reconoció a Chamberlain y empezó a aclamarlo. Una vez más, el primer ministro, ensimismado en su estado místico, ni siquiera los miró. Los guardias hicieron un saludo militar y un asistente se acercó para abrir la puerta del coche.

Legat se apeó y siguió a Chamberlain y Dunglass hacia la entrada por los escalones que conducían hacia el oscuro interior.

El asistente acompañó al primer ministro hasta un pequeño ascensor y pulsó el botón, pero este no se movió. Siguió intentándolo durante medio minuto, mientras su apuesto rostro iba enrojeciéndose por el apuro. Al final tuvo que abrir la puerta y sugerir que subieran a pie. Legat subió con Dunglass, detrás de Chamberlain.

—Ayer por la noche no había tinta —susurró Dunglass a Legat—, los teléfonos no funcionan… Me parece que estos tipos no son tan eficientes como pretenden hacernos creer.

Legat rezaba porque Hartmann estuviese allí. No sabía muy bien qué podía ofrecer a Dios a cambio, pero prometió que si le concedía ese deseo, algo le brindaría: una vida diferente, un nuevo comienzo, un gesto a la altura de los tiempos. Llegaron a la segunda planta. El asistente abrió la puerta del apartamento y allí —*mirabile dictu*— estaba Hartmann, sentado con las largas piernas estiradas. A su lado, Legat reconoció al traductor de Hitler. Ambos se pusieron en pie cuando vieron a Chamberlain. Hartmann miró a Legat, pero no hubo tiempo para nada más, porque el asistente azuzaba a Legat para que siguiera a Chamberlain y Dunglass por el pasillo hasta la habitación del fondo. Indicó a Schmidt que también se sumara al grupo. Hartmann se dispuso a hacer lo mismo, pero el asistente negó con la cabeza.

—No, usted espere aquí.

Durante unos segundos Hartmann permaneció solo en el recibidor. La fugaz mirada de Legat estaba cargada de advertencias. Había pasado algo más. Se preguntó si no sería mejor intentar escabullirse ahora que tenía ocasión. Entonces oyó una puerta que se abría a su derecha y vio salir a Hitler de una habitación del fondo del pasillo. Estaba repeinándose, retocándose la chaqueta marrón del partido y comprobando la colocación del brazalete: retoques puntillosos de último minuto, como un actor que se preparara para salir a escena. Hartmann se puso en pie y saludó:

—*Heil Hitler!*

El Führer lo miró y alzó el brazo con un gesto mecánico, pero no dio muestra alguna de reconocerlo. Entró en la habitación en la que estaban esperando los demás y cerró la puerta.

Tiempo después, Legat podría decir —sin jactarse, ese no era su estilo— que había estado en la misma habitación con Hitler en tres ocasiones, dos veces en el Führerbau y una en su apartamento. Pero al igual que la mayoría de los testigos británicos del encuentro en Múnich, jamás pudo proporcionar algún dato que fuese más allá de la descripción habitual: Hitler era igual que en las fotografías y los noticiarios, solo que en color, y el principal impacto del encuentro con él no era otro que ver de cerca a un personaje conocido en todo el mundo, como quien visita el Empire State Building o la Plaza Roja por primera vez. Aunque sí se le quedó grabado un detalle: Hitler desprendía un fuerte olor a sudor; ya lo había detectado en su despacho y ahora volvió a percibirlo cuando pasó a su lado. Despedía el olor corporal de un soldado en el frente o de un trabajador que no se hubiera bañado o cambiado la camisa en una semana. Estaba otra vez de malhumor y no hizo ningún esfuerzo por ocultarlo. Entró, saludó a Chamberlain e ignoró por completo a los demás; a continuación, se sentó en la esquina más alejada de la sala y esperó a que el resto de los presentes se uniesen a él.

El primer ministro ocupó el sofá de la derecha. Schmidt se colocó a su izquierda. El asistente permaneció junto a la puerta. La sala era muy grande, se extendía a lo largo de buena parte de la fachada y daba a la calle; estaba amueblada con un estilo moderno que recordaba al salón de un crucero de lujo. Hitler y Chamberlain se sentaron en un extremo, junto a una biblioteca repleta de libros; en el centro había una zona con sofás y sillas, donde se habían sentado Legat y Dunglass, y en la otra punta una mesa de comedor. Legat estaba lo bastante cerca de los líderes para oír lo que decían, pero lo bastante alejado para no vulnerar su intimidad. Sin embargo, como Hitler estaba sentado en la esquina, le era imposible cumplir con la indicación del primer ministro de no situarse en el campo de visión del dictador, y de vez en cuando notaba que sus ojos, de un azul extrañamente opaco, miraban en su dirección, como si Hitler intentase entender qué hacían esos dos desconocidos en su apartamento. No les ofrecieron ningún refrigerio.

Chamberlain carraspeó antes de empezar a hablar.

—En primer lugar, canciller, quiero agradecerle que me haya invitado a su casa y que haya aceptado mantener esta última conversación conmigo antes de mi regreso a Londres.

Schmidt tradujo con precisión sus palabras. Hitler, que permanecía sentado con el cuerpo un poco hacia delante por un cojín que tenía en la espalda, escuchó y asintió con educación.

—*Ja*.

—Pensé que estaría bien discutir brevemente algunas áreas de interés mutuo para nuestros dos países sobre las que podríamos cooperar en el futuro.

Un nuevo asentimiento.

—*Ja*.

El primer ministro metió la mano en uno de los bolsillos de su americana y sacó un pequeño cuaderno, y luego una pluma del bolsillo interior. Hitler lo observaba con cautela. Chamberlain abrió la primera página.

—Tal vez podríamos empezar hablando de esa terrible guerra civil en España...

Chamberlain llevó la voz cantante en la conversación: España, Europa del Este, el comercio, el desarme... Repasó todos los asuntos de los que quería hablar, a los que Hitler respondía con brevedad, sin entrar en detalles. «Este es un tema de la máxima importancia para Alemania», se limitaba a decir. O: «Nuestros expertos han estudiado este asunto». No paraba de removerse en la silla y cruzaba y descruzaba los brazos, mirando a su asistente. Legat pensó que era como el propietario de una casa que, en un momento de debilidad, había dejado entrar a un vendedor puerta a puerta o a un proselitista religioso y ahora se lamentaba amargamente y buscaba el modo de sacárselo de encima. El propio Legat no podía evitar mirar constantemente hacia la puerta, pensando en cómo escabullirse un momento para advertir a Hartmann.

Incluso Chamberlain parecía detectar que su interlocutor se aburría.

—Sé lo ocupado que está —le dijo—. No quiero entretenerle más. Solo hay una cosa que me gustaría decirle para concluir: ayer por la mañana, cuando salí de Londres, estaban distribuyéndose máscaras antigás entre mujeres, niños e incluso bebés, para protegerlos contra el horror del gas venenoso. Espero, herr canciller, que usted y yo estemos de acuerdo en que la guerra moderna, cuyos embates nunca antes han amenazado a la población civil, es aborrecida por todas las naciones civilizadas.

—*Ja, ja.*

—Creo que sería una lástima que los frutos de mi visita quedasen reducidos a un acuerdo sobre el problema checo. Por eso me he permitido elaborar una breve declaración que deje constancia del deseo muto de establecer una nueva era de relaciones anglo-alemanas que contribuyan a generar estabilidad en toda Europa. Me gustaría que la firmásemos los dos.

Schmidt lo tradujo. Cuando llegó a la palabra «declaración» Legat vio que Hitler lanzó una fulminante mirada de suspicacia hacia Chamberlain. El primer ministro sacó las dos copias del bolsillo. Ofreció una a Schmidt.

—¿Sería tan amable de traducírsela al canciller?

Schmidt le echó un vistazo y empezó a traducir en voz alta, enfatizando cada palabra:

—«Nosotros, el Führer y canciller alemán y el primer ministro británico, nos hemos reunido de nuevo en el día de hoy y hemos acordado reconocer que el tema de las relaciones anglo-alemanas es de vital importancia para los dos países y para Europa».

Hitler asintió con parsimonia.

—*Ja.*

—«Consideramos el acuerdo firmado anoche y el Acuerdo Naval Anglo-alemán como símbolos del deseo de que nuestros dos pueblos no vuelvan a enfrentarse jamás en una guerra» —siguió Schmidt.

Al oír esa parte, Hitler inclinó un poco la cabeza hacia un lado. Sin duda, había reconocido sus propias palabras. Frunció el ceño de un modo casi imperceptible. Schmidt esperó a que le diese la orden de continuar, pero el Führer no dijo nada. Pasados unos instantes, el traductor continuó por iniciativa propia:

—«Estamos decididos a que el diálogo sea el método para

abordar cualquier otro problema que afecte a nuestros países, y tenemos la determinación de continuar con nuestros esfuerzos para solucionar cualquier posible fuente de desacuerdo y contribuir de este modo a la paz en Europa».

Varios segundos después de que Schmidt terminase de traducir, Hitler seguía sin mover ni un músculo. Legat reparó en que paseaba la mirada por la sala. Era evidente que estaba haciendo cálculos. No le sería fácil negarse a firmar una declaración con propuestas que él mismo había expresado en público. Aunque era obvio que le fastidiaba tener que hacerlo, le molestaba ese quisquilloso anciano inglés que se presentaba con argucias en su casa y le presentaba su propuesta. Sospechó que era una trampa. A fin de cuentas, los ingleses eran astutos. Pero, por otro lado, si firmaba el documento, al menos podría dar por concluida la reunión y Chamberlain se largaría. Y a fin de cuentas no era más que un pedazo de papel, la expresión de una piadosa esperanza, sin consecuencia legal alguna. ¡Qué más daba!

Esto —o algo muy similar— fue lo que posteriormente Legat conjeturó que debía de habérsele pasado por la cabeza al dictador.

—*Ja, ich werde es unterschreiben.*

—El Führer dice que sí, que firmará.

Chamberlain sonrió aliviado. Hitler llamó con un chasquido de los dedos al asistente, que se acercó presuroso y le ofreció una pluma. Dunglass se puso de pie para ver mejor la escena. Legat decidió que era su oportunidad y se deslizó hacia la puerta.

Hartmann se había pasado cuarenta minutos sentado en el vestíbulo desierto. Había dejado el dossier de prensa en la silla de al lado. A su izquierda oía un tintineo de platos, la voz de una mujer, una puerta abriéndose y cerrándose. Supuso que esa sería la zona del servicio: cocina, guardarropa, habitaciones de los sirvientes. El dormitorio del Führer debía por tanto quedar a su derecha, el cuarto del que lo había visto salir.

La puerta de la sala en la que estaban reunidos Chamberlain y Hitler permanecía cerrada y no podía oír nada a través de la gruesa madera. Colgada en la pared había una acuarela de la Ópera Estatal de Viena, técnicamente muy correcta pero poco natural y sin alma. Supuso que sería obra del propio Hitler. Se levantó y caminó por el suelo de parquet para examinarla de cerca. Sí, sus iniciales aparecían abajo a la derecha. Simulo estudiar el cuadro para intentar echar un vistazo al dormitorio del Führer entre las sombras del fondo del pasillo. Había otra habitación contigua, a solo cuatro o cinco pasos. Le pudo la curiosidad. Miró hacia la cocina para asegurarse de que nadie lo observaba, avanzó con naturalidad hacia ella y abrió la puerta.

Era un pequeño dormitorio que daba a los árboles del jardín trasero. La persiana estaba medio bajada. Había un intenso olor dulzón a flores tanto secas como frescas y a perfumes con aroma a canela que se habían secado en sus frascos. En el tocador había un jarrón con rosas blancas y un cuenco con fresias amarillas y moradas. Extendido sobre la cama había un sencillo camisón de algodón como el que Leyna llevaba. Se acercó a los pies de la cama y abrió la puerta de un lavabo. A través de la puerta abierta al otro lado que daba al dormitorio de Hitler vio una chaqueta colgada del respaldo de una silla. Antes de salir de la habitación observó con más detenimiento el tocador. Vio una fotografía en blanco y negro de un perro enmarcada. Una pila de papel de carta con el nombre «Angela Raubal» impreso en la esquina superior izquierda. Un ejemplar de una revista de moda, *Die Dame*. Miró la fecha: septiembre de 1931.

Leyna tenía razón. En cuanto se veía, no había duda posible. La proximidad de la habitación a la de Hitler, la antinatural y sofocante cercanía, el cuarto de baño compartido, el modo en que se había preservado como un santuario, como una cámara funeraria egipcia...

Oyó un ruido a sus espaldas. Retrocedió rápidamente y cerró la puerta. Vio a Legat saliendo de la sala. Este, después de echar un vistazo hacia atrás por encima del hombro, le dijo muy deprisa y en voz baja:

—Me temo que tengo malas noticias. La Gestapo tiene el documento en su poder.

A Hartmann le llevó unos instantes digerir lo que le decía. Miró más allá de Legat hacia la puerta abierta, pero no vio a nadie.

—¿Cuándo ha sucedido? —susurró.

—Hace menos de una hora. Han rebuscado en mi habitación mientras me duchaba.

—¿Estás seguro de que se lo han llevado?

—Sin duda. Lo siento, Paul.

Hartmann levantó la mano para indicarle que no siguiera hablando. Tenía que pensar.

—Si ha ocurrido hace menos de una hora, todavía estarán buscándome. Yo...

Se detuvo. El asistente había aparecido detrás de Legat. Salió de la sala seguido por Chamberlain y Hitler. Detrás iban Schmidt y Dunglass. El primer ministro sostenía dos papeles. Entregó uno a Hitler.

—Este es para usted, herr canciller.

Hitler se lo entregó de inmediato a su asistente. Parecía más relajado ahora que sus visitantes se marchaban.

—*Doktor Schmidt begleitet Sie zu Ihrem Hotel. Ich wünsche Ihnen einen angenehmen Flug.*

—Primer ministro, yo le acompañaré de vuelta al hotel —tradujo Schmidt—. El Führer le desea que tenga un agradable vuelo de regreso.

—Gracias.

Chamberlain estrechó la mano a Hitler. Parecía querer pronunciar otro discurso breve, pero se contuvo. El asistente abrió la puerta de la entrada y el primer ministro salió al rellano acompañado por Schmidt.

—¿Vienes, Hugh? —preguntó Dunglass con un punto de sarcasmo.

Legat sabía que no volvería a ver a Hartmann. Pero no podía decirle nada. Se despidió de él con un gesto de asentimiento y salió con los demás.

Hitler se quedó mirando la puerta un buen rato después de que se cerrara. Se masajeaba la palma de la mano derecha con el pulgar de la izquierda en un gesto inconsciente, frotando en círculo, como si se hubiera hecho un esguince. Al final se percató de la presencia del dossier de prensa en la silla. Se volvió hacia Hartmann y le preguntó:

—¿Es el resumen de la prensa extranjera?

—Sí, mi Führer.

—Cógelo y acompáñame.

Hartmann esperaba poder largarse. Pero en lugar de eso, se encontró siguiendo a Hitler a la sala. El asistente estaba recolocando los sillones y ahuecando los cojines. Hartmann entregó el dossier de prensa al Führer. Este se sacó las gafas del bolsillo de la pechera. Desde la calle llegó el rumor de nuevos vítores. Con las gafas en la mano, Hitler miró hacia la ventana y se acercó a ella. Apartó un poco la cortina y contempló a la multitud. Negó con la cabeza.

—¿Cómo puede uno hacer la guerra con gente como esta?

Hartmann se acercó a otra ventana. La multitud había aumentado mucho en la última media hora, en cuanto se había corrido la voz de que Chamberlain estaba en el edificio. En la acera de enfrente se concentraban varios centenares de personas. Los hombres saludaban agitando los sombreros y las mujeres levantaban los brazos. El ángulo hacía imposible ver el coche del primer ministro, pero podía adivinarse por dónde avanzaba siguiendo el movimiento de las cabezas de quienes contemplaban el recorrido.

Hitler soltó la cortina.

—¡Los alemanes se han dejado engañar, y nada menos que por Chamberlain!

Sacudió las gafas para abrir las patillas y se las puso con una sola mano. Empezó a leer el resumen de prensa.

Hartmann estaba a punto de apartarse de la ventana cuando vio algo nuevo en la calle. Una gran limusina Mercedes rugió y se detuvo en seco justo enfrente. Hartmann distinguió a Ribbentrop y junto a él a Sauer. Salieron del coche a toda prisa, miraron a derecha e izquierda y se dispusieron a cruzar la calle, incluso antes de que la escolta —un segundo Mercedes con cuatro SS— se hubiera detenido. Mientras dejaba pasar a un camión antes de cruzar, Sauer alzó la mirada hacia el apartamento. De manera instintiva, Hartmann se apartó para que no lo viera.

Hitler repasaba el dossier.

—«¡Chamberlain, héroe de las masas en Múnich!» —leyó con voz burlona el titular de *The New York Times*. Y a continuación otra frase—: «Los vítores a Hitler fueron mecánicos y educados. Pero los que recibió Chamberlain eran entusiastas».

Sonó el timbre en el vestíbulo. El asistente salió de la habitación. Hitler lanzó el documento sobre el sofá y se dirigió a su escritorio. Por segunda vez, Hartmann estaba a solas con él. Oyó voces en la entrada. Deslizó la mano por el interior de su americana. Sus dedos palparon el metal. Pero los apartó al instante. Era absurdo. Estaban a punto de arrestarlo. Aun así, era incapaz de hacerlo. Y si él no era capaz, ¿quién lo haría? En ese instante, en un fogonazo de claridad, comprendió que nadie —ni él, ni el ejército ni un asesino solitario—, que ningún alemán frenaría el destino común hasta que se cumpliese.

Se abrió la puerta y entró Ribbentrop, con Sauer pegado a sus talones. Se detuvieron e hicieron el saludo nazi. Sauer miró a Hartmann con odio. Este sintió un zumbido en los oídos. Se preparó para asumir su destino. Sin embargo, Ribbentrop era el que parecía más nervioso.

—Mi Führer, me han informado de que acaba de mantener usted un encuentro con Chamberlain.

—Anoche me pidió mantener una reunión privada. No vi ningún problema.

—¿Puedo preguntar qué quería?

—Que firmase un papel. —Hitler lo cogió del escritorio y se lo tendió al ministro de Asuntos Exteriores—. Me ha parecido un anciano inofensivo. He pensado que sería de mala educación no firmarlo.

La cara de Ribbentrop fue tensándose a medida que leía. Obviamente, el Führer no podía haber cometido un error. Sería impensable siquiera sugerirlo. Pero Hartmann percibió que la atmósfera de la sala cambiaba. Por fin Hitler, irritado, exclamó:

—¡Oh, no te lo tomes tan en serio! Este pedazo de papel no tiene ningún valor. El problema lo tenemos aquí, con el pueblo alemán.

Les dio la espalda y se inclinó para examinar los papeles que había dejado sobre el escritorio.

Hartmann pensó que era su oportunidad. Saludó con un leve movimiento de la cabeza al ministro de Asuntos Exteriores y después a Sauer y enfiló hacia la puerta. Nadie intentó detenerlo. Un minuto después estaba en la calle.

4

El Lockheed Electra volaba a toda velocidad a través de la masa de nubes bajas que cubrían el canal de la Mancha. Por las ventanillas no se veía nada, salvo una infinita mancha gris.

Legat ocupaba el mismo asiento trasero que en el viaje de ida a Múnich y miraba al vacío sosteniéndose el mentón con una mano. El primer ministro estaba sentado en la parte delantera con Wilson. Strang y Malkin ocupaban la parte central. Solo Ashton-Gwatkin había desaparecido: seguía en Praga, vendiendo a los checos el acuerdo. La atmósfera en el avión era una mezcla de agotamiento y melancolía. Malkin y Dunglass estaban dormidos. En el armario detrás del asiento de Legat había una cesta con comida preparada por el hotel Regina Palast, pero cuando comunicaron a Chamberlain que era un obsequio de los alemanes, el primer ministro ordenó que nadie la tocase. En realidad daba igual. Nadie tenía hambre.

Una vez más, la presión en los oídos indicó a Legat que habían iniciado el descenso. Sacó el reloj. Eran poco más de las cinco. Wilson asomó la cabeza desde su asiento.

—¡Hugh! —Le indicó con gestos que se acercase—. Caballeros, ¿podemos hablar?

Legat avanzó manteniendo el equilibrio hasta la parte delantera del avión. Strang y Malkin se sentaron en los asientos de detrás del primer ministro. Él y Dunglass tuvieron que permanecer de pie, apoyados contra la cabina de mando. El avión dio una sacudida y sus cuerpos entrechocaron.

—He hablado con el comandante Robinson —empezó Wilson—. Aterrizaremos en una media hora. Por lo visto, como podéis imaginar, hay una multitud esperándonos. El rey ha enviado al lord chambelán, quien acompañará al primer ministro directamente al palacio de Buckingham para que sus majestades puedan darle las gracias en persona. Habrá una reunión del consejo de ministros en cuanto lleguemos a Downing Street.

—Obviamente, tendré que hacer una declaración ante las cámaras —intervino el primer ministro.

Strang se aclaró la garganta antes de hablar:

—Señor, si me permite decírselo, le ruego que se tome con la mayor cautela cualquier promesa que Hitler le haya hecho. El acuerdo sobre los Sudetes es una cosa, la mayoría de la gente entenderá los motivos para haberlo firmado. Pero este otro documento... —Su voz se fue apagando.

Estaba sentado justo detrás de Chamberlain. Su rostro alargado transmitía angustia. El primer ministro tuvo que ladear un poco la cabeza para responderle, y Legat volvió a fijarse en lo obstinado que parecía de perfil.

—William, entiendo el punto de vista del Ministerio de Asuntos Exteriores. Sé, por ejemplo, que Cadogan cree que deberíamos valorar el apaciguamiento de la situación como una lamentable necesidad, dejar bien claro que no tenemos otra alternativa tal como están las cosas, utilizarlo sin más como una manera de ganar tiempo y anunciar un masivo programa de rearme. Muy bien, ya estamos rearmándonos masivamente, solo el próximo año deberemos dedicar más de la mitad del gasto aprobado por el gobierno a la fabricación de armas. —A continuación habló dirigiéndose a todos, tal vez en especial a Legat, aunque él nunca sabría con certeza si fue así o no—. No soy un pacifista. La principal lección que he aprendido de mis relaciones con Hitler es que no puedes jugar al póquer con un gángster si no tienes cartas en la mano. Pero si hablo en estos términos cuando aterricemos, solo estaré dando a Hitler una excusa para continuar con su beligerancia. Mientras que, si él cumple con su palabra, y quiero creer que lo hará, evitaremos la guerra.

—¿Y si rompe su palabra? —insistió Strang.

—Si la rompe…, bueno, entones el mundo descubrirá quién es en realidad. En ese caso nadie podrá ya albergar ninguna duda. Unirá al país y también a las colonias con la metrópoli; tendremos una cohesión con la que ahora no contamos. ¡Quién sabe! —Se permitió una leve sonrisa—. Tal vez incluso ponga a los americanos de nuestra parte. —Se palpó el bolsillo—. Por lo tanto, pretendo dar a esta declaración conjunta la máxima publicidad en cuanto aterricemos en Londres.

Eran las 17.38 cuando el avión del primer ministro atravesó las nubes y apareció sobre el aeródromo de Heston. Cuando atisbó el terreno bajo sus pies, Legat vio el tráfico de la Great West Road. Los coches estaban parados a lo largo de más de un kilómetro en ambas direcciones. Había estado lloviendo con intensidad. Las luces de los faros se reflejaban en el asfalto mojado. Ante las puertas del aeródromo se había concentrado un enjambre de miles y miles de personas. El Lockheed pasó frente a la terminal volando muy bajo y descendiendo con rapidez. Legat se agarró a los reposabrazos del asiento. Las ruedas rebotaron un par de veces en la pista de hierba, se posaron en el suelo y rodaron por el aeródromo a ciento cincuenta kilómetros por hora, salpicando agua hacia ambos lados, hasta que frenaron con brusquedad y giraron en dirección al área de estacionamiento con su suelo de cemento.

La escena tras la ventanilla en la plomiza tarde otoñal era caótica: camarógrafos y reporteros, trabajadores del aeródromo, policías, un llamativo y numeroso grupo de chicos de Eton vestidos de uniforme, ministros, diputados, diplomáticos, miembros de la Cámara de los Lores, el alcalde de Londres con su cadena ceremonial. Legat incluso fue capaz de distinguir a lo lejos la figura larguirucha de lord Halifax con su bombín, plantado como un don Quijote junto al diminuto Sancho Panza que encarnaba sir Alexander Cadogan. Syers estaba con ellos. Llevaban los paraguas cerrados. Debía de haber dejado de llover. Solo se veía un coche, un viejo Rolls Royce con el estandarte de la Casa Real. Un hombre con un mono de trabajo guiaba al avión. Al llegar al punto de estacionamiento hizo señas al piloto para que parase los motores. Las hélices tartamudearon hasta detenerse.

Se abrió la puerta de la cabina de mando. Como cuando aterrizaron en Múnich, el comandante Robinson se detuvo para intercambiar unas palabras con el primer ministro, recorrió el pasillo inclinado y abrió el portón trasero. En esa ocasión, la ráfaga de aire que penetró en la cabina era inglesa: fría y húmeda. Legat permaneció en su asiento y observó al primer ministro cuando pasó a su lado en dirección a la salida. Mantenía la mandíbula apretada por la tensión. Era curioso que un hombre tan tímido se hubiera lanzado a la vida pública y hubiese luchado para abrirse camino hasta la cima. La brisa golpeó la puerta y la cerró; Chamberlain tuvo que empujarla con el hombro. Asomó la cabeza y bajó envuelto por un estrépito de aplausos, vítores y gritos casi histéricos. Wilson se detuvo en medio del pasillo y retuvo a los demás hasta que el primer ministro terminó de bajar por la escalerilla: el líder debía disfrutar a solas de su momento de gloria. Únicamente cuando Chamberlain empezó a avanzar por la fila de autoridades que lo recibían y a estrechar sus manos, Wilson decidió bajar del avión, seguido por Strang, Malkin y Dunglass.

Legat fue el último en salir. Los escalones estaban resbaladizos. El piloto lo cogió del brazo para que no perdiera el equilibrio. En la húmeda luz azulada del crepúsculo, los focos de las cámaras de los noticiarios brillaban como relámpagos congelados. Chamberlain acabó de saludar a los dignatarios y se encaminó hacia una docena de micrófonos, cada uno con el logotipo de su respectiva empresa: BBC, Movietone, CBS, Pathé. Legat no le veía la cara, solo la estrecha espalda y los hombros caídos, silueteados contra el resplandor de los focos. El primer ministro esperó a que se apaciguaran los vítores. Su voz sonó afilada y clara entre el viento.

—Solo quiero decir dos cosas. En primer lugar, durante estos días de ansiedad he estado recibiendo, al igual que mi esposa, montones de cartas; cartas de apoyo, de ánimo y de gratitud, y no os imagináis la fuerza que me han proporcionado. Quiero agradecer al pueblo británico lo que ha hecho. —La multitud volvió a aclamarlo. Alguien gritó: «¡Lo que usted ha hecho!», y otro añadió: «¡Chamberlain es fantástico!»—. Lo segundo que quiero decir es que el acuerdo que hemos alcanzado sobre el problema checoslovaco es, en mi opinión, solo el principio de pactos más amplios gracia a los cuales Europa encontrará una paz duradera. Esta mañana he mantenido una nueva conversación con el canciller alemán, herr Hitler, y traigo conmigo un documento que lleva su firma y la mía... —Lo sostuvo en alto, agitado por el viento—. Algunos de ustedes quizá ya hayan oído hablar de su contenido, pero me gustaría leerlo...

Era demasiado vanidoso para ponerse las gafas. Tuvo que mantenerlo a cierta distancia para poder hacerlo. Y esa fue la imagen de aquel famoso momento que se le grabó a Legat en la retina —impresa en su memoria hasta el día de su muerte, muchos años después, siendo ya un funcionario público condecorado—: la angulosa figura vestida de negro en el centro de la intensa luz de los focos, con el brazo extendido, como un hombre que se ha lanzado contra una valla electrificada.

El segundo Lockheed aterrizó justo cuando el primer ministro salía del aeródromo en el Rolls Royce del rey. En el momento en que Chamberlain llegó a las puertas de Heston, el lejano aplauso de los esperanzados ciudadanos se mezcló con el rugido de los motores del avión.

—¡Dios mío! ¿Lo has oído? Todas las carreteras que llevan a Londres están bloqueadas —exclamó Syers.

—Parece que hayamos ganado una guerra en lugar de haberla evitado.

—Cuando hemos salido para venir aquí, había miles de personas concentradas en el Mall. Por lo visto, el rey y la reina tienen la intención de hacerle salir al balcón. —Sacó uno de los maletines rojos de la bodega del avión—. Bueno, ¿qué tal la experiencia?

—Bastante horrible, si quieres que te diga la verdad.

Caminaron juntos por la zona de los hangares hacia la terminal de British Airways. A mitad de camino, los focos de los noticiarios se apagaron de repente. Ante la súbita oscuridad, la multitud lanzó un divertido suspiro colectivo. Se encaminaron hacia la salida.

—Nos espera un autobús que nos llevará a todos a Downing Street —dijo Syers—. Dios sabe lo que tardaremos en llegar.

En la concurrida terminal, el embajador italiano y el francés conversaban con el alcalde y con el ministro de la Guerra. Syers fue a comprobar si el autobús ya estaba preparado. Legat se quedó a cargo de los maletines rojos. Agotado, se sentó en un banco bajo un póster que publicitaba vuelos a Estocolmo. Había una cabina telefónica junto al mostrador de la aduana. Se preguntó si debía llamar a Pamela para decirle que ya había aterrizado, pero pensar en su voz y sus inevitables preguntas lo deprimió. A través de los ventanales vio a los pasajeros rezagados del segundo vuelo que llegaban a la terminal. Sir Joseph Horner caminaba entre los dos escoltas. Joan iba con la señorita Anderson. Llevaba una maleta en una mano y la máquina de escribir portátil en la otra. Giró en dirección a él en cuanto lo vio.

—¡Señor Legat!

—De verdad, Joan, llámame Hugh, por el amor de Dios.

—Pues Hugh. —Se sentó a su lado y encendió un cigarrillo—. Bueno, ha sido emocionante.

—¿En serio?

—Sí, yo diría que sí. —Se volvió hacia él y lo miró de arriba abajo. Su mirada era franca—. Quería hablar contigo antes de salir de Múnich, pero ya te habías ido. Tengo que hacerte una pequeña confesión.

—¿De qué se trata? —Era muy guapa, pero él no estaba de humor para flirteos.

Ella se inclinó hacia delante con aire conspirativo.

—Entre tú y yo, Hugh, no soy lo que parezco.

—¿No?

—No. De hecho, soy una especie de ángel de la guarda.

Esa chica empezaba a ponerlo nervioso. Miró a su alrededor. Los embajadores seguían hablando con los políticos. Syers estaba en la cabina telefónica, tratando de localizar el autobús.

—¿A qué demonios te refieres?

Joan se puso la maleta sobre el regazo.

—El coronel Menzies es mi tío, bueno, el padre de un primo

segundo, para ser más precisa, y le gusta encargarme misiones delicadas. La verdad es que el motivo por el que me enviaron a Múnich, aparte de mis dotes como mecanógrafa, que son ejemplares, fue para vigilarte. —Abrió los cierres de la maleta y de debajo de su ropa interior perfectamente doblada sacó el memorándum. Seguía en el sobre original—. Me lo llevé de tu habitación ayer por la noche para guardarlo en un lugar seguro, después de que te marchases con tu amigo. Y la verdad, Hugh... Me gusta tu nombre, te pega... ¡Gracias a Dios que lo hice!

A Hartmann le parecía un milagro el hecho de seguir en libertad. Esa tarde, cuando salió del Führerbau rumbo al aeropuerto y después, cuando se sentó en un Junker fletado por el Ministerio de Asuntos Exteriores para llevar de vuelta a casa a sus funcionarios, y sobre todo al aterrizar en Tempelhof, en cada etapa del viaje de regreso a Berlín, esperaba que lo arrestasen. Pero ninguna mano se posó en su brazo, ni aparecieron hombres vestidos de civil interponiéndose de pronto en su camino ni le dijeron: «Herr Hartmann, tendrá que acompañarnos». En lugar de eso, atravesó la terminal sin que nadie se fijase en él y se dirigió a la parada de taxis.

Era viernes por la noche y la ciudad estaba llena de juerguistas disfrutando de la inesperada paz. Ya no despertaban en él el mismo desprecio que había sentido en Múnich. Cada brindis, cada sonrisa, cada brazo rodeando a una novia ahora le parecían gestos contra el régimen.

El timbre del apartamento sonó sin respuesta durante un buen rato. Estaba ya a punto de dejarlo correr, pero entonces oyó el ruido del pestillo, se abrió la puerta y apareció ella.

—Algún día te ahorcarán, lo sabes, ¿verdad? —le dijo esa misma noche, más tarde.

Estaban sentados cada uno en un extremo de la bañera, cara a cara. Ella había encendido una vela. A través de la puerta abierta llegaba el sonido de la emisora extranjera ilegal que emitía jazz.

—¿Por qué lo dices?

—Porque, justo antes de dejarme marchar, me advirtieron: «Aléjese de él, frau Winter, es un aviso. Conocemos a los de su calaña. Quizá crea que esta vez se ha librado, pero al final lo atraparemos». Me lo dijeron en un tono muy educado.

—¿Y tú que les contestaste?

—Les di las gracias por la advertencia.

Hartmann se rio y estiró sus piernas absurdamente largas. Salpicó agua al suelo. Sentía la piel suave de ella contra la suya. Tenía razón. Ellos tenían razón. Algún día lo ahorcarían —el 20 de agosto de 1944 para ser exactos, en la prisión de Plötensee, con una cuerda de piano; él intuía ese destino, aunque no supiese cuándo sucedería con exactitud—, pero mientras tanto tenía una vida que vivir, una batalla que librar y una causa por la que merecía la pena morir.

A Legat lo mandaron a casa un poco después de las diez de la noche. Cleverly le dijo que no era necesario que se quedase hasta que acabara la reunión del consejo de ministros, que Syers se encargaría de los maletines rojos y que él podía tomarse el fin de semana libre.

Caminó desde el Número 10 por calles rebosantes de gente en plena celebración. Aquí y allá, por toda la ciudad, se lanzaban fuegos artificiales. Las explosiones de los cohetes iluminaban el cielo.

No había luz en las ventanas de la planta superior. Los niños debían de estar dormidos. Metió la llave en la cerradura, abrió y dejó la maleta en el recibidor. Vio luz en el salón. Pamela dejó el libro que estaba leyendo en cuanto él entró.

—¡Cariño!

Corrió hacia él y lo abrazó. Durante más de un minuto ninguno de los dos dijo nada. Al final ella se apartó y le cogió la cara entre las manos. Sus ojos buscaron los de Hugh.

—Te he echado mucho de menos —le dijo Pamela.

—¿Cómo estás? ¿Y los niños?

—Mejor ahora que estás en casa.

Pamela empezó a desabotonarle el abrigo. Él le cogió las manos.

—No, no lo hagas. No voy a quedarme.

Ella dio un paso atrás.

—¿Tienes que volver al trabajo?

No lo dijo con tono crítico, sino más bien esperanzado.

—No, no se trata de trabajo. Solo voy a subir un momento para ver a los niños.

La casa era tan pequeña que compartían habitación. John ya tenía una cama. Diana todavía dormía en la cuna. Legat siempre se maravillaba del silencio cuando los niños dormían. Iluminados por el resplandor de la luz del rellano, yacían inmóviles en la penumbra, con las bocas entreabiertas. Les acarició el pelo. Habría querido darles un beso, pero temía despertarlos. Desde la cómoda, los ojos vacíos de las máscaras de gas lo miraban. Cerró la puerta con sigilo.

Pamela estaba de espaldas cuando bajó y entró en el salón. Se volvió, sin lágrimas en los ojos. Las escenas emotivas no eran de su estilo. Y él lo agradeció.

—¿Por cuánto tiempo vas a ausentarte? —le preguntó sin alterarse.

—Dormiré en el club. Volveré por la mañana. Entonces tendremos ocasión de hablar.

—Sabes que puedo cambiar. Si tú quieres que lo haga.

—Pamela, todo tiene que cambiar. Tú, yo, todo. He estado pensando que debería presentar mi dimisión en el ministerio.

—Y entonces ¿qué?

—¿Prometes no reírte?

—Ponme a prueba.

—En el vuelo de vuelta he pensado que podría alistarme en la RAF.

—Pero acabo de oír a Chamberlain por la radio diciendo a la multitud congregada ante Downing Street que habría paz.

—No debería haberlo hecho. Se ha arrepentido en cuanto lo ha dicho.

Según Dunglass, había sido la señora Chamberlain quien lo había convencido de decirlo, y ella era la única persona a la que él no podía negárselo.

—Así pues ¿sigues pensando que habrá guerra?

—Estoy seguro.

—¿De qué va todo esto, entonces, toda esta esperanza, todas estas celebraciones?

—Un simple alivio. Y no seré yo quien critique a la gente por dejarse arrastrar. Cuando miro a los niños, también yo quiero creerlo. Pero lo único que ha sucedido en realidad es que se ha colocado la cuerda de una trampa para el futuro. Y Hitler la pisará, tarde o temprano. —Le dio un beso en la mejilla—. Nos veremos por la mañana.

Pamela no respondió. Hugh recogió la maleta y salió a la noche. Alguien lanzaba cohetes en Smith Square. En los jardines se oían gritos de entusiasmo. Los viejos edificios resplandecieron bajo las cascadas de chispas descendentes y unos instantes después volvieron a sumergirse en la oscuridad.

Agradecimientos

Esta novela es la culminación de mi fascinación por el Tratado de Múnich, que se remonta a más de treinta años atrás. Me gustaría dar las gracias a Denys Blakeway, el productor con el que realicé un documental televisivo de la BBC, *God Bless You, Mr. Chamberlain*, con motivo del decimoquinto aniversario de aquella conferencia en 1988. Desde entonces, ambos hemos seguido sanamente obsesionados con el tema.

En Alemania, mis amigos de Heyne Verlag, Patrick Niemeyer y Doris Schuck, me ayudaron a preparar mi investigación en Múnich. Estoy agradecido en especial al doctor Alexander Krause por su erudita visita guiada a lo que fue el Führerbau y ahora es la facultad de Música y Teatro (de la que él es rector) y al Ministerio del Interior Bávaro por permitirme visitar el antiguo apartamento de Hitler en Prinzregentenplatz, ahora utilizado como sede de la policía.

En Inglaterra, gracias a Stephen Parkinson, secretario político en el 10 de Downing Street, y al profesor Patrick Salmon, historiador jefe de la Oficina de Exteriores y la Commonwealth.

Una vez más he tenido la fortuna de contar con las sugerencias y el apoyo de cuatro inteligentísimos «primeros lectores». A mi editora de Hutchinson en Londres, Jocasta Hamilton; y de Knopf, en Nueva York, Sonny Metha; a mi traductor al alemán, Wolfgang Müller; y a mi mujer, Gill Hornby, mi más profundo agradecimiento, como siempre.

Me gustaría dejar constancia de mi deuda con las siguientes obras:

John Charmley, *Chamberlain and the Lost Peace*; Jock Colville, *The Fringes of Power: Downing Street Diaries 1939-1955*; David Dilks (editor), *The Diaries of Sir Alexander Cadogan*; Max Domarus, *Hitler: Speeches and Proclamations, 1935-1938*; David Dutton, *Neville Chamberlain*; David Faber, *Munich, 1938: Appeasement and World War II*; Keith Feiling, *The Life of Neville Chamberlain*; Joachim Fest, *Conversaciones con Albert Speer*; Joachim Fest, *Plotting Hitler's Death: The German Resistance to Hitler, 1933-1945*; Hands Bernd Gisevius, *To the Bitter End*; Paul Gore-Booth, *With Great Truth and Respect*; Sheila Grant Duff, *The Parting of the Ways*; Ronald Hayman, *Hitler and Geli*; Nevile Henderson, *Failure of a Mission*; Peter Hoffmann, *German Resistance to Hitler*; Peter Hoffmann, *The History of the German Resistance, 1933-1945*; Peter Hoffmann, *Hitler's Personal Security*; Heinz Höhne, *Canaris*; Lord Home, *The Way the Wind Blows*; David Irving, *The War Path*; Otto John, *Twice Through the Lines*; *The Memoirs of Field Marshal Keitel*; Ian Kershaw, *Making Friends with Hitler: Lord Londonderry and Britain's Road to War*; Ivone Kirkpatrick, *The Inner Circle*; Alexander Krause, *N.º 12 Arcisstrasse*; Klemens von Klemperer (editor), *A Noble Combat: The Letters of Sheila Grant Duff and Adam von Trott zu Solz 1932-1938*; Valentine Lawford, *Bound for Diplomacy*; Giles MacDonogh, *1938: Hitler's Gamble;* Giles MacDonogh, *A Good German: Adam von Trott zu Solz*; Andreas Mayor (traductor), *Ciano's Diary 1937-1938*; Harold Nicolson, *Diaries and Letters, 1930-1939*; John Julius

Norwich (editor), *The Duff Cooper Diaries*; NS-Dokumenta-tionszentrum, Múnich, *Munich and National Socialism*; Robert Rhodes James (editor), *Chips: The Diaries of A. L. Rowse*; Richard Overy, con Andrew Wheatcroft, *The Road to War*; David Reynolds, *Cumbres: Seis encuentros de líderes políticos que marcaron el siglo xx*; Andrew Roberts, *The Holy Fox: A Biography of Lord Halifax*; Paul Schmidt, *Hitler's Interpreter*; Robert Self, *Neville Chamberlain*; Robert Self (editor), *The Neville Chamberlain Diary Letters*, vol. 4; William Shirer, *Diario de Berlín*; Reinhard Spitzy, *How We Squandered the Reich*; Lord Strang, *Home and Abroad*; Despina Stratigakos, *Hitler at Home*; Christopher Sykes, *Troubled Loyalty: A Biography of Adam von Trott*; A. J. P. Taylor, *The Origins of the Second World War*; Telford Taylor, *Munich: The Price of Peace*; D. R. Thorpe, *Alec Douglas-Home*; Daniel Todman, *Britain's War: Into Battle, 1937-1941*; Gerhard L. Weinberg, *The Foreign Policy of Hitler's Germany 1937-1939*; Ernst von Weizsäcker, *Memoirs*; sir John Wheeler-Bennett, *The Nemesis of Power: The German Army in Politics, 1918-1945*; Stefan Zweig, *El mundo de ayer: Memorias de un europeo*.